国家社科基金青年项目"南宋题画文学整理与研究"（18CZW012）结项成果

李旭婷 著

南宋题画文学研究

中华书局

图书在版编目(CIP)数据

南宋题画文学研究/李旭婷著. —北京:中华书局,2023.10
ISBN 978-7-101-16344-5

Ⅰ.南… Ⅱ.李… Ⅲ.中国文学-古典文学研究-南宋
Ⅳ.I206.244.2

中国国家版本馆 CIP 数据核字(2023)第 178058 号

书　　名	南宋题画文学研究	
著　　者	李旭婷	
责任编辑	齐浣心	
责任印制	陈丽娜	
出版发行	中华书局	
	(北京市丰台区太平桥西里 38 号　100073)	
	http://www.zhbc.com.cn	
	E-mail:zhbc@zhbc.com.cn	
印　　刷	三河市中晟雅豪印务有限公司	
版　　次	2023 年 10 月第 1 版	
	2023 年 10 月第 1 次印刷	
规　　格	开本/920×1250 毫米　1/32	
	印张 14¼　插页 2　字数 350 千字	
国际书号	ISBN 978-7-101-16344-5	
定　　价	86.00 元	

目　录

绪　论

一、研究现状

题画文学有广义和狭义之分,广义指一切因画而作的文学作品,狭义则专指题于画上之文学作品。对题画文学的关注古已有之,如沈德潜《说诗晬语》对杜甫题画诗地位的判定,又如方薰《山静居画论》对题画位置的探讨等等。虽然古代的题画文学批评对题画文学的源流及诗画关系等问题皆有所涉及,然而这些论点大多散于历代文论和画论中,未成系统。日本学者青木正儿《题画文学及其发展》①被认为是现代题画文学研究的开端,此后,题画文学的相关研究日益深入。尤其是近年来,随着对文学图像学的重视,题画文学作为语图互通的典型,其意义尤显重要,对其研究呈现出方兴未艾之势。

南宋是题画文学发展史上一个非常重要的阶段,在这个阶段,共出现题画文1918篇,题画诗3041题4045首,题画词113首,数量远超于前代,是题画文学发展史中一个不可忽视的部分。然而,现今学界对南宋题画文学的重视程度远远不够。李慧漱在《壶

---

① 〔日〕青木正儿:《题画文学及其发展》,魏仲佑译,《中国文化月刊》1980年第9期。

中天地：西湖与南宋都城临安的艺术与文化》中谈道："一般学界与艺术史学者，于宋代艺术与文化的研究，向来独尊北宋而轻忽南宋，因而至今南宋的艺术与文化，犹如南宋虚实掩映、空濛梦幻的典型山水画，予人以雾里看花般的迷离与怅惘。"①对南宋艺术的这个总结同样适用于南宋题画文学，长久以来，对南宋题画文学的忽略使得其同样予人以雾里看花般的迷离与怅惘。迄今为止对南宋题画文学的研究主要涉及以下几个方面。

（一）题画文学发展史及断代研究

就通代研究而言，刘继才《中国题画诗发展史》②是唯一一部通代题画文学史，该书对南宋作家如陆游、陈与义等的题画诗创作情况有所提及。由于时间跨度较大，此书虽提纲挈领对整个题画诗的发展进程有宏观的把握，但具体到特定的时代和作家则稍显简洁。且其研究对象以诗歌为主，偶涉词体，而于其他文体则少有涉及。就断代研究而言，题画文学的断代研究多集中于唐代、北宋和元代。以整个两宋为时间段考察者如李栖《两宋题画诗论》③、刘佩伟《宋代题画文研究》④和吴文治《宋代题画词论说》⑤，分别探讨了诗、文、词与绘画在宋代的融通，但大多以北宋，尤其是苏轼和黄庭坚为主要论述对象。贺小敏《南宋诗学与书画艺术的融合研究》⑥是少有的以南宋为中心的研究，但偏重于诗歌，而未涉及

---

① 李慧漱：《壶中天地：西湖与南宋都城临安的艺术与文化》，载何传馨主编《文艺绍兴：南宋艺术与文化·书画卷》，"台北故宫博物院" 2010 年版，第 32 页。
② 刘继才：《中国题画诗发展史》，沈阳：辽宁人民出版社 2010 年版。
③ 李栖：《两宋题画诗论》，台北：学生书局 1994 年版。
④ 刘佩伟：《宋代题画文研究》，四川大学 2005 年硕士论文。
⑤ 吴文治：《宋代题画词论说》，河北大学 2005 年硕士论文。
⑥ 贺小敏：《南宋诗学与书画艺术的融合研究》，南开大学 2013 年博士论文。

其他文体。南宋题画文学至今尚未出现断代性的整体研究。

（二）题画文学作者个案研究

作者个案研究是题画文学研究的一个重点，然而其焦点多集中在杜甫、苏轼和黄庭坚等少部分作家，对南宋作家的关注则相对较少。卓旻贤《陆游题画诗研究》①分山水、花鸟和人物探讨了陆游的题画诗创作，杨万里《追寻"学者"滋味：张栻题画诗的审美旨趣》②、胡莹《谈文字与图像结合进程中宫廷艺术的作用——以南宋宁宗皇后杨妹子的题画诗为例》③则从不同的侧面关注到张栻和杨皇后的题画诗特点，陈琳琳《赏玩与抒怀：吴文英、周密、张炎题画词论析》④、王蒙《王沂孙题画词探析》⑤则把目光转向题画词，探讨了吴文英、王沂孙、周密等作家的题画词风貌。总的来说，现有的研究对南宋部分代表性作家的题画文学创作虽有所关注，但无论是研究深度还是广度，较之杜甫、苏轼等作家的研究而言皆相对有限，很多重要作家个体及群体的题画文学创作尚未引起研究者的关注。

（三）对代表性主题的研究

对南宋题画文学主题的研究，主要集中在相对有限的几个方

---

① 卓旻贤：《陆游题画诗研究》，台湾东华大学2013年硕士论文。
② 杨万里：《追寻"学者"滋味：张栻题画诗的审美旨趣》，《中国韵文学刊》2014年第1期。
③ 胡莹：《谈文字与图像结合进程中宫廷艺术的作用——以南宋宁宗皇后杨妹子的题画诗为例》，《南京艺术学院学报》（美术与设计版）2009年第1期。
④ 陈琳琳：《赏玩与抒怀：吴文英、周密、张炎题画词论析》，《文艺评论》2016年第5期。
⑤ 王蒙：《王沂孙题画词探析》，《江苏第二师范学院学报》2000年第5期。

面。衣若芬《云影天光：潇湘山水之画意与诗情》①和美国汉学家姜斐德《宋代诗画中的政治隐情》②探讨了"潇湘"在南宋诗画中日益发展成为重要的母题并且与时局政治形成了巧妙的互动。美国汉学家毕嘉珍《墨梅》③阐述了"墨梅"题材在南宋图文中的发展历史。美国学者孟久丽在《道德镜鉴——中国叙述性图画与儒家意识形态》④中则关注到了"采薇""文姬归汉"等在南宋时政治意味尤为浓重的主题。总的说来，现有的研究虽然突出了南宋具有代表性的一些话题，但广度相对有限，对于南宋特殊历史文化对题画文学主题形塑的系统发掘稍显不足。

（四）对南宋已独立刊行的与题画文学相关的作品集之研究

南宋集中出现了一批独立刊行的与题画文学相关的作品集，傅怡静《宋代题画诗集与画谱研究》⑤专辟一节介绍《声画集》，张东华《格致与花鸟画——以南宋宋伯仁〈梅花喜神谱〉为例》⑥则从美术与理学的角度探讨了宋伯仁《梅花喜神谱》，胡俊杰《楼璹〈耕织图〉流传考述》⑦重点探讨了《耕织图》的版本及流传。这些专书研究的作者多是美术专业出身，偏重于图像的意义，对于文学部分的探讨较少，这便为本书的研究提供了一个美术史的背景以及文学史的空间。

---

① 衣若芬：《云影天光：潇湘山水之画意与诗情》，台北：里仁书局2013年版。
② 〔美〕姜斐德：《宋代诗画中的政治隐情》，北京：中华书局2009年版。
③ 〔美〕毕嘉珍：《墨梅》，陆敏珍译，南京：江苏人民出版社2012年版。
④ 〔美〕孟久丽：《道德镜鉴——中国叙述性图画与儒家意识形态》，何前译，北京：生活·读书·新知三联书店2014年版。
⑤ 傅怡静：《宋代题画诗集与画谱研究》，北京师范大学2007年博士论文。
⑥ 张东华：《格致与花鸟画——以南宋宋伯仁〈梅花喜神谱〉为例》，中国美术学院2012年博士论文。
⑦ 胡俊杰：《楼璹〈耕织图〉流传考述》，南京师范大学2011年硕士论文。

　　总体而言,现有研究还缺乏整体规划与突破。苗贵松在《唐宋题画文学编年系地绪论》①中就指出,题画文学研究在时代、作家和文体上存在某种"偏颇",其关注点一是集中在几个特别的朝代,二是聚焦于著名文人的作品,三是着眼于题画诗、词,而对文、赋等其他文体相对轻视。在南宋题画文学研究领域,这些缺陷更为明显,相较于唐、北宋和元,南宋成为一个长期被忽略的阶段。

二、研究空间及意义

　　通过对研究现状的分析,可以发现南宋题画文学仍存在相当大的研究空间。

　　首先,对题画文学的整理工作存在不足。第一,现今对题画文学的整理,多本于南宋孙绍远编《声画集》、清代陈邦彦编《康熙御定历代题画诗》,或是《全宋文》《全宋诗》《全宋词》之类文学总集和诗人别集,关注点集中于文集本身。题画文学相比于其他文学类型的特殊性之一在于很多作品是题写于画面之上的,在作者的总集和别集中很可能没有收录。因此,对题画文学的整理,不能忽略绘画上的题跋。浙江大学出版社近年来陆续出版了《宋画全集》②,收集了大量的存世宋画,画上的题跋文字在很大程度上可以作为题画文学整理的重要来源。第二,传统的题画文学整理多是按照文体分别进行,如依据诗集整理题画诗,依据文集整理题画文。然而,某些文体(如画赞)由于认知的差异,可能同时被放置到

① 苗贵松:《唐宋题画文学编年系地绪论》,江苏社科界第八届学术大会学会专场应征论文论文集,南京,2015 年 1 月,第 1089—1095 页。
② 浙江大学中国古代书画研究中心:《宋画全集》,杭州:浙江大学出版社2008 年版。

题画诗和题画文中，因此需要贯通考察。

其次，现今对题画文学的研究多集中在唐代、北宋乃至元明，无论是断代研究，还是个案研究皆如此，而南宋则成为被忽视的阶段。从纯艺术层面上说，南宋题画文学确实比不上唐代和北宋，并且也没有出现像杜甫、苏轼和黄庭坚那样极其突出的题画文学大家，若还是按照传统概论式、以文本为单一考量维度的方式展开，则很容易吃力不讨好，因此，很多研究者选择性地忽略了这个时期。事实上，从更广阔的角度来看，南宋是题画文学发展史上非常重要的阶段。第一，此期创作了大量的题画文学作品，数量远超于前代。第二，此期出现了第一本题画诗总集孙绍远《声画集》以及第一批题画诗别集。大量的题画文学编纂实绩表明南宋已开始了对题画文学有意识的分类整理，这意味着南宋是题画文学自觉的重要阶段。第三，南宋时期文学开始较多地题写于画面之上，题画文学完成了从语图分体到语图合体的转变，成为真正意义上的"题画"文学，并由此开启了对中国画艺术内涵的重塑。因此，对南宋题画文学的研究，不仅要关注文本艺术层面（这也是传统研究题画文学最偏重的层面），同时在文献、文化层面皆有相当大的探讨空间。

再次，现今关注到南宋题画文学的人多是美术专业出身，如李慧漱、美国汉学家毕嘉珍等，通常是因为注意到南宋绘画的价值，从而顺带提及了文学作品，其研究方式大多是以绘画为本位，以文学为佐证，文学成为附庸于绘画的存在。然而南宋题画文学不应该只作为南宋绘画的附属存在，而应具有独立的价值。因此，本书试图从文学出发，以文学为本位，发掘南宋题画文学独立存在的意义，还原其在题画文学史上的价值。

三、研究思路及方法

　　传统的题画文学断代研究方式,多为追溯源流、分类解析、艺术内涵、社会意义、影响价值五分法,这种研究方式虽可见出一个时代题画文学的总体特点,但更类似于概论式的介绍。且这种研究方式所归纳出的艺术内涵和社会意义等通常是题画文学所共有,对隶属于某一时代的独特意义彰显不足。因此,本书不打算采用这种方式,只在第一章中借助对题画文学发展史的梳理及在此基础上对南宋题画文学开拓空间的探讨,来展现南宋题画文学的概况,形成此期题画文学的总体观感。其他章节则以专题的形式对南宋题画文学的不同层面进行详细论述。其中第二章到第四章以题材、作家和文体这些传统的文学角度为切入点,结合南宋特殊的历史文化因素考察此期题画文学在某一方面的独特呈现。这些切入点从表面上看似乎仍像是概论式的描述,然而本书在具体展开时并不打算面面俱到,而是各自选取最有代表性的专题进行深入研讨,形成以点带面的探究方式,尽量避免扁平化。第五和第六章将重心转移到文学与绘画的交点,探讨语图合体的完成及题画文学中的绘画批评,形成从单纯的文学研究向文图学研究的迁移。第七章则从《声画集》等南宋出现的题画文学编集入手,在题画编集所呈现出的总结意义的基础上进一步探讨题画文学的批评建构。此外,附录部分为题画文学相关文献整理,由此形成文献－文学－批评－图像四位一体的研究格局。

　　在研究方法上,本书主要采用文图学及文学社会学方法。文图学为近年来衣若芬提出并逐渐完善的新概念,"文图学以广义的文本与图像作为研究对象,关注视觉媒介(绘画、照片、电影、漫画、绘本、流行文化、时尚服饰,等等)表达的意涵和功能如何与语言文

字表达相对峙、交锋、融合，从而产生观念、行为、感知和审美的更
迭对话，进而反映政治立场、审美趣味、文化生产、社群关系等社会
历史的层面"①。由于题画文学同时涉及文学与图像两种艺术形式，
因此，合理把握文学与图像之间的互动，成为探讨题画文学的重要
基础。近年来《宋画全集》的出版，再加上《中国美术全集》②《中
国古代书画图目》③《故宫书画图录》④《南宋四家画集》⑤等书画
丛书的著录，为本论文在文图学上的深层次探索提供了可能。同
时，题画文学的研究离不开社会历史文化，因此，文学社会学成为
本书的另一个重要研究途径，借助大量的史书、总集、别集、笔记以
及历代画论中的相关记载，力图探求题画文学与南宋社会文化心
理的深层互动，形成以题画文学为中心，但又不仅仅囿于题画文学
本身，而是同时辐射南宋社会历史及文化脉络的多维度研究。

四、概念界定

在问题展开之前，还需要特别说明的是本书对南宋题画文学
范围的界定。

首先，如前所述，题画文学有广义与狭义之分，本书的研究范
围取广义概念，即一切因画而作的文学作品。然而需要特别注意

---

① 衣若芬：《春光秋波：看见文图学》，南京：南京大学出版社 2020 年版，第 4 页。
② 中国美术全集编辑委员会：《中国美术全集》，台北：锦绣出版社 1993 年版。
③ 中国古代书画鉴定组：《中国古代书画图目》，北京：文物出版社 1986—
　　2000 年版。
④ "台北故宫博物院"编纂委员会：《故宫书画图录》，台北："台北故宫博物
　　院"1991 年版。
⑤ （宋）李唐等：《南宋四家画集》，天津：天津人民美术出版社 1997 年版。

的是,南宋题画文学中存在一类比较特殊的形式,即本来不是题画文学,但由于某种原因被题写到了画面上,由此具有了题画文学的性质,如王安石《秋兴有感》一首,本来非题画诗,但宋宁宗将其题于马远《踏歌图》上,并改"陇上踏歌声"为"陇上踏歌行",此诗便具有了题画诗的意义。由于这些作品不是题画者本人所创作,因此本书在统计南宋创作的题画文学数量时,未将此类作品算在内,但在考量具体作家的题画文学特质时,这类作品会同时纳入考察范围。

其次,是关于南宋题画文学时间范围的界定。界定的关键在于上限和下限,本书之界定取《全宋诗》之方法,从宽处理。《全宋诗》凡例言:"本书收录断限,凡唐五代人入宋以后有诗者,将其入宋以前所作之诗一并收录;凡宋亡以前有诗者,将其入元以后所作之诗一并收录;其人或入或出,虽经历宋朝,而无宋时诗作,一概不录,如其诗写作时代难以确定,则从宽收入。"[1] 本书统计南宋题画文学时亦采用此法。上限以建炎元年(1127)为界,若该作者之题画文学作品中有可以确定为1127年之后所作者,则此作者所有题画作品皆收入,如程俱(1078—1144)有《题叔问燕文贵雪景二首》戊申一首,可确定此戊申为1128年,故程俱之题画文学作品皆录。然而由于题画文学创作的时间大多难以考察,因此,凡是生于1127年之前,卒于1127年之后的诗人,其题画作品时间不可考者,皆从宽录入。下限以景炎元年(1276)南宋灭亡为界。有的作者虽有题画作品明确写于入元之后,然而由于无法判定是否其所有题画作品皆是入元后作,故统计南宋题画文学时仍从宽将此作者之所

---

[1] 北京大学古文献研究所:《全宋诗》,北京:北京大学出版社1995年版,凡例,第23页。

有题画作品算在内,如仇远(1247—1326)之《题高房山写山村图卷》,序中写道此图绘于大德年间,诗必然是入元后作,然而仇远很多题画作品无法断定年代,因此将其题画文学统一也算在南宋内。而有的作家可以判定其全部题画作品皆是入元后作,则不算在南宋内。如王易简只存一首题画诗《题高房山夜山图》,《夜山图》为元代作品,则诗必也是元代所作,故虽《全宋诗》收录王易简作品,本书在统计时仍将其删除。对于诗、文、词等不同文体的所有南宋题画文学作品的收录皆以以上原则为标准,某一作家只要有一篇题画作品确定或可能写于南宋,则其作品皆从宽收入。当然,这种标准可能造成的问题就是会多收一部分实际上写作于北宋及元代的作品,然而,这个数量相对于整个南宋题画文学作品数量而言不会太多,对此期的题画文学研究影响亦基本可以忽略。因此,本书在进行数字统计时从宽计入,而在实际研究过程中如对具体问题有所牵涉,则会特别处理。

第一章　南宋题画文学概论

题画文学发展至唐及北宋时已达到了相当的高度,无论题材类型还是艺术表达皆完备成熟,且诞生出杜甫、苏轼、黄庭坚等非常重要的题画作家。这种成熟在为南宋题画文学的创作提供养分的同时,也让后者的创新空间日渐逼仄。那么,题画文学从萌芽到成熟的历程如何,南宋时期的题画作家在面对"宋人生唐后,开辟真难为"(蒋士铨《辨诗》)的窘境时,又是如何寻找突破空间、为自己在题画文学史上寻求立足之地的呢? 本章将在梳理题画文学发展历程的基础上,进一步探讨南宋题画文学的整体面貌及发展可能。

第一节　影响的焦虑:南宋前题画
文学发展史略

一般认为,题画文学起源于屈原的《天问》,屈原"见楚有先王之庙及公卿祠堂,图画天地山川神灵,琦玮僪佹,及古贤圣怪物行事,周流罢倦,休息其下。仰见图画,因书其壁,呵而问之,以渫愤懑,舒泻愁思"①。然而,《天问》是否是第一篇题画文学作品,尚无

---

① (汉)王逸撰,黄灵庚点校:《楚辞章句》卷三,上海:上海古籍出版社2017年版,第67页。

办法确认,"由于年代的久远和书籍的散佚,很可能第一首题画诗并没有保存下来,我们所见到的,也许是第二首、第三首,甚至是第几十首、几百首、几千首也未可知。"① 先秦时期遗留下来的题画作品极少,除《天问》外,或只有一些图谶勉强可以算作是以文写图的范畴,如《玉苞舒图》下所录之"帝当枢百则禅虞"②,文字是作为图像的解读而存在,其文学性并不算非常突出。

两汉时期,可见的题画文学作品数量有所增长,其中数目最多的是画赞。如东汉武氏祠石室画像所绘之曾参母三断机杼故事,画像旁有赞语"曾子(阙二字)孝以通神明。贯感(阙一字)祇著乎朱方。后世凯式,(阙二字)无纲"③,又如蔡邕《赤泉侯五世像赞》、仇靖《龟池五瑞画像》,皆是以赞体的形式解释绘画。此外,马王堆汉墓《帛书云气占图》上"不出四日,兵车至,客不胜","小邦有兵,得方者胜"④ 等观云气所得之占验判语,可以算作对先秦图谶的继承。两汉时期值得一提的还有东汉王延寿的《鲁灵光殿赋》,其中有一段文字描绘了灵光殿中的壁画形态:

> 图画天地,品类群生。杂物奇怪,山神海灵。写载其状,托之丹青。千变万化,事各缪形。随色象类,曲得其情。上纪开辟,遂古之初。五龙比翼,人皇九头。伏羲鳞身,女娲蛇躯。鸿荒朴略,厥状睢盱。焕炳可观,黄帝唐虞。轩冕以庸,衣裳

---

① 刘继才:《中国题画诗发展史》,第21—22页。
② (清)严可均:《全上古三代秦汉三国六朝文》,全上古三代文卷十四,北京:中华书局1958年版,第102页。
③ (清)严可均:《全上古三代秦汉三国六朝文》,全后汉文卷九十九,第1004页。
④ 中国美术全集编辑委员会:《中国美术全集》(绘画编一:原始社会至南北朝),第62—63页。

有殊。下及三后，淫妃乱主。忠臣孝子，烈士贞女。贤愚成
败，靡不载叙。恶以诫世，善以示后。①

这段可以算是现今可见以赋的形式描述绘画最早的文字，而其中
的"恶以诫世，善以示后"更成为先秦两汉，乃至魏晋阶段题画文
学所担负的最重要功能。

魏晋南北朝时，题画文学的表现维度渐趋多元。首先，此期延
续了两汉时期以教化为主的意义表达，如曹植《画赞》序所言：

> 观画者，见三皇五帝，莫不仰戴；见三季暴主，莫不悲惋；
> 见篡臣贼嗣，莫不切齿；见高节妙士，莫不忘食；见忠节死难，
> 莫不抗首；见放臣斥子，莫不叹息；见淫夫妒妇，莫不侧目；见
> 令妃顺后，莫不嘉贵。是知存乎鉴戒者图画也。②

此期大量以人物画为主要题咏对象的题画文学作品皆呈现出明显
的教化意义，除曹植的《画赞》外，另有东晋时期庾阐的《虞舜像
赞》《二妃像赞》，傅玄题咏孙武、信陵君、汉高祖等人的《古今画
赞》，傅咸的《画像赋》，孙绰的《贺司空循像赞》《孔松阳像赞》等，
皆是借咏画中人物传达"鉴戒"观念。其次，除人物画及其题咏中
所蕴含的"鉴戒"意义外，此期的题画文学中也出现了一些对其他
题材和主旨的书写，如裴秀《禹贡九州地域图序》，是较早针对地图
的阐释，而郭璞《尔雅图赞》和《山海经图赞》，则是以成组赞体的

---

① （南朝梁）萧统编，（唐）李善注：《文选》卷十一，上海：上海古籍出版社
　　1986 年版，第 515—516 页。
② （清）严可均：《全上古三代秦汉三国六朝文》，全三国文卷十七，第 1145 页。

形式开启了题咏名物图绘的先河。另外值得一提的是,此期出现了一些在诗意图上题写文学作品原文的现象,如在顾恺之《洛神赋图》上题写曹植《洛神赋》,在《女史箴图》上题写张华《女史箴》,这些文字本身并非题画文学,但当其被题写到画作上,便具有了题画文学的意义。这种情况在魏晋存在不少例证。再次,沈德潜曾说:"唐以前未见题画诗,开此体者老杜也。"① 实际上,题画诗并非杜甫首创,除了先秦屈原的《天问》外,到魏晋时也已出现了数首题画诗,如费昶《和萧洗马画屏风诗二首》以及庾信《咏画屏风诗二十五首》。此期题画诗存在的意义,从文体角度而言,在于诗歌开始较为显著地进入题画文学领域,突破了赞体独尊的局面;从艺术角度而言,则意味着题画文学逐渐脱离单纯的教化功能,开始向着"声色大开"(沈德潜《说诗晬语》)的方向发展。如庾信《咏画屏风诗二十五首》其四:

> 逍遥游桂苑,寂绝到桃源。
> 狭石分花径,长桥映水门。
> 管声惊百鸟,人衣香一园。
> 定知欢未足,横琴坐石根。②

诗歌前六句描写桂苑风景,从入苑写到狭石花径,再到长桥水门,不仅有听觉之鸟鸣,亦有嗅觉之衣香,充分体现出此期"窥情风景之上,钻貌草木之中"(刘勰《文心雕龙·物色》)的诗歌发展趋势。

---

① (清)沈德潜:《说诗晬语》,南京:凤凰出版社 2010 年版,第 124 页。

② (北周)庾信撰,(清)倪璠注,许逸民校点:《庾子山集注》卷四,北京:中华书局 1980 年版,第 354 页。

而最后两句则由景及情,且抒发的感情并非道德训诫,而是对"欢未足"的留恋。从形式来看,前六句皆为对仗,且对得颇为工整,这是"俪采百字之偶,争价一句之奇"(刘勰《文心雕龙·明诗》)在题画诗中的反映。此期题画诗虽不多,但其中的这些因素意味着题画文学已开启了由教化向缘情的转向,题画文学由此获得了更为广阔的发展空间。

　　题画文学在唐代开始走向成熟。一方面,唐代强盛的国力和繁荣的经济为题画文学的创作提供了稳定的社会条件,另一方面,文学与绘画的繁荣也为题画文学的发展奠定了重要的基础。此期各种文体,如赋、序、赞、记等皆蓬勃发展,尤其是诗歌,更于盛唐时达到了一个巅峰。而此期的绘画也突破了前代多着眼于宗教、神话的图绘,出现了世俗化的倾向,获得了题材维度的拓展。在经济、文学与绘画等多重因素的合力刺激下,题画文学创作数量较之前代出现了明显的提升,此期共出现题画诗167题174首,画赞112篇,另有题画赋、画记、画序等若干。很多重要作家如李白、杜甫、白居易等皆有题画作品传世,其中又以杜甫的题画诗创作成就最为突出。杜甫共留下题画诗14题16首,无论是数量还是艺术水平皆为唐代最高。其题画诗已脱离了唐前以"恶以诫世,善以示后"为主要目的的表现方式,而多吟咏性情,议论言志。题材上也不局限于人物画像,而拓展到鹰、马、松、鹤和山水之中,如《画鹰》《戏题王宰画山水图歌》《戏为韦偃双松图歌》等,皆为题画诗中的名作。沈德潜在提出"唐以前未见题画诗,开此体者老杜也"这一论断时,未必不知道杜甫之前题画诗的存在,而是为了强调杜甫在题画诗史上的意义。可以说,杜甫是题画文学发展过程中的重要标志人物,其意义不仅在于其题画诗代表了唐代题画诗的最高水平,而且在于其题画文学写作标志着题画文学主流文体由赞体向诗歌的转移。

　　经历了从先秦至唐代漫长的积淀之后，北宋题画文学的创作进一步走向了声色大开，此期的题画作品无论是数量还是艺术水平皆在唐代的基础上又向前迈进了一步。北宋题画文学的欣欣向荣，除了因为社会的稳定和经济的繁荣之外，还因为出现一些与唐代不同的文化背景，加速了题画文学的发展。首先是宋画的蓬勃。宋画是中国绘画史上的高峰，此期的画类中无论是人物、山水还是花鸟皆已发展成熟，绘画成为上自帝王、下自平民皆喜爱的艺术形式。宋太宗曾"诏天下郡县，搜访前哲墨迹图画……又敕待招高文进、黄居寀搜访民间图画"①。而民间则"每五更点灯博易，买卖衣服、图画、花环、领抹之类"②，东京相国寺"殿后资圣门前，皆书籍、玩好、图画，及诸路散任官员土物、香药之类"③，绘画成为一种普遍存在于社会各个阶层的艺术形式。更重要的是，北宋画家地位相比唐代有所提高，唐代阎立本曾以被目为画师为耻，乃至告诫子孙"勿习此也"（刘肃《大唐新语·卷十一》）。而北宋之时，由于宋徽宗对绘画的爱好和重视，不仅加强了画院建设，同时亦提高了画家地位，《画继》记载："本朝旧制，凡以艺进者，虽服绯紫，不得佩鱼。政、宣间独许书画院出职人佩鱼，此异数也。"④宋画的繁荣为题画文学的发展提供了必要的条件。其次，北宋题画文学的繁荣也与士大夫和画家的交往有关，李公麟曾绘有《西园雅集图》，米芾依之

---

① （宋）郭若虚著，俞剑华注释：《图画见闻志》卷一，上海：上海人民美术出版社 1964 年版，第 3 页。

② （宋）孟元老撰，伊永文笺注：《东京梦华录笺注》卷二，北京：中华书局 2007 年第 2 版，第 164 页。

③ （宋）孟元老撰，伊永文笺注：《东京梦华录笺注》卷三，第 288 页。

④ （宋）邓椿：《画继》卷十，北京：人民美术出版社 1964 年版，第 125 页。

作《西园雅集图记》,此图描绘了苏轼、苏辙、黄庭坚、米芾、李公麟等十六人汇集于王诜之第,以苏轼为盟主,交游唱和。虽然画中的情景不可能出现①,然而却反映出一流的士大夫与一流的画家之间密切交往的情形,这种交流为题画文学的创作提供了重要的文化场域。再次,北宋题画文学的繁荣还与士人对"诗画一律"观念的普遍认同有关。苏轼"诗画本一律,天工与清新"(《书鄢陵王主簿所画折枝二首》)的观念提出后,便成为士人对待诗画关系的理论依据,促进了文人画的形成,也带动了题画文学这种贯通文学与图像的艺术形式的繁荣。在这种背景之下,北宋题画文学进入了繁盛期,共出现题画诗658题859首,画赞338篇,题跋258篇,此外,词、赋、记、序、颂等多种文体皆成为题画文学创作的媒介。同时,此期出现了苏轼、黄庭坚等诗、书、画皆善的大家,不仅有优秀的题画文学作品传世,并且还促生了相关的理论,将题画文学的写作提升到一个新的高度。

可以说,在南宋之前,题画文学从创作上来说已发展成熟,并达到了相当的高度,这种成熟主要表现在三个方面:

首先,从题材上看,各类主要题材在题画文学中皆有所涉及。南宋孙绍远曾编《声画集》,按照绘画的题材进行编排,将题画诗分为二十六门,包括古贤、故事、佛像、神仙、仙女、鬼神、人物、美人、蛮夷、赠写真者、风云雪月、州郡山川、四时、山水、林木、竹、梅、窠石、花卉、屋舍器用、屏扇、畜兽、翎毛、虫鱼、观画题画、画壁杂画。考察这些题材之下所收诗歌的时代,基本所有题材都包含有南宋之前的作品。而除了诗歌以外,这些题材在题画文中多少

① 参衣若芬:《赤壁漫游与西园雅集:苏轼研究论集》,北京:线装书局2001年版。

也都有所涉及。可见在南宋之前,题画文学已是众体皆备,无论人物、山水还是花鸟,皆积累了相当的作品数量,可以构成独立的门类。

其次,从艺术水平上来说,南宋前的题画文学无论写作形式还是抒情方式皆已成熟。从写作方式来看,贺文荣曾提到唐代题画诗所开创的六种题画手法,包括用"倒插法"拟真,用审美错觉的手法拟假为真,用通感的方式拟真,运用审美时空艺术拟假为真,以真衬假、两相比照以及认假作真、以真写假[①]。后世题画诗的创作手法基本无出其右。从抒情方式来看,至北宋时也已形成了较为成熟的模式,如题咏人物画之寓意褒贬,题咏山水画之林泉之思,题咏花鸟画之托物言志,大体亦可涵盖后世的主要抒情方式。

再次,从对艺术理论的阐发而言,南宋前的题画文学常在题咏绘画的过程中阐述对绘画的见解,题画文学中的绘画批评成为中国画论的重要组成。包括"形神兼备"说,如杜甫对韩幹"画肉不画骨"(《丹青引》)的批评;"象外生意"说,如刘长卿"爱尔含天资,丹青有殊智。无间已得象,象外更生意"(《观李凑画美人障子》);"胸有成竹"说,如苏轼"与可画竹时,见竹不见人。岂独不见人,嗒然遗其身。其身与竹化,无穷出清新"(《书晁补之所藏与可画竹三首》);"诗画一律"说,如苏轼"诗画本一律,天工与清新"(《书鄢陵王主簿所画折枝二首》)等等。后代题画文学中虽然也会提及不少画论,然而相当一部分都是以此为出发点进行的延伸。

---

① 参贺文荣:《唐代题画诗对题画诗体例的开创之功》,《西南交通大学学报》(社会科学版)2006年第3期。

因此,题画文学发展至北宋时,已是众体皆备,大家云集。美国文学批评家布鲁姆曾在《影响的焦虑》一书中提出一个颇具影响力的观点,他认为,在诗歌的发展史中,前代优秀的诗人势必会对后代的诗人产生影响,后代诗人在面对前代诗歌高峰时,很可能会因为"受人恩惠而产生负债的焦虑"①。对于南宋题画文学而言,北宋及之前题画文学所形成的高峰正如布鲁姆所说的前代优秀诗人,前代所形成的艺术成就对南宋题画文学而言既是可供汲取养分的存在,同时也是焦虑的来源。如方回在咏李公麟画马时便说"此画良真李伯时,形容飞动卒难诗。但将元祐苏黄作,开卷焚香朗诵之"(《为徐企题李伯时马》),好句已被苏黄道尽,后人只得诵其诗作,大有李白见崔颢《黄鹤楼》而罢笔之叹。

那么,在面对这样一种影响时,如何走出焦虑,形成自己的特点,便成为南宋题画文学亟待考虑之事,只有寻求到了突破空间,南宋题画文学才能在题画文学发展史上占据一席之地。

第二节　对焦虑的回应:南宋题画 文学的传承与开拓

布鲁姆在提出"影响的焦虑"的同时,也提出了应对焦虑的方式,即"创造性误读",后代人对前代经典作品不再是被动地接受,而是带有主观意识、进行创造性的解读,在对前代作品主动的"误读"中使自身更具创造力。然而,南宋题画文学的作家们在面对前代的优秀作品时,并没有采取布鲁姆的这种模式,他们应对焦虑的

①〔美〕哈罗德·布鲁姆:《影响的焦虑》,徐文博译,北京:生活·读书·新知三联书店1989年版,第3页。

方式是在尊重经典的前提下,对前代题画文学进行总结,结合南宋本身的社会历史环境来建构自身的特点,寻求新的开拓空间。孙绍远在编纂《声画集》时,其目的并非是为了对前代题画诗高峰进行解构或是"创造性误读",而是为了收集前代优秀作品,从而为南宋题画文学的发展提供更多可供汲取的资源,使题画文学可以在充分了解优秀过往的基础上继续开拓。南宋人对题画文学的传承与开拓主要表现在以下几个方面。

一、作品数量的大幅提升

从题画文学作品数量来看,唐前(从先秦一直到魏晋南北朝)共有题画作品三百多篇。唐代虽然题画诗有所发展,但画赞数量则不如唐前,故此期的题画文学作品总数仍然只有三百多篇。北宋时期这个数量获得了较大提升,诗、文、词各种文体加起来作品数量接近两千篇,这个数字虽然看起来比较可观,然而,较之南宋却远远不及。南宋以其 150 多年的历史,共有题画诗 3041 题 4045 首,题画文(包括赞、题跋、赋、记、序等文体)1918 篇,题画词 113 首,总数超过六千,远远大于前代题画文学作品数量的总和。由此可知,南宋作家们并没有因为前代的影响便止步不前,反而更加积极地参与到题画文学的创作之中,使得题画文学在南宋蔚为大观。

此期题画文学数量的大幅增加,与南宋绘画的发展息息相关。南宋前的绘画情况可通过《宣和画谱》窥知一二。《宣和画谱》成书于北宋徽宗朝,其中所著录的画迹皆在南宋之前,故而依据此书之著录不仅可以得知徽宗朝的藏画情况,亦可大致知晓南宋前的绘画情况。《宣和画谱》共收画家 231 人,著录画作 6396 轴,可见南宋前绘画之繁盛。绍兴南渡,宫廷绘画散佚,宋高宗继位之后,"访求法书名画,不遗余力。清闲之燕,展玩摹拓不少怠。盖睿好之笃,不惮劳费,故四方争以奉上无虚日。后又于榷场购北方遗失之物,故绍兴内府所藏,不减宣政"[1],可知南宋内府之藏画同样数量极多,不逊于前代。绘画是题画文学题咏的对象,因此,绘画的发展情况及作品数量在很大程度上影响甚至决定着题画文学创作的空间。幸运的是,南宋时期不仅画作数量繁多,而且绘画风格多元,为题画文学提供了良好的创作条件。

首先,南宋是院体画发展的高峰期。高宗不仅致力于收集前代散佚的画作,并且用心于画院重建。画院北宋已有[2],尤以徽宗时之宣和画院最为著名,徽宗提高画家地位,出题考察画家,并亲自指导作画。靖康之变后,画院画家多散落流亡,有的被掳北上,有的则逃脱南下。高宗与徽宗一样,亦是爱画之人,因此在外患稍稍安定之后便开始重建画院,徽宗朝画家很多得以重归于画院。南宋画院之环境较北宋更为宽松,画师的地位也比北宋有所提高,北宋时画师得佩鱼,但无实际官职,南宋画家不仅可以被授予实际官职,并且还得赐金带,地位大为提升。朝廷的支持使南宋院画得以发展,很多在北宋画院中名不见经传的画家在南渡之后皆发挥出更高的水平。厉鹗《南宋院画录》中共记载了南宋院体画家98人,院体画作颇夥。南宋的画史是以画院画家为主导的,此期画史上有名的画家如刘松年、李唐、马远和夏圭等皆是画院中人。南宋院体画的繁盛为题画文学的创作提供了不一样的艺术背景,使题画文学出现了一些别样的风格。

----

[1] (宋)周密撰,张茂鹏点校:《齐东野语》卷六,北京:中华书局1983年版,第93页。
[2] 通常认为,画院始于五代西蜀和南唐,韩刚则认为画院并未起于五代,而是始于北宋。参韩刚:《北宋翰林图画院制度渊源考》,石家庄:河北教育出版社2007年版。

其次，虽然南宋最具代表性的绘画类型是院体画，然而，此期士人画的发展也未曾停滞。自苏轼提出士人画的观点后，此概念逐渐对后世产生了深远的影响，北宋时之文同、李公麟都沾染其风，开创出最早的士人画范本。南宋时，如扬无咎①之墨梅、郑思肖之墨兰等皆继承了这种画中诗思的风格，以画写心，颇有文人气质，使得士人画传统在宫廷院体画大行其道的南宋也未曾完全被割裂。而同时，禅画也成为南宋绘画的一个重点，出现了玉涧若芬、牧溪等名家。南宋禅僧多与士大夫交往，其作品笔墨不拘一格，风格萧散冲淡，甚至题诗于画作之上，充满文人意趣，颇得士人画之韵味，其影响之广甚至及于日本绘画。

因此，南宋之时，不仅对前代的绘画未曾轻视，而且当朝之院体画和士人画等多种画类也同时蓬勃发展，为题画文学提供了丰富的素材。这些素材主题各异、风格多样，题画文学在与不同风格的画作碰撞时也呈现出多样的面貌。

二、题画题材的多维拓展

南宋题画文学的繁荣，不仅表现为数量的增多，也表现为题材的拓展。虽然从《声画集》来看，似乎南宋之前的题画文学已经涉及到了各种题材，没有留给南宋多少开拓空间，然而，由于特殊的历史和文化环境，此期题画文学依旧呈现出了独特的题材特征。

首先，从地理上看，南宋是一个偏居的政权。绍兴八年（1138），经历辗转流亡的高宗宣布临安府为行在所，正式定都临安，开始了

----

① 关于无咎之姓，有"扬"与"杨"两说，《四库全书总目·逃禅词》条曰："诸书'扬'或作'杨'，案《图绘宝鉴》称无咎祖汉子云，其字从才不从木，则作'杨'误也。"因此，后文提到无咎时，其姓一律写作扬。

南宋的半壁统治。自绍兴十一年（1141）"绍兴和议"签订之后，宋金之间东以淮水为界，西以大散关为界，形成对峙局面。在这种背景之下，地域必然会成为此期关注的一个重点。一方面，政治中心的南移与版图的压缩，使得地图这种特殊图像成为南宋题画文学一个新的题材聚焦点。另一方面，政权的南移也促进了文化中心的南移，这使得南方众多的文化符号被进一步发掘出来，比如对梅花的着意，对西湖的图绘等，形成不同于北方为中心的文化书写。地域与政治文化的紧密联系使得这类题材成为考察南宋士人心态的有力证据。

其次，宋代科举制度的改革、城市的发展以及市民阶层的壮大，促进了此期俗文化的发展。这使得隶属于传统雅文化范畴的题画文学中也出现了不少涉俗题材，在南宋尤其明显，如市井乡野风俗图、鬼画等。题画文学对涉俗题材的书写成为探讨宋代雅俗之变的一个有趣路径。

再次，宋代的文化整合促使文学与绘画之间的互渗进一步加剧，尤其是在苏轼提出"诗画一律"的理论后，以文学作品为观照对象的诗意图大量涌现，以诗意图为题咏对象的题画作品亦随之发展。诗意图成为南宋时期非常特别的一种题画题材，也成为观照诗画关系的重要角度。

南宋特殊的历史文化环境使得此期的题画文学题材创生出一些不同于其他时代的特征。这些独特的题材在强化南宋题画文学独特性的同时，对反思南宋历史文化、士人心态及语图关系亦具有重要意义。

三、作家群体的多元构成

南宋题画文学参与创作的人数多达672人，远远超过前代，说明此期题画正逐渐成为一种较为普遍的社会行为。同时,此期题画文学作者除人数众多外,还有一个重要特点,即身份构成多元。前代的题画文学作者几乎都属于士大夫精英知识分子,然而南宋的群体构成则要复杂得多,将南宋时期创作题画文学作品数量超过50篇的作家进行统计,可得出以下表格:

表1　题画文学作品数量超过50篇的南宋作家

姓名	题画文学作品数量	姓名	题画文学作品数量	姓名	题画文学作品数量	姓名	题画文学作品数量
释正觉	523	郑思肖	138	刘克庄	130	周必大	124
释居简	103	宋伯仁	102	陆游	91	方回	84
朱熹	80	李纲	80	牟𪩘	78	杨万里	76
周紫芝	76	王柏	74	楼钥	66	范成大	65
仇远	56	钱选	54	曹勋	52	陆文圭	51

从表格中可以看出,南宋时期题画较多的作家与南宋文坛作品较为突出的作家大致相符,如中兴四大家中的陆游、范成大、周必大等皆留下大量题画作品,说明士大夫仍然是此期题画文学作者的主体。然而,除此之外,此期还增加了一些新的题画群体。

第一类是帝后等宫廷作家。虽然前代题画文学作者中亦有王侯的身影,如陈思王曹植、宋徽宗赵佶,然而毕竟是个案。南宋帝王则除了末代几位漂泊流离者外,其他皆参与到题画文学写作中,甚至后宫女性如高宗之吴皇后、宁宗之杨皇后等皆有题画作品传世。虽然从单个作家来说,宫廷作家中并没有哪位创作数量超过50篇,然而从群体而言,他们的作品总数却不少,从而成为南宋题画文学创作的重要组成,同时也是南宋院体画题咏的主要群体,其题画文学写作呈现出明显的身份特质。

第二类是僧侣作家。南宋时期僧侣参与创作题画文学的人数远远高于前代。此期僧侣不仅能文，亦多善画，且与文士的交流越来越广泛，这使得僧侣题画成为此期的一种社会现象。表格中的释正觉和释居简两位僧人皆有可观的创作实践。僧人中有一部分极富艺术修养者甚至可以自画自题，如萝窗自题《竹鸡图》、玉涧若芬自题《庐山图》等，禅僧的自画自题对中国题画文学语图合体的完成乃至日本诗画的发展皆产生了重要的影响。

第三类是文士中很特别的一类——理学家。南宋是理学发展的重要时期，诞生了大量的重要理学人物。在理学的文道观中，"文"与"道"的关系常常会产生冲突，然而，对"文"的审慎却并不妨碍大量理学家参与到题画文学这种同时兼具文与艺、大量流连玩好、用心于耳目之愉的"闲言语"中。南宋著名理学家如朱熹、胡寅、张栻等皆有不少题画文学作品传世，他们的题画文学写作具有明显的身份特质，而题画文学也成为观照理学家文道观和文艺观的一种有趣途径。

此外，还有画家如郑思肖、扬无咎、仇远、钱选，闺阁作家如李清照、朱淑真，道士如白玉蟾等，亦参与到题画文学写作之中。可以说，南宋的题画文学不再仅仅局限于精英知识分子领域，而成为社会广泛参与的一项艺术活动。不同的写作群体促进了题画文学发展的多元化，使得南宋题画文学呈现出不同于纯精英知识分子书写的丰富面貌。

四、文体格局的重新划分

文学发展至南宋，诗、文、词等不同的文体皆逐渐走向成熟，这为此期题画文学文体的繁荣奠定了良好的基础。从题画文学的发展历史来看，不同时期题画文学的文体格局是不一样的。魏晋之前题画文学的文体较为单调,以画赞为主,唐代之后题画诗逐渐成为主流,而北宋时题跋文和题画词开始兴起。到了南宋,题画文学的文体构成日渐复杂,诗、词、赋、赞、记、序、题跋等十多种文体皆可作为题咏绘画的媒材,且很多文体所拥有的作品数量都不少,如题画诗 3041 题 4045 首,题画词 113 首,画赞 1176 篇,题跋 605篇,画记 33 篇,画序 77 篇,其他说、赋、铭、疏等亦有作品产生。在南宋题画文学所涉及的这些文体中,诗歌与题跋因其包容性最强而逐渐成为最重要的题画文体,其中又以诗歌的地位更为突出,其作品无论是数量还是质量皆为此期题画文学之最。画赞在经历了唐代和北宋题画诗的冲击后,至南宋时虽逐渐式微,却并未消亡,出现了题材进一步向人物画靠拢、作者群体逐渐向僧人集中的趋势。而题画词则在北宋的基础上继续发展,并逐渐构建出独特的文体美学,成为具有蓬勃生命力的新兴题画文体。南宋题画文学由此形成了不同于前代的文体格局,而这种格局也奠定了后世题画文学的基本样貌。可以说,宋代,尤其是南宋是中国题画文学文体转型与走向成熟的关键时期。

　　宋代是“尊体”与“破体”问题最为突出的时代,绘画的参与让这些问题变得更为复杂。不同的文体在与绘画碰撞时,产生的效果有所差别,有的文体本色得到强化,有的则受到了冲击。探讨南宋时期题画文学的文体,不仅对研究题画文学本身的文体发展趋势有所助益,同时也可以通过观照不同文体与绘画的碰撞效果,反思各种文体的本质。

五、语图关系的多重延伸

　　题画文学是一种同时关涉文学与绘画的艺术形式,因此,探讨题画文学时必然不能与绘画割裂。与其他所有朝代的题画文学一样,南宋题画文学与绘画的联系非常紧密。然而,此期题画文学与绘画的关系,又不仅仅是言说者与言说对象那么简单,文学与绘画的关系在南宋出现了更多的延伸。

首先,题画文学有广义和狭义之分,南宋之前,除少量短文和诗歌外,题画文学作品大部分并不题写在画面上,只能算作是广义的题画文学。然而,南宋时期,诗、文、词皆开始较多地题写于画面,完成了从语图分体到语图合体的转变,成为真正严格意义上的"题画"文学。南宋由此成为狭义题画文学概念真正得以形成的关键时期。因此,南宋题画文学不仅成为观照南宋绘画的重要切入点,也成为反思题画文学发展进程中文学与图像磨合互渗的重要角度。

其次,南宋绘画的主流是以宫廷为主导的院体画,然而南宋题画文学中所呈现的画论大部分实际上是文人画论,而题画文学中的画论又是南宋整体画论的重要构成。于是,南宋绘画便形成了创作实际与理论批评的错位。这种错位使得南宋题画文学中的画论呈现方式成为探讨画坛话语权归属的有趣角度,也成为观照南宋院体画与士人画发展的一个特别途径。

综上所述,南宋题画文学在面对前代优秀成果所带来的压力时,一方面通过编纂《声画集》等方式对优秀作品进行整理总结,另一方面又在吸收前代养分的同时寻求突破空间,无论在题材、作者群体、文体还是图文关系方面,皆出现了异于前代的特质,在继承的基础上也实现了开拓,从而为南宋在题画文学发展史中奠定了独特的存在意义。

小　结

　　面对前代题画文学,尤其是唐代和北宋高峰的影响,南宋题画文学在发展过程中出现了"影响的焦虑",这种因前代的优秀所造成的影响也使得南宋题画文学在相当一段时间内被埋没在浩瀚的题画文学史中,以至于众多的研究者都忽视了它的意义。

　　然而,南宋作家们仍然试图结合自身特殊的历史文化环境为题画文学的发展探索新的出路。更多的群体参与到题画文学的创作之中,无论是题材内容、文体构成还是语图关系皆开拓出自身的特点,他们用这种方式对焦虑做出回应,不仅为南宋在题画文学史上寻求到了立足之地,同时也从多维角度推进了题画文学的整体发展。研究者不该因为前代的影响便忽视了南宋作家们所做出的努力。本章为南宋题画文学的整体面貌及发展空间做出一个大致的探讨,接下来便将对这些空间逐一展开,力求拨开笼罩在南宋题画文学上的这层空濛迷雾,去呈现这段被忽视已久的艺术存在。

第二章 题材:南宋文化特质的图文阐释

题材作为一种重要的文学元素,其形成往往与社会历史文化息息相关,因此,题材研究往往能够折射出某个时期的历史特征。关于南宋题画文学的题材,本章不打算按照山水、花鸟、人物等传统的划分方式进行论述,因为这种划分可以对应到任何一个朝代的题画文学研究中,这就意味着南宋阶段的特点很容易被这种传统划分方式掩盖。就作品数量而言,南宋阶段最多的确实是题咏山水、花鸟和人物画作的作品,且山水大多是高远、深远、平远式的可游可居类山水,花鸟(此处指广义的动植物)则多梅兰竹菊、牛马鸟虫,人物亦多是王侯将相、文人墨客。可以说,就最广泛的题材数量而言,南宋与其他任何一个朝代的题画文学皆基本一致,这是题画文学传统本身强大的持续性所导致的。因此,本章在承认这些共性题材影响力的前提下,试图挖掘南宋的题画文学题材特点,以呈现此阶段独特的题画文学面貌。

南宋的历史文化有其独特性,首先,这是一个遭受军事打击后偏居南方的王朝,因此地域必然成为其关注的重点,这种对地域的着眼使得此期的地图书写与南方意象出现了非常独特的题材表现。其次,宋代是一个雅俗文化双向发展的时代,南宋在北宋的基础上继续对俗文化进行开拓,这使得涉俗题材与传统隶属于雅文化的题画文学之间出现了碰撞,市井乡野风俗图和鬼画也因此成为观照宋代雅俗之变的特殊题材。再次,宋代还是一个文化整合的时代,文体互渗、诗画互渗成为此期重要的文化表现,以文学文本为图绘对象的诗意图,同时涉及文学与图像,因此成为此期的重要题材。因此,本章抽绎出地域、雅俗和诗意图三个关键词,并由此辐射南宋士人心态、文化布局及语图关系,试图建构南宋题画文学独特的题材特征。

第一节　地域观照与士人心态的表征

靖康之变后,宋政权南移,中国历史上大规模的衣冠南渡再一次出现,无论是文人还是画家,皆难逃历史的裹挟。靖康二年(1127),赵构在应天府南京(今河南商丘)即位,是为高宗,改年号为建炎,南宋正式建立。随着绍兴八年(1138)迁都临安,以及“绍兴和议”后秦岭－淮河北方边界的划定,原居中原的宋政权被迫成为一个以南方为中心的王朝。地理的变迁对南宋人造成了极大的心理冲击,地域也由此成为南宋题画文学书写的重要主题。在南宋人对地域的着眼中,有两类主题最值得关注:一类是地图,另一类是南方意象。地域主题的图绘和书写不仅折射出南宋人对恢复中原的渴望,也折射出南渡后的偏安心态,更折射出南宋人在这种无奈中沉淀出的向外对延续华夏正统的思考以及向内对内心品格的坚守。

一、地图书写的双重话语

地图,在古代常被称为舆图或舆地图,指描绘州郡山川等地理因素的图绘。《周礼·地官司徒下·土训》有言:“掌道地图,以诏地事。"① 郑玄注曰："说地图,九州形势山川所宜。"② 地图不仅包括勾勒全局疆域的舆地总图,也包括具体城池关隘和山川形势的图绘。地图的撰修历来是统治者非常重视的工作,领土的变迁反映的是政治变迁。"'领土'无疑是地理学的概念,但是它首先是一个法律 – 政治概念:某一权力所控制的地域。"③ 因此,地图绘制便成为了一种政治话语。南宋长期处在与北方的军事对抗之中,加之此期方志的大量撰修和刻书业的繁荣,促使地图的绘制数量较大增长。地图作为领土变化的直观依凭,与政治军事形势密切相关,成为解读南宋政治心态的重要且可靠的依据。

伴随着地图绘制增多的则是文人对地图题咏兴趣的提高。据笔者统计,南宋以前共有题地图诗 9 首,题地图文 22 篇,而南宋一朝则出现了题地图诗 23 首,题地图文 47 篇,数量远超于前代。这些题咏是文人在阅读地图时的思想表达,属于一种文人话语。虽然与一般意义上偏向于表现的绘画相比,地图更偏向于再现,然而二者都属于平面视觉图像,因此文人在阅读地图时,常常会借鉴读画的经验。借助文字转译图像时,不同的读者因其自身的经验和视角的差异会产生不同的解读可能,因此,文人话语对地图的阐释呈现出多元化的特质。那么,政治话语与文人话语对地图的阐释有何异同,从二者的碰撞中又能看出南宋士人怎样的心态呢?

① (汉)郑玄注,(唐)贾公彦疏,彭林整理:《周礼注疏》卷十七,上海:上海古籍出版社 2010 年版,上册,第 588 页。
② (汉)郑玄注,(唐)贾公彦疏,彭林整理:《周礼注疏》卷十七,上海,上册,第 588 页。
③ 〔法〕福柯:《权力的眼睛》,严锋译,上海:上海人民出版社 1997 年版,第 204 页。

（一）作为政治话语的地图绘制

地理空间的划分是一种政治作用的结果，与之相应的便是地图的绘制。图籍历来具有重要的政治意义，薛季宣在《汉舆地图序》中谈道："舆地之图，所以尽载地域经纬之数，人民之众寡，土地之产，财物之用，皆王政之本也。物有甚轻而用可重者，图籍是也。周之衰也，诸侯异政，六王并起，天子无容足之地，四方号令不行焉，而天下宗之，号为共主者，以图籍之所存也。"[①]图籍作为王政之本，是确认政治合理性的重要依据。南宋时政治局面的特殊性使得此期的地图数量远远超过前代，种类更是繁多，这些地图成为解读南宋政治心态的重要依据。

首先，此期数量最多的是州郡地图。北宋曾有修撰闰年图的制度，每隔几年朝廷会要求地方造送图经，了解各州郡的风土变化情况，形成自上而下的图经修撰体系。然而这种制度在南宋时发生了变化，靖康之变后，伴随政局动荡而产生的是图籍的大量散佚，除了被金带走的部分之外，还有大量已散亡难寻。到了绍兴年间，随着政局的大致稳定，地方志的修撰再次活跃起来。董棻在《重修严州图经序》中谈道：

> 是邦当宣和庚子盗据之后，图籍散亡，视他州尤难稽考。……于是因通判军州事孙傅有请，乃属僚属知建德县事熊逷、州学教授朱良弼、主建德县簿汪勃、主桐庐县簿贾廷佐，及郡人前汉阳军教授喻彦先，相与检订事实，各以类从。因旧经而补辑，广新闻而附见。凡是邦之遗事，略具矣。岂特备异

[①] 曾枣庄、刘琳主编：《全宋文》卷五七八八，上海：上海辞书出版社，合肥：安徽教育出版社 2006 年版，第 257 册，第 305 页。

日职方举闰年之制，抑使为政者究知风俗利病，师范先贤懿绩。而承学晚生览之，可以辑睦而还旧俗。宦达名流玩之，可以全高风而励名节，渠小补也哉。①

地方志的修撰，不同于北宋时自上而下的被动执行，在南宋时已经成为一种主动的行为，是一件可以知风俗、全高风、励名节的事，"往往体现了地方官僚自觉的政治意识……官僚将此项工作提高到'儒者'责任的地位，视为儒家政治伦理的一种外在表现。"② 因此，南宋出现了大量的地方志，如《豫章图志》《建康图经》等，这些地方志中，包含大量的州郡地图。

在这些州郡地图中，却出现了一些非南宋政权控制区域的地图，如《西域图》《长安城图》等。绍兴十一年，宋金签订"绍兴和议"，以淮水－大散关为界，划定了两国的政治边界，北方属于金，南方属于宋。然而，这种政治地域的划分反倒加剧了对于北方沦陷区地图的绘制。究其原因，地图对于道路、山脉、关隘等等之描绘，是军事进攻的重要辅助，程大昌在《雍录》中谈道：

> 兵家攻取守避，必见其著迹之为何地，然后事情可晓……尚念徒语难喻，于是率其地望方所，聚为一图，使其出入趋避之因，指掌可推，而事情易白也。③

------

① （宋）董弅：《严州重修图经序》，（宋）陈公亮《严州图经》卷首，《丛书集成初编》，上海：商务印书馆 1936 年版，第 12—14 页。

② 潘晟：《南宋州郡志：地方官、士人、缙绅的政治与文化舞台》，《史学史研究》2009 年第 4 期。

③ （宋）程大昌撰，黄永年点校：《雍录》卷五，北京：中华书局 2002 年版，第 91 页。

地图作为一种图像,相比文字而言更为直观,沦陷区地图是克复中原军事战略的重要组成部分,其大量存在表明了南宋士人对于收复北方的强烈渴望以及实际努力。地图不仅是现实地理的反映,也是政治心态的反映。

其次,与此相呼应的,则是大量边境地图的产生。对于边境的密切关注,北宋便已非常明显,石敬瑭将燕云十六州割让给契丹,北宋的地域范围大幅缩减,加之常常处于北方诸政权的侵扰之中,对于边境的关注颇为重要,出现了一系列被称为"对境图"的图绘。王应麟《玉海》中曾记载:

> (元丰)五年六月己未,上批:先有《西界对境图》,西讨以来奏报文字,指画山川道里多异同,无以考证。令逐路选委出界熟知贼境次第者,差画工同指说山川堡寨西贼聚兵处地名,画对境地图,以色别之,上枢密院。候到,取旧《对境图》及军兴奏报比对考校,绘为《五路都对境图》。①

图中通常会以不同的颜色标注敌我边境、山川据点等与军事有关的地理图示,作为用兵之依据。

这种边界地图到南宋时更为普遍,随着边界的南移,北方出现了《南北对境图》《华戎对境图》《大散关地图》《淮上地图》等一系列陆上防御的地图,南方则有《绍兴海道图》《河防守御图》等海上防御的图绘。尤其是在政权退守南方后,对海上较于之前更为关注,《玉海》载录:

---

① (宋)王应麟:《玉海》卷十六,扬州:广陵书社 2003 年版,第 304—305 页。

　　（绍兴）二年五月辛酉，枢密院言："据探报，敌人分屯淮阳军、海州。窃虑以轻舟南来，震惊江浙，缘苏、洋之南海道通快，可以径趋浙江。"诏两浙路帅司速遣官相度控扼次第，图本闻奏。[1]

图绘边境不仅对于南宋的政治防御有重要意义，而且也关乎恢复大计，为北上反击提供了一定的可能性。地图成为一种超越地理的政治概念。

　　再次，便是舆地总图的绘制。南宋舆地总图的数量繁多，如绍兴六年（1136）刊刻的以唐代地图为样本之《禹迹图》，淳熙四年（1177）刊刻之《九州山川实证总图》，同年程大昌编撰之《禹贡山川地理图》，淳熙十二年（1185）刊刻之《古今华夷区域总要图》，以及黄裳于绍熙元年（1190）绘制的《地理图》等。虽然南宋只占据半壁江山，然而此时出现的舆地总图却一律将北方区域囊括于内，并且地图的中心不是临安，仍然是中原地区。以黄裳《地理图》为例，该图所绘之范围，北至长白山，南至海南岛，西至玉门关，东至东海。图之边缘还标有党项、回鹘、高丽、女真等地，所着眼之中心仍是中原，并以周边各民族为属地，与南宋实际的政局迥异。这种以全写残的绘图方式，反映的是绘图者对于恢复中原的决心。绍熙元年，黄裳将此图进献给当时还是嘉王的宋宁宗赵扩，并撰文说明绘图缘由：

　　南北形势，使之观之，可以感，可以愤，然亦可以作兴也。……回视三代两汉，能以天下为一统者，仅十一耳。将天

① （宋）王应麟：《玉海》卷十五，第296页。

时有否泰欤,抑君德有厚薄欤？奚其治少而乱多若此哉？此
可以感也。……祖宗之所以创造王业,混一区宇者,其难如
此。乃今自关以东,河以南,绵亘万里,尽为贼区,追思祖宗开
创之劳,可不为之流涕太息哉！此可以愤也。……诚能修德
行政,上感天心,下悦人意,则机会之来,并吞□□。追复故
疆,尽归之版籍,亦岂难哉？故曰亦可以作兴也。①

此图对宁宗产生了影响。宁宗即位后,追封岳飞为鄂王,削去秦桧
封爵,并进行了北伐。虽然北伐失利,但某种程度上也反映出南宋
克复中原的渴望,这种心态与黄裳《地理图》所呈现出的感、愤、兴
一脉相承。舆地总图将广大北方包括在内的绘制方式,除了表示
恢复中原的渴望之外,另一层意义,也体现出南宋对于传统华夷秩
序的追忆和想象。领土的一再南移,对周围民族控制力的减弱甚
至反转,"使得传统中国的华夷观念和朝贡体制,在观念史上,由实
际的策略转为想象的秩序,从真正制度上的居高临下,变成想象世
界中的自我安慰;在政治史上,过去那种傲慢的天朝大国态度,变
成了实际的对等外交方略;在思想史上,士大夫知识阶层关于天
下、中国与四夷的观念主流,也从溥天之下莫非王土的天下主义,
转化为自我想象的民族主义。"② 而地图正是追忆往昔秩序的一种
直接反映,在这些舆地总图中,并没有承认政权的更替,对于周边
民族的地域放置仍然是居于传统的四方,地图作为一种政治话语,
强化了这种对传统秩序的想象。

---

① 曾枣庄、刘琳主编:《全宋文》卷六三九六,第282册,第158—159页。
② 葛兆光:《宅兹中国:重建有关"中国"的历史论述》,北京:中华书局2011
年版,第47页。

南宋地图绘制的目的虽然多样，有出于河工民事，有出于地方宣传，甚至有用于旅游导览，然而最主要的目的还是作用于现实的边境政治问题。地图作为一种图像，其背后的意义并非仅仅是对地理因素的客观描绘，而是通过这种描绘传达出政治倾向。不管是州郡地图，还是边境地图，抑或是舆地总图，都呈现出对于传统秩序的追忆，以及恢复这种秩序的渴望。这种地图所建构出的话语，某种意义上也支撑着南宋的延续。

（二）文人话语的多元阐释

如果说地图的绘制是一种政治话语，那么如何解读地图便成为一种文人话语。面对同一幅图像，不同的观看者会做出不同的阐释，而这种阐释，很大程度上受制于观看者的观看环境、人生境遇以及思想倾向。南宋之前的地图题咏数量较少，其着眼点亦多在于赞叹地图咫尺千里的缩地效果，如唐代曹松《观华夷图》所说的"落笔胜缩地，展图当晏宁"[①]。南宋时期特殊的政治环境及大量的地图绘制，促进了地图阐释的发展，此期出现了相当多的题咏地图诗文。相较于政治话语传达出的渴望恢复中原的单一性而言，文人话语的阐释维度要更加复杂多元，呈现出异于前代的较强的情绪层次。

1. 文人话语与政治话语的对立统一：恢复之望

如前所述，南宋的舆地总图并未承认"绍兴和议"所划定的边界，而依旧以中原为中心，将北方的大片土地都囊括入图。然而，这种以全写残的话语模式在文人题咏地图时却出现了完全相反的阐释——对实际残缺的还原。以南宋诗僧释元肇《华夷图》为例：

[①] 中华书局编辑部点校：《全唐诗》（增订本）卷七一六，北京：中华书局1999年版，第8307页。

禹迹茫茫宇宙宽,等闲移向壁间安。从头指点须开展,莫只东南角上看。[①]

唐代贾耽曾绘制《海内华夷图》,为后来《华夷图》的底本,现今西安碑林尚存有宋代石刻的《华夷图》,图的主体为长城以南,海南岛以北,西至西域,东至大海。释元肇所看到的《华夷图》,很有可能便是这一版本。地图描绘的是以中原为中心的地理范围,然而释元肇读图时首先关注到的却是南宋政权所在的东南一角,将地图所刻意遮掩的残缺直白地凸显出来。文人话语对残缺的还原形成了与政治话语以全写残的对立。

然而,在这种表面的对立之下,两种话语却指向了统一的目标——"从头指点须开展",即对恢复中原的强烈诉求。这种诉求在陆游的《观大散关图有感》中,表现得尤为明显:

上马击狂胡,下马草军书。二十抱此志,五十犹癯儒。
大散陈仓间,山川郁盘纡,劲气钟义士,可与共壮图。
坡陁咸阳城,秦汉之故都,王气浮夕霭,宫室生春芜。
安得从王师,汛扫迎皇舆?黄河与函谷,四海通舟车。
士马发燕赵,布帛来青徐。先当营七庙,次第画九衢。
偏师缚可汗,倾都观受俘。上寿大安宫,复如正观初。
丈夫毕此愿,死与蝼蚁殊。志大浩无期,醉胆空满躯。[②]

---

① 北京大学古文献研究所:《全宋诗》卷三〇九二,北京:北京大学出版社 1998 年版,第 59 册,第 36928 页。

② (宋)陆游著,钱仲联校注:《剑南诗稿校注》卷四,上海:上海古籍出版社 1985 年版,第 357—358 页。

大散关即"绍兴和议"所划定之宋金界限的西界，《大散关图》应是宋金边界要塞地图，能直接反映宋金之间的政治矛盾。此诗作于乾道九年（1173），陆游四十八岁。自乾道元年（1165）宋金"隆兴和议"生效后，两国之间保持着相对的稳定，然而这种稳定是以极度的不平等为前提，金宋之间以叔侄相称，宋向金割地，并纳岁币。这种稳定在以陆游为代表的诸多文人看来，并非是长久之计，恢复中原才是根本之道。因此，诗中不仅表达了希望亲自"击狂胡""草军书"的壮志，而且还制定了北伐的军事战略，以关中陈仓为据点，聚集忠义之士，直捣故都。甚至进一步想象北伐胜利之后的景象，"营七庙""画九衢""缚可汗""观受俘"，构建出完整的恢复中原步骤。恢复之志是南宋诗歌非常重要的主题，如陆游本人便创作了《十一月四日风雨大作》《示儿》《关山月》等无数相关主题的佳作。在这些诗中，题地图诗所呈现的繁复的地名往往被抽象为特定的意象，如"中原""大散关"等，地图的真实在经过题地图诗的转译之后，又被进一步提炼为更加艺术的真实。南宋大量的地图绘制，增加了观者因图生情的可能性，而这些地图的集中出现，某种程度上也促进了南宋其他书写恢复之志诗歌的繁荣。

很多时候，地图的绘制者及地图本身并没有传达出恢复之望，然而读图者在解读时却往往有此偏向。如程大昌曾编撰《禹贡山川地理图》，从其序中可以读出其编撰目的似乎仅是辩证旧图之误，然而陈应行在此图的跋中却解读出更多的情绪：

> 斯文一传，使学者观帝王之疆理，见宇宙之寥廓，感慨今昔，皆有勒功燕然之心，则阅此书者，岂小补哉。[1]

---

[1] 曾枣庄、刘琳主编：《全宋文》卷六二一二，第274册，第418页。

地图本身呈现的是"帝王之疆理,见宇宙之寥廓",而陈应行却读出了"勒功燕然"之意。这种对于地图意义的彻底政治化阐释,使得隐匿在地图绘制中的政治诉求得以完全显现,地图由此最大可能地配合了士大夫的恢复之望。

2. 情绪的深化:故国之思

靖康之变后,宋高宗一路南逃,多番辗转,终于定都临安,建立了南宋政权。然而,汴京的沦陷和广大北方领土的割让成为有志士人心中抹不掉的伤痛,而宋金协议的签订又使得恢复中原成为一种遥不可及的想象。因此,文人题咏地图时,在昂扬的恢复之望中又夹杂了更为复杂的情绪。地图上的诸多北方地名在地理意义上仅仅是一个符号,然而这些符号落入到文人眼中时,就成为了一个个带有温度的对故国的立体记忆。如吕本中《题赵祖文〈盘谷图〉》:

> 赵郎落笔写盘谷,正是太平无事时。今日太行那有此?满川樵采尽胡儿! [①]

吕本中生于南北宋之交,其诗中多有对于王朝嬗变的载录。盘谷位于太行山之南,画家赵祖文画此图时,应是北宋承平之际,当吕本中再观此图,却已是沧海桑田,北方早已沦为金人的统治区。盘谷距离北宋都城汴京并不算远,盘谷满山尽胡儿,可知故都汴京亦如是。在这种今昔对比中,透露出深沉的故国之悲。这种情绪在胡仲弓《观中原指掌图》中亦有表现:

---

① (宋)吕本中撰,沈晖点校:《东莱诗词集》卷十六,合肥:黄山书社2014年版,第235页。

月明空照八陵碑，玉馆琼楼失旧基。故国不堪回首处，西风满地黍离离。[①]

中原指掌图即中原地图，地图上的地名应是极其之多，然而胡仲弓在观中原地图时，并没有泛泛而谈，而是选取了八陵。八陵为北宋皇陵，葬有北宋七代帝王，帝王是故国最具代表性的政治符号，因此对帝王的追忆便成为追念故都的直接表征。地图是一种线性的描绘，与一般意义上传情达意的绘画不同。一般的绘画本身便具有直观性，通过景物描绘很容易渲染情绪氛围，然而地图的客观性特质却使得这种情绪传达更多地是需要借助文人话语。地图上不会图绘月光，更不会图绘楼台残败，"彼黍离离"，这些意象都是诗人在观照地图时赋予的画外之思，目的在于深化对故都的情绪，这种情绪的填充让本来苍白的地图显现出更多感性的色彩。

　　故国之思的频繁书写，某种意义上也透露出士大夫对于在当前政局下中原能否恢复的怀疑。尤其到了南宋中后期，随着蒙古的崛起以及偏安心态的加强，恢复中原更成为一种理想中的自我安慰，而现实却与此渐行渐远。陆游曾沉痛感慨"三秦父老应惆怅，不见王师出散关"（《观长安城图》），而王柏更是直言"谁云天意分南北，自是人无混一心"（《题长江图三绝》）。这种对政治失望的极端表现，造就了文人话语的第三种叙述模式——重建正统观。

　　3. 策略的转化：正统观的新变

　　汉民族是较早进入农耕时代的民族，其高于周边游牧民族的文明和礼制使其具有了强烈的优越感。中原地区合于华夏礼俗者

<hr>

① 北京大学古文献研究所：《全宋诗》卷三三三六，北京：北京大学出版社1998年版，第63册，第39835页。

被称为"华",而周边文明程度落后地区的民族则被划归为东夷、西戎、南蛮、北狄,中原民族建立起以自身为中心的华夷体系。孔子曰:"夷狄之有君,不如诸夏之亡也。"(《论语·八佾》)华夷思想在汉族士大夫心中根深蒂固。然而这种秩序在南宋之时却遭到了冲击。绍兴十一年,宋金签署"绍兴和议",其中一项重要条文便是宋向金称臣,由金册封赵构为皇帝。从此中原王朝不但在疆土上只剩半壁江山,甚至连传统的华夷秩序也遭到颠覆。孝宗即位后,再次北伐,却以失败告终,与金国签订"隆兴和议",金国和南宋之间由君臣关系转为叔侄关系,虽比君臣关系有所提高,然而双方地位的差别还是体现出传统华夷秩序的颠倒。这种情况在宋末更为明显,随着蒙古的崛起,传统认识中的夷狄步步紧逼,华夷秩序一再遭到破坏。

颠倒的华夷秩序让士大夫痛心疾首,对异域也更为关注,在南宋的地图题咏中,出现了一些非常特别的对异域地理的书写。如黄文雷《西域图》诗:

> 大哉天地间,品类不可齐。谁为好事人,貌此县度西。松花琐碎沙草肥,是间可牧羊千蹄。可怜群鹿正走险,或尔剥割衣其皮。啜溷树桦尚有理,穴颡插齿吁何为。吾闻中原全盛时,重译解辫朝京师。怀方象胥伤乃事,幻人诡伎何能奇。煌煌烈祖鉴古作,玉斧画地分华夷。羌浑何者宅荥洛,蠕蠕异类方纷披。或为盘瓠孙,或为天狼妻。冠带之国尽狐兔,玉门万里那得知。还君此画双涕洟,愿赋周官王会诗。①

---

① 北京大学古文献研究所:《全宋诗》卷三四四八,北京:北京大学出版社1998年版,第65册,第41083页。

诗中回忆了王朝强盛时，蛮夷之人"重译解辫朝京师"的繁华，宋太祖甚至豪迈地玉斧一挥，划定大理国的范围，建立起严密的华夷秩序。此事虽未见于北宋正史，然而南宋却多有传闻，如《建炎以来系年要录》载："翰林学士朱震言：按大理国本唐南诏，大中、咸通间，入成都，犯邕管，召兵东方，天下骚动。艺祖皇帝鉴唐之祸，乃弃越巂诸郡，以大渡河为界，欲寇不能，欲臣不得，最得御戎之上策。"①华夷之防历来为中原王朝所重视，先秦时管仲便曾言："戎狄豺狼，不可厌也；诸夏亲昵，不可弃也。"②到了宋代，苏轼写下《王者不治夷狄论》，明言"夷狄不可以中国之治治也，譬若禽兽然，求其大治，必至于大乱"③。烈祖"玉斧画地分华夷"便是华夷之防思想的典型反映。然而，中原全盛时，大国可以主导华夷之分，而当中原陷落后，华夷秩序便濒临崩溃，北地的汉人甚至处于最底层，士大夫虽然仍旧固守着文化的优越感，通过"赋周官王会诗"来重塑华夏之礼仪与信仰，然而在实际局面上却是"冠带之国尽狐兔"，北宋的繁华成为南宋士人共同的追忆，昔日的强盛和今日的华夷颠倒强烈地冲击着南宋士人的心灵。

当恢复之望成为梦幻泡影之后，实际疆土的丧失便只能靠精神层面的信仰去维护，此时的华夏在地理空间上一再缩小，而在士大夫心中却一再放大，虽然中原全盛已成为追忆，然而士大夫仍然保持对正统的强调，甚至试图以文人话语重建正统观。这种表现典型地反映在郑思肖的《大宋地理图歌》中：

---

① （宋）李心传：《建炎以来系年要录》卷一百五，北京：中华书局1988年版，第1713页。

② 杨伯峻：《春秋左传注》（修订本），北京：中华书局2009年第3版，第256页。

③ （宋）苏轼著，孔凡礼点校：《苏轼文集》卷二，北京：中华书局1986年版，第43页。

混沌破后复混沌,知是几番开太极。四方地偏气不正,中天地中立中国。神禹导海顺水性,太章步地穷足力。悖理汤武暂救时,谋篡莽操大生逆。离而复合合复离,卒莫始终定于一。粤自炎帝逮唐尧,两汉大宋传火德。我朝圣人仁如天,历年三百犹一日。形气俱和礼乐修,谁料平地生荆棘。风轮舞破须弥山,黑雹乱下千钧石。铜蟒万舌咀梵云,玉帝下走南斗泣。中有一宝坏不得,放光动地神莫测。云是劫劫王中王,敕令一下周不伏。燕南垂,赵北际,忽必烈正巢其地。一声霹雳吹云飞,真火长生世永世。山山深,水水清,纵横十方变化身。恒河沙数天坏壳,独我志气常如新。①

理宗宝祐六年(1258),忽必烈南下伐宋,中途因蒙哥去世而回国争位,于景定元年(1260)即位为蒙古国大汗。从诗中"忽必烈正巢其地"一句可知此诗应作于此期前后。郑思肖生于宋末,见证了南宋的覆亡,诗中满怀深情一再强调宋之正统性。

从秦代以后,华夏民族对正统的强调多偏向于血缘、地缘和文化的结合,正统之政权应承传天命,地理上位于中原,文化上则继承华夏文明。然而宋末之时,这些条件却出现了变异。首先,从地理上说,南宋只是偏居的政权,而中原地区则相继为金国和蒙古所占领。郑思肖虽然强调大宋本来是"四方地偏气不正,中天地中立中国",然而却不得不承认"玉帝下走南斗泣"的现状,宋朝作为正统在地缘上的优势已经丧失,因此,郑思肖认为地缘不能作为正统的依据。其次,从文化上说,虽然宋朝"形气俱和礼乐修",却终究

① 北京大学古文献研究所:《全宋诗》卷三六二八,北京:北京大学出版社1998年版,第69册,第43447页。

没能逃过"平地生荆棘"。一般来说，游牧民族一旦武力征服中原
王朝后，便会逐步受到中原文化的影响，从而在文化上被征服。因
此，元人郝经曾提出"今日能用士，而能行中国之道，则中国之主
也"(《与宋国两淮制置使书》)，这是从文化上强调正统，得中华
文化者为中国之正统，这是为元代统治中国提供思想依据。然而
作为遗民的郑思肖并不认同这个观点，他在《古今正统大论》中强
调："臣行君事、夷狄行中国事，古今天下之不祥，莫大于是。夷狄
行中国事，非夷狄之福，实夷狄之妖孽。譬如牛马，一旦忽解人语，
衣其毛尾，裳其四蹄，三尺之童见之，但曰'牛马之妖'，不敢称之曰
'人'，实大怪也。"①郑思肖的观点否认了夷狄从文化上获得正统的
途径，认为文化也不能完全作为正统的依据。

　　郑思肖对正统的强调，最终落脚到血缘。这是民族危机时正
统论非常特别的表现。就算没有了实体的存在，华夏的血缘也仍
然存在于南宋士大夫心中，无论在地图上如何压缩，具有华夏血缘
的宋王朝永远是南宋士大夫心里的正统。他提出，"粤自炎帝逮唐
尧，两汉大宋传火德"，古人常以五行证明王朝的正统性，人间帝王
由五帝轮流感生，宋代对应炎帝火德，为继承正统的合法政权。南
宋高宗的第一个年号"建炎"，其命名便是"以火德中微故也"②。以
血缘为标准的正统不以成败论，"大抵古今之事，成者未必皆是，败
者未必皆非"③，因此，宋之败于金，并不意味着正统的转移。面对
着华夷秩序一再遭到破坏，郑思肖从正统论的立场上，坚守了华夏

---

① (宋)郑思肖:《心史》下卷，四川大学古籍整理研究所《宋集珍本丛刊》，北
　京：线装书局 2004 年版，第 90 册，第 479—480 页。
② (宋)李心传撰，徐规点校:《建炎以来朝野杂记》卷三，北京：中华书局
　2000 年版，第 92 页。
③ (宋)郑思肖:《心史》下卷，第 90 册，第 482 页。

文化的优越感,这是宋末国家倾覆时士人正统观非常特殊的表现。也正是因为这种以血缘为最后依据的固执坚守,在临安已失后,士大夫仍然坚持抗争,郑思肖另有《题萧梅初旧所藏钱塘王畿图二首》,便表现出这种对正统不懈的坚守:

> 阴山腥马蹂京尘,锁杀宫花不识春。哭问钱塘江上月,如今谁是去邠人。
>
> 抚膺唁国问苍苍,郭喈声中喜气昌。偷报故都忠义士,赵家天下又南阳。[①]

虽然钱塘不复,然而"赵家天下又南阳",失去了汴梁、甚至失去了临安的赵宋王朝依旧是南宋士大夫心中的正统,不因阴山戎马的蹂躏而更改,也不因疆土的压缩而异主,这种正统的观念支撑着宋亡后宋遗民们的继续抗争,一如郑思肖画笔下的"无土之兰",土虽为番人夺,而坚守者似兰花清绝,志气不改。

正统观的新变是南宋国土一再压缩,恢复渐趋无望时士大夫新的话语策略。如前文所述,从地图以全写残的绘制模式中能够看出政治话语对于传统华夷秩序的追慕,然而当现实的华夷秩序无法再用传统的地缘、文化模式维持时,如何调整阐释方式以重建正统观便是文人话语所进一步关注的内容。从这个意义上讲,文人话语完成了对政治话语的推进及现实策略转化。

近年来,图像逐渐成为文学史和思想史研究的重要维度,其背后呈现出的创作观念及观看方式,拓展了传统以来以文字资料为主体的研究思路。地图作为一种看似冷静客观的图绘,却恰恰

---

① 北京大学古文献研究所:《全宋诗》卷三六二八,第69册,第43441—43442页。

折射出南宋士大夫对于传统秩序的追忆，以及恢复这种秩序的渴望。同时，地图以一种图像表征的方式拉大了观者与真实地貌之间的距离，从而促使士大夫在读图时渗透进更多的个人经验，使得借助地图题咏来观照南宋士人心态成为可能。在地图题咏的过程中，士大夫实现了从"领土""文化"至"血缘"的焦点转移，看似只是无奈之举，却成功地将抽象化的地形地貌标识，纳入到维护正统的政治思考之中，同时还在与时局的对话中升华了对故国旧土的追念，其中的感伤之情逐渐演化为维系华夏文明得以延续的理性思考。由此，地图题咏也就成为了南宋士大夫矢志不渝的心灵史见证。

二、南方意象的开拓

建炎南渡，意味着赵宋王朝的地理重心开始南移。虽然南宋士人在内心依旧固守着恢复中原的梦想，在地图的绘制和题咏中时刻透露出对中原中心的追忆和认同，然而政权在地域上的南移却是事实。绍兴和议后，淮河与大散关成为了实际层面的北方边塞，而临安则成为了真正的政治文化中心。在这种背景下，南方必然会成为南宋文学与绘画表现的新重点，南方意象由此成为南宋题画文学中非常特别且重要的题材，这些题材同时也折射出南宋士人微妙的心理变化。

（一）以西湖为中心的南方山水书写

建炎南渡，北方人口大规模南移，为南方带来了充足的劳动力和先进的生产方式，极大地推动了南方经济的发展，中国的经济重心完成了从北向南的转移，由此亦出现了"苏湖熟，天下足"（高斯得《耻堂存稿·宁国府劝农文》）的认定。而临安更是由于南渡后确立的都城地位而备受瞩目。"东南形胜，三吴都会，钱塘自古繁华。烟柳画桥,风帘翠幕,参差十万人家"(柳永《望海潮》),钱塘在北宋之时已成为"东南第一州"(《淳祐临安志·卷五》),至南宋时更进一步成为世界最繁华的都市之一。据《咸淳临安志》载,宋理宗淳祐时期,临安的人口已达三十九万多户一百二十四万多口,相比北宋时柳永词中的参差十万人家有数倍增长。临安城内店铺林立,热闹非凡,吴自牧在《梦粱录》中便记录了临安城中茶肆、酒肆、分茶酒店、面食店、荤素从食店、米铺、肉铺和鲞铺的盛况,其中关于茶肆部分写道:

> 汴京熟食店,张挂名画,所以勾引观者,留连食客。今杭城茶肆亦如之,插四时花,挂名人画,装点店面。四时卖奇茶异汤,冬月添卖七宝擂茶、撒子、葱茶,或卖盐豉汤,暑天添卖雪泡梅花酒,或缩脾饮暑药之属。[①]

这段描述透露出两个信息,一是临安商铺多沿袭汴京风貌,同样张挂名画吸引客人,这种对北宋生活方式的沿袭一定程度上舒缓了南宋人的故都之思。二是临安对饮食和生活质量的讲究丝毫不亚于汴京,《梦粱录》的细致描述,宛如一幅临安版的《清明上河图》。安定富足的生活最容易使人产生懈怠心理,沉醉于南方的繁华与热闹之中乐不思蜀。此时,面对着无望的恢复和现实的繁华,很多士大夫不再力图恢复中原,而是满足于临安的柔靡。孝宗时的诗人林升便有感于这种繁华对士大夫心态的消磨,沉痛写下了"山外青山楼外楼,西湖歌舞几时休。暖风熏得游人醉,直把杭州作汴

---

① (宋)孟元老等:《东京梦华录》(外四种),上海:古典文学出版社1956年版,第262页。

州"（《题临安邸》）。

歌舞不休的西湖承载着临安的一梦繁华，作为临安的眼睛，西湖可以算是南方意象最典型的代表。周密《武林旧事·西湖游幸》记载道：

> 西湖天下景，朝昏晴雨，四序总宜；杭人亦无时而不游，而春游特盛焉。承平时，头船如大绿、间绿、十样锦、百花宝、胜明玉之类，何翅百余；其次则不计其数，皆华丽雅靓，夸奇竞好。而都人凡缔姻、赛社、会亲、送葬、经会、献神，仕宦恩赏之经营，禁省台府之嘱托，贵珰要地，大贾豪民，买笑千金，呼卢百万，以至痴儿騃子，密约幽期，无不在焉。日糜金钱，靡有纪极，故杭谚有"销金锅儿"之号，此语不为过也。①

这样一个风景绝佳的"销金锅儿"，自然会成为画家钟情的表现题材。

南宋之前题咏西湖的文学作品不少，从唐代白居易《钱塘湖春行》到北宋苏轼《饮湖上初晴后雨》，多有名句传世。然而，相较于文学的繁荣而言，以西湖为对象的图画却并不多。据王双阳《古代西湖山水图研究》②统计，唐代只有一幅有关西湖的图画《杭州郡楼登望图》，五代唯有巨然《松阴论古图》。北宋时有关西湖的图绘增加至 4 幅，包括潘淳《江湖八境图》、佚名僧人《云林山人隐居图》、佚名画工《西湖图》以及佚名画工《潘阆词意图》，数量依旧不多。因此，南宋之前题咏西湖图的文学作品亦绝少，仅林逋《酬昼

---

① （宋）周密著，李小龙、赵锐评注：《武林旧事》卷三，北京：中华书局 2007 年版，第 71 页。
② 王双阳：《古代西湖山水图研究》，中国美术学院 2009 年博士论文。

师西湖春望》《僧有示西湖墨本者就孤山左侧林萝秘邃间状出》和
惠洪《汪履道家观所蓄烟雨芦鸿图》这三首作品涉及到对西湖图
绘的题咏。

　　绘画和题画文学中的西湖图景要到南宋才正式建立。南宋人
以西湖为对象创作的图画数量有非常明显的提升,据王双阳《古代
西湖山水图研究》统计,此期共出现 35 幅与西湖有关的图画,其中
既包括全景类的图绘,如传为李嵩的《西湖图》,也包括以具体地点
为对象的图绘,如玉涧若芬《孤山图》。南宋后期甚至还归纳出"西
湖十景":

　　　　近者画家称湖山四时景色最奇者有十,曰苏堤春晓、曲院
　　风荷、平湖秋月、断桥残雪、柳浪闻莺、花港观鱼、雷峰夕照、两
　　峰插云、南屏晚钟、三潭映月。①

从这段叙述中可以看到,西湖十景的名称最早便是由画家提出的,
名称背后的意象组合蕴含着浓烈的画者之思,形之笔端,便出现
了"西湖十景"的相关图画,如马麟《西湖十景》册、叶肖岩《西湖
十景》册、陈清波《三潭印月图》《苏堤春晓图》《断桥残雪图》等。
西湖成为画家非常钟情的图绘对象。据李慧漱分析,西湖的地理
位置非常特殊,三面环山,一面临城,呈现出沟通圣、俗两界的枢纽
意义。因此,西湖成为世人所共享共存的空间,对西湖的图绘者不
仅有宫廷画家,如夏圭《西湖柳艇图》、刘松年《西湖风景图》,也有
僧人画家,如玉涧若芬《孤山图》《六桥图》,甚至他们之间的绘画
风格也因同以西湖为题材而出现不可截然分割的特征。例如李嵩

---

① (宋)孟元老等:《东京梦华录》(外四种),第 230 页。

本为宫廷画家，然而他所画的《西湖图》（见图1）工笔写意兼用，画面中央为宽阔的湖面，左下方是以工笔画成的雷峰塔，而远处归属于隐士栖居地的北高峰则为带有写意风格的渲染，绘画结合了画院画家和文人的审美，正如西湖的地理位置融合了圣、俗两界一样。

图1　（传）李嵩《西湖图》

西湖的包容性使其广受各阶层之喜爱，而西湖图绘的繁多也造就了西湖图题咏的热潮。就诗歌而言，题春日者：

> 西湖景物天与奇，岁晚春风常探支。（章甫《张使君以画屏求题》）

题夏日者：

> 四月曾湖上，荷钱劣可穿。归来开短纸，十里已红莲。（杨万里《题文发叔所藏潘子真水墨江湖八境小轴·西湖夏日》）

题秋日者：

湖上秋山翠作堆，湖光千顷漾涟漪。晓云帖水菰蒲冷，正是吴江枫落时。（曹勋《题董亨道画西湖》）

题冬日者：

一童一鹤两相随，闲步梅边赋小诗。疏影暗香真绝句，至今谁复继新辞。（钱选《题孤山图》）

四时风物不同，四时题咏者亦不绝。除诗歌外，题画文和题画词对西湖图亦有所着笔，题画文如释道璨《题西湖图》：

坡仙吟不到处牧溪画得到，牧溪画得到处无文看不到。往来西湖三十年，少也冥心痴坐，脚力不暇及；今病眩倦游，眼力不能及。不独愧西湖，亦愧此图也。[①]

东坡之诗，牧溪之画，道璨之眼，文士和僧人以不同的身份共同描摹着西湖之美，相互有所不及，又有所补充，形成一种现实图景与文学图像空间的互文。而题画词则如扬无咎《水龙吟·赵祖文画西湖图，名曰总相宜》：

西湖天下应如是。谁唤作、真西子。云凝山秀，日增波媚，宜晴宜雨。况是深秋，更当遥夜，月华如水。记词人解道，

---

① 曾枣庄、刘琳主编：《全宋文》卷八〇八〇，第 349 册，第 326 页。

丹青妙手，应难写、真奇语。

　　往事输他范蠡。泛扁舟、仍携佳丽。毫端幻出，淡妆浓抹，可人风味。和靖幽居，老坡遗迹，也应堪记。更凭君画我，追随二老，游千家寺。①

从题目可知，赵祖文所画的这幅西湖图是对苏轼"淡妆浓抹总相宜"诗意的转译，然而苏诗中的"晴""雨""淡妆""浓抹"描述的是西湖不同的姿态，而绘画却很难将这些各异且矛盾的风景在同一空间中协调呈现。因此，本是画家的扬无咎亦不得不感叹"丹青妙手，应难写、真奇语"。从词作来看，赵祖文在绘图时并未黏着于苏诗的各种变化姿态，而是选取了一个深秋月夜作为特写，通过描绘现实风景来想象变化姿态，从而消解了绘画空间对诗歌流动性转译的难度。在对画作进行描绘后，扬无咎感叹，希望能被绘入画中，追随林逋与东坡，这意味着扬无咎对西湖风景和人文的追慕。

虽然南宋这些以西湖图为对象的题画作品皆无法望苏轼项背，但是却体现出南宋文人对西湖的热情。他们沉醉于以西湖为代表的南方山水之中，悠游自在。罗宗强在谈论东晋山水审美与偏安心态时曾言："山水审美意识的形成，不仅是个性觉醒、提倡任自然的玄学思潮的产物，而且是江南秀丽山水和这片秀丽山水中偏安一隅、经营庄园的士人生活的产物。是偏安心态、闲适情趣、闲适生活促进了山水的美的发现。"②南宋与东晋的地理环境和士

---

① 唐圭璋编：《全宋词》第二册，北京：中华书局1965年版，第1177页。
② 罗宗强：《玄学与魏晋士人心态》，杭州：浙江人民出版社1991年版，第313页。

人心态极为相似,同样是半壁江山,同样是秀丽山水,造成了士大夫同样的偏安心态。以西湖为代表的南方山水为他们提供了一个安宁的环境,在恢复中原无望的情况下,他们在很大程度上希望通过寄情山水来寻求内心的平静。南方山水多清绝,相比于北方的险峻,南方山水之柔和更容易契合文人内心对安宁的向往。郭熙曾在《林泉高致》中提出画山水的"三远",分别是高远、深远、平远:

> 山有三远:自山下而仰山颠,谓之高远;自山前而窥山后,谓之深远;自近山而望远山,谓之平远。[①]

这种提法实际上更适合北方的山水,韩拙则在《山水纯全集》中又补充了另外"三远":

> 愚又论三远者:有近岸广水,旷阔遥山者,谓之"阔远";有烟雾溟漠,野水隔而仿佛不见者,谓之"迷远";景物至绝,而微茫缥缈者,谓之"幽远"。[②]

韩拙的新"三远"更像是南方的山水,李嵩《西湖图》便非常符合"有近岸广水,旷阔遥山"之"阔远"一说。南方山水这样一种阔远、迷远、幽远的意境,更容易让人内心放掉拘束,获得宁静,从而

---

① (宋)郭思编,杨伯编著:《林泉高致》,北京:中华书局 2010 年版,第 69 页。《林泉高致》为郭思整理其父郭熙的山水画观念而成,故关于其作者问题,有的版本标注是郭熙,有的标注为郭思。
② (宋)韩拙:《山水纯全集》,沈子丞《历代论画名著汇编》,北京:文物出版社 1982 年版,第 135 页。

产生偏安思想。对于士大夫的这种偏安心态，吴龙翰颇为伤感，他在《题西湖画轴》中写道：

> 丹青谁写满轴莲，濯濯西施一段妍。汴水百年尘隔断，可无人作画图传。①

此图不知何人所绘，然而按照"满轴莲"的内容来看，应不是李嵩的《西湖图》。诗人观西湖图画，想到的不是如其他人一样的山水美景、四季风物，而是对偏安心态的反思。南宋时，大量的画家以西湖为题材进行绘画创作，然而却无人再去绘画汴京山水。考察南宋题画作品，会发现偶尔有题盘谷图、关外山水图等北方意象，然而却极少题咏汴京山水的，可见南宋很可能确实少有画汴京风物，如《清明上河图》那样的汴梁画作已绝，而《清明上河图》的作者张择端入南宋后也开始图绘西湖，文献中留下了《西湖春晓图》和《南屏晚钟图》两幅相关绘画的记载。吴龙翰出生于理宗绍定二年(1229)，其时距离南渡已有百年，很多士人早已忘却故都，而沉醉于这销金锅儿里。图画的内容反映出心态的变迁，而题画文学的内容亦然，大量的作家题咏西湖美景，却很少有人有吴龙翰这样的反思。他们春游夏赏，早已逍遥在这山水窟中去了。

与西湖图景类似的还有对于武夷山水的发现。随着政权的南移，山水的寄托对象亦开始随之南移。北方山水因处于金人占领区，不再能够作为安置心灵的地方。因此，士大夫开始将目光移往南方，试图在南方寻找到新的寄托之处。他们曾经寻找到过

---

① 北京大学古文献研究所：《全宋诗》卷三五九○，北京：北京大学出版社1998年版，第68册，第42894页。

潇湘,然而,潇湘曾是屈原的故乡,又产生过湘君、湘夫人的神话传说,使此地图景天然带有一种哀伤[①],"潇湘八景"虽是绘画中的重要母题,然而士大夫题咏时却常带有放逐的悲伤,无法完全徜徉其中,也无法通过其获得内心的安顿,因此,他们需要寻找另一个可以安置心灵的地方,于是,他们找到了武夷。武夷山为闽中名山,北宋理学家杨时曾在闽中讲学,朱熹又建"武夷精舍",在此倡道讲学,因此,武夷成为理学的一个重要发源地,被清人称为"道南理窟"。武夷远离宋金边界,景致安宁,"峰峦岩壑,秀拔奇伟,清溪九曲,流出其间"(朱熹《武夷图序》)。此地静谧清绝的风光使其成为南宋士人新的心灵安顿之所,在南宋出现了很多以武夷图为中心的题咏之作,如留元刚[②]"唤回白马宾云梦,来看桑麻万里天"(《武夷九曲棹歌图》),徐瑞"山灵有夙契,清风为前驱"(《邻翁王道人送武夷图》)。他们试图在武夷的秀丽山水中安顿内心,寻求栖息之所。

以西湖为代表的南方山水以其阔远、迷远和幽远的静谧清绝为南宋人提供了一个心灵安顿的空间,在社会逐渐安定、北伐恢复无望的情形下甚至进一步促生了他们的偏安心态,南方似乎成为一种从身体到心灵的避难区域。然而,这种回避姿态并非是所有南方意象的共同特点,另一种意象或许更适合作为南方乃至南宋的代表,那便是梅花。

(二)梅画题咏的狂欢

梅在文学中有着悠久的书写传统,早在《诗经》中便已有对梅

---

① 关于潇湘山水的内涵,在衣若芬《云影天光:潇湘山水之画意与诗情》和(美)姜斐德《宋代诗画中的政治隐情》中有过详细解读,此处不再展开论述。

② 《全宋诗》作刘元刚,《全宋诗订补》修正为留元刚。

的提及，如"摽有梅，其实七兮"（《召南·摽有梅》），"终南何有？有条有梅"（《秦风·终南》）（当然，《诗经》中提到的梅实际上多是梅子）。虽然北方也长有梅树，然而梅花的习性更适合在温暖的地方生长，因此，南方的梅花更为繁盛，品种也更为丰富。这种对自然环境的要求决定了梅花的南方属性，这也就不奇怪为何文学中梅花书写的第一个高峰在南朝。随着永嘉南渡后南方的开拓，梅花书写在文学作品中日渐频繁。而无论是"江南无所有，聊赠一枝春"（陆凯《赠范晔》），还是"忆梅下西洲，折梅寄江北"（《西洲曲》），都凸显出梅花作为南方意象的文化符号特性。

经历了唐代的沉寂期后，北宋时期再次诞生出大量关于梅花的优秀作品，如林逋写于西湖的"疏影横斜水清浅，暗香浮动月黄昏"（《山园小梅》），王安石作于钟山的"遥知不是雪，为有暗香来"（《梅》），苏轼作于黄州的"江头千树春欲暗，竹外一枝斜更好"（《和秦太虚梅花》）等，这些梅花诗作大部分创作于南方，梅花作为一种独特的南方意象，在北宋诸位名家的推动下逐渐成熟，呈现出更加丰富的层次内涵。建炎南渡后，梅花作为东道主进一步获得空前的关注，由于地域的相似，出现了对南朝咏梅的回应和螺旋式提升，相较北宋而言，更形成了书写的系统化。此期出现了第一本关于梅的植物学著作——范成大《范村梅谱》，第一本厘定梅花欣赏标准的著作——张镃《玉照堂梅品》，第一本咏梅词集——黄大舆《梅苑》，还出现了第一本梅花画谱——宋伯仁《梅花喜神谱》，第一篇关于墨梅画法的论述——赵孟坚《梅竹谱》。这种对梅花的狂热离不开南方作为地域条件的推动。

由于梅画的相对晚熟，梅花在题画文学中的成熟晚于咏梅诗。成书于北宋后期的《宣和画谱》大致可以反映出南宋之前梅画的发展情况，在此书的著录中，题目里包含"梅"字的作品唐代共有3

位作家 3 幅作品,包括边鸾《梅花鹡鸰图》、于锡《雪梅双雉图》和萧悦《梅竹郭鹩图》,五代有包括滕昌佑《梅花图》《梅花鹅图》等在内的 5 位作家 16 幅作品,北宋时数量有所提高,共著录 8 位画家 35 幅作品。这个数字相对于其他花卉,如牡丹来看,并不算多。梅画的大量出现始于北宋后期,其中以江南画家仲仁的作品最为重要:

> 墨梅自华光始,华光者乃故宋哲宗时人也,尝住持湖南潭州华光寺,人以华光而称之也。爱梅,静居丈室,植梅数本,每发花时,辄床于其树下终日,人莫能知其意。值月夜,见疏影横窗疏淡可爱,遂以笔戏摹其状,凌晨视之殊有月夜之思,由是得其三昧,名播于世。山谷见而叹曰:"如嫩寒清晓行孤山篱落间,只欠香尔。"①

仲仁对梅花的图绘以及名家对其梅花的高评,使其成为宋代梅画,尤其是墨梅的重要奠基人。仲仁的梅花图绘在南宋被进一步继承发扬,出现了扬无咎、汤正仲、赵孟坚等画梅名家,此外,宫廷画家马远、马麟等亦有梅画传世,这使得南宋的梅花绘画在宫廷内外皆获得极大发展。梅画的繁荣与南宋梅花热潮的碰撞,其直接结果便是南宋梅画题咏的繁荣。

对历代题画文学中的梅花题材进行统计可以发现,宋前的题画文学中并未出现以梅为中心的题咏,仅庾信《咏画屏风诗二十四

---

① (元)吴太素:《松斋梅谱》,卢辅圣主编《中国书画全书》第二册,上海:上海书画出版社 1993 年版,第 679 页。

首》中有一句"今朝梅树下，定有咏花人"①，可以猜测屏风上或画有梅花，然而更多是作为人物活动的背景存在。北宋时虽然咏物诗文中的梅花书写已经成熟，但题画文学中的梅花却并不算多，以梅为题者有题画诗29首，题画词5首，题画文6篇，且大部分是以仲仁梅画为题咏对象，如黄庭坚《题花光老为曾公卷作水边梅》、邹浩《观华光长老仲仁墨梅》、惠洪《王舍人宏道家中蓄花光所作墨梅甚妙戏为之赋》等。南宋时期，对梅画的题咏呈现井喷之势，共出现题画诗334首（其中宋伯仁《梅花喜神谱》100首），题画词23首，题画文36篇，较之前代有非常明显的发展。

南宋题画文学中的梅花书写，具有非常典型的南方特色。就地点而言，梅花常与江南和岭南发生联系。如"江南一枝春，岁久暗香灭"（张元干《龙眠墨梅》）、"何似江南觅春信，和香先得最南枝"（葛立方《题卧屏十八花》）、"岭南十月春渐回，妍暖先到前村梅"（吕居仁《墨梅》）、"夜半传香来庾岭，至今拈起作家风"（王柏《题花光梅十首》）等。除了梅花本来在此二地生长较多外，陆凯《赠范晔》中的"江南无所有，聊赠一枝春"②和宋之问《度大庾岭》中的"魂随南翥鸟，泪尽北枝花"③亦是促使这两处地点与梅花产生联系的重要原因。重要的文学典故往往会对后世文学书写产生深远的影响，除以上二诗外，林逋的《山园小梅》之于南宋乃至后世的梅花写作意义更为重大。因此，在南宋题画文学中，常会出现对林逋这位西湖处士以及他笔下"疏影横斜"的借用。如张守《席大光邀同赋墨梅花》（颜博士画）：

---

① （北周）庾信撰，（清）倪璠注，许逸民点校：《庾子山集注》卷四，第354页。
② 逯钦立：《先秦汉魏晋南北朝诗》宋诗卷四，北京：中华书局1988年版，第1204页。
③ 中华书局编辑部点校：《全唐诗》（增订本）卷五二，第643页。

墨白何妨俗眼疑,写真妙处足天机。横斜疏影黄昏月,貌尽西湖处士诗。①

此诗将林逋原句"疏影横斜水清浅,暗香浮动月黄昏"浓缩为"横斜疏影黄昏月"七个字,并明确说明是借西湖处士林逋这句诗来形容颜博士绘画,这种题画方式可以说是一种取巧的行为。林逋与梅及西湖的关系,使得题画文学中的梅花大量地与西湖发生联系,加之南宋定都于临安,西湖本身便是书写的重心,这便让本身存在于典故中的西湖梅花成为可见之事实,进一步加强了梅花与西湖的关联,也强化了梅花的南方属性。据鲁茜《南宋杭州西湖梅花名胜考》考察,西湖附近共有孤山、皇家宫苑官署、官员别业园林、佛寺名山、百姓民居五个层面十五处赏梅景点②,西湖由此成为南宋咏梅史中最重要的空间。

南宋题画文学中梅花书写的南方特色,除地点标记外,还表现为对梅花所处环境的营造。在与梅花组合的意象中,除了因其本身开于冬天,故多与雪相联系外,月、烟、雾、雨、黄昏亦是常见组合方式,这一方面是受到林逋"疏影"一联所构建意象的影响,另一方面也与南方景致本身的空濛有关。如曾几《黄嗣深尚书自临川省其兄嗣文户部于宜春用元明鲁直唱题李生墨竹梅》:

纷纷画手调红绿,好以桃花配丛竹。岂无短纸作江梅,雪里溪边太幽独。李侯胸中有佳处,研滴松煤聊寓目。与梅择

① 北京大学古文献研究所:《全宋诗》卷一六○四,北京:北京大学出版社1998 年版,第 28 册,第 18030 页。
② 鲁茜:《南宋杭州西湖梅花名胜考》,《暨南史学》2012 年第 7 辑。

对无可人,分付此君真不俗。淡烟小雨空濛地,何得月明疏影
足。始知璀璨出斜枝,诗画古来真一族。[①]

诗中与梅相呼应的植物是同样不俗的竹,而与这种不俗相呼应的
环境则是"淡烟""小雨"这样的空濛之境。这些意象混合出江南
清新疏朗而又湿润朦胧的环境特点。这种环境大量出现在南宋题
梅画作品中,如"还似故园江上影,半笼烟月在疏篱""忆向溪桥曾
驻马,却疑浑是雾中看""寂寞沙村烟雨里,如看竹外一枝斜"(张
嵲《墨梅四首》),又如"一枝春晓破霜烟,影写清陂最可怜"(朱松
《三峰康道人墨梅三首》)、"炯如落月耿寒影,翳若宿雾含疏枝"(李
纲《戏赋墨画梅花》),再如"相将初试红盐味,到烟雨、青黄时节"
(吴文英《暗香疏影·夹钟宫赋墨梅》)。在烟雨黄昏的滤镜下,梅
花本身的颜色被淡化为黑白,南方这种自然环境也因此成为南宋
墨梅绘画发展的重要因素。

　　南方与梅的契合,使得画梅题梅在南宋成为一种社会性的
狂欢,如范成大所言:"梅,天下尤物,无问智贤愚不肖,莫敢有异
议。"[②]梅画在不同作家群体的笔下呈现出不同的风貌,并在相互碰
撞中形成丰富的层次意涵。

　　第一类好咏梅画者是宫廷皇室作家。在南宋宫廷院画家的
作品中,不乏以梅花为对象的图绘,如马远《观梅图》《华灯侍宴
图》、马麟《层叠冰绡图》等。宫廷院画家的作品往往反映出皇室
的品位,并且常常能得到皇室的题咏,因此,在南宋帝后的题画作

①　北京大学古文献研究所:《全宋诗》卷一六五四,北京:北京大学出版社
　　1998年版,第29册,第18521页。
②　(宋)范成大等著,刘向培整理校点:《范村梅谱:外十二种》,上海:上海书
　　店出版社2017年版,第1页。

品中,存在不少关于梅画的书写,如宋高宗《题画册花草四首》之
蜡梅:

> 香蜜裁葩分外工,疏枝几点缀雏蜂。娇黄染就宫妆样,香
> 暖尤宜爱日烘。[1]

范成大曾在《范村梅谱》中记录了不同品类的梅花,蜡梅在其中排
在最后,范成大认为蜡梅"本非梅类,以其与梅同时,香又相近,色
酷似蜜脾,故名蜡梅"[2]。或许因为当时蜡梅的品级不高,因此在文
士的梅画题咏中并未见到太多留心于此品类者,而身为皇室的宋高
宗则对这种娇黄香蜜的花卉有所偏爱。虽然这首诗并非高宗本人
创作,而是将杨巽斋的《蜡梅》题写到画上,然而,该诗与绘画风格
非常统一,从诗中的"分外工""宫妆样"可以看出,高宗所书写的
对象是一幅典型的院体画,工整富丽。这种风格不一定受文士欢
迎,但却是宫廷最适合的装点对象。虽然皇室咏梅画时除蜡梅这种
宫妆的品种外,也关注其他品类,如红梅、墨梅,然而,他们对梅画的
解读一律是雍容雅正的宫廷色彩,如宋光宗《题杨补之红梅图》:

> 去年枝上见红芳,约略红葩傅浅妆。今日亭中足颜色,可
> 能无意谢东皇。原注:赐贵妃[3]

---

① 北京大学古文献研究所:《全宋诗》卷一九八二,北京:北京大学出版社
　1998 年版,第 35 册,第 22218 页。
② (宋)范成大等著,刘向培整理校点:《范村梅谱:外十二种》,第 5 页。
③ 北京大学古文献研究所:《全宋诗》卷二六五二,北京:北京大学出版社
　1998 年版,第 50 册,第 31080 页。

扬补之名无咎，自号逃禅老人，不附权势，以画梅知名，所画之梅萧疏淡远，颇有文人之气。明代解缙曾言："予乡先辈扬君补之，世家清江。所居萧州有梅树大如数间屋，苍皮藓斑，繁花如簇，补之日临画之，大得其趣，间以进之徽庙，徽庙戏曰'村梅'，因自署'奉敕村梅'。更作疏枝冷叶，清意逼人。"①扬补之所画之梅现今只留下两幅，为《四梅图》与《雪梅图》，从画中可见，其风格与解缙跋中所言相符，疏枝冷叶，清意逼人，颇有野逸之风。扬补之之《红梅图》虽然未能传下，然而通过《四梅图》以及历代对补之画风的记载，可以推知《红梅图》亦应有野逸之风。然而宋光宗的题诗却是一派富贵之气，不仅是红芳浅妆，色彩鲜丽，并且意在谢东皇，充满宫廷色调，与史籍评价之"村梅"判若两者。这种反差源于宋光宗的帝王身份以及赐贵妃这一目的，此时题画之人的身份占据了主要位置，以其主观意志解读出绘画不一样的风格，从而使题画作品也呈现出富丽之气，与画风出现背离。这种富丽雍容成为宫廷梅画题咏的主要风貌。

第二类作家是僧侣。南宋僧侣对梅画表现出非常明显的偏爱，据统计，他们题咏花鸟画的诗文共50篇，而其中对梅画的题咏便多达17篇，占所有花鸟类的三分之一。僧人对梅画的偏爱一方面源于文人传统的渗透，另一方面也由于梅之疏枝清气与禅之心境更加吻合，以释道璨《题墨梅》为例：

标致清绝，如雪后诸峰；精神闲暇，如林间君子。雪壑人

① （清）孙岳颁，（清）王原祁等：《佩文斋书画谱》卷八十四，杭州：浙江人民美术出版社2014年版，第2655页。

品如许,而以此画为配,无乃太清乎? ①

画上之梅标致清绝、精神闲暇,与禅僧"清"之精神气质相匹配。心无尘埃,方可绘如许之梅。又如释士珪《安上座所作墨梅》:

　　　道人色心净,了见造物根。笔端开此花,胸中有丘园。清香凝暗夜,疏枝卧黄昏。撞钟西湖寺,见月罗浮村。老眼隔烟雾,一笑作篱藩。②

上座是对德高望重年长僧人的尊称,在释士珪看来,这位图绘墨梅的安上座是因为"心净",才能够"见造物",心底足够澄澈,方可容得下丘园,梅花的清香疏枝与禅僧的心境形成一种互文。僧侣这种对梅花清绝心净的解读与宫廷的雍容富丽之间产生了距离,也深化了梅画的层次。

　　第三类作家是闺阁女性。南宋是女性最早参与题画文学创作的时代,虽然参与人数和作品数量都相对有限,但这却是题画文学史上的重要现象。参与题画文学写作的闺阁女性主要有李清照、朱淑真及胡惠斋等,除李清照外,其他两人的题画作品皆以梅画为主要题咏对象。朱淑真号幽栖居士,是南宋有名的闺阁作家,有《断肠诗集》《断肠词》存世,其中便包含一首题咏《墨梅》的作品:

---

① 曾枣庄、刘琳主编:《全宋文》卷八〇七九,第349册,第324页。
② 北京大学古文献研究所:《全宋诗》卷一五七四,北京:北京大学出版社1998年版,第27册,第17861页。

若个龙眠手，能传处士诗。借他窗上影，写作雪中枝。
顷刻回春色，轻盈动玉卮。不能殷七七，横笛月中吹。[1]

关于墨梅画法的发明，有一种说法是仲仁看到月光将梅花映在窗上受到的启发。诗人写道，什么样的画家，才能以龙眠居士李公麟的才能画出西湖处士林逋的诗歌，将梅花在窗上的影子转译成纸上的图像。这首诗几乎句句用典，除了李公麟、林逋和仲仁以外，后两联还用了殷七七和《梅花落》之典。殷七七是唐代异人，传说能一夜之间让非时花开。《梅花落》是汉乐府横吹曲，高适曾写过"借问梅花何处落，风吹一夜满关山"（《塞上听吹笛》），似乎画家有回春之妙手，能令花发花落。这种密集用典典型地体现出宋代以才学为诗的特点，虽是闺阁，亦沾染此风气。另一个女性胡惠斋，号惠斋居士，善画梅，有《百字令·几上凝尘戏画梅一枝》一首，为自画自题之作：

小斋幽僻，久无人到此，满地狼藉。几案尘生多少憾，把玉指亲传踪迹。画出南枝，正开侧面，花蕊俱端的。可怜风韵，故人难寄消息。　　非共雪月交光，这般造化，岂费东君力。只欠清香来扑鼻，亦有天然标格。不上寒窗，不随流水，应不钿宫额。不愁三弄，只愁罗袖轻拂。[2]

词中交代了自己图绘这幅梅花的过程，词人在日久生尘的几案上，

---

① （宋）朱淑真撰，张璋、黄畲校注：《朱淑真集》卷八，上海：上海古籍出版社 1986 年版，第 130 页。
② 唐圭璋编：《全宋词》第四册，第 2268 页。

用手指画出一枝梅花,看起来虽然简陋,却有"天然标格"。在尘几上以指画梅本就是一件化俗为雅之事,胡惠斋以词的形式题咏了这个过程,更进一步将其雅化。从尘到梅再到词的转化,体现出闺阁女子超凡脱俗的生活情思。从朱淑真和胡惠斋这两首作品可以看出,梅画在闺阁女子的笔下呈现出一种别样的风情,没有那么孤高清冷,而是更为雅致。

最后一类是文士,也是创作南宋题咏梅画最多的一个群体。南宋重要作家如陆游、杨万里、刘克庄、朱熹等皆有题画梅诗流传,而吴文英、周密、辛弃疾、张炎等则留下了不少题梅画词。南宋文人将梅花孤高清绝的特质进一步发展,并在与南宋社会文化语境的碰撞中完成了梅花君子人格的形塑。首先,梅花这种以瘦弱的身躯抗衡恶劣环境时所展现出来的坚强恰如南宋士人在面对家国之变时内心的坚守。在地理上的优越性无法保持之后,士人只能通过自身对"道"的坚守来谋求精神上的正统,然而,"由于'道'缺乏具体的形式,知识分子只有通过个人的自爱、自重才能尊显他们所代表的'道'。此外别无可靠的保证"①,梅花的岁寒之姿由此成为南宋士人坚守道德节操的精神隐喻。其次,刘子健提出:"北宋的特征是外向的,而南宋却在本质上趋向于内敛。"②梅花不与繁花争艳的幽静正好契合了南宋士人的内敛性格,尤其是墨梅,颜色的滤去象征着内心进一步的收敛和纯粹。在这种背景下,对梅花君子人格的塑造日渐成为南宋士人的自我剖白,如"寒梅在空谷,本自凌冰霜。托根傲众木,开花陋群芳"(韩驹《题梅兰图二首》),

---

① 〔美〕余英时:《士与中国文化》,上海:上海人民出版社2003年版,第96页。
② 〔美〕刘子健:《中国转向内在——两宋之际的文化转向》,赵冬梅译,南京:江苏人民出版社2012年版,第10页。

又如"夜凉北风三尺雪，悬崖冻崩树冻折。此时梅花独清绝，箕山高风首阳节"（萧立之《邓梅矚雪篱图》）。萧立之生于宋末元初，从其诗句同时可以看出，梅花在宋末的书写甚至在孤高内敛的基础上进一步表现出遗民姿态。同样的意涵表述还有如"梅花瘦而贞，霜磨雪折骨愈奇。……梅也似伯夷，矾也似叔齐"（赵文《三香图》），"千红万紫争烂漫，梅竹携手隐空山"（谢枋得《赠画梅吴雪坞》），等等，这种遗民隐喻为元代不与官方合作文人借梅抒情提供了先导范式。

在南宋文士有关梅花的题画作品中，有一组诗特别引人注意，那便是宋伯仁的《梅花喜神谱》。宋伯仁字器之，号雪岩，善画梅，所作《梅花喜神谱》共一百首诗，皆配以绘画，以诗画对读的形式描述了梅花的整个开花过程。其中蓓蕾四首，小蕊十六首，大蕊八首，欲开八首，大开十四首，烂漫二十八首，欲谢十六首，就实六首。"喜神"意思即为写真，此组诗画便是对梅花的写真。《梅花喜神谱》常被作为画谱看待，研习者从中学习梅花的绘画方法，然而，此组诗特别之处不仅在于其近似于画谱的特点，更在于宋伯仁将每一首诗都按所画花的特点比附为一种事物，如蓓蕾四枝分别被命以麦眼、柳眼、椒眼和蟹眼。在这些诗作中，常常寄寓着文士的政治和人格理想，如《麦眼》一诗：

> 南枝发岐颖，崆峒占岁登。当思汉光武，一饭能中兴。①

诗歌将未开之梅想象成麦眼的模样，并由麦子联想到光武帝一饭

---

① （宋）宋伯仁：《梅花喜神谱》，（清）阮元辑《宛委别藏》，南京：江苏古籍出版社1988年版，第1页。

中兴。据《后汉书》载，某次光武帝在与王莽的对抗中情势危急，"遇大风雨，光武引车入道傍空舍，异抱薪，邓禹爇火，光武对灶燎衣。异复进麦饭菟肩。因复度虖沱河至信都"①，最终完成了中兴大业。宋伯仁将中兴之意放到整组诗的开篇或有深意，寓意对南宋王朝中兴的期许，由梅及麦，由麦及中兴，反映出的是作为一个南宋文士的政治理想。

宋伯仁以比附的方式将梅花想象成另一种事物，这个想象的过程其实是一种格物致知的过程。"所谓致知在格物者，言欲致吾之知，在即物而穷其理也。"②宋伯仁将梅花的开花过程分解成一百幅图画，并配以对应的诗作阐释其理，这便是一个穷究梅花物理的过程。《梅花喜神谱》不在于写意地表现梅花的风韵，而是以版画的形式严格展现梅花的一花一蕊，以细微的差别探究其开花时的具体样貌。同时，作者并不满足于格梅之形，而是在格物之后，重在表现其背后所承载的儒家道德，如《梅花喜神谱》的最后一首诗《商鼎催羹》：

脱白弄青玉，风味犹辛酸。指日梦惟肖，羹调天下安。③

调羹的典故源于伊尹，伊尹擅长烹饪，他辅佐商汤时以鼎调羹调制五味，并用此方式来讲究治理天下之道，近似于老子"治大国若烹小鲜"（《老子》），而梅则是调羹的佐料之一，"盐咸梅醋，羹须咸醋以和之"④。此后调羹便具有了辅佐治国的寓意，也成为咏梅以寄托

---

① （南朝宋）范晔：《后汉书》卷十七，北京：中华书局 2007 年版，第 190 页。

② （宋）朱熹：《四书章句集注》，北京：中华书局 2011 年版，第 8 页。

③ （宋）宋伯仁：《梅花喜神谱》，第 100 页。

④ （清）阮元：《阮刻尚书注疏》，杭州：浙江大学出版社 2014 年版，第 559 页。

儒家抱负之人好用的典故。此处宋伯仁以此典故结尾，可以看作是整组诗的核心寓意，梅花不仅完成了其开花历程，同时也完成了自中兴而始，到修身齐家，最后治国平天下的圆周。

在中国绘画中，常有梅兰竹菊"四君子"之称，虽然南宋时这种称呼尚未完全定型，但在绘画和题画文学中，却常常出现梅与不同植物的组合，如王炎《题徐参议画轴三首·岁寒三友》、葛绍体《题松竹梅画扇》、家铉翁《题梅竹图》等。在这种并举中，梅花孤高内敛的君子特质通过对比被进一步强化，如曾由基《题画梅水仙山矾三友图》：

> 野梅清靖节，水仙韵坡公。山谷秀而野，厥有山矾风。
> 陶苏黄三君，时异风味同。后人思典刑，写入画图中。①

曾由基之诗载于《江湖后集》，在此诗中，他将梅、水仙和山矾并举，并分别比附为陶渊明、苏轼和黄庭坚。与陶渊明发生关联的花卉一般是菊花，梅花则多会让人想到林逋。此处弃林和靖用陶靖节的原因，或许是作者认为林逋不足以与苏黄并提，承担"典型"的意义。那么，既能作为"典型"担当，又具有"清""野"特质的，便只能是前代的陶渊明了。从林逋到陶渊明的转化，使梅花的意义从单纯的隐士和文学语典的层面，上升到更高的人格层面，梅花由此突破宋代的时间限制，成为整个中国文化中的最高范式之一。

由于地域的促动，梅花成为南宋题画文学的重要意象，在不同作家群体的笔下叠加出丰富的文化意涵，其中尤以文士所强化的

---

① 北京大学古文献研究所：《全宋诗》卷三〇二九，北京：北京大学出版社1998年版，第57册，第36081页。

孤高内敛的君子人格最为典型。此时,梅花不仅是南方的象征,更成为南宋的象征,在宋元之际面对民族危亡时甚至进一步成为了中国的象征,"三百年间一梦同,人与梅花几荣辱"(俞德邻《为郭元德题和靖探梅图》),"在宋代最后几十年的动乱期中以及宋亡所带来的影响中,梅花保持并进一步超越了它的南方特性,……在蒙古统治及其以后的中国士大夫的思想里,梅花和墨梅画不仅是南方的象征,也是中国文化价值的具体体现。"[1] 同时,当梅花描摹从咏物文学延伸到绘画后,文人再次题咏画梅时对固有文学抒情模式的借鉴又促使文学中的比德观念转移到梅画中,从而使得梅画也具有了本来隶属于文学典故的君子人格比附,为中国绘画中"四君子"概念意象的生成奠定了重要的基础。

综上,南宋异于传统中原王朝的地理属性使得地域成为南宋题画文学的题材重点,从对有关地域图像的书写中亦可探析南宋士人微妙的心理层次。一方面,他们在对地图这种特殊图像的题咏中寄寓了强烈的恢复之望,另一方面,他们面对着以西湖为代表的南方旖旎山水时,又难免萌生偏安之心。当恢复之梦逐渐破碎,如何在既定的南方延续华夏文明成为文士思考的重点,于是,他们运用文人话语,向外在地图的题咏中重新阐释正统观,向内在梅画,尤其是墨梅的书写中强化君子品格,题画文学中的地域书写由此成为观照南宋士人心态的重要依据。

第二节　涉俗题材与雅俗之变的透视

雅俗关系历来是宋代文学关注的重点,无论是俗文化发展的

---

[1]〔美〕毕嘉珍:《墨梅》,陆敏珍译,第79—80页。

原因、影响，还是文学中的"以俗为雅"，学界皆有较为成熟的研究。然而，具体到题画文学领域而言，这个问题却还有较大的探讨空间。题画本是风雅之事，"弹琴阅古画，煮茗仍有期"（梅尧臣《依韵和邵不疑以止烹茶观画听琴之会》），弹琴品茶，赏画题画，是士大夫雅致生活的典型情境。因此，南宋题画文学与其他任何一个朝代一样，"雅"意象在题材中占绝对优势，山水多清绝超脱，花鸟多君子品格，人物则多庙堂栋梁。然而，与前代，尤其是唐代相较，南宋题画文学中却出现了不少涉"俗"题材，不同于传统的"雅"题材，这些题画文学作品的视角下移，关注点由庙堂书斋走向了市井乡野，由王侯将相走向了普通百姓，涉"俗"题材成为南宋独特的题画呈现。

关于"俗"的内涵，在不同的层面上指涉亦有差别。《说文》载："俗，习也。"[①] 最早的"俗"指的是习气、习惯，而后，逐渐演变出风俗、民俗之意，表示一种民间特性。魏晋之时，雅俗的对立开始形成，并由对人品的评论扩展到对文学艺术的评论里，衍生出更为丰富的含义：以"学"为标准，乏内蕴而俗；以"人"为型范，无品格而俗；以"技"为尺度，少古法而俗；以"道"为旨归，违自然而俗[②]。在这些后期衍生出来的意涵中，无论是学、人，还是技、道，都蕴含着褒贬的感情偏向，当俗与雅相对时，便带有了负面意义。本节所探讨的"俗"，将回归到其早期的定义上，特指通俗性，民间性，大众性[③]。

---

① （汉）许慎撰，（宋）徐铉校定：《说文解字》，北京：中华书局1963年版，第165页。
② 参鹿芸薇：《宋代书论"俗"义之辨析》，河北大学2008年硕士论文。
③ 参郑振铎《中国俗文学史》言："何谓'俗文学'？'俗文学'就是通俗的文学，就是民间的文学，就是大众的文学。换一句话说，所谓俗文学就是不登大雅之堂，不为学士大夫所重视，而流行于民间，成为大众所嗜好，所喜悦的东西。"郑振铎：《中国俗文学史》，上海：上海书店1984年版，第1页。

此处的"俗"无褒贬倾向，而是作为中性词汇进行探讨。那么，俗文化的介入在南宋题画文学的题材中有何具体表现，这些涉"俗"题材如何折射出南宋雅俗文化的碰撞脉络，这些将是本节探讨的内容。

由于题画文学题咏对象的特殊性，其题材的开拓在很大程度上受制于绘画的发展，因此，题画文学中"俗"题材的走向，便与风俗画的发展有紧密的关系。在绘画中展现人类生产生活由来已久，从原始社会表现耕作的壁画，到汉代表现狩猎的画像砖，风俗性的图绘在画史上从未缺失，然而，也从未成为绘画的主流。《贞观公私画史》中记载有魏高贵乡公曹髦的《新丰放鸡犬图》、隋代董伯仁的《农家田舍图》等，然而这些风俗画的数量相比主流的宫廷雅意绘画而言却是九牛一毛。唐代时，风俗画有所发展，韩滉、戴嵩以及阎立本等画家都画过风俗画，然而数量不多。宋代是风俗画发展的高峰期，南宋尤甚。陆游曾言"村村皆画本，处处有诗材"（《舟中作》），可见乡野生活对绘画题材的渗透。南宋之时，不仅出现了展现乡村生活的楼璹《耕织图》、王居正《纺车图》、李唐《牧牛图》《艾灸图》等，也出现了表现市井风貌的李嵩《货郎图》《骷髅幻戏图》、无名氏《卖浆图》等，甚至还出现了专门表现婴孩的图绘，如苏汉臣《重午婴戏图》《长春百子图》等，专门表现鬼怪的图绘，如龚开《中山出游图》《钟馗嫁妹图》等。宋代风俗画的发展，与宋代的整体文化氛围息息相关，此问题学界探讨较多，如郭学信谈到宋代俗文化发展的原因：社会关系的变革促进了上层和下层的文化交流，从而促进了宋代的平民化；宋代科举的改革让更多的寒门知识分子进入上流社会，使世俗文化的审美标准在上层社会确立；宋代城市的发展和市民阶层的壮大为世俗文化发展提供了条件①。又如邵宇谈到画学重用平民画工，儒释道三教的融合等因素②，兹不赘述。

　　社会政治文化的变迁为俗文化进入绘画提供了条件，然而，俗文化进入绘画并不意味着俗文化同时便进入了题画文学。唐代虽然有风俗画，然而题画作家并未将其纳入题咏的范畴，彼时之题画文学同样受到"刘郎不敢题糕字"③风气的影响。北宋之时，风俗画开始成为题画文学书写的题材，如欧阳修《盘车图》、梅尧臣《和江学士画鬼拔河图》以及苏轼《陈季常所蓄朱陈村嫁娶图二首》等，北宋的涉俗题材书写揭开了南宋风俗画题咏的序幕。这就说明，风俗画的发展只是俗文化介入题画文学的必要条件，俗文化对题画文学的渗透还需另一个重要的条件，那就是"以俗为雅"在诗论中的发展。最早提出"以俗为雅"之人是梅尧臣，《后山诗话》记载：

　　　　闽士有好诗者，不用陈语常谈。写投梅圣俞，答书曰："子诗诚工，但未能以故为新，以俗为雅尔。"④

这个理论后来得到苏轼、黄庭坚等文坛大家的延伸和实践，成为宋代诗论的重要构成，在南宋也得到杨万里等诗人的回应。关于宋

① 参郭学信：《宋代俗文化发展探源》，《西北师大学报》（社会科学版）2005年第3期。

② 参邵宇：《试析宋代风俗画产生发展的原因》，《南昌大学学报》（人文社会科学版）2004年第4期。

③（宋）邵博：《闻见后录》卷十九载：刘梦得作《九日诗》，欲用糕字，以《五经》中无之，辍不复为。宋子京以为不然。故子京《九日食糕》有咏云："飙馆轻霜拂曙袍，糗糍花饮斗分曹。刘郎不敢题糕字，虚负诗中一世豪。"

④（清）何文焕辑：《历代诗话》（上），北京：中华书局2004年，第314页。

诗中"以俗为雅"的问题,学界谈论甚多,不再展开,此处关注的重点是这样一种理论对于俗文化进入题画文学的引导意义。"以俗为雅"有时是使用俗语入诗,有时是运用俗事入诗,而风俗画恰好为这种理念提供了资源,以风俗画为题咏对象是以俗事入诗的一种典型方式。因此,南宋题画文学中涉"俗"题材的发展,是宋代,尤其南宋风俗画与"以俗为雅"理论碰撞的产物,前者提供了具体内容,后者则提供了理论依据。在这种碰撞下,南宋题画文学中出现了较多的涉"俗"题材,在这些题材中,最有代表性的有两类,一是对市井乡野题材图绘的书写,二是鬼画题咏。

一、市井乡野风俗图:风雅精神的回归

宋代是雅俗文化双向开拓的时期,在题画文学中亦有明显的表现,一方面,文学的书斋气和学者气渐浓,另一方面,也出现了大量对市井乡野的观照。这种观照在北宋便已出现。北宋时梅尧臣、欧阳修和饶节都题咏过表现旅途艰辛、人牛俱乏的《盘车图》,苏轼题咏过关于朱陈村嫁娶风俗的《朱陈村嫁娶图》,黄庭坚、吴则礼题咏过尝醋翁、织妇这类劳动人民,郑侠则绘制了反映王安石变法弊端的《流民图》,并进呈皇帝。这种对市井乡野和百姓民生的关注在南宋题画文学中继续发展,并出现了更为丰富的书写形式和更为广阔的创作维度。

首先,在题材的广度上,南宋题画文学表现出更为丰富的视野,除北宋已有的题材,如《盘车图》《朱陈村嫁娶图》《尝醋图》外,还出现了《卖炭图》《卖卜图》《骡纲图》《村乐图》《村学图》等多类型图绘的题咏,呈现出更宽广的社会观照面。如刘克庄《记杂画·卖炭图》:

衣襟成墨色，面目带煤尘。尽爱炉中兽，谁怜窑下人。①

这首诗颇有白居易《卖炭翁》之风。炉中兽指兽炭，典出《晋书·外戚传》："（羊）琇性豪侈，费用无复齐限，而屑炭和作兽形以温酒，洛下豪贵咸竞效之。"②兽炭是富贵之家的用物，而烧炭的平民则是"衣襟成墨色，面目带煤尘"，正如白居易所言之"满面尘灰烟火色，两鬓苍苍十指黑"（《卖炭翁》），诗中用富家与贫民的对比表达了作者对百姓民生的关怀。现实关怀是诗教传统的重要特质，而这种关怀在题画文学中却比较晚出，题画文学大多隶属于"雅"文学的范畴，留连风物，吟咏性情，少有观照民生疾苦。宋代风俗画的大量出现为题画文学着眼于现实提供了途径，使其出现了一些关注下层现实生活的作品。刘克庄这一组《记杂画》诗共十首，杂画顾名思义，多是不入正统画派的风俗画，可惜的是，刘克庄这组诗残缺不全，现今留下名字的只有《醉钟馗》《尝醋图》《瘿》《卖炭图》和《卖卜图》，其中《卖卜图》一首很有特点：

牵羔仍抱子，翁媪各鹑悬。破扇题周易，全家赖卦钱。③

画中是一对算卦的老夫妇，牵着小羔羊，抱着年幼的孩子，全家的衣食就靠他们算卦来支撑，然而从他们褴褛的衣着和手中题着《周易》的破扇可知，他们并没能赚得什么钱，只能艰难地维持着生计。

---

① （宋）刘克庄撰，王蓉贵、向以鲜校点，刁忠民审订：《后村先生大全集》卷二十一，成都：四川大学出版社2008年版，第584页。

② （唐）房玄龄等：《晋书》卷九十三，北京：中华书局2000年版，第1610页。

③ （宋）刘克庄撰，王蓉贵、向以鲜校点，刁忠民审订：《后村先生大全集》卷二十一，第585页。

而以算卦为生的穷人也并不能给自己算卦改命。这幅画与这首诗留心到了社会上非常特殊的一个群体卖卜者,诗歌如实地描述了画面内容,虽未多加议论,却让人非常心酸。这样的诗跳出了传统题画诗留连风月的模式,而回归到了诗歌的现实指向之中。钱锺书在谈论中国诗与中国画时曾说:"中国传统文艺批评对诗和画有不同的标准:论画时重视王世贞所谓'虚'以及相联系的风格,而论诗时却重视所谓'实'以及相联系的风格。因此,旧诗的'正宗'、'正统'以杜甫为代表。"①《卖炭图》《卖卜图》这一类指向现实的绘画以画的"正宗"标准来看并不入流,然而这样一种不入流之杂画、俗画反而为题画文学提供了极好的素材,题咏这一类绘画的作品恰恰符合诗歌的"正统"标准,让题画文学走出单纯的书斋清赏,贴近现实生活。

其次,在作品的形式上,南宋市井乡野题材的题画文学中出现了不少以组诗形式创作的作品,如上文提到的刘克庄《记杂画》。此外,有两组作品非常值得关注,一是楼璹《耕织图》诗45首,二是龚开《宋江三十六人赞》36首,两组作品规模皆颇为可观,反映出南宋题画文学规模性写作的特质。

《耕织图》作为中国绘画的传统母题,宋前已有之,如江苏睢宁东汉画像石上的牛耕图,敦煌莫高窟445窟壁画上的耕获图等,然而皆零星不成系统。南宋楼璹《耕织图》的意义,不仅在于其第一次系统地用绘画完整表达了耕织的过程,更在于他将每幅画都配以五律一首,用诗画相对的形式来表现这一过程,从而使《耕织图》不仅具有农业和绘画的意义,也具有了文学的意义。历来研究楼璹《耕织图》者,多从农学、传播学和画学入手,探究它对宋代农

---

① 钱锺书:《七缀集》,北京:生活·读书·新知三联书店2002年版,第23页。

业生产力的反映、在日本的传播以及对版画发展的意义，而较少有人关注到与图相配的诗歌以及诗之后的雅俗观。楼璹是楼钥的伯父，高宗绍兴年间任於潜（今浙江临安）县令，据楼钥《跋扬州伯父耕织图》所言：

> 伯父时为临安於潜令，笃意民事，慨念农夫蚕妇之作苦，究访始末，为耕、织二图。耕自浸种以至入仓，凡二十一事。织自浴蚕以至剪帛，凡二十四事，事为之图，系以五言诗一章，章八句。农桑之务，曲尽情状，虽四方习俗间有不同，其大略不外于此。①

楼璹深入民间亲自考察农事，最终以诗文相配的形式作耕图二十一幅，包括浸种、耕、耙耨、耖等，织图二十四幅，包括浴蚕、下蚕、喂蚕、分箔等。楼璹原图已不存，今有日本狩野永纳刊本②，据明宋宗鲁所藏旧本刊刻，或是最接近楼璹本图像原貌的版本。而与图所配之诗则因楼璹孙楼洪、楼深刊刻成石而得以留存下来。

从表现内容来看，《耕织图》诗所展现的完全是乡村生活，如耕图中《簸扬》一首：

> 临风细扬簸，糠秕零风前。倾泻雨声碎，把玩玉粒圆。短裙箕帚妇，收拾亦已专。岂图较斗升，未敢忘凶年。③

---

① 曾枣庄、刘琳主编：《全宋文》卷五九六一，第 264 册，第 301—302 页。
② 金程宇：《和刻本中国古逸书丛刊》子部 23，南京：凤凰出版社 2002 年版。
③ 北京大学古文献研究所：《全宋诗》卷一七六〇，北京：北京大学出版社 1997 年版，第 31 册，第 19596 页。

"簸扬"描述的是农家收获作物的其中一个步骤。农家在收割稻谷之后,通常会用簸箕装上谷物,迎着风颠簸,筛去其中的糠秕杂物。诗歌如实描述了这样一个扬簸筛去糠秕的场面。从和刻本此诗的配图可以更直观地了解这个过程(见图2),图左上方两人弓着身体,用簸箕装着谷物筛选,右上方一人迎风扬簸,糠秕随风飞出,形象生动,非常写实。正下方妇人收拾着连杆的谷物,左下方则是青壮年将筛好的谷物挑走,图文如实地描述了乡野生活之事,富有田园趣味。

图2　日本狩野永纳刊本《耕织图》之"簸扬"

值得注意的是,虽然所述内容完全是民间俗事,然而楼璹诗歌所用的语言却是典型的文人雅言。其中"倾泻雨声碎,把玩玉粒圆"一句,将筛谷物的声音比作是细碎的雨声,将筛出的谷物比作是饱满的玉粒,恍如白居易形容琵琶声之"大珠小珠落玉盘"(《琵琶行》），充满了文人的审美情调。而尾联"岂图较斗升，未敢忘凶年"这样一种理性的思想，与其说是站在农家的立场上生发的感慨，不如说更像是站在县令的立场上生发的议论，是一种士大夫的思维。这种情形在其他诗中表现得也很明显，如《浸种》一首，描写耕作的第一个步骤，即把种子浸入水中促进其发芽，所用语言却是"筠篮浸浅碧，嘉谷抽新萌"，以"浅碧"代水，以"新萌"代芽，含蓄典雅，合乎文人思致。又如《攀花》一首，描述的是蚕丝纺成之后进一步的绣花加工，作者写道："殷勤挑锦字，曲折读回文"，锦字回文用苏蕙织回文《璇玑图》的典故，其中的才情雅意是典型的官宦女子行为，此处却用于农家妇女，是典型的士大夫思维和审美的投射。

　　因此，《耕织图》虽写俗事，却是一种典型的"以俗为雅"，这在其立意上尤其明显。耕织在中国古代不仅代表简单的农业劳动，更有其深层含义，农桑为天下之本，耕织历来便是社会安定的基础，因此"天子三推，皇后亲蚕，遂为万世法"（楼钥《跋扬州伯父耕织图》）。南宋立国之初，历经战乱，又面临着高额的赔款，耕织成为农业和社会经济恢复的首要途径，因此深受高宗重视：

> 高宗皇帝身济大业，绍开中兴，出入兵间，勤劳百为，栉风沐雨，备知民瘼，尤以百姓之心为心，未遑他务，下重农之诏，躬耕耤之勤。[1]

楼璹《耕织图》诗画便是在这种背景之下产生，故而一开始便带有了官方的思维。而诗画完成之后，也受到了高宗的高度赞赏，"蒙

---

[1] 曾枣庄、刘琳主编：《全宋文》卷五九六一，第264册，第301页。

玉音嘉奖,宣示后宫,书姓名屏间"(楼钥《跋扬州伯父耕织图》),楼璹开启了后世大量创作耕织图的先声,元代出现了程棨摹本,与宋宗鲁所藏旧本非常相似,也应是较为接近楼璹原本者,程棨摹本《耕图》后有姚式题跋:"四明楼璹当宋高宗时,令临安於潜所进本也,与《豳风·七月》相表里。"[①]观《耕织图》诗,确实处处可见《七月》的痕迹。如描述农妇给田间劳动的男丁送饭之"壶浆与箪食,亭午来饷妇"(《二耘》),颇似"同我妇子,馌彼南亩,田畯至喜";又如表现对官家的畏惧之"却愁催赋租,胥吏来旁午。输官王事了,索饭儿叫怒"(《入仓》),呼应"女心伤悲,殆及公子同归";再如表达收获之乐与感激君王之"歌谣遍社村,共享升平世"(《祭神》),正如"跻彼公堂,称彼兕觥,万寿无疆"。《豳风·七月》本为民间歌谣,所述之事也是寻常的农家之事,然而经士大夫提炼之后,便有了政治的含义,如朱熹《诗集传》所言:

> 仰观星日霜露之变,俯察昆虫草木之化,以知天时,以授民事。女服事乎内,男服事乎外。上以诚爱下,下以忠利上。父父子子,夫夫妇妇,养老而慈幼,食力而助弱。其祭祀也时,其燕飨也节。此《七月》之义也。[②]

在士大夫的诠释下,《七月》不仅是农事,更是政治和睦的反映,这种以农事寓意政治的方式被楼璹加以借鉴。楼璹《耕织图》虽然有时刻意以农家的视角叙述,然而却一不小心便暴露出官方的姿

---

① 参(元)程棨摹楼璹《耕织图》。
② (宋)朱熹注,赵长征点校:《诗集传》,北京:中华书局2011年版,第121—122页。

态,回归到劝农的立场,如"我教插秧马,代劳民莫忘"(《插秧》),"虽云事渺茫,解与民为福"(《祝谢》),他将对农事的叙事纳入到政治寓意之中,将农事诗的意义回归到传统的诗教之中,写俗事是为了劝谏,对民为劝农,对君则是谏其"知稼穑之艰难"(《尚书·无逸》)、"知农桑为天下之本"(楼洪《耕织图诗跋》),立意归于温柔敦厚的雅正传统中。

龚开的《宋江三十六人赞》是南宋题画文学中一组非常特别的画赞,历来为水浒研究者所重视。因其成书时间早于《水浒传》,其中好汉名字、绰号又多与现行本《水浒传》对应,故而成为学界研究水浒成书过程的重要参照。然而,这组画赞的特别之处,不仅在于它对水浒研究的意义,也在于它是管窥题画文学涉"俗"题材的一个重要窗口。龚开是宋末元初重要的画家,《图绘宝鉴》记载道:

> 龚开,字圣与,号翠岩,淮阴人,宋景定间两淮制置司监当官。作隶字极古,画山水师二米,画人马师曹霸,描法甚粗。尤善作墨鬼钟馗等画,怪怪奇奇,自出一家。①

龚开是典型的文人画家,他作画通常好于画后题诗作跋,因此,虽然他的画只留下《中山出游图》《瘦马图》等极少几幅,但却能通过题跋了解到其作品的大致情形。《宋江三十六人画》今已不存,然而,根据元代陆友仁《题宋江三十六人画赞》诗之"楚龚如古在画赞"可推测此画亦龚开所作。且元代倪瓒《题龚开瘦马图》提到"宋江三十肖形模,钟山鬼队尤可吁","钟山鬼队"指的是龚开以钟

---

① (元)夏文彦:《图绘宝鉴》卷五,上海:商务印书馆1930年版,第98页。

馗出游为题材所画的《中山出游图》，故与之相对的"宋江三十"也应该是龚开所画，此处之赞当为像赞。

从内容上看，《宋江三十六人赞》是典型的以民间传说为本的风俗题材。宋江起义为北宋末徽宗时事，至南宋已演变为街头巷语，成为后世说话杂剧的来源。龚开在《宋江三十六人赞》序中写道：

> 宋江事见于街谈巷语，不足采著，虽有高如李嵩辈传写，士大夫亦不见黜。余年少时壮其人，欲存之画赞，以未见信书载事实，不敢轻为。及异时见《东都事略》中载《侍郎侯蒙传》有书一篇，陈制贼之计云：宋江以三十六人横行河朔、京东，官军数万无敢抗者，其材必有过人。不若赦过招降，使讨方腊，以此自赎，或可平东南之乱。余然后知江辈真有闻于时者。①

可见南宋时宋江之事已被口耳相传，为百姓所津津乐道。甚至画院画家李嵩都有这个题材的绘画。《东都事略》一书信史野史掺杂，为宋江故事的传播提供了一个依据，龚开虽然强调其画赞的创作有史料支撑，然而从其画赞内容来看，支撑起其具体框架内容的更多还是血肉饱满的街头巷语，是充满了民间意味的传说。如神行太保戴宗一首：

---

① 北京大学古文献研究所：《全宋诗》卷三四六五，北京：北京大学出版社1998年版，第66册，第41274页。

不疾而速，故神无方。汝行何之，敢离大行。①

《东都事略》中并未出现戴宗这个人物，然而龚开的赞中却不仅有
戴宗其名，还出现了其行走神速的身份特征。宋代话本小说《宣和
遗事》一书中出现过戴宗，其名载于天书之上，除此之外，只一句话
提道："宋江为此只得带领得朱同、雷横、李逵、戴宗、李海等九人直
奔梁山泺上，寻那哥哥晁盖。"② 并未有关于戴宗如何疾走的记录，
龚开所述戴宗之"不疾而速""敢离大行"等话应是根据街头巷语
所记，为民间传说的记录。因此，从内容上看，《宋江三十六人赞》
所咏多是民间传说故事，史书中虽有只言片语，然而不足以支撑起
这组诗的内容。

　　从语言上看，《宋江三十六人赞》一改传统的雅正语言，多用俗
语，如其中行者武松一首：

汝优婆塞，五戒在身。酒色财气，更要杀人。③

优婆塞指受戒皈依之人，对应行者的身份，五戒为大乘佛教清规，
一不杀生，二不偷盗，三不邪淫，四不妄语，五不饮酒。然而武松
这样一位优婆塞却是酒色财气俱全，更要杀人，五戒皆破。赞语平
铺直叙，浅白通俗，与内容之俗相辅相成。其他如写黑旋风李逵之
"风有大小，不辨雌雄。山谷之中，遇尔亦凶"④，写船火儿张横之

---

① 北京大学古文献研究所：《全宋诗》卷三四六五，第 66 册，第 41275 页。
② （宋）无名氏编著，曹济平等校点：《宣和遗事》，南京：江苏古籍出版社 1993
　　年版，第 35 页。
③ 北京大学古文献研究所：《全宋诗》卷三四六五，第 66 册，第 41275 页。
④ 北京大学古文献研究所：《全宋诗》卷三四六五，第 66 册，第 41275 页。

"大行好汉，三十有六。无此火儿，其数不足"①，皆是极为通俗之语，平铺直叙，无甚修饰，倒也与宋江等人绿林草莽的气质相符，内容与语言形成了统一的风格。

虽然《宋江三十六人赞》从内容到语言皆带有强烈的民间性，然而这组诗的立意却是标准的雅正之意。龚开在序中说道：

> 于是即三十六人，人为一赞，而箴体在焉，盖其本拨矣，将使一归于正，义勇不相戾，此诗人忠厚之心也。②

箴本是一种劝诫之文，"箴者，所以攻疾防患，喻箴石也"（刘勰《文心雕龙·铭箴第十一》），箴之用在于警戒御过，这也是龚开作此组画赞的寓意所在。宋江三十六人横行河朔、京东，官兵数万，无敢抗者，最终受朝廷招安，一归于正，并助朝廷讨方腊自赎，义勇不相戾。这个结局虽然是后世倡导农民起义者不愿看到的，然而龚开作为当朝士大夫，国泰民安才是他的愿望。龚开所处的时代正是宋末危亡之际，南宋都城临安失守，龚开跟随军队南撤，却在福建与大部队失散，之后只得奔走泉南、吴越之间，不久后得知陆秀夫负帝蹈海之事，悲痛万分，写下《陆君实传》《宋文丞相传》，入元不仕，贫困终老。龚开见证了南宋王朝的落幕，作为一个有志士大夫，家国安危是他最在意之事，而宋江等人弃暗投明，为国尽忠的举动也激荡着诗人的内心，他用作画题赞的方式宣扬这种行为，同时鼓励民族危亡之际全民参与抗敌。作为年长的文人，龚开可能无力冲锋陷阵，然而他却希望借助自己诗画之所长，一表诗人忠厚之心。

---

① 北京大学古文献研究所：《全宋诗》卷三四六五，第 66 册，第 41275 页。
② 北京大学古文献研究所：《全宋诗》卷三四六五，第 66 册，第 41274 页。

　　龚开这组画赞，最早收录于周密《癸辛杂识》，周密将这组诗进行了自己的解读：

　　　　余尝以江之所为，虽不得自齿，然其识性超卓有过人者，立号既不僭侈，名称俨然，犹循轨辙，虽托之记载可也。古称柳盗跖为盗贼之圣，以其守壹至于极处。能出类而拔萃若江者，其殆庶几乎！虽然，彼跖与江，与之盗名而不辞，躬履盗迹而无讳者也，岂若世之乱臣贼子，畏影而自走，所为近在一身，而其祸未尝不流四海。呜呼！与其逢圣公之徒，孰若跖与江也！①

他将宋江等人比肩盗跖这样的盗圣，虽为盗贼，却"立号既不僭侈，名称俨然，犹循轨辙"，与那些打着圣人之名却行苟且之事的乱臣贼子相比，反而显得光明磊落得多。周密在龚开的基础上，将这组诗解读出另一层含义，二者在具体的立意上虽有别，却同样表现出诗人的忠厚之心，将俗言俗事回归雅正之意，合于箴体之用。

　　从对市井乡野题材画作的题咏中可以发现，无论是乡村农事、还是街头生活，亦或绿林行径，最终的立意皆归于雅正。也就是说，"俗"只是题材，而文人在书写这个题材时，所借鉴的依旧是自《诗经》以来的风雅传统，诗可以观风俗之盛衰，亦可以刺上化下。从这个意义上说，南宋题画文学在题材上突破了传统的"雅"范畴，却在更大的文学传统中完成了向风雅精神的回归。

_____

① (宋)周密撰，王根林校点:《癸辛杂识》续集上，上海：上海古籍出版社2012年版，第80页。

二、鬼画：寓庄于谐

以鬼怪题材入画的历史颇为久远，早在《韩非子》中，便有关于画鬼难易的争论："客有为齐王画者，齐王问曰：'画孰最难者？'曰：'犬马最难。''孰易者？'曰：'鬼魅最易。'夫犬马，人所知也，且暮罄于前，不可类之，故难。鬼魅无形者，不罄于前，故易之也。"[①] 先秦时期，虽然孔子不语"怪力乱神"，但诸子中却不乏谈鬼者，如《墨子·明鬼》篇，便认为"今天下之王公大人士君子，中实将欲求兴天下之利，除天下之害，当若鬼神之有也，将不可不尊明也，圣王之道也"[②]。将尊崇鬼神与圣王之道联系起来。魏晋之后，随着佛教思想与神仙方术的融合，鬼画日渐兴盛，出现了不少画鬼名家，如曹不兴、张僧繇、吴道子等，尤其是吴道子，其所画之鬼到宋代还引发了包括苏轼在内的不少作家的题咏。吴道子所画之鬼，以钟馗最为有名，郭若虚《图画见闻志》曾载："吴道子画钟馗，衣蓝衫，鞹一足，眇一目，腰笏巾首而蓬发，以左手捉鬼，以右手抉其鬼目：笔迹遒劲，实绘事之绝格也。"[③] 此后，钟馗也成为中国鬼画的重要题材。

鬼画题材发展到南宋，出现了又一位重要的画家就是龚开，其鬼画同样以钟馗最为有名，包括《中山出游图》《钟馗嫁妹图》《钟馗剖鬼图》等。龚开之鬼画促生了一批南宋的鬼画题咏作品，最典型的便是其本人所写的《题中山出游图》：

---

① （清）王先慎撰，钟哲点校：《韩非子集解》卷十一，北京：中华书局1998年版，第270—271页。
② 李小龙译注：《墨子》，北京：中华书局2007年版，第136页。
③ （宋）郭若虚著，俞剑华注释：《图画见闻志》卷六，第154页。

髯君家本住中山，驾言出游安所适。谓为小猎无鹰犬，以为意行有家室。阿妹韶容见靓妆，五色胭脂最宜黑。道逢驿舍须少憩，古屋无人供酒食。赤帻乌衫固可烹，美人清血终难得。不如归饮中山酿，一醉三年万缘息。却愁有物觑高明，八姨豪买他人宅。待得君醒为扫除，马嵬金驮去无迹。①

龚开《中山出游图》有幸保存了下来（见图3），画中之鬼共23个，以墨笔勾勒，从络腮胡的钟馗，到墨妆的钟馗之妹，再到瘦骨嶙峋的小鬼们，姿态各异，似人似怪。龚开作这诗画乃在以鬼事说人事：

人言墨鬼为戏笔，是大不然。此乃书家之草圣也，岂有不善真书而能作草者。在昔善画墨鬼，有姒颐真、赵千里。千里丁香鬼诚为奇特，所惜去人物科大远，故人得以戏笔目之。颐真鬼虽甚工，然其用意猥近，甚者作髯君野涩，一豪猪即之，妹子持杖披襟赶逐，此何为者耶。仆今作《中山出游图》，盖欲一洒颐真之陋，庶不废翰墨清玩。譬之书，犹真行之间也。钟馗事绝少，仆前后为诗，未免重用，今即他事成篇，聊出新意焉耳。②

在龚开看来，前代画鬼只是戏笔，与人物科太远，他所画的鬼，乃与人物近似。龚开将鬼画得与人形近似，想表达的不仅是外形的相近，更是内在含义的相近。关于此诗的解读，有人认为表达了

① 北京大学古文献研究所:《全宋诗》卷三四六五,第66册,第41277—41278页。
② 北京大学古文献研究所:《全宋诗》卷三四六五,第66册,第41277页。

图3 龚开《中山出游图》

强烈的抵抗异族情绪,也有人认为诗中提到八姨、马嵬是借安史之乱杨家误国表达对南宋权臣误国的痛恨[1]。此诗之诗眼应是"待得君醒为扫除"[2]一句,钟馗相传为终南山人,即诗中之中山,生前不得意,死后以捉鬼为业。龚开借鬼事言人事,钟馗可以捉鬼世之恶鬼,而人世亦希望能有一扫除天下不平之人。龚开生活于宋末元初,当时内有权臣贾似道误国,外有元军步步紧逼,其混浊甚于鬼世,龚开此诗画实有深痛的寄托。在这种忠直的寄托之下,龚开用诙谐的笔触,描绘出鬼乘肩舆、韶容墨面、似人非人、欲食无食的景象,寓庄于谐,读来颇为有趣。龚开这种手法在宋无的《题龚翠岩中山出游图》中更为突出:

> 酆都山黑阴雨秋,群鬼聚哭寒啾啾。老馗丰髯古幞头,耳闻鬼声馋涎流。鬼奴舆馗夜出游,两魖剑笠逐舆后。槁形蓬首枯骸瘦,妹也黔面被裳绣。老馗回观四目斗,料亦不嫌馗丑陋。后驱鬼雌荷衾枕,想馗倦行欲安寝。挑壶抱瓮寒凛凛,毋乃榨鬼作酒饮。令我能言口为噤,执缚魍魉血洒髒。毋乃刹

---

① 参王振德、李天庥:《历代钟馗画研究》,天津:天津人民美术出版社1985年版。

② 此句有多种版本,此本据《清河书画舫》。详参本书附录。

鬼为鬼鲝,令我有手不能把。神闲意定元是假,始信吟翁笔挥洒。翠岩道人心事平,胡为识此鬼物情。看来下笔众鬼惊,诗成应闻鬼泣声,至今卷上阴风生。老馗氏族何处人? 托言唐宫曾见身,当时身色相沉沦。阿瞒梦寐何曾真,宫妖已残马嵬尘。倏忽青天飞霹雳,千妖万怪遭诛击。酆都山摧见白日,老馗忍饥无鬼吃,冷落人间守门壁。①

宋无题咏的是龚开的《中山出游图》,翠岩为龚开之号。此诗"谐"的成分较之龚开更重,诗中的鬼奴甚是悲惨,不仅要抬着钟馗出游,还要准备衾枕伺候钟馗倦时安寝,并且随时有可能成为主人的吃食,榨鬼作酒饮,刹鬼为鬼鲝,因此群鬼聚哭,画上阴风满幅。宋无联系钟馗捉鬼吃鬼的传说,将龚开之画加以幽默想象,读之令人忍俊不禁。结尾处笔锋一转,"倏忽青天飞霹雳,千妖万怪遭诛击",群鬼倏忽之间被消灭殆尽,消灭群鬼的不是钟馗本人,而是青天霹雳,风卷残云,收拾了这混浊的世界,寄寓了作者对社会安定的希冀。而钟馗则因无鬼可食,只能沦落到守门,这个想象非常巧妙地点出钟馗门神的身份,让人哑然失笑。龚开和宋无之诗皆以鬼事言人事,寓庄于谐。然而宋无虽经历易代,其生活的大部分时间却已是元代社会平复以后,因此对于南宋朝廷的黑暗和易代的悲痛没有龚开那么敏感,其诗中的诙谐成分较之龚开也就更多。"子不语怪力乱神"(《论语·述而》),然而怪力乱神这种带有民间性质内容的加入却让题画文学更为活泼,就算所立之意仍然严肃,而内容则富有趣味性,大大缓解了传统题画文学的庄重严肃。

---

① (清)陈邦彦:《历代题画诗》卷六十六,北京:北京古籍出版社1996年版,第63—64页。

同样以钟馗为题材，黄载的《钟馗观鬼斗蟆图》则从另一个视角将戏谑与讽刺融为一体：

谁推酆都扃，逸此魔十二。相群斗蟆供戏剧，绡墨何从拂其迹。两雄斗于前，四鬼相视欣欣然。小蟆对睨摊双膝，筠笼一蟆跳欲出。前者差壮一力肩，后者引索擎于拳。髯翁磬折目胜负，突眼老妪探头觑。就中黄叟如蹲鸱，破帽长袍吾老馗。只眼直下看不匝，诸鬼乐与吾翁狎。四丁更与蟆之魁，疾驰不能压欲颓。蟆肥于豚怒于虎，张颐缩项夸相雇。昔时唐宋失天经，妖蟆曾搰天眼精。今魔视蟆细于蚁，魔若跳梁那可指。群阴胶凝互掀翻，六鳌顶戴愁颠连。但能伐魔既厥类，艾夷妖蟆谈笑耳。僇妖之事馗所司，何独反与为儿戏。不惟失职纵奸宄，鬼祸如蟆将及尔。参军参军其然乎，或者好事丹青图。谅应馗笑玉川子，诛蟆未诛骨先苦。风悲雨凄天地愁，蟆鬼正是相雄秋。仅余一目不可搰，我曷不可相娱说。会闻隔帘歌斗耄，山鬼性命摧红牙。①

这首诗选取的场景非常有趣，群鬼聚在一起斗蛤蟆取乐，蛤蟆的形态是"蟆肥于豚怒于虎，张颐缩项夸相雇"，而群鬼的姿态则是"相视欣欣然"，刻画非常生动。有意思的是，这些鬼是由钟馗管理的，按理说，钟馗应该控制好鬼怪，不让其祸害人间，然而，此诗中的钟馗却是为了让自己开心故意推开酆都的门窗将鬼放出，并与其一起"为儿戏"，在作者看来，这是一种"失职纵奸宄"的

---

① 北京大学古文献研究所：《全宋诗》卷三二五二，北京：北京大学出版社
　1998年版，第62册，第38802—38803页。

表现。钟馗和群鬼以及蛤蟆的沆瀣一气，可以推测是讽刺官员尸位素餐，甚至与奸盗勾结为害百姓。作者借鬼事言人事，写鬼事有多诙谐，讽人事便有多彻底。正如葛胜仲《吴道子画鬼》所言："人鬼从来理不殊。"

南宋之前不乏咏鬼画者，如北宋便出现了梅尧臣《和江邻几学士画鬼拔河篇》、文同《蒲生钟馗图》、苏颂《和诸君观画鬼拔河》三首题画诗以及苏轼《跋吴道子地狱变相》、黄庭坚《题褚书阁立本画地狱变相后》两篇题画文。这些鬼画题咏作品多着眼于鬼之"趣"与"丑"，如梅尧臣《和江邻几学士画鬼拔河篇》中对八鬼拔河过程的形容："东厢四鬼苦用力，索尾拽断一鬼颠。西厢四鬼来背挽，双手搊下抵以肩。龙头鱼身霹雳使，持钺植立旗左偏。拔山夜叉右握斧，各司胜负如争先。两旁挝鼓鼓四面，声势助勇努眼圆。臂枭张拳击捧首，似与暴谑意态全。当正大鬼按膝坐，三鬼带鞴一执旈。操刀擩囊力指督，怒发上直筋旧缠。"[1] 诗歌生动地将鬼在拔河过程中用尽全力的狰狞和丑态呈现出来，读完使人忍俊不禁。在刻画完鬼拔河的姿态后，以一句"角雄竞强欲何睹，曷不各各还荒埏"蜻蜓点水般结束。读者当然可以将这种叙述想象为对朝中相互争斗的两派官员的讽刺，但梅尧臣并未明言，彼时王安石变法也尚未开始，新旧党争还没显现，因此，这种解读过度阐释的可能性较大。文同《蒲生钟馗图》则着力描写了作恶的小鬼被饥肠辘辘的钟馗吃掉的场景，但同样未掺杂过多的讽喻，而是以"持以赠余子何故，摇手不取一钱赂。他日乞诗者尤屡，试

① （宋）梅尧臣著，朱东润编年校注：《梅尧臣集编年校注》卷二十八，上海：上海古籍出版社 1980 年版，第 1026 页。

为言之写其故"①这样诗画互赠的现实回归做结。相比之下,苏颂《和诸君观画鬼拔河》和苏轼《跋吴道子地狱变相》中稍微突显出一些讽喻意味,前者言鬼神图像容易"令来者信有说,塔庙从而增侈费"②,坦言这并非好事,后者言观地狱之惨状或许"能于此间一念清净"③。两篇作品开启了借鬼画讽喻的先河,南宋的鬼画题咏在这基础上进一步将诙谐与讽喻高度结合,形成"趣""讽"一体的鬼画图绘和题咏模式。这种模式在元明清得以继续开拓,出现了文徵明、文嘉等对"寒林钟馗"题材的图绘和题咏,以及罗聘《鬼趣图》的题咏狂欢,南宋咏鬼画时所表现出的寓庄于谐、以鬼喻人也在后世的鬼画题咏中获得了延续。

从以上论述中可以看出,宋代是雅文学发展成熟的阶段,同时也是俗文化兴起的阶段。题画文学作为传统雅文学的典型代表,其中的涉"俗"题材成为探究宋代雅俗之变的一个极好视角。南宋题画文学中的涉"俗"题材内容丰富、形式多元,为隶属于传统"雅"范畴的题画文学注入了新鲜的血液。南宋作家在题咏涉"俗"题材的绘画作品时,所采取的策略皆是"以俗为雅",虽然他们题咏的对象是风俗、民俗,但其最终的落脚点却是归于雅正。他们以细致的目光观察民事,以诙谐的笔触描摹鬼事,所用的语言可能是文人雅言,也可能是民间俗语,但最终的立意却无一不是回归到讽谏传统中,"俗"是路径,而"雅"才是最终旨归。虽然宋人"以俗为雅"的最终目的仍是趋雅,但对"俗"题材的书

---

① 北京大学古文献研究所:《全宋诗》卷四四九,北京:北京大学出版社1992年版,第8册,第5451页。

② 北京大学古文献研究所:《全宋诗》卷五二一,北京:北京大学出版社1992年版,第10册,第6326页。

③（宋）苏轼著,孔凡礼点校:《苏轼文集》卷七十,第2213页。

写却在一定程度上打破了题画文学因过度趋雅而导致的僵化,增添了题画文学的趣味,也使题画文学得以走出书斋,贴近现实生活。南宋题画文学由此呈现出与传统书斋清赏不同的更加丰富的面貌。

第三节 诗意图题咏与文化整合的加剧

诗意图指以诗文为图绘对象的画作,而诗意图题咏则指以诗意图为观照对象所写作的文学作品。换言之,诗意图题咏是一个从文到图再到文的创作过程。宋代是一个文化整合的时代,此期,文学与绘画之间发生了远高于前代的互渗,以文学作品为观照对象的诗意图大量出现。近年来,学界对诗意图的关注度日益增加,如赵宪章《诗歌的图像修辞及其符号表征》[1] 便探讨了诗意图在模仿再现诗意时存在的"绽开"与"屏蔽",罗时进《宋代图像传播对唐代诗人与作品的经典化形塑》[2] 则从传播的角度探讨了诗意图对于前代作家作品的形塑意义。与此同时,对诗意图题咏的研究也逐渐有学者涉及,如衣若芬便以"归去来图"、"憩寂图"和"阳关图"的题咏为例,探讨了宋代的诗意图绘制与题咏[3]。诗意图成为宋代题画文学中一个非常特别的题材,南宋时,随着其绘制和题咏数量的增多,诗意图作为一种题画文学题材的意义变得尤为明显。那么,诗意图题咏作为一种从文到图再到文的转"译",再生文本与

---

① 赵宪章:《诗歌的图像修辞及其符号表征》,《中国社会科学》2016 年第 1 期。

② 罗时进:《宋代图像传播对唐代诗人与作品的经典化形塑》,《文学遗产》2018 年第 6 期。

③ 参衣若芬:《宋代题"诗意图"诗析论——以题"归去来图"、"憩寂图"、"阳关图"为例》,《中国文哲研究集刊》2003 年第 16 期。

图像之间的关系如何,与原始文本之间的关系又如何? 在二次转"译"的过程中,图像之于两次文学书写的意义何在? 这些将是本节探讨的内容。

一、诗意图图绘与题咏的流变

以文字作品作为图绘对象的绘画,汉代便已出现,如东汉时刘褒曾取材《诗经》之《大雅·云汉》和《邶风·北风》作《云汉图》和《北风图》,其效果使观画者见前者"觉热"、见后者"觉凉"[①]。早期的诗意图多取材于经学文本,宋濂曾言:"古之善绘者,或画《诗》,或图《孝经》,或貌《尔雅》,或像《论语》暨《春秋》,或著《易》象,皆附经而行。"[②] 这种将图绘对象集中于经学文本的诗意图多产生在"文学的自觉"以前,彼时文学尚未从经学、史学和哲学之中独立出来,绘画之目的也多是伦理教化,故而此期的诗意图是一种承载着政治功能的图绘。

魏晋时期,随着文学的"自觉化"程度逐渐提高,诗意图也随之开始呈现出多元的面貌,一方面,政治教化依旧是此期诗意图的重要内容,如顾恺之据张华《女史箴》所绘之《女史箴图》,据刘向《列女传》所绘之《列女传图》,图像皆带有明显的教化意义。另一方面,更加接近于文学类的文本也开始成为图绘的对象,如《历代名画记》所载史道硕《琴赋图》《蜀都赋图》《嵇中散诗图》《酒德颂图》、史敬文《张平子西京赋图》、顾景秀《陆机诗图》等,诗、颂、赋不同的文体皆成为图绘的来源。而顾恺之据曹植《洛神赋》所创作的

---

① (唐)张彦远:《历代名画记》卷四,杭州:浙江人民美术出版社2011年版,第77页。
② 俞剑华:《中国历代画论大观:明代画论(二)》(第五编),南京:江苏凤凰美术出版社2017年版,第1页。

《洛神赋图》更以高超的艺术水准成为后世不断摹拟的对象。然而，由于题画文学的后起，此时的诗意图尚未成为文学题咏的对象。

唐五代时，随着诗歌的发展，以诗为图绘对象的诗意图也逐渐增多。如张志和绘颜真卿渔歌诗，"初颜鲁公典吴兴，知其高节，以《渔歌》五首赠之。张乃为卷轴，随句赋象，人物、舟船、鸟兽、烟波、风月，皆依其文，曲尽其妙，为世之雅律，深得其态。"① 又如段赞善对郑谷《雪诗》的图绘，"'乱飘僧舍茶烟湿，密洒歌楼酒力微。江上晚来堪画处，渔人披得一蓑归。'时人多传诵之。段赞善善画，因采其诗意景物图写之，曲尽潇洒之思。"② 其他像周文矩画杜甫《饮中八仙歌》，好事者画李益《征人歌》、王维《送元二使安西》等，不胜枚举。相对于诗意图图绘的繁荣而言，诗意图题咏却颇为落寞，仅有韩愈《桃源图》等少量作品。韩愈《桃源图》所咏的对象是以陶渊明《桃花源记》为题材绘制的诗意图，诗歌的落脚点是"神仙有无何渺茫，桃源之说诚荒唐"（韩愈《桃源图》），而这个论点也成为后世大量桃源题材作品争论的焦点。

北宋时期，诗意图大量出现，文化的整合、文人与画家之间的密切交流、画家的文人化，以及"诗画一律"的观念成为此期诗意图快速发展的重要原因。龙眠居士李公麟是此期诗意图绘制最具代表性的画家，创作了《孝经图》《九歌图》《归去来兮图》《洛神赋图》《憩寂图》《阳关图》《赤壁图》等大量以经典文本为蓝本的图画。其诗意图成为整个宋代，乃至后世文人题咏的重要对象，其中以杜甫《戏为双松图歌》中"松根胡僧憩寂寞"一句为题材所图

① （唐）朱景玄著，吴企明校注：《唐朝名画录校注》，合肥：黄山书社 2016 年版，第 269 页。
② （宋）郭若虚著，俞剑华注释：《图画见闻志》卷五，第 135 页。

绘之《憩寂图》，更因与苏轼的合作而成为经典绘画案例①。北宋诗意图创作的另一个重要推进者是宋徽宗。以诗句命题作画是徽宗画院中非常重要的考试方式，如"唐人诗有'嫩绿枝头红一点，动人春色不须多'之句。闻旧时尝以此试画工，众工竞于花卉上妆点春色，皆不中选，惟一人于危亭缥缈，绿杨隐映之处，画一美妇人凭栏而立，众工遂服，此可谓善体诗人之意矣"②。又如"'野水无人渡，孤舟尽日横'，自第二人以下，多系空舟岸侧，或拳鹭于舷间，或栖鸦于篷背。独魁则不然，画一舟人，卧于舟尾，横一孤笛，其意以为非无舟人，止无行人耳，且以见舟子之甚闲也"③。帝王的喜好必然会对以诗作画的风气有所推动，这使得北宋的诗意图创作成为从宫廷到文士的一种潮流。与此同时，诗意图题咏在北宋也开始形成规模，以苏轼、黄庭坚为代表的文人与画家之间多有往来，观画机会的增加客观上增进了其题画几率，故而此期文人的诗意图题咏较之前代出现了非常明显的增加。文体上从题画诗衍生到题画文，题写对象也从《桃源图》旁涉到经学类的《孝经图》《三礼图》，辞赋类的《九歌图》《洛神赋图》《归去来兮图》《赤壁图》，以及诗歌类的《阳关图》《憩寂图》和《高轩过图》。这种风气对南宋的诗意图图绘和题咏奠定了良好的文化基础。

南宋时，诗意图的图绘在经学文本与文学文本上都得到了发展。就经学文本而言，出现了宋高宗意旨下马和之《诗经图》《孝经图》的绘制，最有名的便是对《豳风·七月》的描绘，图像分段描

---

① 苏辙《子瞻与李公麟宣德共画翠石古木老僧谓之憩寂图题其后》云："东坡自作苍苍石，留取长松待伯时。只有两人嫌未足，更收前世杜陵诗。"以此知《憩寂图》为苏轼画石，李公麟画松。
② （宋）陈善：《扪虱新话》卷九，上海：上海书店1990年版，第3页。
③ （宋）邓椿：《画继》卷一，第5页。

述了《七月》呈现的农事内容，在每一段旁，都用一段《七月》的原文进行相应的解释。这种仅仅抄录原典而未加重新创作的题咏方式，广泛存在于对经学图和赋图的阐释中。就文学文本而言，则出现了马麟据韩愈"最是一年春好处，绝胜烟柳满皇都"（《早春呈水部张十八员外》其一）所绘之《皇都春色图》、赵葵呈现杜甫"竹深留客处，荷净纳凉时"（《陪诸贵公子丈八沟携妓纳凉晚际遇雨》）的《杜甫诗意图》①、赵伯驹据苏轼《后赤壁赋》所画之《后赤壁图》等绘画作品。而此期，诗意图的题咏也在北宋的基础上走向了进一步的繁荣，无论是参与者还是诗文数量皆有所提升。所题咏的题材较之北宋亦更为广泛，除北宋已有的作品外，还出现了对《无逸图》《大招图》《列女传图》《滕王阁记图》《蜀道难图》《饮中八仙图》《羌村图》《茅屋为秋风所破歌图》《石鼎联句图》《寒江钓雪图》《书湖阴先生壁图》等各类诗意图的题咏。这种题咏风气使得诗意图成为南宋题画文学中一个非常特别且显眼的题材。那么，在诗意图的题咏中，很显然图像成为连接两次文本创作的纽带，图像与原文本和再生文本之间的关系以及图像的意义也因此成为值得探讨的话题。

二、作为中介的图像

诗意图题咏是一个从文本到图像，再到文本的创生过程，在这个过程中存在着两次图文转译。在这种看似回环往复的进展中，图像成为两次转译的实际连接点，促成再生文本与原文本的对话。

---

① 此图又名《竹溪消夏图》，乾隆认为"是卷笔在李、董间，写竹深荷净，颇得杜甫诗意"，于是改名"赵葵画杜甫诗意图"。

（一）诗意图对原文本的转译

诗意图所言之"诗意"，实际上是一个颇为抽象的概念，意味着图像对原文本处理方式的灵活性。图像既可以亦步亦趋图绘原文本内容，亦可以抽绎个别字句进行衍生。从实际的处理情况来看，诗意图对原文本的处理最常见的方式有两种。

第一种是将原文本整体纳入图绘范畴，典型的便是马和之据《诗经·豳风·七月》所画之《豳风七月图卷》。图像以长卷的形式展开，按照《七月》的顺序依次图绘了"一之日觱发，二之日栗烈。无衣无褐，何以卒岁"，"三之日于耜，四之日举趾。同我妇子，馌彼南亩，田畯至喜"，"七月鸣鵙，八月载绩。载玄载黄，我朱孔阳，为公子裳"，"一之日于貉，取彼狐狸，为公子裘。二之日其同，载缵武功，言私其豵，献豜于公"，"五月斯螽动股，六月莎鸡振羽，七月在野，八月在宇，九月在户，十月蟋蟀入我床下"，"穹窒熏鼠，塞向墐户。嗟我妇子，曰为改岁，入此室处"，"昼尔于茅，宵尔索綯。亟其乘屋，其始播百谷"以及"二之日凿冰冲冲，三之日纳于凌阴。四之日其蚤，献羔祭韭"①八个片段，大致完整描绘了《七月》所叙述的情景，"笔法清真古淡，有消散闲逸之趣"②，"虽不设色，而意态自足……观和之此图，若生于周而处于豳，古风宛然也。"③

第二种转译模式是只选取原文本的个别字句进行图绘，如《倦绣图》。陆游有诗题为《白乐天诗云：倦倚绣床愁不动，缓垂绿带髻鬟低。辽阳春尽无消息，夜合花前日又西。好事者画之为〈倦绣图〉，此花以五六月开山中，多于茨棘，人殊不贵之，为赋小诗以

---

① 程俊英：《诗经译注》，上海：上海古籍出版社1985年版，第265—269页。
② 图后拖尾王穉登题跋。
③ 图后拖尾文徵明题跋。

寄感叹》，知《倦绣图》是以白居易《闺妇》中"倦倚绣床愁不动"①
一句为蓝本所画。画家通常只取"倦倚绣床"这个特写动作，而淡
化其倦倚的原因，去掉夜合花的背景，另加创作，将其泛化为慵懒
女子的形象。在这种选取个别字句图绘的诗意图中，原文本往往
被抽绎出更为典型的符号，画家在删除原文本某些元素的同时，又
添加了新的元素，使图像成为与原文本若即若离、更具独立性的
存在。

这种择取个别字句进行图绘的方式，很有可能出现偏离于原
文本的主旨阐释。如《桃源图》，所依据的对象是陶渊明的《桃花源
记》。然而，大量《桃源图》在绘制时却将桃源导向神仙之境，大异
于陶渊明的本意。关于南宋时流传的《桃源图》的具体情形，《夷
坚志》中有详细介绍：

> 缙云人刘甫通判成都日，遇异人揖于道左，携一篮，中贮
> 二板，坚劲如铁。言："能刻桃源景物，恨未有所属也。吾视君
> 可受其一。"甫喜，延入官舍，异人求一室独居，索斗酒，引满入
> 室。须臾，出板示甫，图已成，楼阁人物，细如丝发，俨然可睹。
> 女仙七十二，各执乐具。知音者案之，乃霓裳法曲全部也。其

---

① 白居易《闺妇》一诗今本为"斜凭绣床愁不动，红绡带缓绿鬟低"。朱金城
笺校《白居易集校笺》在此诗后下按语："廖莹中《江行杂录》：白乐天诗云：
'倦倚绣床愁不动，缓垂绿带髻鬟低。辽阳春尽无消息，夜合花前日又西'，
好事者画为《倦绣图》。城按：廖氏所引白诗与今本小异。"（唐）白居易著，
朱金城笺校：《白居易集校笺》卷十九，上海：上海古籍出版社 1988 年版，第
1305 页。陆游所见与廖莹中《江行杂录》所载同。考察此诗格律，可知首
句第二字位置处当用仄声，用"凭"字则出律，故《江行杂录》所载版本较之
今本或更为恰当。且从后世《倦绣图》的大量绘制和题咏可反推，当时流行
之白诗为"倦倚绣床愁不动"的可能性更大。

押案节奏，舞蹈行级，皆中音会。一渔翁横舟岸傍，位置规模，雕刻之精，虽世间工画善巧者所不能到。同时为倅者，亦欲得其一，初不闭拒，即诣之，所需如前。刻才半，板忽碎裂，遂失其人所在。时天圣中也。刘氏世传宝之，建炎之乱，逸于民间，今为毗陵胡氏所有。郡士孙希记之云："渊明所志桃源事，止言桃花夹岸，中无杂木。种作男女衣着，悉如外人。黄发垂髫，怡然自乐。今是图乃有台殿，如仙宫佛国，又无桃林，与记颇异。疑异人所见，与世所传不同。或神仙方外之事，不可以常理度也。"予尝见墨本，悉如上说，岂非仙家境界，别有所谓桃源者乎！①

从这段话可以看出，当时社会上流传的《桃源图》，确实已异化为神仙之境了，此时，图像对原文本的阐释出现了曲解，而这种曲解在社会上影响力颇大，乃至楼钥都开始怀疑"夷坚志怪言历历，何意今乃亲见之。未知桃源有此否，此事茫昧不可稽"（《桃源图》）。关于诗意图转译原文本的方式和效果，赵宪章在《诗歌的图像修辞及其符号表征》中曾有详细探讨，文章认为转译方式大致包括应文直绘、旁见侧出、语篇重构、喻体成像以及统觉引类五种，这种转译带来了"诗语空白的填补和诗歌意象的具体化"②，但同时，"诗意图的生成只是某些诗眼或诗篇要素的剪辑，是剪辑之后的转译和重新编织，因而完全是一个新的格式塔并与源诗并置"③。因此，诗意图在"绽开"了诗眼的同时，又"屏蔽"了某些信息。《桃源图》

---

① （宋）洪迈撰，何卓点校：《夷坚志》卷六，北京：中华书局1981年版，第413页。
② 赵宪章：《诗歌的图像修辞及其符号表征》，《中国社会科学》2016年第1期。
③ 赵宪章：《诗歌的图像修辞及其符号表征》，《中国社会科学》2016年第1期。

的绘制便属于典型的这种情况。那么，诗意图题咏作为二次创作，当图像与原文本产生差异时，写作者是如何处理转译后的图像的，原文本和图像之于二次创作的文本有何意义？

（二）诗意图题咏对图像的转译

诗意图作为一种图像，具有绘画艺术最普遍的特点，即空间性。因此，相比于情感表达而言，意象选择是诗意图转译原文本时更具体的考虑内容。从意象角度考察诗意图对原文本的转译，会发现一般存在三种情况，而诗意图题咏亦因此而不同。

第一种是原文本意象本身便很丰富，诗意图在转译时可选择的空间较大，此时，画家一般会直接选取原文本中的大部分主要意象，就算进行加工，所补充的意象也不会喧宾夺主。如李公麟据陶渊明《归去来兮辞》所画之《陶渊明归隐图》，原文本篇幅较长，内容丰富，可选择的具有代表性的意象非常多，故李公麟图绘中大部分的意象都直接采自陶作，如轻飏之舟、飘飘之衣、童仆、稚子、松、菊、云、鸟。同时，为了画面更加饱满，李公麟又添加了一些意象，如陶渊明乘舟时驾船的舟人，家门外之石，门中之犬等，这些意象仅仅作为点缀，并未对原文本中的核心意象造成挤压。在这种诗意图和原文本意象高度重合，或原文本意象大于诗意图意象的情况下，二次创作的文本在题咏诗意图时，通常选择直接回到原文本，将图像仅仅作为一个引起与原文本对话的媒介。如周紫芝《题李伯时画归去来图》：

渊明诗成无色画，龙眠画出无声诗。两公恐是前后身，二妙略殊今昔时。我顷诵诗不知处，今乃按图俱得之。当时想见归意好，扁舟飏水风吹衣。壶觞未饮入室酒，玉色先见迎门儿。岂无故老说情话，尚有残菊依东篱。云归鸟倦自有意，欲

辩已忘谁复知。龙眠得之心应手,笔所到处心相随。僮奴似
有傲世色,草木亦带烟霞姿。痴儿方办公家事,此老自挟南亩
犁。人生异趣岂不远,心如铁石终难移。我今此意不自事,老
去见画空惭非。①

从诗歌所述内容来看,所选择的意象扁舟、迎门儿、故老、残菊、云、
鸟、僮奴、南亩犁等皆为陶渊明《归去来兮辞》原文所包含的内容,
或者说是原文本与诗意图共有的,而李公麟所添加的舟人、门外
石、门中犬等在诗中并未提及。可见在这种原文本意象已足够具
有影响力,且丰富到可以填充大部分画面的情况下,作为二次创作
的诗意图题咏往往直指原文,图像成为引起对话的媒介,题诗中
通常只是礼节性地夸赞一下画家和画作,便不再执着于绘画,而是
跳过图像直接与原作对话。

　　第二种情况是原文本意象较少,作品本身长度较短,且侧重于
抒情,铺陈较少,若只选取原文本的意象,则无法满足诗意图的空
间呈现。在这种情况下,诗意图作者往往会添加较多的新意象,形
成新的意象群,典型的便是对王维《送元二使安西》的图绘。原作
仅有四句:"渭城朝雨浥轻尘,客舍青青柳色新。劝君更尽一杯酒,
西出阳关无故人。"就意象而言,涉及渭城、雨、尘、客舍、柳、酒、阳
关、故人等,看似不少,但实际上这些意象分布在两个空间里,阳
关与渭城并不方便出现在同一个画面中,真正适合出现在画面上
的只有房屋、柳、雨和人,要构成一幅送别图,则稍显单薄。李公
麟的处理方式是将送元二出使这件事抽绎出"送别"这个核心概

──────────

① 北京大学古文献研究所:《全宋诗》卷一五三一,北京:北京大学出版社
　1996年版,第26册,第17390—17391页。

念,增加大量新的意象重新演绎,绘成《阳关图》。遗憾的是,李公麟的画作没有留存下来,但通过对其《阳关图》的描述和题咏,能见出一二。《宣和画谱》曾提及李公麟这幅图:"公麟作《阳关图》,以离别惨恨为人之常情,而设钓者于水滨,忘形块坐,哀乐不关其意。"[1] 从这段描述中,可以知悉画面较之原文本多出了一个垂钓者。北宋张舜民对此图有更详细的描述,其《京兆安汾叟赴辟临洮幕府南舒李君自画阳关图并诗以送行浮休居士为继其后》一诗提道:

> 澄心古纸白如银,笔墨轻清意萧洒。短亭离筵列歌舞,亭亭喧喧簇车马。溪边一叟静垂纶,桥畔俄逢两负薪。掣臂苍鹰随猎犬,耸耳驱驴扶只轮。长安陌上多豪侠,正值春风二三月。分明朝雨浥轻尘,客舍青青柳色新。主人举杯苦劝客,道是西征无故人。殷勤一曲歌者阕,歌者背泪沾罗巾。
>
> 酒阑童仆各辞亲,结束韬縢意气振。稚子牵衣老人哭,道上行客皆酸辛。
>
> 惟有溪边钓鱼叟,寂寞投竿如不闻。李君此画何容易,画出渔樵有深意。[2]

从以上描述画面的片段可知,李公麟画上不仅多了垂钓者,还多了负薪人、带犬狩猎人、驱驴运货人、童仆、稚子、老人等背景人物,诗意图中的意象远远多于原文本,形成了一幅送别风俗图。

---

[1] 王群栗点校:《宣和画谱》,杭州:浙江人民美术出版社 2012 年版,第 75 页。

[2] 北京大学古文献研究所:《全宋诗》卷八三三,北京:北京大学出版社 1993 年版,第 14 册,第 9670 页。

在这种情况下,由于题画文学的创作模式常会描述画面,因此二次创作的文本很可能便会涉及诗意图新添意象,除以上张舜民的诗作外,同样是对李公麟《阳关图》的题咏,夏倪"渔舟微茫出浦溆,远山无数迎修眉"(《次韵汉阳蔡守题阳关图》)、楼钥"柳下渔翁总不知"(《题汪季路太傅所藏龙眠阳关图》)、严灿"谁独持竿面碧波"(《阳关图》)皆出现了溢出原文本而从属于诗意图的意象叙述。值得注意的是,二次创作的文本虽然在描述画面时出现了溢出原文本的意象,但其核心情感却往往回归原文本。如这些对《阳关图》的题咏,其落脚点大多仍归于送别和远行。换言之,图像对于二次创作的影响更多在于画中意象,而这些意象的影响力往往很难超越原文本作为成熟的文学典范所带来的情感、精神等内核元素。

第三种情况是虽然原文本意象丰富,但诗意图并未遵照原文本图绘,而是根据自己对原文本的理解大量置换原作意象。如上文提到的《桃源图》。从《夷坚志》中的描述来看,楼阁、女仙等皆非陶渊明《桃花源记》中的意象,这些新增的意象代替了原作中的良田美池成为新的核心意象。此时,二次创作的文本便面临着是遵循图像还是遵循原文本的选择。从实际创作的情形来看,大部分的诗意图题咏是跨过图像回归到原文本,甚至在循其本后对图像进行批判。如王十朋《和韩桃源图》:

> 世有图画桃源者,皆以为仙也。故退之《桃源图诗》诋其说为妄。及观陶渊明所作《桃花源志》,乃谓先世避秦至此。则知渔人所遇乃其子孙,非始入山者能长生不死,与刘阮天台之事异焉。东坡《和陶诗》尝序而辨之矣。故予按陶志以和韩诗,聊证世俗之谬云。

　　嬴秦斩新开混茫，傲睨前古无虞唐。诗书为灰儒鬼哭，李斯秉笔中书堂。长城丁壮无还者，送徒更住骊山下。避世高人何所之，出门永与家乡辞。入山惟恐不深远，岂是得已巢于斯。来时六合为秦室，未省今为何岁日。吏不到门租不输，子长丁添更何恤。春入山中桃自花，招邀隐侣倾流霞。男耕女织自婚嫁，派别支分都几家。谁泛渔舟迷处所，山开洞辟闻人语。乍相惊问卒相欢，设酒烹鸡讲宾主。可怜秦事已茫然，帝业初期万万年。犹道祖龙长在世，岂知异姓早三传。邻里殷勤争饷馈，人情与世无相异。未信壶中别有天，却讶身游与梦寐。山花乱眼鸟哀鸣，数日留连喜复惊。更从洞口寻乡路，逢人欲话疑非情。异日扁舟欲重顾，水眩山迷红日暮。后来图画了非真，作志渊明乃晋人。[①]

王十朋认为桃源之事与刘阮天台之事明显不同，后来的图画都是曲解了原作。要了解陶渊明真正的意思，需要做的是回到"陶志"，即作品本身。回到作品后会发现，陶渊明已经说清了生活在桃源中的是秦时避世人的后代，而非秦人活到晋代。王十朋这首诗延续的是韩愈的态度。"在陶渊明写出有关桃花源的两篇作品之后，道教徒就已经从事于这一传说的神话工作了"[②]，在韩愈的时代，将桃源神化为神仙之地已成为社会的一种认知，韩愈之前的王维在其《桃源行》中，便已直接将桃源置换为仙境。韩愈站在宗教批判的立场上，开篇便直接摆明观点"神仙有无何渺茫，桃源之说诚荒

---

① 北京大学古文献研究所：《全宋诗》卷二〇二三，北京：北京大学出版社1998年版，第36册，第22671—22672页。
② 程千帆：《古诗考索》，莫砺锋编《程千帆全集》第八卷，石家庄：河北教育出版社2000年版，第132页。

唐"(《桃源图》),将桃源仙境作为一种荒诞的存在进行批评。王十朋为了表示对韩愈这种批判观点的支持,甚至选择了和韩的方式。无论是韩愈还是王十朋,面对着图像将桃源导向神仙之境的做法,都给予了坚定的批判。而南宋大量题咏《桃源图》的作品,采取的都是同样的立场,如刘克庄"但记嬴二世尔,岂知晋太康耶。一境浑无租税,四时长有桃花"(《题桃源图一首》),同样是剥离了仙境,回归世俗桃源。

从以上几种情况来看,图像对两次文学文本的意义更多是在于连接和唤起,即为后起文本与原文本对话提供了契机,促成了文学与文学之间的碰撞。不管图像是延续还是偏离了原文本的意涵,二次创作的文本往往都会回到原文本,直接回应原文本。诗意图贴近原文本则赞扬之,偏离则矫正之。这种做法不仅是文学阐释回到作品的方式,同时也体现出原文本作为文学经典强大的典范意义。不可否认图像作为视觉艺术确实具有极强的感染力,尤其在民间中下层人群里。然而,当精英士大夫面对这个主题时,图像对他们的感染力往往远不如同样作为精英文化圈的原文本来得明显。图像对于他们的意义,更多在于架起了一座让他们直接与原文本对话的桥梁,而这种对话也使得诗意图题咏具有了文学批评的意义。

三、作为批评方法的诗意图题咏

在图像的媒介作用下,诗意图题咏对原文本以及同题材文本的回应,让诗意图题咏成为一种以原文本为对象的文学批评。后起文本对原文本的阐释,后起文本之间的相互解读,交错成了复杂的文学现象。

（一）经典的强化与创造性误读

诗意图题咏某种意义上可以看作是对原文本的同题共赋，在这种同题共赋的过程中，不同的题咏者由于心态及所处环境的差异，对原文本的阐释也会出现不同的方式。

第一种阐释方式是对原文本经典意义的强化。如郑思肖《杜子美茅屋为秋风所破歌图》：

> 雨卷风掀地欲沉，浣花溪路似难寻。数间茅屋苦饶舌，说杀少陵忧国心。①

诗歌将杜甫《茅屋为秋风所破歌》原本的长篇浓缩为七言绝句，"八月秋高风怒号"简化为"雨卷风掀"，"何时眼前突兀见此屋，吾庐独破受冻死亦足"换言为"数间茅屋苦饶舌"，将原诗的核心含义以极其凝练的语句提炼出，然后在末句中强化了杜甫的"忧国心"。这是后世解读杜甫的关键词，同时也是郑思肖在宋末背景中的感同身受，郑思肖在借杜甫言当下的同时，强化了杜甫忧国忧民的经典意义。又如李洪《跋陶彭泽归去来图》：

> 陶彭泽可谓善居贫矣。其出处之节，余固不论也。读其诗，《九日闲居》则曰"尘爵耻空罍"；《怨》诗则曰"夏日长抱饥，寒夜无被眠"；《岁暮》则曰"屡阙清酤至"；《始作镇军》则曰"被褐欣自得，屡空尝晏如"；《与从弟》则曰"深得固穷节"；《饮酒》则曰"饥寒饱所更"；《有会而作》则曰"老至更长饥"；《咏贫士》则曰"量力守故辙，岂不寒与饥？倾壶绝余

---

① 北京大学古文献研究所：《全宋诗》卷三六二四，第 69 册，第 43397 页。

沥,窥灶不见烟。敝衿不掩肘,藜羹常乏斟"。《归来》自序曰
"家贫,耕植不足自给,幼稚满室,瓶无储粟"。及其耻一束带
见乡里小儿,则又有"饥冻虽切,违已交病"之语,是岂有一
毫矫饰于其心哉? 信吾夫子所谓"人不堪其忧,回也不改其
乐"。余素贫,盖深味其旨,未尝不掩卷长太息也。余岂敢尚
友彭泽,然岁俭居贫,备尝彭泽诗中之趣,因观康道此轴,附
见余所好于后。①

由于作者自己"素贫",因此,在看到《陶彭泽归去来图》时,相较于
"出处之节",作者更偏重于对陶渊明"善居贫"的倾慕,甚至将陶渊
明的作品串联起来进行整体的"居贫"分析,由画及辞,由辞及诗,
由陶及我,形成了观照原文本,又反作用于自身的观看与抒情模
式。在这种对陶渊明的倾慕中,进一步强化了陶渊明的归隐居贫
意义。

　　有时,后起者需要回应的不仅包括原文本,也包括其前代的
同题材文本。这便形成了以原文本为起点,后起文本不断争执、
争取对原文本阐释权威的螺旋式递进。如对《洛神赋》的解读。
在李善注《文选》中,曾在《洛神赋》题目下加上了一段关于此赋
的背景:

　　　　魏东阿王,汉末求甄逸女,既不遂。太祖回与五官中郎
　　将。植殊不平,昼思夜想,废寝与食。黄初中入朝,帝示植甄
　　后玉镂金带枕,植见之,不觉泣。时已为郭后谗死。帝意亦寻

① 曾枣庄、刘琳主编:《全宋文》卷五三八五,第241册,第120页。按:"则
　又有'饥冻虽切,违已交病'"一句,《全宋文》误断句为:"则又有饥冻,虽
　'切违已交病'"。

悟，因令太子留宴饮，仍以枕赉植。植还，度轘辕，少许时，将
息洛水上，思甄后。忽见女来，自云：我本托心君王，其心不
遂。此枕是我在家时从嫁前与五官中郎将，今与君王。遂用
荐枕席，欢情交集，岂常辞能具。为郭后以糠塞口，今被发，羞
将此形貌重睹君王尔！言讫，遂不复见所在。遣人献珠于王，
王答以玉佩，悲喜不能自胜，遂作《感甄赋》。后明帝见之，改
为《洛神赋》。①

由于李善的这段注文，《洛神赋》的主题出现"感甄说"的导向，似
乎曹植写此赋就是因为所倾心之甄氏的不幸离世。从顾恺之开
始，《洛神赋图》的绘制在转译赋文时都偏重于突出洛神的美貌
以及曹植的眷恋，并未对原作的主旨作更明显的引导，似乎解读
成"感甄说"亦未尝不可。在北宋时，出现了第一篇针对此图的题
咏——李之仪的《跋画赞洛神赋》，然而遗憾的是，此跋侧重于叙述
画作的流传过程，而未涉及其主旨。南宋时王铚的《题洛神赋图
诗》，终于借题图的机会，对李善注《洛神赋》主旨的导向进行了辨
正，他在序中提道：

> 风雅颂为文章之正。至屈原《离骚》，兼文章正变而言
> 之。《湘君》《湘夫人》《山鬼》，多及帝舜英皇，以系恨千古。
> 宋玉、贾谊师其余意，作《招魂》《赋鵩》，极死生忧伤怨怼之
> 变，亦兼正与变而为言耳。其后李太白作《远别离》，亦云
> "九疑连绵皆相似，重瞳孤坟竟何是"。李当涂编次，以此诗
> 为谪仙文集第一篇，亦以祖屈原悲英皇本意耳。而韩退之晚

---

① （南朝梁）萧统编，（唐）李善注：《文选》卷十九，第895—896页。

年乃作《黄陵》《南海庙碑》，文章词指，非世间语也。盖平生
周造化妙理已多，至是方能发鬼神之情，然后幽远荒忽奇怪，
无余蕴于天地矣。文章必能尽羁旅、风霜、山行、水宿，极其
忧患、离别、悲伤，则真情乃见。与夫男女之际，鬼神之情状，
死生之变态，使幽显表里，内外洞达，然后为至焉。曹子建
与七子并游，而独能脱遗建安风格，作《洛神赋》，虽祖屈、宋
而能激其余波，侵寻相及矣。非托寓于妇人神仙，亦安能至
此也。近得顾恺之所画《洛神赋图》模本，笔势高古，精彩飞
动，与子建文章相表里，因赋一诗书其后。盖屈、宋、贾谊、子
建，其幽恨莫伸一也。故文章能达其所存，以穷极古鸿荒之
理，学者可以辨是矣。①

这段序认为文章分正变，屈原开启了兼顾正变的写作模式，以这
种模式写作的，还包括宋玉、贾谊、李白、韩愈等人的相关作品，这
些作品皆是借"男女之际，鬼神之情状，死生之变态"来达到"幽
显表里，内外洞达"，很显然，曹植《洛神赋》的写作模式和这些作
品一脉相承。这段叙述为《洛神赋》寻找到一个文学史坐标，将
其从"感甄说"的主题中解脱出来，向屈原复归。在诗歌正文中，
王铚进一步明言曹植所感为人事而非神事，"此意明明可自知，岂
有神人来洛浦"，认为长久以来后人都曲解了曹植的意思，"此情
万古恨茫茫，且为陈王说余意。"②这首《题洛神赋图诗》实际上是
试图将《洛神赋》阐释的话语权从李善手中争取过来，这种不同

---

① 北京大学古文献研究所：《全宋诗》卷一九〇五，北京：北京大学出版社
　　1998年版，第34册，第21288—21289页。
② 北京大学古文献研究所：《全宋诗》卷一九〇五，第34册，第21289页。

于"感甄说"的阐释方式在宋之后成为主流。如何焯《义门读书记》所言："植既不得于君，因济洛川作为此赋，托辞宓妃以寄心文帝，其亦屈子之志也。"[①] 又如刘熙载《艺概》所说："曹子建《洛神赋》出于《湘君》《湘夫人》，而屈子深远矣。"[②] 这些都是对王铚观点的回应。

对原文本经典意义的强化是诗意图题咏中最常见的抒情方式。究其原因，被图绘为诗意图的文本一般存在两种可能，一是其文本本身在文学史上具有较强的经典性，如《九歌》《洛神赋》《归去来兮辞》；二是其字句有较强的画面感，适合转译为空间形式，如宋徽宗画学所选之"野水无人渡，孤舟尽日横"，具有较强的"应试性"。相较于第二类"技"大于"道"的图像而言，诗意图题咏者通常会选择前一类作为题咏对象。原文本的经典性和典范意义会在极大程度上对后来题咏者的创作产生影响，导致大部分的题咏者表现出来的都是对原文本和作家的膜拜，以及对其核心理念的认同和追慕。当然，作者选取题咏哪些作品本身便暗含着对原文本的认可。这种崇拜心理一定程度上使得诗意图题咏"以文论文"的价值受到影响。当然，从另一方面来说，这种对经典的追慕也强化了原文本的典范意义，使诗意图题咏成为作家和作品经典化过程中的又一种推进。

然而，也并非所有的题咏者都沿用原文本和作家在传统意义上的形象，题咏者有时会依据自身所处的时代环境对作家作品进行重新解读，此时，便会出现第二种阐释方式，即创造性误读。典型的例子即对陶渊明隐居姿态的解读。陶渊明在《归去来兮辞》

---

① （清）何焯：《义门读书记》，上海：上海古籍出版社1992年版，第662页。
② （清）刘熙载：《艺概》，上海：上海古籍出版社1978年版，第90页。

中描述自己的隐居生活是"引壶觞以自酌,眄庭柯以怡颜。倚南窗以寄傲,审容膝之易安"①,虽然贫穷,却喜漉酒,乐琴书,乐天知命,忘怀得失。然而陶渊明的隐居在南宋的诗意图题咏中有时却被赋予了抗争的意义,隐居成为一种抵抗的姿态。如潘从大《疏斋以旧作题渊明归来图诗见赠依韵奉和》:

> 公归岂为三径松,取节荆轲雠祖龙,平生大义要其终。遁身甘混田舍翁,肯随一世皆尚同。言言易水诗见志,抚卷陡觉辞深雄,谁知笔补造化工。寓怀曲蘗匪昏醉,孤忠耿耿蟠心胸。纤缕几许尘埃中,柴桑不与车马通。八表同昏雨濛濛,暾日行天西复东。当年荣木随时穷,黄花今犹傲秋风。拜公遗像读公传,眼高千载为之空。②

潘从大为晚宋诗人,在他看来,陶渊明的行为可比荆轲刺秦,其归隐目的不是为"三径松",而是为反抗"祖龙",隐居的心态也不再是悠然自得,而是"平生大义""孤忠耿耿",隐居不再是追寻内心的宁静,而是囤积反抗的情绪,用隐居来表示不合作与忠义。这种阐释方式带有误读的成分,然而却是一种故意为之的创造性误读。宋末蒙古崛起,联合南宋一举灭了金国,而后将目标转向南宋,开始了灭宋的征途。金国进攻时,南宋尚能勉强维持对峙,然而面对远远强于金国实力的蒙古铁骑,南宋的抵抗变得越来越困难。元至元十三年(1276),蒙古大军攻至临安,宋恭宗赵显率百官投降,南宋实际上已灭亡。虽然之后文天祥、陆秀夫等忠臣保护益王赵

---

① 逯钦立:《陶渊明集》卷五,北京:中华书局1979年版,第161页。
② 北京大学古文献研究所:《全宋诗》卷三五八一,第68册,第42796页。

昰、广王赵昺南逃，然而终究在崖山被蒙古军队所截，陆秀夫负少帝赵昺投海自尽。宋虽然灭亡了，大批的士人却不愿意妥协，他们或抵抗或隐居，以自己的方式坚守着对宋朝的忠贞。在这种背景下，陶渊明被他们重新发掘出来，并赋予其特别的意义，对陶渊明的归隐进行了遗民意义的解读。在很多南宋人心中，陶渊明就是忠义的象征，他"年号记曾题甲子"（陆文圭《题桃源手卷》），"欲从典午完高节，聊与无怀作外臣"（葛胜仲《跋陶渊明归去来图》），他是菊花的化身，"谁知秋意凋零后，最耐风霜有此花"（郑思肖《陶渊明对菊图》）。他更是宋遗民的自我认定，是民族大义，是无奈的抗拒。面对家国的彻底覆亡，宋遗民需要在历史中寻求精神的支柱，陶渊明历经二朝，从容归隐，这是他们所倾慕的异代之际的生存方式，而陶渊明惟书甲子，耻事二朝，甚至隐居以表示抵抗，则是他们赋予陶渊明的新意义，也是他们的自我认同。值得注意的是，当他们在进行创造性误读时，他们并非不知道陶渊明的真实形象，也并非不认同原来的解读方式，只不过在当时的历史环境中，需要这样一种解读为自己提供精神依靠。

　　无论是延续传统的阐释还是创造性误读，皆属于接受史的范畴，是原文本在南宋语境中的意义阐释。这种阐释一方面进一步强化了原文本的经典性，另一方面也使原文本在后代与不同的历史环境碰撞中延宕出新的意涵。

　　（二）文体的转化：隐栝与唱和的合流

　　在诗意图题咏的过程中发生了两次转译，一次是由文及图，另一次是由图及文，值得注意的是，图像所连接的两次文本并不一定是同一种文体，如王铚《题洛神赋图诗》，原文本是赋，再生文本是诗，又如胡铨《跋裴季祥写王荆公诗图》，原文本是诗，再生文本是题跋文。经过图像的转译后，针对同一个主题所创作的作品文体可能发生了变化,从这种变化中或可管窥不同文体的特点,以及在此基础上的文体互渗。

一种文体往往有其独特的体裁特征。文体辨析从魏晋便已开始,如曹丕所言"盖奏议宜雅,书论宜理,铭诔尚实,诗赋欲丽"(《典论·论文》),又如陆机所言"诗缘情而绮靡,赋体物而浏亮"(《文赋》)。当用不同的文体书写同一个主题时,这种差异往往表现得更为明显。

在南宋的诗意图题咏中,第一种典型的转译是以诗写赋,即原文本是赋,再生文本是诗,如张嵲《观洛神图慨然有作三首》其一:

> 天边崒少远微茫,犹想霓旌驻水旁。逸态瑰姿何处在,尚应遗恨寄君王。[1]

《洛神图》所图绘的原作文体是赋,虽说魏晋时诗赋已出现合流的趋势,然而曹植此赋仍能体现出明显的赋体铺排特征,典型的便是其中对洛神的形容一段:"翩若惊鸿,婉若游龙。荣曜秋菊,华茂春松。髣髴兮若轻云之蔽月,飘飖兮若流风之回雪。远而望之,皎若太阳升朝霞,迫而察之,灼若芙蕖出渌波。"[2] 连用八个比喻赋写洛神之美貌。顾恺之《洛神赋图》以喻体成像的方式同样对这段铺排重点描绘。然而,张嵲在题咏这幅图时,仅仅选取了"天边崒少"一个点便代替了整段描绘。当赋被以诗的形式改写后,其重心便不再放在"体物"上,而转移到了"缘情"中,突显的

---

① 北京大学古文献研究所:《全宋诗》卷一八四五,北京:北京大学出版社1997年版,第32册,第20550页。

② (三国魏)曹植著,赵幼文校注:《曹植集校注》卷二,北京:中华书局2018年版,第344页。

是原作中"遗恨"的感情部分。这种转变在大量对赋图的题咏中表现都非常明显。当然，在诗意图题咏中也并非完全没有描述性的片段，如戴栩《题顾恺之画洛神赋欧阳率更书同宗御跋寿右司》中的"软风吹香熊耳苍，蘅皋芝田晴翠长。玉笙飘断牵情梦，羽葆翻开顾影光。兰钗横峨双凤翥，调高不染巫峰雨。龙髓生霞谢露铅，蝉衫如水萦金缕"①。这种描述性片段的存在，一方面是由于诗意图题咏模式中描述画面的要求，另一方面也是诗赋文体互渗的表现，即在赋诗化的同时，诗有时也会借鉴赋体的特长，出现赋化现象。然而，一般来说，这种描述通常不是诗意图题咏的重心，毕竟相较于绘画的空间性而言，诗歌优势更多在于时间性。既然已有佳画在前，便不需再耗费过多的笔墨重复。因此，在对画面进行描述后，诗歌往往将重心移至议论抒情，或是对画作背景的解读。

　　第二种表现是以文写诗赋，即原文本是诗或者赋，再生文本是散文。此处之所以将诗赋放在一起，是因为这两种文学文体有一定的共性，所谓"诗赋欲丽"，即文学的审美要求。当诗赋被转译为散文时，重心往往由审美转向议论和背景阐释。如刘才邵《跋李龙眠渊明归去来图》：

　　　　嵇叔夜、阮嗣宗号称旷达，至其文辞，颇务扬己衒异，以贬剥当世，有"臭腐"、"裈虱"之语。夫志在于脱世纷，反激而速之，则其被祸害、取雠疾，非不幸也。渊明萧然自寄于埃壒之外，初无忤物之累，故其辞平淡，有太古之遗音。而龙眠翁能

①北京大学古文献研究所：《全宋诗》卷二九四六，北京：北京大学出版社1998年版，第56册，第35110页。

于笔端写出情状,使人观之,想见傲逸之姿与林泉栖遁之趣,
历历在眼中,岂与踞锻问客、白眼视人者校远近耶？ ①

此段跋文将重心放到了陶渊明与阮籍、嵇康的比较上,认为嵇阮
"扬己衒异""贬剥当世",并不值得推崇,而陶渊明"无忤物之累",
有"傲逸之姿",这才是真正值得推崇的旷达。相比于《归去来兮
辞》原作中叙事、议论和抒情的结合而言,转译后的整段跋文全是
议论,充分体现出其作为散文的文体优势。虽说议论也是宋诗的
特点,然而这种通篇理性议论、较少意象衬托的做法还是更适合用
散文表现。又如吴说《再题李龙眠九歌图后》:

> 先君谏院崇宁间侨寓涟水,得此轴于巡检刘昌公子明。
> 飘泊干戈之余,书画无复存者,而此轴再获,今以归元象贤良
> 犹子上阁承宣功显巾笥。功显好奇尚古,种学绩文,克肖诸
> 父。《诗》曰:"惟其有之,是以似之。"功显有焉。绍兴二十六
> 年岁在丙子七夕,钱唐吴说题后。②

整段跋文所叙述的都是关于该画流传收藏的问题,与画作内容和
《九歌》内容无关,完全把原作的审美性转化成了叙事,而叙事也是
散文的特长。因此,从再生文本与原文本的对比中,可以明显地看
到不同文体的典型特征。

那么,当再生文本与原文本针对同一个主题写作时,从内容上
看,更像是再生文本对原文本的唱和,从形式上看,则类似于隐栝。

---

① 曾枣庄、刘琳主编:《全宋文》卷三八四六,第176册,第48—49页。
② 曾枣庄、刘琳主编:《全宋文》卷三九七〇,第181册,第171页。

　　唱和指的是相互酬答，通常包括两种情况，一种要求和韵，另一种则可不和韵而只和原作之意。诗意图题咏比较近似于第二种，更像是从内容上对前代文学的唱和，如释居简《赵紫芝得羌村图拉余与赵山中同赋》：

> 中原闻休兵，久客问归路。穷途倦策蹇，窘步甚脱兔。
> 小立候柴荆，互闯走儿女。喜极先蹙頞，思苦旋煦姁。
> 触绪尽愁态，抚膝见濡慕。诸邻稚扶老，旨畜各携具。
> 老瓦勇倒泻，飞觞约深注。居者诉征调，归者诉羁旅。
> 欢呼贺生还，不醉不肯住。哂乃骊山梦，奇警在团素。
> 生灵果何罪，此祸竟谁与。眼明新画轴，心折旧题处。
> 掩卷续微吟，玉倚亭亭树。①

这首诗几乎是将杜甫《羌村三首》的内容复述了一遍，"久客问归路"一如"归客千里至"，"喜极先蹙頞"颇似"惊定还拭泪"，"诸邻稚扶老，旨畜各携具"对应"邻人满墙头，感叹亦歔欷"，"抚膝见濡慕"则类"娇儿不离膝，畏我复却去"。除内容的对应外，所用体裁也与原作一样皆是五古，且"掩卷续微吟"一句直接表现出唱和的意图。

　　然而，并非所有的诗意图题咏其内容与体裁皆与原作相符，很多时候，虽然内容上有唱和之意，而所用文体则不同，此时，诗意图题咏更近似于对原作的隐栝。"隐栝"的本义是将竹木矫正为合适的形态，这个概念宋代被大量运用到文学中，指在内容大

---

① 北京大学古文献研究所：《全宋诗》卷二七九〇，北京：北京大学出版社1998年版，第53册，第33037页。

致不变的情况下,把一种文体改写为另一种文体,最典型的便是苏轼《哨遍》以词的形式对陶渊明《归去来兮辞》的隐栝。从诗意图题咏来看,这种改变文体不改变内容的情况较常见,如刘克庄《赤壁图》:

> 共餐鲈一箸,各饮酒三升。空去主人睡,明朝醉未兴。①

这首五绝可算是对苏轼《后赤壁赋》的改写,虽然字数极少,却将原作的主要脉络都呈现出来,形成了诗对赋的隐栝。又如胡仲弓《题桃源图》:

> 桃溪春水绿如苔,溪上红桃夹岸开。乳燕掠将芳草去,子鱼衔出落花来。田中黍稷随时艺,雨后桑麻绕舍栽。此日逢人休问语,生涯闻已半蒿莱。②

诗歌的意象几乎与陶渊明《桃花源记》贴合,叙述线索也大致类似,皆是从夹岸桃花到桑麻田舍,再到现实,大致类似于以诗对记的隐栝,只不过,结尾多加上了一部分对当下的感慨。由此,相当一部分诗意图题咏与原作的关系看起来便近似于唱和和隐栝的结合,这种特殊的文体形式特点与宋代文化整合下的文体互渗密切相关,诗意图题咏因此也成为观照宋代文体发展的特殊角度。

---

① (宋)刘克庄撰,王蓉贵、向以鲜校点,刁忠民审订:《后村先生大全集》卷十九,第 552 页。
② 北京大学古文献研究所:《全宋诗》卷三三三四,第 63 册,第 39789 页。

综上，诗意图作为一种对文学作品的图绘，因其图绘对象的特殊性而成为与山水、花鸟、人物等绘画截然不同的独特题材。而诗意图题咏则因其创作过程中蕴含的从文到图再到文的两次转译，使得这种题画文学具有了对原文本和图像的双重观照。在这个过程中，图像对原文本的转译，再生文本对图像的转译，以及再生文本对原文本的回溯，使诗意图题咏具有了批评的意义。从主题而言，以对经典阐释的强化或创造性误读使原作在后世叠加出丰富的文化内涵；从文体而言，以类似唱和和隐栝的结合而成为宋代文体互渗的特殊体现。

小　结

文学题材的形成，除了受文学本身的元素影响外，还与当时的社会历史文化相关。由于题画文学是以绘画为对象创作的文学作品，因此其题材在极大程度上要受到绘画发展的影响，这也使得山水、花鸟和人物无论在任何一个时期皆是题画文学的主要题材，南宋亦如此。然而，除此之外，此期题画文学还出现了众多根源于南宋文化土壤中的独特题材，如由于偏居而产生的地图和南方意象，由于俗文化发展而出现的风俗图与鬼画，由于文化整合而大量发展的诗意图等等。这些题材的作品就绝对数量而言，或许远远赶不上传统大类的山水花鸟，然而，就相对数量而言，却远远超过前代的题画文学，甚至对后世题画文学中相关题材的发展亦有重要的先导意义。这些题材也由此成为建构南宋题画文学独特面貌、反思南宋文化特征的重要存在。

第三章　作家群体：多元身份的
　　　　对立与共存

　　历代题画文学的参与者皆以文士为主，南宋时期亦然，南宋著名作家如陆游、杨万里、范成大、刘克庄等皆有大量题画作品传世。然而，本章并不打算将重点放到这些文士上，而拟关注南宋时期一些特别的题画作者群体。其原因首先在于若以个体观之，将陆游、杨万里等作家的题画文学皆各自单列一节，容易泛化为概论式的介绍。其次，若以群体观之，则占据南宋题画文学主流的文士实际上在本书大量章节中皆已是论述重点，无需再重复，如陆游和郑思肖在地图题咏与士人心态部分重点提过，刘克庄在风俗画及梅画书写时皆有涉及。因此，本章的论述中心将移至其他群体，目的在于探讨除了与历代题画文学皆相似的一般文士之外，还有哪些作者群体最能突显南宋时期题画文学的面貌。

　　李慧漱曾将西湖作为南宋艺术地图的中心，发现西湖实际上是俗、圣两界的连接，"一是东城区扰嚷缤纷的繁华俗世，而另一则是幽隐于西湖之北、西、南群山之中的无数佛寺、道观及其澹泊野逸的出世之境；俗、圣两境，虽或有入世与出世之别，但仅仅一湖相隔而且相连。"① 俗、圣两界的这种并立和紧密连接，恰如南宋题画

---

① 李慧漱：《壶中天地：西湖与南宋都城临安的艺术与文化》，载何传馨主编《文艺绍兴：南宋艺术与文化·书画卷》，第 37 页。

文学作者群体的多元共存。在这些作者群体里,除开大量的文士外,较为典型的还有帝后、僧侣,以及理学家。他们的政治属性不同,思想理念迥异,却共同参与到题画文学的创作中,极大地提升了南宋题画文学的丰富性。本章将以作者群体为切入点,探讨不同群体题画文学的特点,以及他们对南宋题画文学多元性形成的贡献。由于一般文士题画文学的特点在其他章节中多有涉及,因此,本章将在以一般文士为观照的基础上,重点探讨帝后、僧侣及理学家的题画文学创作。

第一节　私人领域的公共化:南宋帝后题画文学

在南宋题画文学的作者构成中,皇帝和后妃是一个非常特别且重要的作家群体。南宋帝后的题画热情前所未见,无论是参与人数还是题跋数量皆颇为可观。考察南宋帝后的所有诗文作品,会发现题画文学在其中占有相当大的比重,在诗歌中尤为明显,可见题画文学成为帝后进行文学创作、表达思想情感的一个重要路径。由于身份的加持,南宋帝后的题画文学无论是题写对象还是题写方式,抑或风格,皆与一般文士有所差别,形成了独特的题画面貌。学界对南宋帝后的题画文学多有关注,其关注的重点一是帝后的题画书法[1],二是帝后与宫廷画家的关系[2],三是帝后对诗

---

[1] 如徐邦达:《南宋帝后题画书考辨》,《文物》1981年第6期。
[2] 如胡莹:《画意与诗情——马麟与南宋宫廷赞助人的诗画合作》,《美苑》2010年第3期。

画结合的促进[①]，四是对杨皇后的个案研究[②]。这些研究多有创获，然而，现有研究多集中在诗画关系或个体作家上，在把帝后作为一个具有特殊身份的群体、考察其题画文学整体艺术特点这个问题上还有一定的开拓空间。因此，本节将把目光聚焦于帝后群体，探讨其题画文学异于一般文士的特点及意义。

一、帝后题画文学创作流变

君王、后妃[③]与绘画产生联系的时间非常早，早在《庄子》中便有宋元君对一位"解衣盘礴"（《庄子·外篇·田子方》）画师的夸赞，虽然《庄子》中的寓言本身不一定真实，但也客观反映出先秦存在诸侯关注绘画的情况。到了汉代，帝王中亦不乏爱画之人，如"汉明雅好丹青，别开画室。又创立鸿都学，以集奇艺，天下之艺云集"[④]。然而，到汉代为止，帝后与绘画之间的关系仅仅停留在对后者的观看，并未出现亲自题画的记载。

魏晋南北朝时，君王参与题画文学创作的情形开始出现，据《先秦汉魏晋南北朝诗》和《全上古三代秦汉三国六朝文》，此期共出现了3篇相关题画文学作品，分别是魏陈思王曹植的《画赞》和梁元帝萧绎的《职贡图序》《职贡图赞》。曹植的《画赞》提

---

① 如胡莹：《谈文字与图像结合进程中宫廷艺术的作用——以南宋宁宗皇后杨妹子的题画诗为例》，《南京艺术学院学报》（美术与设计版）2009年第1期；杨光影：《南宋宫廷艺术中的文学与图像关系研究——以诗画关系为探讨中心》，东南大学2017年博士论文，对此问题皆有涉及。

② 如腰蓝、刘志伟：《宋宁宗杨皇后考轶——兼论南宋宫廷人文生态》，《东南学术》2014年第3期。

③ 由于先秦至魏晋存在着大量的诸侯王，因此，此阶段在论及帝后题画文学时将这些诸侯王也纳入考察范围。

④ （唐）张彦远：《历代名画记》卷一，第4页。

出"是知存乎鉴者图画也"①，重在强调绘画的教化意义，而萧绎的《职贡图序》和《职贡图赞》皆是为自己所画的《职贡图》所写，《职贡图》所绘内容为各国使者朝贡时的形象，其目的在于凸显南朝梁的政治地位。因此，此期君王参与题画文学创作的实例虽少，但已显现出帝后题画文学的一个基本特点，即政治诉求在其中的重要性。

唐代帝王对题画文学创作的参与度较之前代有所提升，据《全唐诗》和《全唐文》，共有5位皇帝创作了题画文学作品，共10篇。包括唐太宗《六马图赞》、唐中宗《林光宫道岸法师像赞》《贤首国师真赞》、唐明皇《题梅妃画真》《叶法善像赞》《王文郁画贵妃像赞》《元元皇帝像赞》、唐肃宗《叶法善像赞》，以及唐文宗《题程修己竹障》《华严四祖清凉国师像赞》。此期作品内容以像赞为主，这一方面客观反映了唐代人物画的繁荣，另一方面也源于唐代佛教、道教的发展，以及帝王将宗教作用于统治的策略。

北宋帝王的题画文学创作集中于宋徽宗一人。这得益于徽宗作为帝王却对绘画有着极高的热情，正如徽宗对自己的评价："朕万几余暇，别无他好，惟好画耳。"②徽宗不仅加强画院建设，培养画工，而且自己亲自作画，并参与题画文学创作。据《全宋诗》和宋画统计，宋徽宗共留下题画诗15首。这些作品从内容上看，不仅包括《题唐十八学士图》《题院画册五首》（修竹士女图、荷华士女图、芭蕉士女图、涤砚士女图、团扇士女图）这样的题人物画诗，而且包括《题芙蓉锦鸡图》《题瑞鹤图》《题繁杏鹦鹉图》《题腊梅山禽图》这类题花鸟画诗，题材较之前代宫廷有所发展。从题画目的

---

① （三国魏）曹植著，赵幼文校注：《曹植集校注》卷一，第83页。
② （宋）邓椿：《画继》卷一，第1页。

上看,不同于前代皇室以政治意涵为主,徽宗开始由纯粹的政治道德向审美品评延展,呈现出部分的个性色彩。虽然从审美到立意皆不出宫廷风格,然已传达出帝后题画更多的可能性,为南宋帝后题画文学的发展奠定了基础。

南宋帝后很好地继承并发展了宋徽宗的题画兴趣,成为题画文学史上非常值得关注的一个群体。首先,参与题画文学创作的人数众多,不仅有帝王,还首次出现了皇后群体,成为真正的帝后题画文学。其次,作品数量空前,且题材广泛,从人物、花鸟到山水,从世俗到宗教,皆有所涉及。再次,题画形式多样,风格多元,不仅有对成句的袭用,还有大量的新创;不仅包括画外题诗、团扇对题,还包括不少的画面题诗。将南宋帝后题画文学作品进行统计,可得出以下数据:

表2　南宋帝后题画文学作品数量统计

作者 \ 类型	自题					袭用成句			
	诗	词	文	句	归属存疑	诗	词	句	归属存疑
宋高宗	10		13	4	2	21	1		6
宋孝宗	12		6			1	1	2	
宋光宗	1			1		1		4	3
宋宁宗	9		1	1	14诗2句	13		1	5诗2句
宋理宗	4		7	3		4		3	1
吴皇后	4								
杨皇后	9		4	4	15诗2句	10	1	3	2句

从表格可以看出,就文体而言,题画时对于诗歌的选择明显高于其他文体;就时间而言,大致呈现出三代帝后这样一个阶段性特点。李慧漱同样关注到南宋帝后的题跋,并将其总结为诗画抒情传统形成的三个阶段,分别是高宗、吴皇后与南宋诗画典范

的树立,宁宗、杨皇后与诗画抒情的精微表达,以及理宗、谢皇后与南宋末的清空与绚丽。这个总结大致揭示出了南宋帝后的题画面貌①。

　　南宋帝后题画文学的繁荣,除了经济恢复、诗画繁荣、偏安心态这些与一般题画文学相同的原因外,还有两个比较特别的促进因素。

　　首先,是皇族对于书画的兴趣。宋代皇族大多受过良好的艺术教育,他们对诗文和书画常保有极高的热情,如北宋初期宋太宗便曾派人至民间搜集书画作品,而徽宗更将这种热情发扬光大,兹不赘述。南宋帝王大多也继承了这种艺术素养,保持了对书画的爱好以及较高的审美眼光。宋高宗曾"访求法书名画,不遗余力。清闲之燕,展玩摹拓不少怠"②,并且,还常亲自作画,"于万机之暇时作小笔山水,专写烟岚昏雨难状之景,非群庶所可企及也"③。除绘画外,很多帝后于书法也极为用心,如高宗"天纵多能,书法复出唐宋帝王上"④。帝王的爱好某种程度上会带动后宫的趋尚,如高宗的吴皇后"博习书史,又善翰墨,由是宠遇日至"⑤,而宁宗的杨皇后则"颇涉书史,知古今"⑥,传其书法类宁宗,乃至现存有些作品难以甄别是宁宗还是杨皇后题字。帝后对书法的兴趣客观地提升了其题画自信,从而促进了其题画文学的创作。

---

① 参李慧漱:《壶中天地:西湖与南宋都城临安的艺术与文化》,载何传馨主编《文艺绍兴:南宋艺术与文化·书画卷》,第47页。
② (宋)周密撰,张茂鹏点校:《齐东野语》卷六,第93页。
③ (元)庄肃:《画继补遗》,卢辅圣主编《中国书画全书》第二册,第913页。
④ (元)庄肃:《画继补遗》,卢辅圣主编《中国书画全书》第二册,第913页。
⑤ (元)脱脱等:《宋史》卷二百四十三,北京:中华书局1985年版,第8646页。
⑥ (元)脱脱等:《宋史》卷二百四十三,第8656页。

　　其次,南宋宫廷题画文学的繁荣还得益于院画的发展,以及皇族与宫廷画家之间的互动。宫廷画院的建设始于五代后蜀和南唐,聚集了周文矩、顾闳中、黄荃、徐熙等一批绘画名家。北宋建立后,画院传统被继承下来并发扬光大,在吸收五代画院画家的同时继续扩大。至宋徽宗时,由于皇帝的进一步参与,翰林图画院得到了较大的发展,无论是画院建制还是画家培养模式都得到进一步的完善,而画家地位和待遇也获得了提高。然而,靖康之变的爆发对画院造成了冲击,大批画家流离失所,其中部分画家如李唐,追随朝廷迁往南方。随着南宋社会的逐渐稳定,尤其是"绍兴和议"之后,伴随着帝王的重视,宫廷绘画逐渐得到复兴,院体画成为南宋绘画的主流模式。关于南宋是否存在画院的问题,学界尚有争议,如彭慧萍便否认南宋实体画院的存在,她提出:"作为一个实质机构,北宋画院于官制体系中于法有据:有明确固定的画院院址,有机构存废的历史记录,有职制鲜明的上下层机构,有诏书敕令的调整轨迹,有集中编制于画院的画师,有画师集中住宿的房舍,有阶秩分明的层级制度。凡此七项作为机构的规格条件,南渡后无一能够成立。"① 由此,彭慧萍认为所谓的南宋画院,其实是后世的想象。虽然南宋画院是否存在具有争议,但是南宋存在着一大批以绘制院体画为主的宫廷画师却是无争议的。如活跃于高宗时期的李唐、萧照、刘松年、马和之,活跃于宁宗时期的马远、马麟父子和夏圭等。这批宫廷画师和帝后之间形成了密集的诗画互动,宫廷画师们一方面以其精湛的画艺契合了南宋皇族的审美,另一方面也完成了皇室借助绘画传达政治理想的诉

① 〔美〕彭慧萍:《虚拟的殿堂:南宋画院之省舍职制与后世想象》序,北京:北京大学出版社 2018 年版,第 1 页。

求,皇族和宫廷画师的互动成为了南宋宫廷美学传播和政权修饰的重要方式。

在以上因素的共同作用下,帝后群体成为了南宋题画文学创作的重要组成部分。那么,较之一般文士而言,南宋帝后题画文学有什么特点?作为权力的顶端,身份对于帝后的题画行为会产生什么样的影响?

二、南宋帝后题画文学的特点

南宋宫廷作家与一般文士从表面上看只是君臣地位的不同,然而,地位往往会影响到立场,从而造成习惯、思维以及审美等诸多方面的差异。与南宋大量的文士题画文学相比,南宋宫廷群体最突出的特点表现在两个方面。

（一）题画政治化:政治诉求与宫廷审美的传递

题画本身看起来是一种私人行为,然而,当其操作者为帝后时,原本的私人行为某种程度上便具有了公共性。作为皇族,尤其是帝王,其身份首先是执政者,其次才是文艺爱好者,因此,其题画行为很大程度上要考虑身份属性,需体现皇家诉求或者符合身份特征,这是帝后和一般文士题画最大的区别。在经历了靖康之变后,皇族身份所带来的束缚对南宋帝后,尤其是高宗一代也许尤为强烈。其原因在于北宋覆灭的重要责任人徽宗曾经"别无他好,惟好画耳",在家国之变的背景下,一个皇帝对绘画的沉溺很容易被作为其失政的原因之一。苏轼便曾在《宝绘堂记》中给当时作为驸马的王诜提过忠告:"凡物之可喜,足以悦人而不足以移人者,莫若书与画。然至其留意而不释,则其祸有不可胜言者。钟繇至以此呕血发冢,宋孝武、王僧虔至以此相忌,桓玄之走舸,王涯之复壁,皆以儿戏害其国,凶此身。此留意之祸也。"① 苏轼这种预言不幸在徽宗身上应验,作为南宋皇族,或多或少需考虑对这种个人兴趣的处理方式。南宋的建立者宋高宗便很擅长处理绘画和政治的关系,在他当政期间,出现了《晋文公复国图》《采薇图》《文姬归汉图》《中兴瑞应图》《诗经图》《耕织图》等一系列体现国家意识形态的图绘,甚至高宗亲自在画上抄写《诗经》和《耕织图》等原文,以此来增强王朝"在政治上的正统性和文化方面的权威,同时也宣扬他们的德治"②。关于绘画本身,在此不做过多探讨,此处关注的是,除了绘画本身外,帝后还同时借助题画行为来强化这些目的。题画行为政治化成为一种把个人爱好和身份属性进行合理融合的必然策略,这也在一定程度上舒缓了徽宗带来的绘画爱好和帝王身份之间的矛盾。

　　首先,就题画内容而言,以体现帝王的向心力为最重要目的,主要有两种处理方式,第一是身份的自我塑造和宣传,第二是借安抚臣下来传达向皇权臣服的要求。

　　第一种处理方式典型地体现在宋理宗题马麟《道统五祖像》中。这套图像为理宗授意马麟所画,本来有十三幅,然而现在只留存五幅,藏于"台北故宫博物院"。在第一幅伏羲像上,有理宗为这套画像题写的序:"朕获承祖宗右文之绪,祗遹燕谋,日奉慈极,万几余闲,博求载籍。推迹道统之传,自伏羲迄于孟子,凡达而在上其道行,穷而在下其教明,采其大指,各为之赞,虽未能探赜精微,姑以寓尊其所闻之意云尔。"③ 从序来看,其目的似乎仅仅在于承

---

① (宋)苏轼著,孔凡礼点校:《苏轼文集》卷十一,第356页。
② 〔美〕孟久丽:《道德镜鉴——中国叙述性图画与儒家意识形态》,何前译,第136页。
③ "台北故宫博物院"藏马麟《道统五祖像》之《伏羲像》上理宗题序。

传道统。然而，李慧漱敏锐地注意到，"其脸庞作宽额广颐、鼻梁隆准、丹凤长眼与山羊胡髭，较之朝服坐像中的理宗，其面相特征惊人地肖似。"[1]在伏羲画像上代入自己的相貌，其意义就由单纯地宣传道统变成了借伏羲进行自我形塑，自己成为道统当之无愧的传承人。由此，理宗对伏羲的赞语"继天立极，为百王先，法度肇建，道德纯全，八卦成文，三坟不传，无言而化，至治自然"就成为了对自己的期许或者说判语。这种形塑方式让图像和题画成为突显帝王形象的媒介。

在强化了帝王作为皇权中心的合理性和尊崇性之后，让臣下臣服于这个中心便是艺术政治化的另一种处理方式。一方面，通过题赞，赐画等方式安抚权臣，如高宗《秦桧画像赞》《尚书罗汝楫像赞》，孝宗《宋枢密院师点公像赞》《洪皓像赞》，皆是借助题咏画像的方式对当朝重臣进行安抚，通过夸赞其"天生英贤"，来达到使其本人乃至子孙皆"为朕之佐"（宋孝宗《洪皓像赞》）的目的。而赐画亦是强化皇权核心的重要行为。仅光宗便存有《题扬补之红梅图》赐贵妃，《题王诜幽谷春归图》赐蓝大正，《题赵昌虞美人花图》赐赵思恭，以及《题黄居宝寒菊图》赐穆之，通过赏赐形成了以帝王为中心，辐射从前朝到后宫的权力圈。另一方面，除了题赞和赐画外，帝后更是常常直接在题画作品字里行间强调向心的重要性。后宫题画主要表达作为后妃的身份特征和对皇帝的绝对忠诚，如杨皇后虽是一个拥有政治野心的女性，曾设计杀韩侂胄，矫诏立理宗，然而其《题马远倚云仙杏图》所表达的"迎风呈巧媚，泡

---

① 李慧漱：《壶中天地：西湖与南宋都城临安的艺术与文化》，载何传馨主编《文艺绍兴：南宋艺术与文化·书画卷》，第 50 页。

露逞红妍"①,呈现出的仍是一个标准的温婉安分的后宫女性形象。而帝王题画则常常直接在诗文中明确表达忠诚的重要性。如高宗《题丹桂画扇赐从臣二首》其一：

> 月宫移就日宫栽,引得轻红入面来。好向烟霄承雨露,丹心一一为君开。②

诗中的"日宫"指皇宫,而"雨露"则指皇家恩泽。桂花本栽种于广寒宫,而此时画家将其绘到画上,便相当于从月宫移植到了日宫,象征着从臣有幸被君主眷顾。高宗选择丹桂画作为题写及赏赐对象,其原因在于丹桂的花芯部分呈现出红色,寓意着在君主的恩泽下,臣下应该对君主保持赤诚忠心。同样的宣谕方式在帝王诗中多有呈现,如孝宗《题刁光胤画册十首·葵石图》之"中央正色殊堪重,况复丹心向太阳"③,宁宗《题马远华灯侍宴图》之"朝回中使传宣命,父子同班侍宴荣"④。这种对皇权向心力的强调成为南宋帝后题画文学的重要内容。

　　其次,就题画风格而言,帝后题画文学呈现出的是标准的宫廷风貌,最大程度地契合了南宋院体画工整细致的风格。自北宋士人画兴起后,绘画便呈现出两种主要的美学类型,一为以文人画家为主要创作者的文人画,二为以宫廷画家为主要绘制者的院体画,

---

① 何传馨:《文艺绍兴:南宋艺术与文化·书画卷》,第 195 页。

② 北京大学古文献研究所:《全宋诗》卷一九八二,第 35 册,第 22215 页。

③ 北京大学古文献研究所:《全宋诗》卷二三三七,北京:北京大学出版社 1998 年版,第 43 册,第 26869 页。

④ "台北故宫博物院"编纂委员会:《故宫书画图录》,第 2 册,第 163 页。此诗一说为杨皇后题。

前者重在传达内心的诗意，后者则更加精工典雅。在皇家的鼎力支持下，院体画一直是南宋时期主流的绘画风格。然而，从题画文学来看，由于南宋时期题画最广大的参与者是文士，因此院体画的题咏并未占据与绘画本身一致的主流地位。南宋时期题咏院体画的主要作者群体便是宫廷皇室，皇室审美与院体画风之间的高度一致，使得帝后题画文学成为观照南宋院体画的最佳窗口。同时，在身份的制约下，帝后题画的风格也必然要体现出符合想象的宫廷审美，即雍容、闲雅与精致。如杨皇后《题赵伯骕画》：

> 莲开宫沼年年盛，香染斑衣叶叶新。愿借琴音奏清雅，薰风凉殿寿双亲。①

宫沼、殿堂皆为典型的宫廷意象，莲为盛开之莲，衣为香染之衣，琴奏清雅之音，从意象的组合到意象所呈现的状态，皆展示出典雅精致，再加上诗歌的目的为祝寿，更加强化了其雅正的色彩。富贵花鸟和闲适亭台为皇家题画最偏爱的意象，其组合所显现出的雍容感非常符合皇家美学规范。又如高宗《题画册花草四首·修竹芙蓉》：

> 寒花婀娜露凝香，风叶摇秋凤尾凉。梦入画堂银烛下，翠屏深处隐红妆。②

修竹这个意象若是一般文士题咏，一般会导向君子气节。而到了高宗笔下，却成为了宫廷的装饰背景，诗歌的风格仍是以画堂银烛

---

① 北京大学古文献研究所：《全宋诗》卷二七七九，第 53 册，第 32894 页。
② 北京大学古文献研究所：《全宋诗》卷一九八二，第 35 册，第 22218 页。

为主的富丽精工。这种雍容且安稳的风格成为宫廷对外进行自我塑造与形象传递时最适合的选择。

然而,若是只有政治诉求和宫廷审美,题画文学作品很容易显得单调乏味、刻板无趣,或是沦为政治口号,或是成为堆砌辞藻的所在,极大地影响到其艺术水平。然而,南宋帝后的题画文学却并未堕入这样的境遇,这在很大程度上得益于其第二个特点:对经典的袭用与改写。

(二)经典的袭用与改写:对宫廷色彩的稀释

南宋帝后题画与一般文士题画相比有一个非常特别的现象,即存在大量对成句的袭用。通过表2可以看出,在帝后题画文学中,袭用成句的数量甚至与自题的数量基本持平。在第一章统计南宋题画文学作品数量时,袭用的部分不算在内,然而本章单独将帝后题画文学提出来考量时,这些作品便成为了值得关注的内容。这是因为袭用成句能够体现出帝后题画的美学观念甚至政治观念,并在一定程度上影响到其创作的风格和观感。如前所述,考量现存南宋帝后的作品,会发现相当大的一部分涉及题画文学,更有意思的是,在对帝后题画作品的整理中,发现很多归属于帝后名下的作品实际上并非其本人创作,而只是其题写在画上的他人作品,其中包括高宗21诗1词,孝宗1诗1词1句,光宗1诗4句,宁宗13诗1句,理宗4诗3句,杨皇后10诗1词3句,详见下表:

表3　南宋帝后题画对成句的袭用

题诗者	题目	原作者	原作题目	备注
宋高宗	题黄筌芙蓉图	舒亶	和刘珵西湖十洲·芙蓉洲	部分改字
	题李唐画赐王都提举并赐长寿酒	权德舆	敕赐长寿酒因口号以赠	一说为宁宗题

题诗者	题目	原作者	原作题目	备注
	题画册花草四首其一	杨巽斋	蜡梅	
	题刘松年画团扇二首其一	张耒	洛岸春行二首其二	部分改字
	题刘松年画团扇二首其二	邹浩	湖上杂咏其一	
	题马麟画	韦应物	雪夜下朝，呈省中一绝	
	题马麟画册	梅尧臣	四月三日张十遗牡丹二朵	一说为光宗《题徐崇嗣没骨牡丹图》。部分改字
	题马远画册五首其二	曹唐	小游仙诗之二十六	一说为光宗《题张萱游行士女图》，一说为宁宗题。部分改字
	题马远画册五首其三	王安石	次韵和张仲通见寄三绝句其一	一说为宁宗题。部分改字
	题马远画册五首其四	陆龟蒙	洞宫夕（一作华阳观）	一说为宁宗题
	题马远画册五首其五	苏轼	和致仕张郎中春昼（部分）	一说为宁宗题。部分改字句
	题唐郑虔山居说听图	白居易	读老子	
	题阎次平小景	苏辙	河上莫归过南湖二绝其一	部分改字
	题赵干北窗高卧图	邵雍	偶得吟·林间无事可装怀	
	题赵令穰橙黄橘绿图	苏轼	赠刘景文	
	题马和之绿槐高柳图	苏轼	阮郎归·初夏	
	题春山渔艇图	张旭	山行留客	

续表

题诗者	题目	原作者	原作题目	备注
	题舟横野渡图	子兰	河梁晚望其一	
	题李希古画	秦观	秋日三首其二	部分改字
	题刘松年竹楼说听图	白居易	竹楼宿	
	题唐尹继昭汉宫春晓图	李白	清平调	
宋孝宗	题周文矩合乐士女图	白居易	夜调琴忆崔少卿	
	题夏圭雨中归帆图	苏轼	与秦太虚参寥会于松江而关彦长徐安中适至分（部分）	
	题蓬窗睡起图	宋高宗	渔父词之十一	
	题李唐风帆图	王湾	次北固山下	
宋光宗	题陆瑾渔家风景图	郑谷	野步	
	题马远古松楼阁图	白居易	紫薇花	一说为理宗题
	题王诜幽谷春归图	姚合	游春十二首（部分）	
	题赵昌虞美人花图	钱惟演	槿花（部分）	
	题赵大年扁舟载玩图	卢纶	送从侄滁州觐省	
	题黄居宝寒菊图	韦安石	奉和九日幸临渭亭登高应制得枝字	部分改字
宋宁宗	中殿生成诗题杨婕好百花图之桃实荷花	杨炎正	寿宫使余丞相（部分）	一说为杨皇后题
	中殿生成诗题杨婕好百花图之海水	韩愈	奉和杜相公太清宫纪事陈诚上李相公十六韵	一说为杨皇后题
	题马远踏歌图	王安石	秋兴有感	部分改字
	题松寿图	王建	赠王屋道士赴诏	部分改字
	宋帝命题马远绘山水册页一	王安石	杂咏五首其一	

续表

题诗者	题目	原作者	原作题目	备注
	宋帝命题马远绘山水册页二	李石	扇子诗	
	宋帝命题马远绘山水册页三	杨万里	岭云	
	宋帝命题马远绘山水册页四	陈与义	观雪	
	宋帝命题马远绘山水册页五	宋徽宗	宫词其三十二	
	宋帝命题马远绘山水册页六	杨万里	晚登连天观望越台山	
	宋帝命题马远绘山水册页七	范成大	浯溪道中	
	宋帝命题马远绘山水册页八	宋徽宗	宫词其六十八	
	宋帝命题马远绘山水册页九	宋祁	寿椿图	
	宋帝命题马远绘山水册页十	邵雍	和王规甫司勋见赠（前四句）	
	题马远山径春行图	宋庠	春日会连舜宾别墅	
	题丝纶图	楼璹	织图二十四首·经	部分改字
	题马远画册五首其二	曹唐	小游仙诗之二十六	一说为高宗题，一说为光宗题。部分改字
宋理宗	题夏圭夜潮风景图	苏轼	八月十五日看潮五绝其一	
	题夏圭洞庭秋月图	释德洪	宋迪作八境绝妙人谓之无声句演上人戏余曰道人能作有声画乎因为之各赋一首 洞庭秋月	
	题马麟夕阳山水图	刘长卿	陪王明府泛舟	

续表

题诗者	题目	原作者	原作题目	备注
	题马麟坐看云起图	王维	终南别业	
	题曹唐小游仙诗意图	曹唐	小游仙诗	
	题曹唐小游仙诗意图	曹唐	小游仙诗	部分改字
	题楼观映月梅花图	韩愈	春雪间早梅	
杨皇后	题菊花册	关士容	寿客	部分改字
	题雪景四段第三段	苏辙	舟中风雪五绝其五	部分改字
	题马和之画四小景其一	白居易	华阳观中八月十五日夜招友玩月	部分改字
	题马和之画四小景其二	贺铸	游庄严寺园	部分改字
	题马和之画四小景其三	苏轼	题李伯时画赵景仁琴鹤图二首其一	
	题马和之画四小景其四	苏轼	东坡	
	题朱锐雪景诗	杨万里	十二月二十七日大雪中过吉水小盘渡西归三首其三	
	调寄《诉衷情》——题马远松院鸣琴	张抡	诉衷情·闲中一弄七弦琴	
	题蔷薇图	韩驹	岩桂花	
	题马远王宏送酒图	杜牧	九日齐山登高	部分改字句
	题马远月下把杯图	苏轼	江月五首并引	
	题邵雍诗意图	邵雍	和王规甫司勋见赠	
	题李嵩月夜观潮图	苏轼	八月十五日看潮五绝其一	
	题马远竹枝	杜甫	严郑公宅同咏竹	

这种大量袭用成句的情况在一般文士题画文学作品中很少出现。其原因在于对一般文士而言，通常能够进行题画的人都有一定的文学素养，在文人相轻的心理机制下，不太愿意直接题写现成的诗句，放弃展现才华的机会。而对于帝后则不存在文人相轻的情形，他们题写文人的成句有时反而是一种恩宠的表现。同时，这种习惯可能是对徽宗画院培养模式的延续。徽宗在培养画院作家时，曾选用一些诗句如"踏花归去马蹄香""野水无人渡，孤舟尽日横"等让画家转译成图像，并评定优劣。南宋帝后对南宋宫廷画师命题也可能延续这种模式，如现存一组《宋帝命题马远绘山水册页十首》，便是宋宁宗直接给出成句，让马远转译成图像，其中诗歌的选取涉及到王安石、李石、杨万里、陈与义、宋徽宗、范成大、邵雍等。只不过，徽宗考核画家时，仅仅限于出题，并未将诗句本身题写出来，而南宋帝后却有可能将诗句直接写出，作为团扇的另一面。在《式古堂书画汇考》中，便存在大量诸如"宋高宗泥金草书对题团扇蓝绢本""宋光宗对题团扇绢本"的记录。南宋帝后对于成句的袭用，在一定程度上稀释了其题画文学中由于政治诉求和宫廷审美的叠加而呈现出来的单调乏味，在某种意义上提升了宫廷题画的审美品位，其路径主要有两种。

第一种是政治诉求的隐性书写。不管自创还是袭用成句，政治诉求都是帝后题画的首要目的，然而，与自我创作中的显性表达不同，袭用成句中的政治表征往往显得较为隐性。成句书写的政治表达主要有两种方式。

首先，是选择符合宫廷风格的诗句进行题写或改写。如宋宁宗《题马远踏歌图》：

　　宿雨清畿甸,朝阳丽帝城。丰年人乐业,垅上踏歌行。①

　　此诗为王安石《秋兴有感》,宁宗将原诗末句"踏歌声"改为"踏歌行"。南宋帝后袭用成句时,个别字句与原诗可能存在差异,其原因或是题写时记忆有误,或是有意为之,使题诗更符合画意或现实语境。此处之"声"与"行"对诗歌寓意而言差别不大,无法判定是有意改之还是无意,但宁宗选择此诗的目的却很明显。"畿甸"指京师地区,"帝城"指皇城,"朝阳"在这里也可以代指皇帝,因此,此诗的主旨是对政通人和的宣传。然而,其书写视角却非自上而下的宣谕,而是聚焦于百姓,尤其是百姓在丰年愉悦心境下的踏歌行为,这就与画赞那样纯粹刻板的政治说教有了差别,变得柔和有趣了很多,以民生之乐淡化了说教的枯燥,这便是文人诗的艺术性所赋予的效果。又如杨皇后《题马和之画四小景》其二:

　　　　石楠叶落小池清,独下平桥弄扇行。倚日绿云无觅处,不如归去两三声。②

　　此诗原是贺铸的《游庄严寺园》,原诗为"石榴花落小池清,独下平桥弄扇行。蔽日绿荫无觅处,不如归去两三声"③。杨皇后对原诗有多处改动,将"石榴花"改成了"石楠叶",这个改动有可能是为了

---

① 北京大学古文献研究所:《全宋诗》卷二八三五,北京:北京大学出版社1998年版,第54册,第33759页。
② 北京大学古文献研究所:《全宋诗》卷二七七九,第53册,第32893页。
③ (宋)贺铸著,王梦隐、张家顺校注:《庆湖遗老诗集校注》卷九,开封:河南大学出版社2008年版,第451页。

契合画面实际。同时，又将"蔽日绿荫"改成了"倚日绿云"，此处的改动显然就是有意为之了。"日"一般指帝王，故而原诗之"蔽日"便显得不合时宜，因此杨皇后将之改为"倚日"，从而将寓意变成了后妃对于帝王的依赖和向心性。然而，从整首诗来看，意象清新，结语空灵，这种向心性的传达隐约而不刻意，相比于杨皇后自题的同主题诗句"迎风呈巧媚，泡露逞红妍"[1]来说，大大稀释了宫廷审美浓艳的雕琢感。

其次，是通过对成句作家的选择隐晦传达政治诉求，即帝后选择题写某位文士的作品，其中或可折射出君主的政治态度。将帝后袭用成句的对象进行统计，得出以下表格：

表4　南宋帝后题画袭用成句的作者统计

唐	韦安石	1	王维	1	李白	1	杜甫	1	张旭	1
	王建	1	陆龟蒙	1	刘长卿	1	韦应物	1	权德舆	1
	白居易	5	韩愈	2	卢纶	1	曹唐	4	杜牧	1
	郑谷	1	姚合	1	子兰	1				
北宋	王安石	3	舒亶	1	梅尧臣	2	宋庠	1	钱惟演	1
	宋祁	1	邵雍	3	苏轼	9	苏辙	2	秦观	1
	张耒	1	贺铸	1	邹浩	1	陈与义	1	韩驹	1
	释德洪	1	宋徽宗	2						
南宋	宋高宗	1	楼璹	1	范成大	1	杨万里	3	张抡	1
	杨炎正	1	关士容	1	李石	1	杨巽斋	1		

从表格来看，南宋诸人因不同的原因获知于帝后，如杨万里因政治地位，楼璹因其绘制的《耕织图》，张抡因受制填词，不一而足。更值得关注的是对北宋作家的袭用，从表中可以看出，北宋作家以

---

[1] 何传馨：《文艺绍兴：南宋艺术与文化·书画卷》，第195页。

苏轼为中心,苏辙、秦观、张耒等为外延的苏门作家群成为袭用的重点。尤其是苏轼,其作品是南宋帝后最爱题写的对象。这个结果,客观地反映出自高宗以来"最爱元祐"的现象。北宋时,新旧党争对政治造成了极大的影响,南宋建立后,高宗开始反思这个过程,试图找寻合理的重建路径,在重修哲宗、神宗实录的过程中提出了"最爱元祐"这个暗含贬熙宁变法的口号。这个口号某种意义上是将亡国的罪责由君主转移到以王安石为首的新党身上,否定了王安石变法的意义,而到理宗时更是取缔了王安石配享孔庙的资格。由此,南宋时较明显地形成了是元祐非熙丰的现象。南宋帝后题画时所选的诗歌对象,也隐晦地反映出了这个政治偏向,以这种方式来传达政治主张,较之直接在作品中书写意图而言或许更加不着痕迹。

值得注意的是,虽然南宋帝王普遍贬低王安石的政治作为,然而却出现了3次对其作品的袭用,甚至新党舒亶的作品也有被选用者。说明帝后在否定其政治作为的同时,对其文学价值给予了肯定。这种对文学的看重,成为了稀释宫廷色彩的一个重要路径。

在南宋帝后袭用的成句中,除了部分诗歌有一定的政治指涉外,大部分的诗歌其实更偏纯粹的审美。从表4统计的袭用作家来看,南宋帝后还是颇具审美眼光的,首先,他们对于唐代和北宋的作家选择的数量差不多,基本做到了唐宋并重。其次,无论是唐还是宋,他们选择的作家里都囊括了后世公认的一流作家,从中大致可探知其审美层次。再次,帝后选择这些诗歌的原因很多在于其可画,然而有趣的是,被认为"诗中有画"的王维却只有一首诗入选,并且还是"行到水穷处,坐看云起时"(《终南别业》)这样一句不以画面而以哲理见长的句子,说明帝后在考虑可画的时候,并不只是想把诗中的画面刻板地转译成图像，而是延续了徽宗培养画家时的设计理念，希望画作中能有诗思，也就是高于图像本身的画外之意。如《题马远画册五首》其三：

> 高山流水意无穷，三尺云弦膝上桐。默默此时谁会得，坐凭江阁看飞鸿。①

此诗为王安石《次韵和张仲通见寄三绝句》其一，题写者一说高宗，一说宁宗，从马远的活跃时间来看，宁宗的可能性较大。王安石原诗"云"作"空"，这处异文对诗意的影响不大。这首诗中高山、流水、古琴、江阁、飞鸿皆为可画之意象，然而，"意无穷""谁会得"便难以把握。这首诗中的两个动作与嵇康的"目送归鸿，手挥五弦"（《赠秀才从军》）类似，东晋著名画家顾恺之在转译这两句诗歌时，曾感慨过"手挥五弦易，目送归鸿难"②。王安石这首诗的入选，应是帝王想要再次考验画家是否能够合理地处理这个带有朦胧画外之思的难题。

对作品诗意的重视，稀释了宫廷题画固有的浓重的政治意味和宫廷色彩。这种强调画中诗意的理念在提升画家画作意涵的同时，也客观促进了帝后自创题画作品的文学性。如宁宗对《潇湘八景图》的一组题诗，置之文人题画诗中，即难以辨别。如其中第一首"山市晴岚"：

> 薮泽趁虚人，崇朝宿雨晴。苍崖林影动，老木日华明。

---

① 北京大学古文献研究所：《全宋诗》卷一九八二，第35册，第22218页。
② （唐）房玄龄等：《晋书》卷九十二，第1604页。

野店收烟湿,溪桥流水声。青帝何处是,仿佛听鸡鸣。①

从意象来看,苍崖、老木、野店、青帝皆非宫廷常写之物,而有一种村野疏落之感,结句的鸡鸣更是平添了一丝烟火气。很难想象这是一位帝王的作品,这种对固有身份的溢出,只能假设这是其受到文学传统的影响,在大量优秀诗歌的感召下而摹拟的作品。但这种摹拟却使其突破了固有的宫廷审美,大大削减了其题画文学作品的乏味性。在某些情况下,甚至能看到宫廷作家借助文学传统抒发更为私人的情绪,如高宗晚年题《题天末归帆图》之"天末归帆何处宿,钓船独在蓼花傍"②,以传统的孤舟意象委婉表达其成为太上皇之后的孤独感。又如吴皇后《题青山白云图》:

青山晓兮白云飞,青山暮兮白云归。青松茂兮明月辉,了不了兮谁得知。③

诗中之"青山""白云"意象往往容易让人产生一种漂泊感,不禁让人对身为皇后的作者的内心有更多猜测,是否可能是后妃对于君心的无可把捉感,尤其是诗歌的楚辞体句式和末尾的疑问句更加加重了这种情绪的飘忽性。这些自创作品中的个人情绪进一步稀释了宫廷诗歌的政治色彩,使宫廷题画作品获得了更多延伸的可能性。

综上,南宋帝后因其身份要求,主题上的政治诉求和风格上的

① 北京大学古文献研究所:《全宋诗》卷二八三五,第 54 册,第 33758 页。
② 北京大学古文献研究所:《全宋诗》卷一九八二,第 35 册,第 22229 页。
③ (清)庞元济:《虚斋名画录》卷十一,清光绪己酉年乌程庞氏刻本,第 22—23 页。

宫廷审美成为其题画文学最主要的特点，同时，大量对经典成句的袭用以及由此带来的对文学传统的借鉴和个性表达，在一定程度上舒缓了身份要求所带来的弊端，使其题画文学不致坠入完全的刻板乏味或是空洞雕琢，从而使其整体呈现出既符合身份特点，又不乏审美价值，兼具雍容典雅与清空闲远的美学特点。

三、南宋帝后题画的意义

帝王和后妃可以说是题画文学作者群体中地位最高的一群，他们的大量参与无论是对绘画还是题画文学，乃至图文结合都有重要意义。

首先，帝后题画最直接的影响在于对南宋院体画的推进。院体画是南宋最具代表性的绘画类型，其生成与盛行直接受到宫廷趣味的影响[1]。如前所述，南宋院体画的题咏大部分集中在宫廷，因此，宫廷题画作品便成为观照南宋院体画风格的一个参照。由于南宋距今较远，很多宫廷画家的作品未能保存下来，但通过宫廷题画作品或可对当时的宫廷创作情况做更多的补充了解。

其次，上有所好，下必甚焉，帝后对绘画的喜好以及相关的文治政策，必然会带动南宋社会对于绘画的热情，不仅是院体画，其他类型的绘画也得以蓬勃发展。大量绘画作品的产生为题画文学的发展提供了重要的先决条件。

再次，帝后题画更重要的意义在于促进了语图合体的发展。帝后的身份使其可以居高临下在绘画作品上题诗，这对中国绘画史上文字和图像的合体有非常重要的推进意义[2]。

---

[1] 如顾平：《"皇家赞助"与南宋"院体"山水画风之成因》，《文艺研究》2003年第4期，对此问题的研究有所展开。

[2] 详见本书第五章。

　　最后,南宋帝后对于题画文学中政治诉求和个体审美之间的融合,为此后帝后题画文学的书写提供了很好的例证,南宋之后的帝王中不乏诗画爱好者,他们在创作题画文学时,对于如何处理身份与爱好之间的矛盾,或许可以从南宋的帝后中得到启发。

　　综上,南宋以帝后为中心的宫廷作家,从人数和作品数量而言虽不及一般文士,然而其题画文学却具有独特的风格面貌,既符合身份特点,又不乏审美价值,兼具雍容典雅与清空闲远的美学特点,在历代帝后题画文学创作中皆可算极为突出。这种独特的美学风格也使其成为南宋题画文学中非常重要且特别的构成。

第二节　诗画禅的融通:南宋僧侣题画文学

　　除世俗的文人和帝后之外,僧侣也是南宋题画文学作者群体中一个非常值得关注的组成部分,他们不仅人数众多,而且常常与文人和画家互动,创作出大量的题画文学作品。其题画文学无论是体裁、题材,还是风格,皆有非常明显的特点,呈现出诗、画、禅三位一体的美学效果。

一、南宋僧侣大量参与题画文学创作的原因

　　南宋僧侣的题画热情远远高于前代僧人。对历代僧侣所创作的题画文学作品数量进行统计可以发现,唐前题画文共6篇,无题画诗,唐代则有题画文10篇,题画诗12首。北宋时这个数量有了较大提升,其中题画文87篇,题画诗13首[①]。而到了南宋,则出现

---

① 此处统计南北宋篇目时,将《全宋诗》所录的赞体一律放到了文中。具体原因见本书第六章。

了题画文 872 篇,题画诗 150 首,参与僧侣共 53 人,较之前代增长非常迅速。南宋僧侣题画文学数量的大幅增长,主要得益于以下几个原因。

首先,是禅宗的发展。禅宗常被视为中国化的佛教。佛教在汉代时传入中国,魏晋时期达摩祖师东来,开创了中国禅宗,以其"不立文字,教外别传；直指人心,见性成佛"的特点,逐渐成为中国佛教宗派中影响最大的一支,"特别是唐武宗会昌灭佛以后,佛教各宗渐浸式微,唯有禅宗因其简易朴素的传教方式得以幸免,并大有取代各宗、独步天下之势。这时的寺院,不仅律宗、净土宗的寺院要改为禅院,而且华严宗、天台宗也相继改为禅院。不论法师、论师、律师,都纷纷称为禅师,可谓天下都归之于禅。"[①] 此后,禅宗"一花开五叶"(《坛经·付嘱品》),发展出沩仰宗、临济宗、曹洞宗、云门宗和法眼宗。至南宋时,又出现了以大慧宗杲为代表的"看话禅"和以宏智正觉为代表的"默照禅"并立的情形,禅风大盛。此期,无论是禅院的建设还是僧人的数量,皆颇为可观。宋宁宗曾据史弥远的建议设立"五山十刹",确定了江南诸禅寺的等级,这甚至对日本禅宗都有极大影响。同时,南宋僧人数量颇多,据记载,"有僧二十万"[②],其中大部分应为禅宗僧侣。这些都为僧侣,尤其是禅僧题画文学的发展提供了重要的基础。

其次,是僧侣与文士和画家的交流。僧侣与文士交流历来都是一个值得关注的现象,在文人的影响下,大量的僧侣参与到诗歌创作中,甚至出现了"诗僧"这样一个群体,魏晋如支遁、慧远,唐代如王梵志、寒山、拾得,北宋如"九僧"、参寥、惠洪,而南宋则出

---

① 周裕锴:《中国禅宗与诗歌》,上海:复旦大学出版社 2019 年版,第 17 页。
② (宋)李心传:《建炎以来系年要录》卷一七七,第 2930 页。

现了北涧居简、释文珦等一批以诗闻名的僧人，同时，大慧宗杲等著名高僧亦多与文人，如吕本中、汪藻等有所交往。历代不乏关于诗禅相通的论述，如韩驹《赠赵伯鱼》所言"学诗当如初学禅，未悟且遍参诸方。一朝悟罢正法眼，信手拈出皆成章"①。周裕锴指出，诗和禅具有相通的内在机制，具体表现为价值取向的非功利性、语言思维的非分析性、语言表达的非逻辑性以及肯定和表现主观心性②。这种相通机制使得僧人的文学创作无所窒碍。同时，南宋僧人和画家之间亦有密切的交流，如妙峰、智愚等便与著名画家梁楷交往密切，而很多僧人，如玉涧若芬、牧溪等甚至亲自参与绘画，推动了南宋禅逸画风的发展。僧人与文士和画家的交流，进一步强化了他们与文学和绘画的关联，为他们题画文学的创作提供了良好的文化背景。

再次，僧侣大量题画与"文字禅"的发展有关。禅宗在创立初期，奉行的理念是"不立文字"，然而，"禅宗发展到北宋中叶，进入了一个全新的时代，即所谓'文字禅'时代。佛经律论的疏解、语录灯录的编纂、颂古拈古的制作、诗词文赋的吟诵，一时空前繁荣。号称'不立文字'的禅宗，一变而为'不离文字'的禅宗，玄言妙语、绮文丽句都成了禅的体现"③。在这种观念下，文字不仅不是阻碍，反而成为传达理念的重要媒介，有了这种契机，僧人的题画文学才有大量写作的可能。这也使得此期僧侣题画文学作品的数量远远超于前代，使其得以以独特的面貌立于南宋题画文学之林。

---

① 北京大学古文献研究所：《全宋诗》卷一四三九，北京：北京大学出版社1995年版，第25册，第16588页。

② 参周裕锴：《中国禅宗与诗歌》，第334—353页。

③ 周裕锴：《文字禅与宋代诗学》，上海：复旦大学出版社2017年版，前言第1页。

二、南宋僧侣题画文学的特点

在佛禅思维的影响下，僧侣的题画文学创作必然呈现出与世俗题画不同的特点，无论是写作题材，还是语言表达皆有隶属于其身份的特别表现，形成了独特的题画生态。

（一）以题人物画为主，其他题材并行发展

南宋僧侣题画文学中出现最多的题材是人物画，对南宋僧侣题画文学的题材进行统计，可得出以下表格：

表5 南宋僧侣题画文学题材分类统计

题材	人物		山水	花鸟		树石	兽类	故实	其他	共
	宗教人物	世俗人物		梅	其他花鸟					
数量	818	45	37	17	33	8	21	10	33	1022

从表格来看，人物画在僧侣题画题材中所占比例极高，远远超出其他绘画题材。就中国绘画发展史而言，人物画的鼎盛期是在宋前，而宋代时，山水画和花鸟画已逐渐超越人物画，成为绘画的大宗。然而，在南宋题画文学中，山水和花鸟的优势并没有体现出来，最重要的原因便是僧侣群体对人物画题咏的高度偏爱，极大地提升了人物画题咏作品的数量。

在南宋僧侣所题咏的人物中，绝大部分是宗教人物，以祖师和信士为主，如宏智正觉，一人便写有402首《禅人并化主写真求赞》、84首《禅人写真求赞》，另有《智宣直岁写师像求赞》《璋监寺写师像求赞》《小师智临禅客写真求赞》等有具体对象的画赞，数量极其可观。正觉为曹洞宗传人，以倡导"默照禅"闻名，即"默默忘言，昭昭现前"（《宏智禅师广录》卷八《默照铭》）。"本来，正觉的禅是一种'无言禅'，是静默观照或观照静默。然而，虽然他的心

可以自由进入'空劫前'状态,而他作为一个人却始终无法进入前社会状态,因此也无法摆脱人类社会的交际工具语言,何况他一心想把自己的坐禅经验传授给他人,更无法保持真正的缄默。"[1] 这种对经验传授的迫切需求和对语言的依赖促使其创作了大量的作品,而题咏宗教人物对传达理念而言更是最为方便的方式。一般来说,僧人题咏的画像多非自己所画,而是他人绘制后请僧人题赞的,那么,这种请求和题写便构成了一种交际模式,也就是说,在题写的过程中往往暗含着理念传播的可能。因此,像赞这种交际模式成为僧人传达理念的常用方式,如正觉的《薄了固保义写予真请赞》:

> 灵灵而真,默默而神。眉毛低盖眼,鼻孔直欺唇。千华上何须问佛,百草头自然有春。一微尘里也来说法,三千界内不碍分身。[2]

画中人虽是自己,然而画为他人所绘,这便构成了一个交际圈。这首对自己写真的题咏明确地传达出正觉的禅宗理念,即静默观照,无思无虑,不用刻意向外求取,佛法无所不在。除正觉外,大量的僧人也通过同样的方式在题咏画像这种交际活动中表达思想,而僧人的交际圈中最多的也是同类身份的人,因此,祖师和信士的画像成为他们题咏最多的内容。题写对象体现出他们作为方外人士的身份特点。

　　然而,值得关注的是,在题人物画中,包含有 45 首题世俗人物画,其中又以文人为主,如释善珍《题六画》之渊明、灵运、太白、东

---

① 周裕锴:《禅宗语言》,上海:复旦大学出版社 2019 年版,第 199 页。
② 北京大学古文献研究所:《全宋诗》卷一七八一,第 31 册,第 19790 页。

坡、少陵骑驴、浪仙骑驴，释居简《少陵画像》《东坡画像赞》，释绍昙《杜甫骑驴游春图》《李白醉骑驴图》，释祖秀《东坡像赞》等，透露出僧人们对文人的认同。以释祖秀《东坡像赞》为例：

> 汉之司马、杨、王，唐之太白、子昂，是五君子者，皆生乎蜀郡，未若夫子而有耿光。夫子之诗，抗衡者其唯子美；夫子之文，并轸者其唯子长。赋亦贤于屈、贾，字乃健于钟、王。此夫子之绝技，盖至道之秕糠。夫子之道，是为后稷，伊尹，可以致其君于尧、汤。时议将加之于鈇钺，而夫子尤讽于典章。海表之迁，如还故乡。信蜀郡之五杰者，莫得窥夫子之垣墙。①

这篇赞对苏轼之诗、文、赋、道，乃至心态皆给予了高度评价，表现出对苏轼的极度认同和倾慕，如果说对"海表之迁，如还故乡"的赞誉是由于其契合了禅宗"心即是佛"的理念，那么，对诗文的评价反映的便是僧人向文学的主动靠近，即僧侣文人化。

僧侣文人化魏晋便已有之，唐宋后进一步加剧。这种现象表现在题材上，即僧人作品对山水自然的偏爱。对山水自然的运用意味着僧人表达禅理时模式的改变，即不是直接说教，而是借助山水自然，以象征隐喻的方式娓娓道来，这很大程度上是文人化的表达方式。这种题材选择投射到题画文学中，即对山水、花鸟画的偏爱，在南宋的文化环境中，更典型的表现是对梅画的偏爱。从表5可以看出，南宋僧侣题咏除梅画之外的花鸟画作品共33首，而梅画题咏则多达17首，占所有花鸟类的三分之一。梅花原产于南

---

① 曾枣庄、刘琳主编：《全宋文》卷三一四四，第146册，第90页。

方,故在南渡后文人对其题咏日盛。僧人对梅画的偏爱一方面由
于梅之疏枝清气与禅之心境更加吻合,另一方面也源于文人传统
的影响。如释绍昙《为张良臣知府题梅图》:

> 一篷春雪泛西湖,不觉和身入画图。千古暗香疏影在,谁
> 云骨冷不容呼①。

"身入画图"的表述是文人题画诗常用的思维。此处形容梅花所用
之"暗香疏影"明显来源于林逋的咏梅名句"疏影横斜水清浅,暗
香浮动月黄昏"(《山园小梅》),而"骨冷不容呼"或是对苏轼"先
生可是绝俗人,神清骨冷无由俗"(《书林逋诗后》)的回应,这种用
典反映出僧人对文学传统的熟悉。

在特殊的家国背景下,南宋僧人甚至常常会溢出狭隘的山水
花鸟畛域,出现对于世俗世变的观照。如释德止《浯溪图》:

> 夷涂勿抛控,抛控马多失。挹水勿极量,极量器多溢。
> 安史起天宝,转战竟奔北。辞臣献颂诗,要垂万世则。
> 一字堪白首,大书仍深刻。谁作浯溪图,千里在咫尺。
> 飞湍如有声,旁汇浸层碧。巉绝半岩间,髣髴见鸟迹。
> 不觉加手磨,真恐苔藓没。国姓前后异,天运古今一。
> 向来文武才,坐筹或操笔。种种皆可称,俯仰重叹息。
> 愿君宝此图,置之丹粉壁。昔人如可作,想像壮胸臆。②

---

① 北京大学古文献研究所:《全宋诗》卷三四三一,第 65 册,第 40823 页。
② 北京大学古文献研究所:《全宋诗》卷一九〇四,北京:北京大学出版社
　 1998 年版,第 33 册,第 21268 页。

《浯溪图》为描绘元结浯溪隐居生活的山水画，从"飞湍如有声，旁汇浸层碧。巉绝半岩间，髣髴见鸟迹"可知此画以山水为主体，虽是飞湍巉岩，亦不失静谧清绝。然而，此诗并未直接写山水，而是以议论入题，以安史之乱为切入点，探讨国家之失与夷涂抛控的关系。在短暂描述画面后，再次转回议论，从"国姓前后异，天运古今一"中可知，身处南北宋之际的释德止真正想探讨的是北宋颠覆的原因。这种对于家国政治的关注和愤恨越出了僧人本身的平和淡泊，呈现出文士化和世俗化的色彩。这类关注在南宋僧人题画作品中不少，又如释智愚"怒势自惊殊莫拟，静心人见骨毛寒。平生一对风波眼，今日晴窗不忍看"（《浙江潮图》），释德光"一手动时千手动，一眼观时千眼观。自是太平无一事，何须弄出几多般"（《女真进千手千眼观音像颂》），这些作品的落脚点都出现了世俗的转向。

从以上分析可以看出，僧侣题画题材以佛教祖师画像题咏为主，体现出其固有的身份特点，然而，他们又不仅仅停留于此，出现了很多有关山水自然绘画的题写，在南宋特殊的政局中，甚至出现了为数不少的世俗关怀，题画溢出了固有的身份局限，向文人化和世俗化发展。

（二）偈颂语言和诗性语言的双向开拓

在宋代以俗为雅观念的影响下，南宋文人的题画作品亦可见俗文化的渗透，但这种俗化并非文人题画的主流风格。然而，在僧侣的题画文学作品中，"俗"却成为极其明显的语言特征，表现出偈颂语言的传统本色。

偈颂翻译自佛经"伽陀"，内容以表现佛理为主，虽多以诗的形式存在，但不拘格律长短，语言通俗活泼。虽然唐代以后偈颂逐渐诗化，但在南宋的题画文学，尤其是像赞中还是保留了大量较为本色的偈颂语言特征，即通俗性、戏谑性，常有俗语、歇后语出现，如释昙华《卞禅人画布袋和尚求赞》：

> 人谓是弥勒，且喜没交涉。拖个破布袋，到处纳败阙。
> 只有一味长，子细为君说。是什么，干屎橛。①

布袋和尚为佛教绘画中最偏爱的题材之一，常背一布袋，将所乞之
物装入。"干屎橛"是禅宗常用语，本为至秽之物，却常被禅师用于
表达不堕理路。这种表达源于《景德传灯录》："时有僧问：'如何
是无位真人？'师下禅床把住云：'道、道。'僧拟议，师托开云：'无
位真人是什么干屎橛？'"② 这种表达方式在禅僧的写作中时常出
现。这在某种程度上与庄子"道在屎溺"（《庄子·知北游》）有些
相似，都是用至秽之物传达道理，但又有所不同，在于其与禅宗"呵
佛骂祖"之风相关。"呵佛骂祖"盛行于中晚唐，典型的表现是德山
宣鉴这段说法：

> 我先祖见处即不然，这里无祖无佛，达磨是老臊胡，释迦
> 老子是干屎橛，文殊普贤是担屎汉。等觉妙觉是破执凡夫，菩
> 提涅槃是系驴橛，十二分教是鬼神簿、拭疮疣纸。四果三贤、
> 初心十地是守古冢鬼，自救不了。③

这段话将佛教诸祖痛骂一遍，反映出的是对经教的消解以及消解

---

① 北京大学古文献研究所：《全宋诗》卷一九四一，第 34 册，第 21672 页。
② （宋）释道元著，妙音·文雄点校：《景德传灯录》卷十二，成都：成都古籍书
　店 2000 年版，第 207 页。
③ （宋）普济著，苏渊雷点校：《五灯会元》卷七，北京：中华书局 1984 年版，第
　374 页。

后的重构。虽然"从宋代开始，禅宗越来越失去了它早期那种开阔自由的野性精神，越来越沾染上士大夫特有的温文尔雅的习气"①，但在南宋的题画文学中，这种"呵佛骂祖"的风气依旧有所保留，又如释慧空《草堂老师真赞》：

> 随随昔昔，是这个贼。簸土扬尘，驰南走北。一棒打杀，狗也不吃。后来不肖儿孙，个个一模脱出。②

像赞将禅师称为"贼""狗"，并进一步骂及儿孙，其中多口语、俗语，如"随随昔昔""一棒打杀""一模脱出"等，保留了最为本色的偈颂语言。这种通俗性一方面与禅宗对经典的消解努力有关，另一方面也与其在传播过程中向下层民众渗透的需求有关。虽然在宋代以后士大夫成为禅宗的主流受众，然而，这种俗化的语言风格在僧人的作品，尤其是像赞这类与祖师密切相关的文体中依旧非常盛行。

与此同时，僧人在偈颂语言之外，却常常表现出向文人靠拢的另一种诗性语言风格。如释智愚《老融牛图》：

> 纯去自忘牧，青蓑柳影中。不餐栏外草，知是几春风。③

老融即南宋画僧智融，以画牛闻名，无论是僧人还是文士都有不少题咏其牛画的作品。从前面的题材中可以发现，南宋僧人对于兽类的题咏不少，其原因很重要的一点便是他们对牛的偏爱，在21

---

① 周裕锴：《中国禅宗与诗歌》，第 42 页。
② 北京大学古文献研究所：《全宋诗》卷一八四八，第 32 册，第 20595 页。
③ 北京大学古文献研究所：《全宋诗》卷三〇一八，第 57 册，第 35959 页。

首题兽类绘画的作品中,有14首都是题牛画的。在僧人的话语系统中,"'牧牛'已成为调养心性、修炼净心的著名隐喻。"[1] 这首诗中的牛"不餐栏外草",正喻明心见性,直指本心,而放牧之人"忘牧",则是无思无念,唯心任运的表现。诗歌明说牧牛,实则言禅,如水中著盐,不着痕迹。而"青蓑""柳影""春风"的意象叠加更呈现出一种清空淡远的美学效果。这种蕴涵禅意的诗化语言在南宋僧侣的题画作品中随处可见,如"幽响不知何处喜,一声鸲鹆圣先知"(释居简《春柳睡鹊鸲鹆图》),"瘦筇便欲幽寻去,隔岸小舟呼不应"(释绍昙《元晖山水图》),"清空片云,古潭万象。飘然何来,湛然何往"(释心月《小师正恭写松源掩室并师山行图请赞》)等。禅意借助诗歌语言获得了更加艺术且有效的传达。

有趣的是,偈颂语言和诗性语言往往能在一个作家身上统一,如以诗性语言写作《老融牛图》的释智愚同样写过不少像"冤有头,债有主"(《丹霞见灵照女图赞》),"问着便掌,胆大心粗"(《黄檗礼佛掌宣宗图赞》)这类俗语。这说明在僧人看来,这两套话语系统本就是两种不同功用的存在。偈颂语言反映的是佛家当行本色,而诗性语言则更偏审美,体现出更多与文人的融合。值得注意的是,这两种语言风格甚至会在同一首作品中共存,如释慧远《禅人写师真请赞》:

> 普证作此像,是相故非真。虚空无背面,露柱倒生根。傍提正按低叉手,独掇单提高打躬。佛魔削迹,凡圣泯踪。雨过云山空漠漠,日高花影乱重重。[2]

---

① 周裕锴:《禅宗语言》,第245页。
② 北京大学古文献研究所:《全宋诗》卷一九四五,第34册,第21750页。

前半部分几乎都是偈颂语言风格，而最后两句"雨过云山空漠漠，日高花影乱重重"则转向了诗性语言，类似于诗歌的以景结情，言近意远。结尾这种转折看起来似乎很突兀，但这种突兀恰恰与禅宗之刻意打破理路近似。因此，偈颂语言和诗性语言在僧侣写作中虽然并行发展，各有其言说维度和审美风格，但不时会出现结合与互渗，体现出僧侣在僧人与文人之间的身份穿梭。

从对南宋僧侣题画文学特点的分析可以发现，他们一方面保持着自己身份独特的言说方式，另一方面又明显表现出文人化的趋势，无论是文体、题材还是语言皆有所体现。那么，除了这些常见的文学特征外，僧侣，尤其是禅僧的题画文学还有一点非常值得关注，那便是诗、画、禅这三种元素的碰撞所产生的独特的美学风格。

三、诗、画、禅的互渗融通与禅僧题画风格的建构

禅宗发展到宋代已成为中国文化中非常重要的一个部分，就诗歌而言，无论是创作方式还是论诗模式皆受到禅的影响，而绘画至南宋，则出现了减笔画、禅逸画风，对中国绘画乃至日本绘画都影响深远。那么，当诗、画、禅这三种因素合而为一后，会碰撞出什么样的效果，尤其对题画文学的创作会有何影响呢？

首先值得关注的是绘画元素的进入对于僧诗的影响。早期禅宗的说教虽也以诗的形式存在，但常常是质木无文的说教，如南岳怀让的"心地含诸种，遇泽悉皆萌。三昧华无相，何坏复何成"[1]。这种表达方式与东晋时期很多玄言诗非常相似，缺少具体的意象，只是纯粹的说教，显得枯燥乏味。这种情况在中唐以后，尤其到两宋时有了较大突破，僧人意识到了借助具体意象来传递禅意比单

---

[1]（宋）普济著，苏渊雷点校：《五灯会元》卷三，第127页。

纯地说教更有意义,如齐己"月华澄有象,诗思在无形"(《夜坐》),借"月"之象言"禅"于无形,较之早期味同嚼蜡的写作风格而言,无论是艺术性还是吸引力都有了很大提高。因此,唐宋后大量的僧诗中常可见与其生活息息相关的意象运用。僧人活动的空间大多为山林、寺院,而山水风云便自然而然地成为僧人使用最频繁的意象。这种意象使用的狭隘也成为僧诗一个为人诟病的特点,典型例子即欧阳修《六一诗话》所载之"当时有进士许洞者,善为词章,俊逸之士也。因会诸诗僧分题,书一纸,约曰:'不得犯此一字。'其字乃'山'、'水'、'风'、'云'、'竹'、'石'、'花'、'草'、'雪'、'霜'、'星'、'月'、'禽'、'鸟'之类,于是诸僧皆搁笔"①。绘画的加入,在一定程度上缓和了这个问题。一方面,作为一种视觉艺术,形象性是绘画天然的优势,这使得以绘画为题咏对象的作品往往天然具有可附着的意象,从而让禅诗有象可依,避免了空洞说教。另一方面,绘画题材的多样性,在一定程度上使得僧侣的文学创作突破了九僧"山、水、风、云"的局限,不仅出现了猿猴、牛、葡萄、荔枝等更丰富的意象,甚至出现了牧野之战、许由弃瓢、玄宗斗鸡等古今观照,其题材维度在绘画的带动下获得了更大的拓展,一定程度上缓解了僧诗的"蔬笋气"和"酸馅气"。

其次,"禅"这一独特元素是僧人题画较之其他文人题画而言最特别之处,因此,禅对于题画文学风格的形塑便成为值得关注的问题。一首优秀的题画作品,往往是从画面出发,却又不局限在画面,在有"画中态"的同时能够"诗传画外意"(晁补之《和苏翰林题李甲画雁二首》),跳出绘画形象的局限,延伸出空间和情感的立

---

① (宋)欧阳修、(宋)释惠洪著,黄进德批注:《六一诗话　冷斋夜话》,南京:凤凰出版社2009年版,第5页。

体性，与画面意象构成似黏非黏的状态。而禅宗为了打破对语言和逻辑的执念，常常使用非逻辑的语言表达，形成一种游离于固有意象逻辑的延展。如释慧空《戏题渊知客水墨图》：

> 一身随处得轻安，老入苍崖叠嶂间。真个溪山看似梦，却将水墨写溪山。①

从诗歌描述可知，此作品所题对象为山水画。文人题咏山水时通常的立意方式是将山水当作其归宿，如苏轼"还君此画三叹息，山中故人应有招我归来篇"（《书王定国所藏烟江叠嶂图》），山水往往作为一个想象中的实体存在。而释慧空从个体的漂泊感入手来观照山水，甚至将山水的实体性抽离出来，人生漂泊，而山水亦非真实，水墨写就的溪山到底是真实的还是只是个梦，这种虚幻性又如何能寄托漂泊的人生。这种由意象出发，而又将意象解构了的方式与禅宗中的"反语"言说非常类似。禅宗要求思维不可执着一端，因此常使用"反语"这种修辞方式。如：

> 问："古镜未磨时如何？"师曰："照破天地。"曰："磨后如何？"师曰："黑似漆。"②

这种反语形成的对固有思维逻辑的解构在达到"反常合道"效果的同时，也使得文学作品充满逻辑的跳跃性，让题画作品的画外之思离画面意象的距离更远，意味更加空灵悠长。

---

① 北京大学古文献研究所：《全宋诗》卷一八四九，第 32 册，第 20639 页。
② （宋）释道元著，妙音·文雄点校：《景德传灯录》卷二十四，第 495 页。

　　再次,是士人画与禅的碰撞在南宋时发展出较为成熟的禅画,其恣意潇洒、清空疏放的风格对题画文学的风貌亦有影响。绘画发展至南宋,出现了一种以简笔作画、以墨戏自娱的禅逸画风。其创作群体主要由画僧组成,如智融、牧溪、玉涧若芬等,其绘画题材不仅包括祖师佛像,也蔓延至山水、花鸟、草虫、龙虎等诸多画科。禅画所呈现出的泼墨、简笔等特点不仅是北宋苏轼之后士人画的理念延伸,更是禅宗禅悦观念的影响。从僧人题画的对象来看,题咏的大多也是僧人的画作,因此,这种风格必然会渗透到题画文学中。统计南宋僧侣的题画作品可以发现,其中墨画的数量非常多,可以确定所题对象为墨画的便有 29 首,而其他很多画作虽未说明风格,也有极大的可能是以禅逸画风写就。水墨以其黑白的特点契合了禅宗直指本心的观念,正如释居简所言"万红千紫失根源"(《墨梅》),同样的观念释居简在《书镜潭照藏主水墨草虫》中也有所表达:

　　　　镜潭照草虫水墨出奇,便觉兰陵画手,风斯在下。当如伯乐相马,取其神骏,遗其牝牡玄黄。①

"牝牡元黄"都属于本心之外的渲染,而"神骏"才是真正属于本心的所在。天竺僧人镜潭照藏主所画之水墨草虫,正以其剥离诸色、化繁为简的方式达到了对本心的回归。这种观念也让僧人的大部分题画文学呈现出没有过多的描摹、形式简短、风格清淡的特质。

　　禅意本是没有形象、无可把捉的,而绘画则正以形象见长,这使得禅与画之间形成优势互补,画提供禅以形象依托,而禅则赋予

---

① 曾枣庄、刘琳主编:《全宋文》卷六八〇二,第 298 册,第 287 页。

画言外之意。与单纯的僧诗或者题画诗相比,禅僧题画文学形成了一种始于画、经于诗、终于禅,言有尽而意无穷的美学效果。

考察南宋僧侣的题画文学创作,可以发现他们在向文人靠拢的同时也保持着其独特的身份意识。从题材特点来看,虽然出现山水、花鸟甚至世俗政局的观照,但人物画,尤其是宗教画像题咏仍占主流。从语言特点来看,虽然诗性语言成为其写作的明显表现,然而偈颂语言依旧是不可忽视的存在。这种以僧侣身份特点为主,又不时溢出身份局限,向文人靠拢的表现方式,正是其题画文学独特的表现,使其题画文学形成了诗、画、禅三位一体的独特美学风貌。

南宋僧侣题画文学的意义,并不仅仅止于其美学风貌的独特性,其影响之于中国乃至日本题画文学的发展,皆大有可观。

首先,南宋开始出现较多画上题诗的例子,题画文学由语图分体走向语图合体。在这个合体的进程中,南宋僧人有着重要的推进作用。现今可见的南宋绘画中,便存有释道冲题牧溪《罗汉图》、大川普济题梁楷《布袋和尚图》,以及玉涧若芬自题《庐山图》《洞庭秋月图》等诸多诗画一体的作品。从语图合体的进程来看,南宋诗僧们集中的画上题咏的现象甚至早于一般文人,可以说其开启了文人题画的风气,对诗书画一体的风格形成有重要的意义①。

其次,南宋时期,随着东南沿海经济的发展,南宋和日本的贸易往来日渐频繁,日本大批留学僧来到中国,向中国的僧人求教,在他们归国时,常会携带大量的佛教典籍和书画,而南宋后期,兰溪道隆、无学祖元等禅僧的东渡,更加剧了文化的输出。日本著名

---

① 详见本书第五章。

禅学思想家铃木大拙曾提道："禅宗促进了宋朝的中国哲学及某些绘画流派的发展。在镰仓时代初期,这类绘画由频繁往来于中日两国的禅僧们传入日本。南宋的绘画就是这样在大海彼岸的国土赢得了众多热忱的赞美者。这些绘画现已成为日本的国宝,相反在中国本土却鲜有发现。"[①] 东传的禅僧绘画对日本水墨画的发展产生了极其重要的影响。而在这些画僧中,又以牧溪最受推崇,乃至于很多日本画家的绘画风格被称为"牧溪样"。牧溪的作品为典型的禅逸画风,现今其画上至少可见释道冲、简翁居敬、净慈悟逸等僧人的题画文字。当这种图文结合的作品形式传到日本后,对日本绘画的画上题字产生了一定的影响。从这个意义上讲,南宋僧侣,尤其是禅僧的题画文学创作及其影响已走出本土,延伸至了海外。

第三节　游于艺:南宋理学家题画文学

理学家作为一种身份来说在当时是比较特殊的,他们与一般的文士之间常常出现交集,如朱熹便既是理学家,又是诗人,同时也是士人。那么,为何还要将理学家单独提出来作为南宋题画文学的作者群体之一进行讨论呢? 其原因主要有两点。

首先,在于理学家人数众多。理学家的范围并不如皇室和僧侣那么好界定,他们既没有地位的固化,也没有度牒的证明。除了朱熹、陆九渊这样典型的核心代表人物外,还有大量的门人弟子,以及与之交往受其影响的文士。因此,将理学家作为题画文学作

---

①〔日〕铃木大拙:《禅与日本文化》,钱爱琴、张志芳译,南京:译林出版社2017年版,第27页。

者群体之一进行探讨时,很难对其参与人数及作品数量做出具体的统计。然而,仅仅从金履祥所编《濂洛风雅》所收的作家来看,便会发现理学家写作了为数不少的题画作品,这个数量足以让其成为值得观照的群体。

其次,就理学家的文道观而言,重道轻文历来为理学家对待文道关系的思想基础,以《二程遗书》中所载程颐的观点最为典型:

> 问:作文害道否? 曰:害也。凡为文不专意则不工,若专意则志局于此,又安能与天地同其大也?《书》曰"玩物丧志",为文亦玩物也。
>
> ……
>
> 或问:诗可学否? 曰:既学时,须是用功方合诗人格。既用功,甚妨事。古人诗云:吟成五个字,用破一生心。又谓:可惜一生心,用在五字上。此言甚当。先生尝说王子真曾寄药来,某无以答他,某素不作诗,亦非是禁止不作,但不欲为此闲言语。①

在程颐看来,作文害道,诗歌只能算是"闲言语",用心于此,则于道有妨。尽管学界已经对理学家的文道观有了清晰的论述,认为理学家所否定的是"辞"而不是"文","如果用中国古代文论的概念加以阐释,我们可以说无论是周敦颐的'文以载道',还是程颐的'作文害道',或者朱熹的'道本文枝',其根本反对的乃是'以辞害

---

① （宋）程颢、（宋）程颐撰,潘富恩导读:《二程遗书》,上海:上海古籍出版社2000年版,第290—291页。

意'(《文心雕龙·夸饰》);而非'以情害意'。"① 然而,具体到题画
文学这种同时兼具文与艺,大量流连玩好、用心于耳目之娱的"闲
言语"而言,大量理学家的参与仍然是一个值得探讨的问题。为何
他们愿意参与题画文学这种"闲言语"的创作,其题画作品有何特
点,题画文学是否能成为南宋理学家文道观和文艺观的观照,这些
都将是本节探讨的问题。

一、南宋理学家题画文学的特点

理学家的外延比较难界定,但为了方便较直观地了解其题画
文学创作的大致面貌,此处以金履祥《濂洛风雅》所收录的作家
为基础②,对其中涉及作家的题画诗文进行统计(不限于《濂洛风
雅》,而是整理该作者所有题画诗文)。

表6　理学家题画作品数量统计

北宋			南宋		
作者	题画诗	题画文	作者	题画诗	题画文
周敦颐		1	胡安国	1	
程颢	1		尹焞		1
程颐	1		吕本中	25	
张载	1		曾几	11	
邵雍	3	4	胡寅	15	2
邹浩	21	13	朱松	9	

---

① 刘思宇:《多重标签下的理学家诗歌研究》,《福建论坛》(人文社会科学版)
2018 年第 5 期。
②《濂洛风雅》所收诗可算是最为正统的理学诗派的诗。《四库全书总
目·存目·濂洛风雅》中载:"自履祥是编出,而道学之诗与诗人之诗千
秋楚越矣。"

续表

北宋			南宋		
作者	题画诗	题画文	作者	题画诗	题画文
			林之奇	2	9
			朱熹	42	37
			张栻	4	4
			陈淳	1	3
			徐侨	1	
			赵蕃	37	
			曾极	1	
			真德秀	1	3
			蔡渊		1
			王柏	38	35

从表6可以看到,南宋理学家对题画文学的参与无论是人数还是作品数量,较之北宋皆有明显提高,可见对题画这种特殊文学形式接受的逐渐宽容。这种逐渐宽容与他们对待其他文学形式的趋势是一致的,这种宽容也使南宋理学家的题画文学呈现出较强的可读性。其特点具体表现在两个方面。

（一）言理方式的多样化

虽然不可先入为主地认为理学家的所有诗文皆在言理,但不可否认的是,言理确实是其文学作品的重要特点,题画文学作品亦然。然而,南宋理学家言理的方式较之北宋程颢、程颐而言,却呈现出更为多元的方式。

北宋理学家除邹浩外,题画文学全部以极其严肃的方式将言理作为旨归。就表6所统计的作家来看,一类是周敦颐《太极图说》、邵雍《皇极经世图系序》《太玄准易图序》这类从经学图谱出发,直接传递理学核心观念的作品,如"至大之谓皇,至中之谓极,至正之谓经,至变之谓世。大中至正,应变无方之谓道。以道明道,道非可明;以物明道,道斯见矣"①。虽然邵雍提出"以物明道",然而这类诗文中的"物"却极少,大部分仍是"以道明道",呈现出直接说理的面貌。另一类是以人物为题咏对象,借咏人物而言道的作品,大部分集中在对《睢阳五老图》的题咏上,如张载、程颢、程颐的题画作品皆是如此。这类作品纯为"道学之诗",只是以诗歌的形式载道发言,如程颢《睢阳五老图》:

> 大道刚明孰肯闲,拳拳心志尚遗冠。饭蔬饮水时行乐,定礼删诗国建桓。终身恋阙存忠厚,薄味供先表蹇寒。鸿钧幸得循清运,余烈凭人仔细看。②

诗歌开篇掷出"大道刚明"的总论,而后以颜回饭蔬食、饮水而不改其乐比之,以孔子定礼删诗喻之,明其忠厚之志,扬其供先之心。整首诗从用典到寓意皆纯为理学的宣扬,并且语言朴实乃至枯质,几无艺术感可言。

　　这种借经学图谱和儒学人物直接说理的方式,被南宋理学家继承了下来,成为南宋理学家题画文学主旨传达的方式之一。然而,不同于北宋的是,这种通篇直接说理的方式并未渗透到所有题画诗和题画文里,而是主要存在于题画文中。如朱熹《太极图说辩》《六先生画像赞》、胡寅《跋唐十八学士画像》、王柏《研几图序》《题九老图后》《古贤像赞并序》等。从思想表达来看,这类题画作

---

① 曾枣庄、刘琳主编:《全宋文》卷九八六,第 46 册,第 47 页。
② 北京大学古文献研究所:《全宋诗》卷七一五,北京:北京大学出版社 1993年版,第 12 册,第 8241 页。

品是最纯正的道学之作,然而从艺术上考量,却算不上佳作。这类作品主要存在于题画文而非题画诗中,也体现出南宋理学家对诗文功能分流的理解,诗歌可以吟咏性情,而传达社会责任的严肃使命则更多地由文来担负。这种对诗文功能差异的认知在很大程度上将诗歌从严肃的道德使命中解放出来,使其得以发挥情感和意象优势,逐渐向"诗人之诗"靠拢。在这种分流下,南宋理学家题画文学中便出现了另一种更为重要的言理方式,即借助意象间接说理。

南宋理学家题画文学,尤其是题画诗中最喜欢使用的意象有两类,一类是山水,另一类是以墨梅为代表的花鸟。

借山水意象来传达道德诉求,在儒家的批评传统中可以推到孔子,最典型的便是"知者乐水,仁者乐山;知者动,仁者静;知者乐,仁者寿"(《论语·雍也》),将山水与人的道德品性加以联结比附。而《论语·先进》中的"舞雩之乐"更为理学家的山水寄托提供了依据。因此,山水成为南宋理学家言理的重要媒介,典型的例子便是朱熹的《观书有感》:"半亩方塘一鉴开,天光云影共徘徊。问渠那得清如许,为有源头活水来。"诗中以方塘、云影为喻,阐述读书需接受新事物的道理,是典型的有理趣之诗。朱熹此诗的成功之处,在于借用了方塘、活水的具体形象来比喻,而非空泛说理。这种借景言理的方式同样被移植到理学家的题画诗中,如胡寅《题四画》中的"清湖骤雨"一首:

> 银竹森空映,湖光莽苍中。不因风卷去,那得见冲融。[1]

---

[1] 北京大学古文献研究所:《全宋诗》卷一八七二,第33册,第20944页。

银竹比喻大雨,对应画中之骤雨,苍茫的湖光则对应画中的清湖,诗歌前两句都是对画面的描绘,构成了诗中的形象性。后两句则是借景言理,这样冲融的景致是因为大风吹过,恰似明澈的心境也是需要淘洗方能达到。这种间接说理的方式较之前一种直接说理而言,不仅艺术性更强,言理效果也更好,"惟一味说理,则于兴观群怨之旨,背道而驰,乃不泛说理,而状物态以明理;不空言道,而写器用之载道。拈形而下者,以明形而上;使寥廓无象者,托物以起兴,恍惚无朕者,著述而如见"①。因此,大量的南宋理学家题画作品,尤其是诗歌中,皆好以山水言理,通过对孔子山水仁智的回归,将山水纳入道德的传递中。

除去山水,花鸟同样是理学家说理的重要媒介,尤其是墨梅。在《濂洛风雅》所收理学诗人的题画诗中,共有题咏墨梅的诗作36首,理学家赋予了墨梅传统儒家的品格,使之成为具有理学家气质的意象。家铉翁在题《雪中梅竹图》中写道:"梅兄乃我义理朋,竹友从我林壑游。"此处之梅相比于竹之山林风致,更适合作为义理的载体,用以象征理学家的人格修养,成为理学家的自我写照。以王柏《题墨梅》为例:

> 岁寒无与偶,独抱幽贞长。笔下孤梢瘦,冰花纸上香。
> 笔头开造化,花外越精神。偃蹇螭龙表,新梢最可人。
> 冰蕤开雪颖,墨妙发孤香。不袭逃禅印,枝头有异光。
> 穷冬天地闭,万物正雕残。玉立清梢表,天然独耐寒。
> 胸中含静操,笔下走寒梢。一见孤山客,清香尽拆苞。

----

① 钱锺书:《谈艺录》,北京:生活·读书·新知三联书店2008年第2版,第563页。

素质天然静,清芬绕鼻根。更于翘楚上,一笔起冰魂。
一枝横出晓,霜外数花开。谁识生绡上,清香静处来。①

　　首先,从外形气质来看,墨梅形容清癯,虬龙之资,"胸中含静操","素质天然静",颇似朱熹对司马光"深衣大带,张拱徐趋"(《六先生画像赞·涑水先生》)的形容,这种稳重低调而又从容不迫的气质正是理学家对自身的要求。其次,从内在精神来看,墨梅"天然独耐寒","独抱幽贞长",万物凋残之时更显孤芳,恰似李思衍对许衡的形容"清节不知冰雪寒"(《拜许鲁斋像》),不惧岁寒,不怨冰雪,好似颜回居陋巷而不改其乐。墨梅居幽谷而不张扬,却是"清香静处来",正如傅行简《题仓部袁公灼像》中之"平衡清操畏人知"。墨梅无论外形还是气质皆符合理学家对自身的认同,或者说理学家按照对自身的要求来塑造了墨梅的特质,他们将自身对君子所需具有的品性赋予墨梅,从而使之从花卉中脱颖而出,成为题画文学君子传统的重要载体。与题咏人物和经学图谱时的直接言理相比,借助墨梅来间接言志的作品明显具有了更强的可读性。

　　需要注意的是,南宋理学家的题画作品中,虽然有不少是以言理为旨归的,但这并非他们题画的惟一主题,其题画文学具有非常宽广的表达维度。既有"当是此老胸中丘壑最殊胜处,时一吐出,以寄真赏耳"(朱熹《跋米元章下蜀江山图》)这样对画家的称赞,又有"始知璀璨出斜枝,诗画古来真一族"(曾几《黄嗣深尚书自临川省其兄嗣文户部于宜春用元明鲁直唱题李生墨竹梅》)这类对诗画同源的理论观照;既有"病夫坐稳更幽禅,每见此画心茫然。文

_____

① 北京大学古文献研究所:《全宋诗》卷三一七〇,北京:北京大学出版社1998年版,第60册,第38069页。

章事业已罢倦,少日气味无寅缘"(吕本中《巫山图》)这样纯粹个体情感的抒发,又有"谁云天意分南北,自是人无混一心"(王柏《题长江图三绝》)这类对于时局和士人心态的感慨。可以说,其表达维度并不比其他文士狭窄,也就是说,较之北宋理学家来说,南宋理学家在突出言理特点的同时,也出现了对传统理学家文学写作的突破,开始向"诗人之诗"渗透。这种表现不仅体现在题画诗中,就连偏重于传达社会功能的文中,也颇多清新流丽的性情之作。如朱熹《题米敷文潇湘图卷》:

> 建阳、崇安之间有大山横出,峰峦特秀,余尝结茆其颠小平处。每当晴昼,白云坌入窗牖间,辄咫尺不可辨。尝题小诗云:"闲云无四时,散漫此山谷。幸乏霖雨姿,何妨媚幽独。"下山累月,每窃讽此诗,未尝不怅然自失。今观米公所为左侯戏作横卷,隐隐旧题诗处似已在第三、四峰间也。又得并览诸名胜旧题,想像其人,益深叹息。①

此文从自身结屋作诗经历入手,言及画中风物,表达了对山水的热爱及对绘画之品鉴,情感真挚,行文流丽。"诗人"之思溢出了题画诗,对题画文也有所影响。

(二)行文风格平淡自然

南宋理学家的题画文学总体风格更偏向于平淡自然,这与其对文学的理解有关。朱熹曾提道:"作诗间以数句适怀亦不妨,但不用多作,盖便是陷溺尔。当其不应事时,平淡自摄,岂不胜如思

---

① 曾枣庄、刘琳主编:《全宋文》卷五六三五,第251册,第175页。

量诗句？至其真味发溢，又却与寻常好吟者不同。"[1]作诗讲究的是"真味"而非苦思，不可因过度思量而沉溺其中。金履祥也提出"莫把律诗较声病，圣贤工夫不此如"（《作深衣小传王希夷有绝句索和语》），除去文辞功夫外，对诗歌之格律也一并淡化。这些理念的共同点，即将过分考究的构思和雕琢都去除，回到平淡自然。这种观念在理学家们的题画文学创作中有明显的体现，如朱熹《题画卷》之范宽一首：

> 山雄云气深，树老风霜劲。下有考槃人，超遥得真性。[2]

范宽为北宋山水画大家，其画"师诸造化"，所画之山多雄奇险峻，"得山之骨法"（汤垕《画鉴》）。若要以诗描述范宽的画意，恐怕用韩愈雄奇怪异的风格更加适合。然而朱熹在题咏范宽之画时，只在开篇以短短两句简单说明画面内容，之后便不再过多着笔渲染，而将重心转移到画外之"真性"上，想象这样的山中应有"超遥得真性"的"考槃人"。"考槃"出自《诗经·卫风·考槃》，代指隐居之人。从雄深老劲向超遥真性的转移，不仅意味着由画面向画外转向，同时也意味着风格从雄奇向平淡的迁移，是理学家以自身之平淡对画面进行的重新阐释。又如张栻《跋王介甫游钟山图》：

---

[1]（宋）朱熹撰，朱杰人、严佐之、刘永翔主编：《朱子全书》第18册《朱子语类》卷一百四十，上海：上海古籍出版社，合肥：安徽教育出版社2010年版，第4332页。

[2]（宋）朱熹撰，朱杰人、严佐之、刘永翔主编：《朱子全书》第20册《晦庵先生朱文公文集》卷三，第321页。

> 林影溪光静自如,萧疏短鬓独骑驴。可能胸次都无事,拟
> 向山中更著书。[①]

诗画作者选择的都是王安石晚年退居钟山之后的形象,此时的王
介甫不再是意气风发的拗相公,而是短鬓萧疏的骑驴老人,与之相
对应的风景则是静谧自如的林影溪光。这种静谧不仅仅是风景的
静谧,更多是人心的安顿从容。这种从容雅正其实是理学家的追
求。陆九渊曾提道:"学固不可以不思,然思之为道,贵切近而优
游。切近则不失己,优游则不滞物。"[②]而这种从容雅正的心态作用
到诗文中,便常使之呈现出平淡自然之貌。

这种平淡自然的风格不仅在理学家的题画诗中是主流,在其
题画文中亦然。南宋理学家的题画文,部分是《书张氏所刻潜虚图
后》《太极图说辩》《先天图说》等以理学核心问题为言说对象的
文章,另有部分是像赞、序跋之类的短文,后者多短小精悍,雅正自
然。如陈傅良《跋周伯寿画猫》:

> 余家有数猫,终日饱食,相跳踯为戏,而不捕鼠。余怪而问
> 人,人曰:猫之善捕鼠者,日常睡。因见伯寿所藏画,遂书此语。[③]

此跋极短,却对猫是否善于捕鼠做出精辟的阐释。读者从中可进
一步由猫及人,联想到是对饱食者无能的讽刺,然而这一层寓意陈

---

① 北京大学古文献研究所:《全宋诗》卷二四二〇,北京:北京大学出版社
　1998 年版,第 45 册,第 27933 页。
② (宋)陆九渊著,钟哲点校:《陆九渊集》卷三,北京:中华书局1980年版,第
　34 页。
③ 曾枣庄、刘琳主编:《全宋文》卷六〇四〇,第 268 册,第 16 页。

傅良并未点明，而仅仅以平实的语言对猫作客观叙述，文气和缓，却发人深思。

　　然而需要注意的是，南宋理学家题画诗文的平淡自然并不意味着他们完全放弃了对文辞的考究。他们一方面认为不可"以辞害意"，另一方面也在保证"意"的前提下保留了文辞的精致。其中最典型的便是朱熹，他既是宋代理学的集大成人物，明确表示过"道本文枝"，但同时也是南宋理学家中写作题画诗文最多，且不时表现出对文辞技巧运用娴熟的人，如《题祝生画呈裴丈二首》其二：

　　　　斗酒淋漓后，颠狂不作难。千峰俄纸上，万景忽豪端。石瘦冈峦古，林深烟雨寒。苍茫无限意，俗眼若为看？①

如果说"千峰俄纸上，万景忽豪端"表现出的还仅仅是对画家作画状态的自然描述，笔法亦呈现为大开大合的疏落，那么"石瘦冈峦古"的"瘦"字则透露出诗人之思。用"瘦"字形容石头绝对是用心之作，一个"瘦"字尽显苍寒之意，颇得杜甫"日瘦气惨凄"（《无家别》）之法。又如《观刘氏山馆壁间所画四时景物各有深趣因为六言一绝复以其句为题作五言四咏》其二：

　　　　头上山泄云，脚下云迷树。不知春浅深，但见云来去。②

从立意来看，春深浅未知，而云自去自来，意为"圣人不言"，这是一

---

① （宋）朱熹撰，朱杰人、严佐之、刘永翔主编：《朱子全书》第20册《晦庵先生朱文公文集》卷二，第307页。
② （宋）朱熹撰，朱杰人、严佐之、刘永翔主编：《朱子全书》第20册《晦庵先生朱文公文集》卷四，第357页。

首典型的理趣诗。然而前两句"头上山泄云,脚下云迷树"却是精
心构思过的,从"头上""脚下"一仰一俯的安排,到"泄"字的使
用,都体现出对章法和文辞的讲究。其他像"何妨媚幽独"(《题米
敷文潇湘图卷》)之"媚","密雪变千林"(《观刘氏山馆壁间所画
四时景物各有深趣因为六言一绝复以其句为题作五言四咏》其一)
之"变",都能看出对谢灵运"绿筱媚清涟"(《过始宁墅》)、"园柳
变鸣禽"(《登池上楼》)式炼字的运用。因此,相比北宋而言,南宋
理学家对文辞的接受度要更高,不时溢出传统理学文道观的规范,
出现文学家的特质。

　　从对南宋理学家题画文学的探讨可以发现,他们并不反对文
学,更不反对绘画艺术,他们对待绘画和文学的态度是非常类似的。
一方面,将其纳入道德范畴中,使其成为载道的媒介。如大量借助
儒家人物画像来谈理,其实便是"画以载道"的直接体现。将绘画从
单纯的艺术创作纳入道德传统的做法自唐代张彦远便已有之,张彦
远在《历代名画记》中提道:"夫画者,成教化,助人伦,穷神变,测幽
微,与六籍同功,四时并运,发于天然,非由述作。"[1]这种绘画有助于
教化人伦的认知在北宋邵雍的《诗画吟》中被加以拓展:

　　　　画笔善状物,长于运丹青。丹青入巧思,万物无遁形。诗
　　画善状物,长于运丹诚。丹诚入秀句,万物无遁情。诗者人之
　　志,言者心之声。志因言以发,声因律而成。多识于鸟兽,岂
　　止毛与翎。多识于草木,岂止枝与茎。不有风雅颂,何由知功
　　名。不有赋比兴,何由知废兴。观朝廷盛事,壮社稷威灵。有
　　汤武缔构,无幽厉攲倾。知得之艰难,肯失之骄矜。去巨蠹奸

---

[1] (唐)张彦远:《历代名画记》卷一,第1页。

邪，进不世贤能。择阴阳粹美，索天地精英。籍江山清润，揭日月光荣。收之为民极，著之为国经。播之于金石，奏之于大庭。感之以人心，告之以神明。人神之胥悦，此所谓和羹。既有虞舜歌，岂无皋陶赓。既有仲尼删，岂无季札听。必欲乐天下，舍诗安足凭。得吾之绪余，自可致升平。①

邵雍认为，绘画和诗歌一样，不仅可以之识鸟兽草木，而且可以之知功名废兴，它们所"状"之物，是朝廷盛事和社稷威灵，通过诗画，能感知到阴阳粹美、天地精英、江山清润、日月光荣。这个表述在将诗画提升到一个极高地位的同时，其实更是在规范诗画的表达范畴，即什么样的内容才应该被摹写载录。这种极端的诗画观到南宋时获得了一定的继承，如陆九渊《杂说》中提到的"主于道则欲消，而艺亦可进。主于艺则欲炽而道亡，艺亦不进"②，又如朱熹《与张敬夫论癸巳论语说》所言"艺者所以养吾德性而已"③。从这些表述中，可以发现南宋理学家依旧认为"艺"应本于道。然而，另一方面，亦能感受到南宋理学家对艺的态度较之北宋要更加宽和。创作诗歌和绘画是对孔子"志于道，据于德，依于仁，游于艺"（《论语·述而》）这种人格培养路径的回归。朱熹在解释"游于艺"时表示："游者，玩物适情之谓……游艺，则小物不遗而动息有养。"④也就是说，艺对于人格培养来说是非常必要的存在，只不

---

① （宋）邵雍著，郭彧整理：《伊川击壤集》卷十八，北京：中华书局2013年版，第293—294页。
② （宋）陆九渊著，钟哲点校：《陆九渊集》卷二十二，第272页。
③ （宋）朱熹撰，朱杰人、严佐之、刘永翔主编：《朱子全书》第21册《晦庵先生朱文公文集》卷三十一，第1368页。
④ （宋）朱熹：《四书章句集注》，第91页。

过需要适情,在适情的前提下,是可以对诗画进行维度更广的观照的。这成为南宋理学家参与题画文学创作的重要依据,同时,也让他们的题画文学出现了不少聚焦于"艺"本身的内容,如"杨侯画竹尽真迹,功夺造化令人愁"(吕居仁《杨道孚墨竹歌》),"燕公画山水,名在能品中。至今笔墨欲飞动,妙处不与丹青同"(吕居仁《燕龙图画山水歌》),"惠崇笔迹,时一见之,类多赝者。故虽得其仿佛,终不足以取信。惟此卷最真,无毫发遗恨,良可珍也"(袁燮《跋林郎中惠崇画》)。在诗画"适情"的基础上,发掘诗画本身的艺术美,是南宋与北宋理学家文艺观的不同。

二、绘画对南宋理学家文学创作的影响

在南宋理学家的文艺观中,虽然艺为末节,然而,当这种末节参与到理学家的道德建构和文学呈现中后,也会产生一定的积极影响。理学家借以表达自己道德观念的重要方式之一是"理学诗",而绘画的介入对理学诗的写作则有一定的助益。理学诗不以题材分,主要表现为在诗中言理感悟,"所谓'理学诗',是以理学为出发点和归宿,理学所强调和宣扬的境界、标准、尺度,以及理学所规定的人生抱负、目标、善恶标准等,左右着'理学诗'创作主体的审美指向。"[①] 理学诗之核心在于言理,但若过分讲求理之阐述则容易陷入理障,且由于理学家大多对诗歌艺术较为轻视,导致很多理学诗质木无文。而题画文学这样一种看似与理学诗颇为疏离的"闲言语",反而对克服理学诗中的弊端有所助益,主要表现在言理方式和语言艺术两个方面。

---

① 王培友:《两宋"理学诗"辨析》,《文学评论》2011 年第 5 期。

（一）言理方式：对理障的缓释

　　理障本是一个佛教用语，《圆觉经》卷上："云何二障？一者理障，碍正知见；二者事障，续诸生死。"[1] 此概念后来被用以指称理学诗中纯为说理而缺乏趣味情志的现象。理障在邵雍《伊川击壤集》中体现得最为明显，邵雍不反对作诗，其《首尾吟》一题一百三十五首皆以"尧夫非是爱吟诗"为首尾叙述其吟诗之由。虽是如此，然而其诗集中却有很多以某某吟为题的诗纯是以诗歌的形式直白说理，甚为枯燥，如《安分吟》一首：

> 　　轻得易失，多谋少成。德无尽利，善无近名。[2]

诗歌劝人安分淡泊，不要追求名利，不要汲汲于权谋。与其说是诗，倒不如说更像庙中劝善之偈子，只是以诗歌的形式来装载了说教。这种诗看起来颇为苦口婆心，却无法让人感动，恐怕其劝人淡泊之目的亦难以实现，是典型的理障之诗。而同样表达淡泊之心，在南宋理学家的题画作品中有更好的呈现方式，如胡寅《题四画》之"潭溪秋碧"，便具可读性得多：

> 　　秋容何处佳，淡泊寄寒水。无滓湛遥天，我心正如此。[3]

此诗以画中之秋潭为题咏对象，秋日的潭水静谧而略带清寒，澄澈而毫无渣滓，正如淡泊的心境，与世无争。诗歌虽然没有极力宣扬

---

① 赖永海主编，徐敏译注：《圆觉经》，北京：中华书局 2010 年版，第 47 页。
② （宋）邵雍著，郭彧整理：《伊川击壤集》卷十八，第 293 页。
③ 北京大学古文献研究所：《全宋诗》卷一八七二，第 33 册，第 20944 页。

应该淡泊安分,然而画中之秋潭形象却恍若在眼,使得读诗之时便能感受到那种澄澈无滓的淡泊从容,从而生发出对这种纯澈心境的向往。诗中有理,却不枯燥,反而颇得理趣。这种理趣的获得与其作为题画诗的特质相关,题画诗的题咏对象是绘画,而绘画是一种空间的艺术,其特点是具有形象性,因此,理学家在题咏绘画之时,必然会面对着一个具体的形象,其说理言道也大多会围绕着这个形象展开。在这种背景下,义理的表达通常是有所寄托的,不容易空泛无依,正如钱锺书所言"使寥廓无象者,托物以起兴"。题画文学因绘画固有的形象性特质使得借之说理时省去了形象建构这个步骤,从而大大缓解了理学诗中可能出现的理障,使读者更容易领悟诗中之理。

(二)语言艺术:对质木无文的消解

由于理学家大多重道轻文,认为道一文二,诗歌的目的在于载道,而其艺术性则不是理学家所需要重点下功夫的问题。因此,很多理学诗常常语言枯燥平淡,质木无文。以张栻之理学诗为例,张栻与朱熹、吕祖谦并称"东南三贤",是湖湘学派的重要奠基人。张栻在诗歌史上的意义,在于他提出了一个概念"学者之诗":

> 有以诗集呈南轩先生,先生曰:"诗人之诗也,可惜不禁咀嚼。"或问其故,曰:"非学者之诗。学者诗读着似质,却有无限滋味,涵泳愈久,愈觉深长。"[①]

学者之诗是与诗人之诗相对的概念,强调诗歌之"质"而非"文",

---

① (元)盛如梓:《庶斋老学丛谈》卷中,(清)鲍廷博辑《知不足斋丛书》,京都:株式会社中文出版社1980年版,第6186页。

这种美学倾向正是理学家最常见的诗歌理念，张栻自己的诗便是最佳注脚。先看一首他的非题画诗《送杨廷芳三首》其二：

> 昔人忘言处，可到不可会。还须心眼亲，未许一理盖。辞章抑为余，子已得其最。当知邹鲁传，有在文字外。①

此诗虽是送别诗，却句句言理，诗歌强调得意忘言，故"言"不足道，进一步表述便是辞章不足道，相比之下，其中的"理"才是最重要的。这种价值取向使得张栻对文辞较为不在意。从此诗来看，只是用五言诗的格式来装载散文的表述，没有修饰，也没有艺术性，质木无文，颇合学者之诗的定义。然而张栻的题画诗却少有这种质木无文的情况，以《墨梅》为例：

> 眼明三伏见此画，便觉冰霜抵岁寒。唤起生香来不断，故应不作墨花看。②

梅花开于寒冬，故观画便觉暑气尽消，这是对画面进行的联想。而眼前之画不仅能消暑，似乎还可以生香，由视觉唤起嗅觉，形成感官的多元延展。这种通感的表现手法破除了理学诗的艺术局限，既写出梅花之清绝，又借梅花传递出理学家的道德追求。可以说，题画诗固有的画面感使得画境带动了诗境，从而让诗歌语言受到画意的感染，消解了理学诗中的枯淡。

如果说张栻言理的题画诗还只是因为受到画境的感染而在言

---

① 北京大学古文献研究所：《全宋诗》卷二四一四，第 45 册，第 27864 页。
② 北京大学古文献研究所：《全宋诗》卷二四一九，第 45 册，第 27926 页。

理时也产生诗意的话,那么朱熹的题画诗便是主动地与画境契合,融说理于写意。以其《题米元晖画》为例:

　　　楚山直丛丛,木落秋云起。向晓一登台,沧江日千里。①

米元晖即米芾之子米友仁,以云山墨戏见长,最擅长表现空濛迷远的山水风物,从朱熹诗歌来看,此诗所题咏的应该也是这样一幅山水。空濛的秋日里,远处恍恍惚惚可见楚山丛丛,木落云起,而脚下则是沧江奔流,一日千里,短短四句不仅写出了画意之萧瑟,也写出了其中的力量之美,语言凝练大气,这种风致像极了《楚辞》中的"袅袅兮秋风,洞庭波兮木叶下"(《九歌·湘夫人》),更像极了杜甫的"无边落木萧萧下,不尽长江滚滚来"(《登高》)。画中本是无我的,朱熹的题咏却将我入画,沧江为我所见,时光的流逝和登高望远的旷然为我所感,他将无我的画境转换成了有我的诗境,将心中想要表达的逝者如斯夫和登高方能远望的理念与画意主动结合,说理达意如水中著盐,不露痕迹。朱熹是宋代理学家中对诗歌较为宽容的一个,他认为"诗之作,本非有不善也"(《南岳游山后记》),他本人的诗歌置之南宋诗人中也可算是大家水准。朱熹题画诗中的这种语言和意境的交融,写景和说理的圆融不仅源于其本人对诗歌的态度和努力,也源于画境的熏陶,米元晖的山水为丛丛楚山和秋云木落提供了灵感,使得诗歌的语言渗透出画中的质感与苍凉。

　　综上,题画文学是观照理学家文道观和文艺观的一种方式。

---

① (宋)朱熹撰,朱杰人、严佐之、刘永翔主编:《朱子全书》第20册《晦庵先生朱文公文集》卷四,第357页。

总体而言，南宋理学家对待文学艺术的态度比北宋理学家更为宽和，他们不仅将诗画当作载道工具，而且能发掘其本身的艺术价值。虽然南宋理学家同样重道轻文艺，但却表现出对文辞的讲究和对绘画艺术的发掘；虽然他们的题画文学有自身说理性强和平淡自然的独特面貌，但却在题材和主题等诸多方面有更宽的拓展，呈现出向一般文士靠拢的趋势。诗画作为"艺"而言，是理学家传达道德理念的媒介，也是理学家提升自我修养的方式。题画文学表面上是一种"闲言语"，实际上却是对孔子"游于艺"这种行为模式的回归。

小　结

不同的作家群体由于身份和立场的差别，其题画文学创作都有独特的面貌，帝后作家的政治诉求和宫廷审美，僧侣的人物像赞和偈颂语言，理学家的道德指涉和平淡质朴，皆成为该群体题画文学独特的标识。然而，每一个群体在突显其身份特质的同时，又会出现向其他群体的渗透，如帝后对文人成句的袭用和改写，僧侣的诗性语言写作，理学家对文辞和画技的讲究等，呈现出对固有身份的溢出。这说明身份并非是一个不可逾越的界限，如理学家、僧侣皆喜好题咏梅画，帝后、僧侣皆推进了语图合体，理学家、帝后皆有对政治的关注，等等。这种互渗正如俗、圣两界在西湖的联结共存一样，幽隐、扰攘、野逸、缤纷……共同为南宋题画文学创造出更加丰富的层次。

第四章　文体：题画文学
文体格局的转型

　　"以'辨体'为'先'是中国古代文学批评与文学创作的传统与首要原则"[1]，文体在南宋题画文学中同样是一个重要的问题。从题画文学发展史来看，题画文学中最常见的文体包括诗、词、赞、题跋、序、记等，然而，这些文体在不同时代的发展又具有不平衡性。那么，在南宋题画文学中，哪些文体的地位更为突出？当这些文体与绘画发生碰撞后，绘画对于文体本身会产生什么影响？此期的文体特点对于探讨题画文学的发展有何意义呢？

　　一般来说，文体研究通常会以文体本身为切入点，按照诗、词、文等进行小节标题命名。这种结构章节方式的优点在于可以快速清晰地说明每一种文体的特点。然而，作为题画文学而言，若还只是简单地按照题画诗、题画词、题画文来结构章节，则难以突显题画文学作为一种文图共生的文学形式的文体特点。因此，本章拟打破这种常规的章节设计，以相对立体的方式重新结构。首先，厘清南宋时期最具代表性的题画文体，突出时代特质。其次，将传统研究中以文体为核心转换为以文体和绘画的关系为核心，选取不同的侧面探讨不同文体与绘画碰撞时产生的效果，突显绘画对于

---

[1] 吴承学、沙红兵：《中国古代文体学学科论纲》，《文学遗产》2005年第1期。

文体的影响。最后,借探究南宋题画文学领域中的"一代之文学"对此期的每一种文体进行综合总结,归纳各种题画文体的特色及历史地位,进而探讨此期文体发展之于题画文学的意义。

第一节　辨体:南宋题画文学的文体划分

"文莫先于辨体"①,探讨南宋题画文学的文体对于考察此期题画文学的特质有重要意义。题画文学是一种与绘画相关的文学类型,其文体特征因此亦具有一定的独特性。南宋题画文学涉及到的文体非常多,包括诗、词、赋、赞、颂、箴、铭、记、序、题跋、说、疏、解、祭文、札子、奏、表等在内共十多种文体类型。那么,在这么多的文体中,南宋最具代表性的文体有哪些? 为了更好地探讨这个问题,笔者将南宋题画文学所涉及到的文体与南宋之前题画文学相关文体的数量进行统计,汇总成表:

表7　历代题画文学文体数量统计(以南宋题画文学所涉及文体为中心)

时代 文体	唐前	唐	北宋	南宋
诗	28	167题174首	658题859首	3041题4045首
词	0	0	11	113
赋	2	6	7	6
赞	290	112	338	11761
颂	2	1	3	1
箴	0	0	0	1

---

① 转引自徐师曾《文体明辨》。(明)吴讷著,于北山校点:《文章辨体序说》;(明)徐师曾著,罗根泽校点:《文体明辨序说》,北京:人民文学出版社1962年版,第80页。

续表

时代 文体	唐前	唐	北宋	南宋
铭	0	3	1	2
记	0	13	39	33
序	2	14	62	77
题跋	1	2	258	605
说	0	1	1	9
疏	0	0	0	2
解	0	0	0	2
祭文	0	1	0	1
札子	0	0	4	1
奏	0	1	13	1
表	0	4	2	1

　　从表 7 可以看出,首先,南宋题画文学所涉文体类型虽多,但大部分文体的作品数量其实并不多,如颂、箴、铭、疏、解等作品数量皆是个位数,甚至有的只有一篇。其次,南宋记体和序体的数量虽然相对只有个位数作品的文体而言稍多一些,但与前代,尤其是北宋相比,并未体现出绝对的优势,甚至记体文的数量还不及北宋。因此,从表 7 统计出的数量对比来看,南宋时期最具代表性的题画文学文体实际上是诗、词、赞及题跋。

　　诗歌这种文体自先秦便已有之,在漫长的发展过程中,经历了从四言到五言再到七言,从古体到近体的诸多变革,形成唐代和北宋两座高峰,到南宋时无论是艺术创作还是诗学理论皆已相当成熟。而词体在经过李煜、苏轼等作家的一步步开拓后,创作上"一洗绮罗香泽之态"[1],"变伶工之词而为士大夫之词"[2],理论上则出

---

① 曾枣庄、刘琳主编:《全宋文》卷四一七六,第 189 册,第 359 页。
② 王国维:《人间词话》,上海:上海古籍出版社 1998 年版,第 4 页。

现了苏轼"自是一家"（苏轼《与鲜于子骏书》）与两宋之交李清照
"别是一家"（李清照《词论》）的碰撞交融，逐渐形成了一定的创作
规范。因此，在南宋题画文学最常见的这些文体中，诗和词的文体
属性在此期已非常清晰，不需再多"辨体"。然而，另外两种文体赞
和题跋却存在一定的模糊性。因此，以下将重点探讨赞与题跋的
文体问题，对应到题画文学中则具体表现为画赞和画跋。

一、画赞的归属

对于赞体的归属问题，学界存在一定的争议。笔者在收集南
宋题画文学作品的过程中，发现《全宋文》与《全宋诗》在南宋部
分皆收录了不少画赞，其中《全宋文》收录495篇，《全宋诗》收录
797篇，然而，其中有不少作品在二书中重出，重复数量多达116
篇。也就是说，对于赞体应该属于诗还是文，《全宋诗》和《全宋
文》的编者存在不同的认识。为了考察二书对赞体的定位，笔者将
对二书辑录画赞的来源进行分类探析。

第一类是《全宋诗》和《全宋文》重出的作品。以刘一止为
例，《全宋诗》和《全宋文》皆收录了刘一止画赞两篇，分别是《姜
山静疑院铁磬老师通公真赞》和《自作真赞》，考察二书的辑录来
源，皆注明辑自《苕溪集》卷二四，而这一卷收录的文体是铭、赞、
偈、序。也就是说，面对同样的来源，《全宋诗》编者认为赞体应该
属于诗，而《全宋文》编者则认为赞体属文，二书对赞体的归属有
异议。

第二类是《全宋诗》和《全宋文》只有其中一书收录，另一书未
收。这种情况有几种可能，为了更清晰地展现二书对赞体的理解，
以下以宋高宗和陆游为例，将二人的画赞作品来源列表说明：

表8　宋高宗与陆游画赞辑录来源

作者	作品	《全宋诗》出处	《全宋文》出处	备注
宋高宗	皇甫真人像赞	宋周密《齐东野语》卷一○		
	吴郡王冷泉图赞	元赵道一《历世真仙体道通鉴》续编卷三		
	晋太傅谢安像赞		《东山志》卷九	
	完颜亮画赞		《三朝北盟会编》卷一四六	
	秦桧画像赞		《中兴小纪》卷三五	
	敕赞刑部侍郎谢翱像		《东山志》卷九	
	敕赞翰林学士谢绛像		《东山志》卷九	
	敕赞陕西转运使谢卿才像		《东山志》卷九	
	敕赞晋康乐公谢灵运像		《东山志》卷九	
	尚书罗汝楫像赞		《潭川足征录·文部》	
陆游	崔伯易画像赞	《渭南文集》卷二二	《渭南文集》卷二二	
	东坡像赞	《渭南文集》卷二二	《渭南文集》卷二二	
	王仲信画水石赞		《渭南文集》卷二二	
	僧师源画观音赞	《渭南文集》卷二二		此赞为七言古绝句
	宏智禅师真赞	《渭南文集》卷二二		此赞为七言古绝句
	大慧禅师真赞	《渭南文集》卷二二		此赞为六言古绝句
	万庵禅师真赞	《渭南文集》卷二二		此赞为七言古绝句
	涂毒策禅师真赞二首	《渭南文集》卷二二	《渭南文集》卷二二	

续表

作者	作品	《全宋诗》出处	《全宋文》出处	备注
	佛照禅师真赞	《渭南文集》卷二二	《渭南文集》卷二二	
	中岩圜老像赞	《渭南文集》卷二二	《渭南文集》卷二二	
	奉圣淳山主年八十有四放翁为作真赞	《渭南文集》卷二二		此赞为七言律绝
	芋庵宗慧禅师真赞	《渭南文集》卷二二	《渭南文集》卷二二	

　　表8反映出《全宋诗》和《全宋文》只有一书收录画赞的三种情况。第一种是二书辑录的来源不同，如《全宋诗》所辑录的宋高宗两篇作品分别来源于《齐东野语》和《历世真仙体道通鉴》，而《全宋文》的辑录来源则是《东山志》《三朝北盟会编》《中兴小纪》及《漌川足征录·文部》，不同的文献来源导致二书收录作品有别，也反映出二书在文献收集全面性问题上的一些缺憾。第二种是其中一书或由于粗心漏收了，如陆游的画赞，《全宋诗》和《全宋文》皆辑自《渭南文集》卷二二，然而《王仲信画水石赞》一篇《全宋诗》并未收录，该篇全文如下：

　　　　亡友王仲信为予作水石一壁，仲信下世二十年，乃为之赞，恨仲信之不及见也。其词曰：导江三峡，神禹之迹。王子写之，汹汹撼壁。后三十年，尘暗苔蚀。淡墨色之欲尽，尚观者之惨慄。或曰：是学蜀两孙者非耶？放翁曰：吾但见其有欧阳信本、柳诚悬之笔力也。①

---

① 曾枣庄、刘琳主编：《全宋文》卷四九四六，第223册，第163页。

此赞的主体在"其词曰"之后,与《全宋诗》收录的《崔伯易画像赞》《东坡像赞》一样为四言韵文,或是因为此赞在正文前添加了一段散文说明背景,《全宋诗》编者便误以为其为散体而遗漏了这篇赞。第三种源于概念的模糊,如陆游《僧师源画观音赞》《宏智禅师真赞》《大慧禅师真赞》《万庵禅师真赞》《奉圣淳山主年八十有四放翁为作真赞》在《全宋文》中皆未收录,原因或是这五首画赞中前四首近于古绝,最后一首近于律绝,故而《全宋文》编者认为这种形式应该算成诗而非文[①]。也就是说,《全宋文》认为在一般情况下,赞体属于文,但并非所有赞体都属于文,形式近似律诗、绝句这类的赞应属于诗。关于收录范围,《全宋诗》凡例中未特别说明对赞体的态度,应是将其归之于诗体;《全宋文》在凡例中,交代了该书编选的范围包括赞体,然而实际操作时对于《奉圣淳山主年八十有四放翁为作真赞》这类与诗极其相似的作品又加以摒弃,这些现象说明了赞体归属的模糊性。那么,为何对于赞体的归属会存在这样的争议,赞体究竟应该如何归置?考察这些问题,需厘清赞体之源流。

在《文心雕龙·颂赞》篇中,赞体已被视为独立的文体:"赞者,明也,助也……本其为义,事生奖叹,所以古来篇体,促而不广,必结言于四字之句,盘桓乎数韵之辞,约举以尽情,昭灼以送文,此其体也。"[②]《文心雕龙》厘清了赞体最初的功能和面貌,即彼时之赞体是一种以四言为主的辅助说明性文体。之后,赞体逐渐出现变化。首先,从功能上看,徐师曾《文体明辨》将赞体分为三类:"一

曰杂赞，意专褒美，若诸集所载人物、文章、书画诸赞是也。二曰哀赞，哀人之没而述德以赞之者是也。三曰史赞，词兼褒贬，若《史记索引》、东汉、晋书诸赞是也。"① 也就是说，赞体可以褒扬，亦可批判，可以赞人，亦可赞画。其次，从形式来看，分为韵文和散文两类，吴讷《文章辨体序说》提道："大抵赞有二体：若作散文，当祖班氏史评。若作韵语，当宗《东方朔画像赞》。"② 其中韵语一脉到唐代以后又逐渐演变出五七言的形式，如李白《观佽飞斩蛟龙图赞》：

> 佽飞斩长蛟，遗图画中见。登舟既虎啸，激水方龙战。惊波动连山，拔剑曳雷电。鳞摧白刃下，血染沧江变。感此壮古人，千秋若对面。③

这篇赞从形式来看，与五言古体诗基本一致，若非题目加一"赞"字，很难判定其为诗还是赞。再次，从风格上看，赞体逐渐跳出早期单纯的道德教化，艺术性和文学性逐渐加强。赞体的这些发展趋势使得韵语类的赞体和诗歌之间的距离越来越近。于是逐渐有学者开始思考，赞体是否应该属于诗歌。如周锡䪖在《论"画赞"即题画诗——兼谈〈先秦汉魏晋南北朝诗〉与〈全唐诗〉的增补》

---

① （明）吴讷著，于北山校点：《文章辨体序说》；（明）徐师曾著，罗根泽校点：《文体明辨序说》，第143页。
② （明）吴讷著，凌郁之疏证：《文章辨体序题疏证》，北京：人民文学出版社2016年版，第215页。
③ （唐）李白著，瞿蜕园、朱金城校注：《李白集校注》卷二十八，上海：上海古籍出版社1980年版，第1635页。

一文中,便认为"'画赞'完全应属于题画诗"①。

赞体在演变过程中发生了一系列的变化,那么,古人在进行文体划分的时候,是如何归置赞体的呢？ 他们是否因为赞体的这些变化而改变了对赞体的归置呢？

"中国古代文体分类学自其诞生之日起,其分类方法上便以分类和归类两种方法齐头并进。"② 如果从分类的角度来看,一般都认为赞体和诗属于不同的文体。自《文心雕龙》起,赞体作为一种文体便具有独立的意义,后来历代的文选类总集中赞体皆有独立位置,从《文选》《文苑英华》《唐文粹》《宋文鉴》《元文类》《明文衡》《明文在》到《文章辨体》《文体明辨》皆如此。

那么,若是以归类的角度来看,古人一般是将赞体归于诗还是文呢？ 考察历代诗集编纂,会发现基本不将赞体包括在内,无论是如彭定求等编《全唐诗》一般的总集,还是如仇兆鳌《杜诗详注》一般的别集皆如此处理。而以文为收录对象的一般都会收录赞体,如董诰编《全唐文》。这种归类方式在今人对诗文集的编纂中获得了延续,如逯钦立编《先秦汉魏晋南北朝诗》中便未收录赞体,而严可均编《全上古三代秦汉三国六朝文》和孔凡礼校注《苏轼文集》中则收入了赞体。可见,将赞体归之于文而非诗是一贯的做法,《全宋诗》收入赞体的现象显得比较另类。

通过对赞体的发展过程及归类方式的梳理,可知虽然赞体在发展过程中确实存在一部分与诗歌的艺术形式非常接近的作品,然而,一方面,与诗歌相似的赞体比例毕竟极小,考察南宋题画文

---

① 周锡䪖:《论"画赞"即题画诗——兼谈〈先秦汉魏晋南北朝诗〉与〈全唐诗〉的增补》,《文学遗产》2000 年第 3 期。
② 任竞泽:《宋代文体学研究论稿》,北京:商务印书馆 2011 年版,第 58 页。

学中的赞，大部分还是四言形式，偶尔出现的五七言赞也多是用于赞人，也就是说，一般情况下作者在操作过程中对于赞的功能和要求有较清晰的认识。另一方面，在观照古代文学作品时，还是应该尽量遵循古人的文体观念。因此，在进行文体归类时，笔者仍然认可将画赞放到文而非诗中。

二、画跋的独立

探讨画跋，需要先厘清"题跋"的概念。

文献中提及题跋时，一般有两种指涉。第一种是从位置角度来定义。如段玉裁《说文解字注》中提到的"题者，标其前，跋者，系其后也"①。从位置来区分，写于书籍、书画、碑刻等载体前面的文字叫做题，写于其后的叫做跋。这种以位置定义的"题跋"形式上可以是简单的署名，也可以是文（包括骈文和散文）或者诗词曲等，不拘文体。如《图画见闻志》之"《清夜游西园图》者，顾长康所画，有梁朝诸王跋尾处云'图上若干人，并食天厨'"②，便说明顾恺之的《清夜游西园图》后面的文字被视为"跋"。又如明人郁逢庆所编之《续书画题跋记》，亦收录了大量以诗体写成的题跋。再如南宋题画文学中存在相当多以"跋……"命名的诗歌，像张元干《跋江贯道绝笔古松》、杨万里《跋葛子固题苏道士江行图》、刘克庄《跋唐贤论史图》等，都是以七言绝句的形式呈现。这些例子中所说的"题跋"，都是从文字所处位置进行界定得出的概念，并无文体上的区分。

题跋的第二种指涉是文体学意义上的概念。徐师曾《文体明

① （汉）许慎撰，（清）段玉裁注，许惟贤整理：《说文解字注》第二篇下，南京：凤凰出版社2007年版，第148页。
② （宋）郭若虚著，俞剑华注释：《图画见闻志》卷五，第133—134页。

辨》提道:"按题跋者,简编之后语也。凡经传子史诗文图书之类,前有序引,后有后序,可谓尽矣。其后览者,或因人之请求,或因感而有得,则复撰词以缀于末简,而总谓之题跋。至综其实则有四焉:一曰题,二曰跋,三曰书某,四曰读某。"[1] 虽然此处所说的"题跋"也是从位置衍生出来的,然而,当"题跋"逐渐被作为一种文体使用后,实际上并不涵盖所有题写于该位置的文体,而只包括散文。因此,这种概念下的"题跋"也可称为题跋文。朱迎平在《宋代题跋文的勃兴及其文化意蕴》中曾分析了题跋的两个源头,"题跋中的'跋'文,盖由'跋尾'发展而来……题跋文的另一个源头,则是唐代古文家开创的一类标为'题后'、'书后'、'读某'的杂文。"[2] 这两个源头,或许可以为题跋两种概念指涉的来源作一注脚。本节所探讨的"题跋"即取第二种指涉,即作为散文体之一种的文体意义上的题跋。

关于题跋的起源和发展历程,吴讷在《文章辨体》中谈道:"汉、晋诸集,题跋不载。至唐韩、柳始有读某书及读某文题其后之名。迨宋欧、曾而后,始有跋语。"[3] 事实上,唐前是有题跋文字存在的,如蔡邕《题曹娥碑后》、王羲之《题卫夫人笔阵图》等,故而题跋文字产生的时间应该在唐前。只不过,晚至唐代,这些题跋文字都没有专门的文体归属,大多被置于"杂文"或"杂著"之中,吴讷所说的"题跋不载"当是就目录学意义上的文体分类概念而言。

"题跋"的命名和文体单列,一般认为始于北宋欧阳修。"欧

---

① (明)吴讷著,于北山校点:《文章辨体序说》;(明)徐师曾著,罗根泽校点:《文体明辨序说》,第136页。

② 朱迎平:《宋代题跋文的勃兴及其文化意蕴》,《文学遗产》2000年第4期。

③ (明)吴讷著,凌郁之疏证:《文章辨体序题疏证》,第185页。

阳修特别将 400 余首跋尾单独编为《集古录跋尾》。这标志着
'跋'文体在目录学意义上独立了。"① 同时，在欧阳修文集中，
又单设"杂题跋"一类，此类下收文 27 篇，其中有 26 篇皆是
"跋……""书……后""读……"等典型的题跋命名方式，只有
《论尹师鲁墓志》一篇例外。"杂题跋"的出现，说明了"题跋"命
名的逐渐成型。然而需要特别注意的是，"杂题跋"这一类的单列
并非出自欧阳修自编的《居士集》，而是南宋周必大所编的《居士
外集》。也就是说，"题跋"这一文体虽然在北宋时经过《集古录
跋尾》的编纂可以说已经独立，然而"题跋"二字的命名并非始于
北宋，而要晚至南宋。

南宋时期，无论是总集还是别集，皆出现了单列"题跋"文体
的现象。总集如吕祖谦所编之《宋文鉴》，别集如周必大《省斋文
稿》、楼钥《攻媿集》、朱熹《晦庵别集》、刘克庄《后村先生大全集》
等皆将散文体的题跋单独列为一类。可以说，"题跋"作为一种文
体在文集编纂中真正的独立是从南宋开始的。此后，单列"题跋"
文体逐渐成为一种趋势，如《元文类》《明文衡》《文章辨体》《文
体明辨》等皆如此。题跋写作的逐渐增加促使其谋求独立的文体
地位，而南宋时期从杂文中获得的这种文体独立也使得南宋包括
画跋在内的题跋有了更多创作合理性的保证，由此进一步促进了
此期题跋创作的繁荣。

在对南宋时期不同文体分别进行"辨体"后，下一步需要关注
的便是如何对南宋题画文学的文体进行分类。

关于题画文学的分类，学界有不同的划分方式。如日本学者

---

① 张海鸥等：《宋代文章学与文体形态研究》，广州：中山大学出版社 2018 年
版，第 18 页。

青木正儿根据题画文学的演变过程将其分为画赞、题画诗、题画记与画跋四类[①]，衣若芬分为诗词歌赋及散文等体裁[②]，苗贵松则分为画记、画跋、画赞、画序、题画诗、题画词、题画文、题画赋等体式[③]。这些分类方式有其合理性，但也存在一些交叉，如题画文与画记、画跋等之间的包含关系。笔者在学界对题画文学分类的基础上，对南宋题画文学进行文体划分：以分类为视角，包括题画诗、题画文、题画赋、画赞、画跋、画记、画序等 17 种小类；以归类为视角，包括题画诗、题画词以及以画赞和画跋为代表的题画文三个大类。文体学研究早已成为中国古典文学研究中的一门显学，无论是诗、词、赞还是题跋，学界皆有大量的关注，因此，本章并不再对这些文体的源流发展进行更多着眼，只是就其在南宋题画文学中的相关问题进行必要的阐释。本章重点关注的是，当不同的文体与绘画进行碰撞时效果有何异同，不同的作者群体、绘画题材及风格对于文体的选择会有什么差异，南宋时期题画文学的文体偏好对题画文学的发展有何意义。

第二节　融通：文体与绘画的碰撞

南宋题画文学最常使用的文体为诗、词、赞和题跋，与绘画结合，则为题画诗、题画词、画赞和画跋。不同的文体其功用和规范

---

① 〔日〕青木正儿：《题画文学及其发展》，魏仲佑译，《中国文化月刊》1980 年第 9 期。

② 衣若芬：《题画文学研究概述》，《中国文哲研究通讯》2000 年第 10 卷第 1 期。

③ 苗贵松：《唐前题画文学文献叙录》，《华中师范大学学报》（人文社会科学版）2013 年第 4 期。

亦有差别,自曹丕《典论·论文》起便对这种差别有所关注,所谓
"奏议宜雅,书论宜理,铭诔尚实,诗赋欲丽"[1]。那么,当这些功能和
规范各有不同的文体成为观照绘画的媒介时,其对绘画的言说效
果和表现偏好会有何差异呢?

一、题画者对文体的偏好

如本书第二章所述,南宋题画文学最主要的作家群体包括文
士(理学家包括在内)、宫廷作家和僧侣,事实上,不同的作家群体
在题咏绘画时所偏爱使用的文体亦有差别。

首先看题画文中的赞体。画赞是赞体文中的重要构成部分,而
南宋题画文学中画赞最主要的使用者是僧侣。在1176篇画赞中,
由僧侣创作的高达812篇(其中宏智正觉一人便创作了523篇)。
同时,对僧侣题画文学文体进行分析可以发现,僧侣使用赞体以外
的文体,诗歌如古近体诗,文如颂、跋等,加起来共210首,数量远
远不及赞体。可见,赞与僧侣的关系较之其他群体更为密切。

僧侣题画时对赞的偏爱,主要有两个原因。首先,赞在发展过
程中本身便受到了佛教因素的影响。赞这种文体与佛教之"呗"
近似,《法苑珠林》云:"寻西方之有呗,犹东国之有赞。赞者从文
以结章,呗者短偈以流颂。比其事义,名异实同。是故经言以微妙
音声歌赞于佛德,斯之谓也。"[2] 高华平认为,"中国古代赞体文体
形式和功能上的演变,主要是受到佛经文体影响的结果。佛教赞
呗在内容上专赞佛菩萨功德、在形式上韵散兼行的特点,随着佛经
的传播影响到汉地,使中土文人在写作赞体作品时纷纷仿效,故而

---

① 魏宏灿:《曹丕集校注》,合肥:安徽大学出版社2009年版,第313页。
② (唐)道世:《法苑珠林》,上海:上海古籍出版社1991年版,第285页。

造成了古代赞体的新变。"① 因此,僧侣广泛使用赞,便蕴涵着对身份的体认意识。其次,佛教僧侣在各种仪式活动,如祖师忌辰、葬礼中,常常需要悬挂祖师画像,尤其是禅宗兴盛后,"弟子常以师尊之顶相作为嗣法证明,随着顶相制作之兴起,祖师像赞亦成为当时禅林的重要文体之一。"②

当然,除去僧侣以外,文士和宫廷作家在题画时也都对赞体有所涉及。文士中使用赞体最突出的作家是周必大,其以赞体写作的题画文学作品多达42篇,而其中大部分都是对其本人画像的自赞,如《赵倅彦璨写予真求赞》《友人曾无疑示予真索赞》《徐教授写予真求赞》等。周必大左丞相及文坛盟主的身份使得不少人希望通过绘其写真的方式进行结交,而周必大在对自我写真的题咏中也反映出其内心的自谦与自适,契合了宋人剥落繁华返归平淡的内敛心态③。此外,宫廷作家偶尔亦写作画赞,其目的大多在于通过像赞传递恩宠,以获取臣下的向心力。如宋高宗《吴郡王冷泉图赞》:

> 富贵不骄,戚畹称贤。扫除膏粱,放旷林泉。沧浪濯足,风度萧然。国之元舅,人中神仙。④

此画赞所言之吴郡王应是高宗吴皇后的兄长,即国之元舅。画赞

---

① 高华平:《赞体的演变及其所受佛经影响探讨》,《文史哲》2008年第4期。
② 冯国栋:《涉佛文体与佛教仪式——以像赞与疏文为例》,《浙江学刊》2014年第3期。
③ 参拙文:《唐宋士人心态内转的脉络——以南宋自题写真诗为视角》,《重庆师范大学学报》(哲学社会科学版)2017年第4期。
④ 北京大学古文献研究所:《全宋诗》卷一九八二,第35册,第22216页。

中提到的"富贵不骄,戚畹称贤"一方面可能是实写,另一方面也可能是对吴郡王的期许。希望他作为外戚安心林泉,戒骄戒躁。从南宋题画文学中可以看到,几乎所有的题画作者群体对赞体皆有涉及。一般认为,赞体在题画诗兴起之后便逐渐衰落,然而,需要注意的是,题画诗的出现并未使画赞消亡,就算是在题画诗极为繁盛的宋代,赞体在题画文学中仍然占有一定的位置,并形成了以僧侣为主,其他群体并行写作的局面。

其次,与赞体的作者构成几乎完全相反的文体是词。画赞创作的主要作者群体是僧侣,然而在题画词的创作中,北宋僧人里尚有仲殊创作过两首题画词,而南宋僧侣却完全隐身。究其原因,第一,从词体特质而言,"词之为体,要眇宜修。"[①] 尽管词在宋代经历了苏轼的开拓后,"一洗绮罗香泽之态,摆脱绸缪宛转之度,使人登高望远,举首高歌,而逸怀浩气,超然乎尘垢之外"[②],且在遭遇靖康之变后,颇多慷慨激昂和境界阔大的爱国之作。然而,就词之本色特质而言,仍是"幽约怨悱"(张惠言《词选序》),所谓"词之为体如美人,而诗则壮士也"(田同之《西圃词说》)。词体的这种特质与僧侣超脱红尘的状态显现出一定的距离,因此,词体并非僧侣写作的首选文体。宋代并非没有僧侣参与词的创作,"据唐圭璋先生编纂《全宋词》,有作品流传的宋词僧十六位,词作共计一百二十五首,另存目词二十二首。孔凡礼《全宋词补辑》补录仲殊词二十二首,宝月词一首。"[③] 然而,宋代僧人词无论是数量还是质量,相比于僧诗而言,皆远远不及,"唐宋衲子诗

---

① 王国维:《人间词话》,第19页。
② 曾枣庄、刘琳主编:《全宋文》卷四一七六,第189册,第359页。
③ 方蔚:《宋代僧人词研究》,华中科技大学2004年硕士论文,第3页。

尽有佳句,而填词可传者仅数首。"① 同时,这一百多首词作大多集中在仲殊、惠洪等少量僧侣中,大部分的僧人填词只是偶一为之,僧人与词作之间本身便存在风格上的疏离。第二,词作为一种文体,最典型的构成元素之一是音乐,李清照在《词论》中批评苏轼时所提出的点便是"不协音律",并进一步说明词相比于诗而言更加讲究音乐:"盖诗文分平侧,而歌词分五音,又分五声,又分六律,又分清浊轻重。且如近世所谓《声声慢》《雨中花》《喜迁莺》,既押平声韵,又押入声韵;《玉楼春》本押平声韵,又押上去声韵,又押入声。本押仄声韵,如押上声则协,如押入声则不可歌矣。"② 词的这种特质使其对音乐有更高的要求。因此,僧人若要创作题画词,与其题画诗相比,便不仅仅是文、画、禅的交融,而变成文、画、音乐、禅的交融,虽然在宋代的文化环境中,僧人并非不能兼善,然而其难度和规制较之前者有了更大的提高,这或许也是制约僧侣题画词创作的原因。

在题画词创作频率上与僧侣类似的是宫廷作家,几近于无。《词林纪事》卷十九曾载录杨皇后《诉衷情》一首:

> 闲中一弄七弦琴,此曲少知音。多因淡然无味,不比郑声淫。松院静,竹林深,夜沈沈。清风拂轸,明月当轩,谁会幽心。③

从词作内容看,似乎说出自一个深宫幽思女性之手也有可能,但

---

① (明)杨慎著,聂淑珍导读:《词品》卷二,上海:上海古籍出版社2009年版,第46页。

② (宋)李清照著,徐培均笺注:《李清照集笺注》卷三,上海:上海古籍出版社2002年版,第267页。

③ (清)张宗橚:《词林纪事》卷十九,北京:中华书局1960年版,第493页。

事实上，这首题写于马远《松院鸣琴》图上的词作是张抡所作，杨皇后只是将其题写在画作上。与此类似的还有宋高宗在马和之《绿槐高柳图》上题写苏轼的《阮郎归·初夏》，以及宋孝宗在《蓬窗睡起图》上题写宋高宗的《渔父词·谁云渔父是愚翁》等。高宗《渔父词》虽是自己所作，然而他在创作时未必是当成题画词来写，只不过后来此词被孝宗题写到了画面上，由此才转变成了题画词。因此，南宋宫廷作家实际上并无真正意义上的题画词传世。其原因恐怕主要在于"诗庄词媚"，词体的婉媚属性与宫廷的庄重之间有一定的错位，况且很多宫廷作家题画之目的在于传达政治诉求和宫廷庄严，在这种目的下，词当然就并非他们创作的首选文体。

　　南宋题画文学中词体最主要的使用者还是文人群体，南宋许多著名的文人如陆游、辛弃疾、刘克庄、张炎、吴文英、蒋捷、王沂孙、周密等皆参与过题画词的创作，这使得南宋题画词拥有浓厚的文人格调。然而，就算在文人群体中，大部分人题画词写作数量也并不多，如陆游、刘克庄等皆只有一首。南宋题画词呈现出向吴文英、周密、张炎等少数南宋后期作家集中的倾向。如张炎一个人便写有32首题画词，其词作风格清雅，内容既多花草之摹，又不乏家国之伤，成为南宋最重要的题画词作家。"之所以在宋元之际出现题画词创作上的一个高潮，分析原因大致有以下两点：第一，受当时文人雅集风气的影响……第二，词人广博的艺术素质也是一个重要因素。宋元之际风雅派词人，几乎个个诗、书、琴、棋、画，样样精通"[1]，这使得题画词这样一种需要融合文学、音乐、绘画等诸

---

[1] 谭辉煌：《论风雅词人题画词的文化意蕴和艺术手法——以张炎、周密和王沂孙为中心》，《湖北社会科学》2009年第8期。

多素养的艺术创作在南宋后期尤为突出。南宋题画词的作者构成也形成了以文人为主，偶有画家（如扬补之）和闺秀（如胡惠斋）参与，而乏宫廷和方外人士的特点。

相比于画赞和题画词作者构成的不平衡性而言，画跋和题画诗可以算是作者生态最为平衡的，无论是文士、帝后，还是僧侣，对这两种文体皆有所涉及，且其作品数量与该群体的人数占比大致相符，呈现出文士最多，宫廷作家和方外人士等其他群体并存的面貌。从这个意义上说，画跋和题画诗的包容性最强，这也是其逐渐成为题画文学主流文体的重要原因。

二、文体对绘画题材的偏爱

就中国绘画的发展情况而言，不同画科的成熟时间有所差别。人物画是最早发展成熟的画科，先秦时便已存在《御龙图》《龙凤仕女图》等著名的以人物形象为中心的帛画，魏晋时则出现了顾恺之、张僧繇、陆探微等传神名家。此后，盛唐之吴道子、北宋之李公麟，皆是人物画家中的翘楚，人物画也成为宋代之前最重要的绘画类型。山水画和花鸟画的成熟相对人物画要晚一些。伴随着魏晋时期山水审美意识的形成，山水画开始摆脱"水不容泛""人大于山"（张彦远《历代名画记》）的窘境，逐渐从人物画中独立出来，隋唐以后出现了展子虔、王维、李思训等多位著名山水画家，宋代之后更有北宋之董源、范宽、李成及南宋之李刘马夏等名家荟萃。花鸟画则是在唐五代逐渐发展成熟，尤其是在徐熙、黄筌之后，形成了"黄家富贵，徐熙野逸"（郭若虚《图画见闻志》）两种艺术范式。可以说，中国绘画发展到南宋时，人物画虽不曾沉寂，但山水画和花鸟画已出现代替人物画成为画坛主流的趋势。那么，题画文学作为以绘画为题咏对象的文学形式，其呈现出的题材状况是否与绘画发展的趋势一致,不同的题画文体对于绘画题材的偏爱又是否有别呢?

首先,就题画文而言,人物题材在题画文中占有绝对的数量优势,当然,这主要是因为画赞的存在。画赞虽然不是仅用于赞人(如郭璞《尔雅图赞》《山海经图赞》便不以人物为画赞对象),然而,人物却是画赞最重要的言说对象。在南宋的一千多篇画赞中,只有极少数如程俱《画马赞》、王质《墨竹赞》等不是用于赞人,其他皆是人物像赞,其对象主要包括佛教禅师、古圣先贤以及当代翘楚。赞体板正规矩的风格非常适于表现肃敬和庄重,因此成为承载对名人恭敬之情最适合的文体。画赞的大量存在导致了在南宋题画文中,人物画被题咏的频率远远超过山水画和花鸟画,与此期绘画发展的实际相悖。

那么,若是将画赞暂时除去,在其他题画文中,题材分布情况如何?对画赞之外的题画文(序、跋、记、说等)题材进行统计,可以看出题咏山水画和花鸟画的数量大致相等,都在一百五十篇上下[①],而人物画的数量则稍多一些,在两百篇上下。因此,除去赞体外,题画文中人物画题咏的数量仍然略高于山水画和花鸟画。这一方面说明南宋时期虽然山水画和花鸟画日渐成为主流,但人物画的图绘依旧盛行,其与山水画和花鸟画之间风行程度的差异并未如元明之后那么大。另一方面,题画文所咏之人物画所绘的绝大部分是形象严肃的人物,如李光《跋李丞相所作颜鲁公真赞》《跋阎立本列帝图》、陆游《先太傅遗像》、楼钥《恭题钦宗御画十八学士图》、朱熹《六先生画像赞》等,不管是历史圣贤还是当代名

---

① 由于有的绘画同时涉及多种题材,难以明确划定归属,故此处并未给予具体的统计数字,只说明大概数量。

流,大多形象正面且品格高尚,需要恭敬对待。从文体高下的角度而言,文相较于词甚至是诗,在当时皆是更为重要的文体,因此,以文来书写这些正面的人物形象是最为恭敬严肃的做法。这便造成了南宋题画文学中对人物画的题咏向题画文倾斜的状况,同时也使得题画文中以画赞为代表的题材书写呈现出与中国绘画题材发展实际不相符的特征。

其次,从题画词来看,山水和人物题材在题画词中数量基本持平,分别有二十多首,然而花鸟画却高达五十多首,远远超过其他题材。"花鸟画是南宋绘画创作中的一个重要和成就斐然的门类,尤其是院体花鸟画、水墨梅竹画以及南宋末年的写意花鸟画创作,是南宋花鸟画创作的主要成就之所在。"[①] 由于院体画的题咏者多集中在宫廷作家里,而宫廷作家又几乎不参与题画词的创作,因此,南宋题画词中题咏的主要是水墨梅竹及南宋末年的写意花鸟。其中以梅画为对象的有 18 首,竹画 7 首,宋末写意花鸟则有墨水仙、山茶、葡萄、兰等多种门类。题画词对于花鸟,尤其是花卉的偏爱,与词体和宋代花鸟图绘方式的契合有关。"在篇幅形制上,(南宋花鸟画)从北宋的长卷大轴转为以册页和纨扇为主,更见婉约的情致。"[②] 这种册页和纨扇所承载的花鸟多见折枝的画法,即不画全株,只取简单的枝叶,篇幅不大但韵味有余。其形制与词体颇为相似,需要考究的都是如何在有限的空间内尽可能地表现出对象的美及创作者的主体情思。空间有限,故最好不进行全景式的摹拟,而以景致之特写为佳,以情致之深化为尚。如扬无咎《柳梢青》:

---

① 陈野:《南宋绘画史》,上海:上海古籍出版社 2008 年版,第 251 页。
② 陈野:《南宋绘画史》,第 252 页。

嫩蕊商量。无穷幽思，如对新妆。粉面微红，檀唇羞启，
忍笑含香。休将春色包藏。抵死地、教人断肠。莫待开残，却
随明月，走上回廊。①

扬无咎为南宋著名的画家，以画梅见长，这首词是对其自画之梅的
题咏。词后有注文说明所画内容及背景：

范端伯要余画梅四枝：一未开、一欲开、一盛开、一将残，
仍各赋词一首。画可信笔，词难命意，却之不从，勉狗其请。②

这首《柳梢青》是对第二幅图"欲开"之梅的描绘。从"画梅四枝"
可知这幅画为折枝梅花，只取特写而非全株。从词作内容来看，
"嫩蕊商量。无穷幽思，如对新妆。粉面微红，檀唇羞启，忍笑含
香"皆是对梅花的描摹，而且与其说是针对所有画面的描述，不如
说更像是针对一朵花的细致观照。在精细地描摹完梅之外形后，
又进一步转向情致抒写，"抵死"和"断肠"这两个词可谓是非常
直白地宣示着情感的深切，最后一句荡开一层，"莫待开残，却随明
月，走上回廊"，由直白转为含蓄。扬无咎这首词与其折枝梅画之
间形成了呼应，都在有限的空间中完成了状物的以残写全和抒情
的深化。题画词与南宋花鸟画这种形制和描摹方式的高度相似是
题画词偏爱花鸟题材的重要原因。

与题画文和题画词对题材的各有偏爱不同，题画诗中山水、
花鸟和人物的题咏数量差距并不大，皆在八九百首，且每一种题

---

① 唐圭璋:《全宋词》第二册,第 1206 页。
② 唐圭璋:《全宋词》第二册,第 1206 页。

材所反映出的绘画类型也相对更全面。就山水画而言,既有对南宋主流院体山水画的题咏,如舒岳祥"林穷磵绝石崖倾"(《题萧照山水》),又有对文人式山水的观照,如向子諲"胸次山高水远,笔端云起风狂"(《题米元晖横轴》),还有对禅僧禅逸山水的沉思,如释若芬在其《庐山图》上自题之"炉峰香冷水云孤"。就花鸟画而言,不仅多题画词中那类对萧散水墨花鸟的书写,如赵汝绩《韩仲和墨竹》《谢高左藏惠墨竹》、释居简《墨荔枝》《题水墨萱草水仙》《题高髯墨菊枕屏》,而且有题画词中缺乏的对精致院体花鸟的描绘,如杨皇后题马远《倚云仙杏》之"迎风呈巧媚,泡露逞红妍",题马远《画梅》之"浑如冷蝶宿花房,拥抱檀心忆旧香"。就人物画而言,题画文中的人物大多偏于板正严肃,多古圣先贤、道释名流,题画词中的人物则以美人为主,如辛弃疾《西江月·题可卿影像》、高观国《思佳客·题太真出浴图》、刘辰翁《如梦令·题四美人画》等,呈现出明显的题材类型偏好。相比之下,题画诗中的人物形象更为多元,不仅有严肃的圣贤,如张元干《拜颜鲁公像》《题六代祖师画像》,还有不羁的文人形象,如释元肇《题饮仙图》《杜少陵像》《贾浪仙像》,另有矜持的美人如喻汝砺《题周昉美人拜月图》,甚至孩童形象如陈造《题龚养正孩儿枕屏二首》等,题画诗中的人物面貌更为丰富,抒情方式更加多元。除了山水、花鸟、人物这些主流题材以外,题画诗中还有大量其他题材。南宋孙绍远编《声画集》时,曾将题画诗分为古贤、故事、佛像、四时、窠石、屋舍、器用、畜兽等26个门类,而这些门类在南宋题画诗中皆能找到相应的作品。

　　从文体对绘画题材的选择来看,文对人物画的偏爱,词对花鸟画,尤其是折枝的偏爱,实际上揭示出了文学与绘画两种艺术形式之间隐秘的联系。黄伯思《跋宗室爵竹画轴后》中曾提到

"丹青犹文也"，赞体之"约文以总录"（刘勰《文心雕龙·颂赞》）与古贤佛像之肃穆简敬相配，词体之"要眇宜修"与折枝花之景短情长颇类。若将诗歌之体裁也进一步拆析，会发现山水画和花鸟画多以五七绝写之，而人物故实则常多七言古体。简洁清新和细腻工整风格的文体适合小景和工笔，而洋洋洒洒或庄严肃穆的文体则适合大山大水或人物故实。当然，这只是大致的规律，在实际操作中也常常出现"变体"，如以五绝咏人物画，以七古写花鸟画等。文体与绘画的融通使题画文学呈现出有一定规律而又多变化的丰富面貌。另外，从文体的包容性来看，题画文和题画词皆有明显的题材偏好，而题画诗则包罗最广。题画诗一方面对南宋各种门类的绘画和风格皆有体现，反映出南宋时期各种画风的碰撞；另一方面，也最为客观地反映出南宋时期绘画发展的趋势，即山水画和花鸟画的日渐盛行以及人物画的逐步让位却未至于落魄。因此，作为言说绘画的媒材，诗歌相比于文来说更为凝练，相对于词来说更为包容，这种特质是其成为题画文学主流文体的重要基础。

三、绘画对文体本色的影响

不同的文体，无论是功能还是风格皆有其独特性，即该文体的当行本色，比如"诗缘情而绮靡，赋体物而浏亮"（陆机《文赋》）。那么，当某一种文体将绘画作为言说对象后，其文体本色是否会受到绘画这种艺术形式的强化或弱化，文体与绘画的遭遇对文体本身的特色呈现会带来什么影响呢？

（一）绘画对赞体和题跋文体的维系和推进

绘画对于题画文中的赞体和题跋的发展而言，可以说极为重要。

　　对赞体来说,赞发展到宋代时大部分都是以人物为言说对象,然而,赞人总是需要有适当的时机,而画像便是一个非常合适的触发点。自魏晋起,画赞便是赞体中极为重要的组成,因此,绘画的参与对于赞体而言不仅是强化了其文体特质,更成为维系其文体存在的重要基础。

　　对题跋来说,绘画同样具有重要意义。如前所述,题跋文在宋代获得了目录学上的独立,这与此期题跋文的繁荣有关。一般来说,题跋的创作往往有相应的载体,此期题跋的载体除了文学作品、金石学之外,书画作品亦是非常重要的存在,因此,绘画也成为促进题跋文体发展的重要媒介。与赞体的早熟不同,题跋在宋代是作为新兴文体出现的,这意味着这种文体的各类规范都需要在此期逐渐打磨完善。因此,绘画对于赞体而言更多在于维系,然而对于题跋而言却有更多辅助"开疆拓土"的意义。

　　"题跋作品大致可分为两大类,即以研讨学问为主的学术类题跋和以抒写性情为主的文学类题跋"①,这两类题跋在南宋画跋中皆有突出的表现。学术类画跋以考订和议论为主,如黄伯思《跋文会图后》:

　　　　《文会图》,世传阎令画。然图中有奚官捧笏囊者,予初疑之,以为唐史载,张九龄体弱有酝藉,故事,公卿皆搢笏于带,而后乘马,张独使人持之,因设笏囊,自九龄始。阎令之没,距九龄作相凡六十年,不当此画已作笏囊也。然予按梁《职仪》云,八坐尚书以紫裹手版;《通志》云:令、录、仆射、尚书手版,皮紫裹之。梁中世以来,唯八坐执笏者以紫囊之。段成式《酉

---

① 朱迎平:《宋代题跋文的勃兴及其文化意蕴》,《文学遗产》2000年第4期。

阳·贬误》中尝引此，以为不始于陈希烈。则笏囊自萧梁以来有之，不特从九龄始也。阎令之画笏囊，盖无足怪。崇宁乙酉岁三月十二日手摹此图，因书卷末。黄某长孺父记。①

黄伯思观《文会图》，对此图是否是阎立本所画进行了辨析。根据唐史记载，图中笏囊一物之使用始于张九龄，而阎立本的去世时间在张九龄为相之前，由此怀疑此画非阎立本所绘。然而，根据《梁职仪》和《通志》的记载，笏囊在萧梁便已有之，并非始于张九龄，因此，阎立本画了笏囊也是无足为怪的。这段题跋虽然简短，但行文一波三折，引经据典，完成了从质疑到释疑的转变。徐师曾在《文体明辨》中对题跋的文体特质有过论述："其词考古证今，释疑订谬，褒善贬恶，立法垂戒，各有所为，而专以简劲为主，故与序引不同。"②黄伯思这段画跋可以说非常好地契合了题跋的文体本色，此类画跋对强化学术类题跋的文体特质有重要意义，"由于题跋文源于书画的跋尾和读书的札记，因此，研讨学问可以说是题跋文缘起的初衷，故学术类题跋可视为题跋文体的正宗。"③宋代是中国绘画发展的一个高峰，此期不仅有大量的绘画创作，而且对前代画作的收藏整理亦有极高的热情，在收藏整理的过程中必然会出现对画作的考订鉴别，因此促生了大量学术类画跋的出现，典型的便是两宋之交董逌的《广川画跋》。这些考订议论的画跋往往有特定的写作范式，或论真伪，或评画技，篇幅不长，却精警透辟，在论画的过程中进一步强化了学术类题跋的文体规范。

---

① 曾枣庄、刘琳主编：《全宋文》卷三三五六，第156册，第175页。
② （明）吴讷著，于北山校点：《文章辨体序说》；（明）徐师曾著，罗根泽校点：《文体明辨序说》，第47页。
③ 朱迎平：《宋代题跋文的勃兴及其文化意蕴》，《文学遗产》2000年第4期。

同时,南宋画跋也并未停留在研讨学问层面,而是在文学性上继续开拓。"相对于学术类题跋,文学类题跋可看作是题跋文发展中衍生出的变体。这类题跋与其载体的联系较为松散,载体在文中往往只是一种触媒、一个引子,文章由此生发开去,其主旨也由探讨学术变为抒写作者性情。因此,文学类题跋实际上已演变为一种新的随笔小品文体"①,这种变体类的画跋随着南宋绘画创作、传播和品鉴风气的盛行而越来越普遍。这类题跋的内容更加多元,形式也更为自由。如家铉翁《跋浩然风雪图》:

> 此灞桥风雪中诗人也,四僮追随后先,苦寒欲号,而此翁据鞍顾盼,收拾诗料,喜色津然贯眉睫间,其胸次洒落,殆可想矣。虽然,傍梅读《易》,雪水烹茶,点校《孟子》,名教中自有乐地,无以冲寒早行也。②

朱景玄《唐朝名画录》记载王维"尝写《诗人襄阳孟浩然马上吟诗图》,见传于世"③,从家铉翁的题跋来看,画中除孟浩然外,还有四名僮仆,而僮仆之"苦寒欲号"的姿态与孟浩然的喜上眉梢形成鲜明的对比,由此表现出孟浩然的"胸次洒落"。如果说到这为止都是对绘画本身的描述以及合理想象,那么"虽然"之后的部分,便是作者跳出画作抒写性情了。"名教中自有乐地"典出《世说新语》,《世说新语·德行》记载:"王平子、胡毋彦国诸人,皆以任放为达,或有裸体者。乐广笑曰:'名教中自有乐地,何为乃尔

---

① 朱迎平:《宋代题跋文的勃兴及其文化意蕴》,《文学遗产》2000 年第 4 期。
② 曾枣庄、刘琳主编:《全宋文》卷八〇六七,第 349 册,第 111 页。
③ (唐)朱景玄著,吴企明校注:《唐朝名画录校注》,第 129 页。

也？'"①家铉翁是南宋末年的理学家，他认为，作为一个儒家士大夫，"傍梅读《易》，雪水烹茶，点校《孟子》"三件事足以为乐，无需"冲寒早行"便能获得内心的充实喜悦。其中傍梅读《易》是南宋另外一位理学家魏了翁所创，魏了翁《十二月九日雪融夜起达旦》中写道："起傍梅花读《周易》，一窗明月四檐声。"而雪水烹茶则在唐代便已成为雅事，白居易曾写过"冷吟霜毛句，闲尝雪水茶"（《吟元郎中白须诗兼饮雪水茶因题壁上》）。另外《孟子》作为儒家经典，在南宋时被正式列入十三经，成为重要的经学典籍。家铉翁这段跋不足百字，却兼顾了画中之态与画外之思，将理学家的立场和心态云淡风轻地呈现出来，引经据典不着痕迹，状物言志自有风情，算得上是一篇小品佳作。南宋时期的文学类画跋以画为引子所探寻的思想和生活维度非常宽，往往不仅止于言说绘画艺术本身，而会传达出个体和时代的气息。又如刘克庄《跋杨补之墨梅》：

> 予少时有《落梅》诗，为李定、舒亶辈笺注，几陷罪罟。后见梅花辄怕，见画梅花亦怕，然不能不为补之作跋。小儿观傩，又爱又怕，予于梅花亦然。②

宋宁宗去世后，权相史弥远与杨皇后联手矫诏废赵竑为济王，改立赵昀，即宋理宗。刘克庄曾作《落梅》诗，其中"东风谬掌花权柄，却忌孤高不主张"一句被认为是诽谤当权者，遭弹劾罢官，仕途坎

---

① （南朝宋）刘义庆著，徐震堮校笺：《世说新语校笺》，北京：中华书局1984年版，第14页。

② （宋）刘克庄撰，王蓉贵、向以鲜校点，刁忠民审订：《后村先生大全集》卷九十九，第2561页。

坷。李定、舒亶笺注的实际上是苏轼的诗集,此处借北宋乌台诗案喻指当下自己卷入的江湖诗祸。在史弥远去世后,刘克庄怀着复杂的心情写下了"却被梅花累十年"(《病后访梅九绝》)。梅花之于刘克庄而言成为了一种极其矛盾的意象。这篇《跋杨补之墨梅》,可以说非常真切地反映出刘克庄因梅花诗案带来的对梅花的复杂心情,这种心情就像是小孩儿观傩戏,既害怕又喜欢。这篇画跋极短,但其内容已超越绘画本身,折射出个体乃至时代的矛盾与无奈。毛晋曾对题跋的文体特色有过描述:"题跋似属小品,非具翻海才射雕手,莫敢道只字。"[①] 题跋看似短小,却极难把握,优秀的题跋需以小见大,由点及面。刘克庄这段画跋可以说很好地呈现出优秀画跋的特点,既不离画,又不黏着于画,由画及人,由个体及时代。"北宋以前的题跋,作者还是抱着较为谨严的态度去写作的,因而大多以议论为主。他们必待有什么独得之见、独有之感才进行写作。这大概也是作品数量较少的原因之一。北宋以后,经过众多作家的努力,题跋的题材和范围无疑广阔得多了,作品也呈现出明快活泼的特色"[②],南宋时期的画跋内容极为丰富,无论是对山水林泉的向往,还是对花鸟虫鱼的喜爱,无论是对古圣先贤的追慕,还是对当下社会的反思,都在题跋的方寸之内有所显现。可以说,南宋绘画的多元性为此期画跋的繁荣提供了重要的基础,而画跋作为此期题跋非常重要的构成,其风格的多元、形式的灵活、于短章之内见宇宙之大及品类之盛的手法,对题跋文体特质的强化有重要的推进意义。

---

① (明)毛晋撰,潘景郑校订:《汲古阁书跋》,上海:上海古典文学出版社 1958 年版,第 36 页。

② 黄国声:《古代题跋概论》,《中山大学学报》1980 年第 4 期。

（二）绘画对词体本色的强化与制约

绘画与赞体和题跋的碰撞对文体的维系及本色强化有重要意义，同时，画跋内容和风格的丰富性并没有因为绘画的过滤而受到影响。然而，绘画与词体的碰撞却不然，以绘画为言说对象的词作，其内容和风格的广度较之非题画词来说反而有所收敛。汪莘《方壶诗余》中曾提道："（词）至东坡而一变，其豪妙之气，隐隐然流出言外，天然绝世不假振作；二变而为朱希真，多尘外之想，虽杂以微尘，而其清气自不可没；三变而为稼轩，乃写其胸中事，尤好称渊明。此词之三变也。"① 词在经历了多次变化后，到南宋时期已开拓出丰富的写作维度，"北宋词坛上，基本是'言情'词的天下，到苏轼前后才出现了数量甚少的另外'品种'的词作。但到了南宋，由于特殊的社会条件，就产生了更多的新颖'品种'，如慷慨杀敌的抗战词，忧国忧政的愤慨词，陶情山水的隐逸词；而在传统的'婉约'词里，也产生了刚、柔词风'稼接'后的另一种'新产品'——'清空'风格的词；除此之外，那些'专职'的祝寿词、咏物词、应社词，也纷纭而起，造成了'品种繁多'、'热闹非凡'的局面"②。遗憾的是，这种热闹非凡的局面在南宋题画词中并未出现。经过了绘画的过滤之后，题画词呈现出向单一题材和风格趋近的面貌。

如前所述，南宋题画词的题材以花鸟（尤其是折枝画）为主，其次则是美人。题材的单一化造成词作风格的单调。当然，南宋题画词中也并非完全没有例外，如陆游《桃源忆故人·题华山图》便是其中难得的慷慨之作：

① 施蛰存：《词籍序跋萃编》，北京：中国社会科学出版社1994年版，第270页。
② 杨海明：《唐宋词史》，天津：天津古籍出版社1998年版，第366页。

中原当日三川震，关辅回头煨烬。泪尽两河征镇，日望中兴运。秋风霜满青青鬓，老却新丰英俊。云外华山千仞，依旧无人问。①

这首题画词延续了陆游作品中一贯的中兴之望。当中原失守后，华山也沦落敌手，词人空有恢复的雄心，却无报国的机会，眼看着北伐无望，只能对着华山图泪洒霜鬓。遗憾的是，这类慷慨之作在南宋题画词中极少，仅张元干"醉来横吹，数声悲愤谁测"（《念奴娇·题徐明叔海月吟笛图》）、张炎"知不，醉里眉攒万国愁"（《南乡子·杜陵醉归手卷》）等少数作品约略表现出一些与时事相关的愤慨。而大量作品都是清雅柔媚的格调，如"结得同心成了，任教春去多时"（吴文英《燕归梁·书水仙扇》），"妆额黄轻，舞衣红浅，西风又到人间"（周密《声声慢·逃禅作菊、桂、秋荷，目之曰三逸》），"寂历柳风斜倚。错莫梦云难记。花影为谁重，一握鲛人丝泪。何事，何事，历历脸潮羞起"（刘辰翁《如梦令·题四美人画》）等。甚至连辛弃疾这样以豪放沉雄著称的词人，在经过了绘画的过滤后，留下的词都是题咏女性的婉约风格，典型的便是其《西江月·题阿卿影像》：

人道偏宜歌舞，天教只入丹青。喧天画鼓要他听，把着花枝不应。何处娇魂瘦影，向来软语柔情。有时醉里唤卿卿，却被傍人笑问。②

---

① （宋）陆游著，夏承焘、吴熊和笺注，陶然订补：《放翁词编年笺注》，上海：上海古籍出版社2017年版，第140页。
② （宋）辛弃疾著，邓广铭笺注：《稼轩词编年笺注》卷四，上海：上海古籍出版社2018年版，第417页。

画中之阿卿应是词人心仪的女子,此时或是芳华已逝。生前多情善歌舞,此时就算是喧天画鼓却也不能再听,向来软语柔情,此刻却空留手把花枝的写真不再言语回应。词人在酒醉之后流露出的思念,却无人理解。以雄放著称的辛弃疾当然也有不少婉约词传世,如"众里寻他千百度,蓦然回首,那人却在灯火阑珊处"(《青玉案·元夕》),然而,婉约风格的词作在全部辛词里只是其中的一角,而在其题画词中却几乎是全部。

　　那么,为何词体在经过了绘画的过滤之后,整体风格会趋向于柔媚清雅呢? 第一,就词体属性而言,南宋时期虽然出现了以辛弃疾为代表的词的变调,然而,词之正宗仍然是婉约,"唐宋词在其整体上表现出了相当明显的'南方文学'特色,它所呈现的主体风格是属于'柔美'类型的。"[①] 第二,就绘画内容而言,南宋绘画中虽然不乏风俗画、大幅山水及劲健鹰马,然而,其主流风格是雅致,而主流内容则趋向小景、花鸟。如山水构图从北宋的"大山堂堂"(郭思《林泉高致》)变为马远、夏圭典型的"一角半边",从"高远、深远、平远"(郭思《林泉高致》)的大开大合转向"阔远、迷远、幽远"(韩拙《山水纯全集》)的闲淡内敛。又如小幅画,尤其是扇面绘画的繁荣也促生了绘画剪裁和摹写的精致。于是,当词体与绘画碰撞时,二者往往更容易呈现出取其交集的情形,即以婉约的词风迎逆雅致的画类。因为这种迎逆最简便,也最能突显出文体优势。如前所述,词在处理细腻雅致的绘画内容时更有优势,"'词'比起'诗'来,似乎是一种抒情程度更'纯粹'、更'狭深'、更细腻的文体"[②],这种细腻雅致在面对山河家国、飞鹰走马这些较为宏

---

① 杨海明:《唐宋词史》,第10页。
② 杨海明:《唐宋词史》,第4页。

大的题材时,往往不如花鸟美人更方便。在南宋题画词中,常常能见到对扇面画的题咏,如刘过《行香子·山水扇面》、高观国《杏花天·题杏花春禽扇面挂轴》、吴文英《燕归梁·书水仙扇》《清平乐·书栀子扇》等,扇面空间不大,其精致却正好契合了词体的细腻。同时,南宋题画词出现的高峰是宋末,尤其以张炎为最,此期词坛风气是以雅词为尚,如张炎即主张"清空":"词要清空,不要质实;清空则古雅峭拔,质实则凝涩晦昧。"[①]相比历史故实、社会风俗而言,花鸟和美人的书写更易获得清空之感。因此,南宋题画词中风格的单一化,实际上是南宋词体和绘画取其交集的结果。这种结果从一方面来说使词体回归"婉约",强化了词体的本色,但从另一方面来说,也使得词在经过绘画的过滤后,内容和风格趋于单调,题画词的风貌与宋词的整体相比显得较为狭窄和单薄。

(三)诗歌对绘画的接纳与诗体本色的维护

绘画与词的结合在强化词体婉约细腻本色的同时,也限制了其风格的多元性。然而,绘画与诗歌的结合却未产生这样的限制。从作品内容看,既有偏安心态的呈现,如对西湖的沉醉,又有恢复之志的表达,如对地图的题咏;既有雅文化的深化,如对墨梅的着笔,又有世俗题材的书写,如对耕织的留意。从表现风格来看,既有雄深雅健的壮阔,如"上马击狂胡,下马草军书"(陆游《观大散关图有感》),又有幽约娴静的典雅,如"沉水飘香透蕊尘,红灯烁烁一枝春"(葛立方《题卧屏十八花》)。同时,宋诗典型的文字、才学、议论和理趣在南宋题画诗中也都有丰富的体现。

---

① (宋)张炎著,夏承焘校注:《词源注》;(宋)沈义父著,蔡嵩云笺释:《乐府指迷笺释》,北京:人民文学出版社1981年版,第16页。

可以说，南宋诗所触及的深度和广度在南宋题画诗中几乎都有呈现。究其原因，第一，"诗之境阔，词之言长"[1]，与词体之"婉约"正宗相比，诗歌本身便具有更丰富的表现维度，因此，在迎逆绘画时，往往能够接纳更多的绘画题材，呈现更多元的风格。第二，诗歌在漫长的发展过程中，至南宋时已形成了成熟的写作范式，当其与绘画相遇时，往往能从其传统的范式中寻找到相应的接纳策略，从而维护其稳定性。以下便以三类典型题材——题山水画诗、题花鸟画诗和题人物画诗——为例，探讨诗歌传统对绘画的应对。

1. 题山水画诗与山水诗

山水诗是中国古典诗歌中的重要类型，在魏晋时开始获得了独立的审美价值，其写作规范和抒情模式到唐代时皆已发展成熟。山水诗的成熟为题山水画诗的写作提供了诸多参照。如米友仁《题董源夏山图》：

> 崇山过新雨，苍翠浓欲滴。林深不通人，溪回有吟客。日落古道空，天青暮云碧。何处一声蝉，幽栖仍自得。[2]

上海博物馆现藏有董源《夏山图》一幅，米友仁所题咏的很可能便是这幅画。画作纵49.4厘米，横313.2厘米，画中有层叠山峦，近岸远水，亦有自得之渔舟，劳作之农人，是一幅典型的南方山水风光图。米友仁在面对这幅画作时，先对画中景致进行了描绘，然

---

① 王国维：《人间词话》，第19页。
② 北京大学古文献研究所：《全宋诗》卷一三一七，北京：北京大学出版社1995年版，第22册，14958页。

而,他并没有按照画作的打开顺序依次描绘所有景物,而是抽绎了崇山、新雨、林、溪、古道、暮云、吟客等意象,组合出夏季雨后的典型图景。面对如此风景,诗人不由生发出"幽栖仍自得"之情,完成了由景及情的转移。从结构上看,这首山水画题诗是典型的山水诗写作模式,其意象选取和抒情方式都容易让人联想到王维的《山居秋暝》:

> 空山新雨后,天气晚来秋。明月松间照,清泉石上流。竹喧归浣女,莲动下渔舟。随意春芳歇,王孙自可留。①

两首诗虽然一为夏,一为秋,但皆是雨后之山,皆是黄昏时分,皆有点景人物如吟客浣女,而最终的情感表达也皆是留恋幽栖。米友仁的题山水画诗将实际的风景置换成画中风景,同时将山水诗对风景的布局和刻画乃至抒情方式移植到对绘画的处理中,从而在固有的诗歌传统中寻求到应对绘画内容的方式。

2. 题花鸟画诗与咏物诗

由于花鸟画相对晚熟,题花鸟画诗的成熟亦相对较迟。相比于咏物诗的深厚写作传统而言,肇兴于唐代、于宋代时才发展成熟的题花鸟画诗可以算是晚出的类型。题咏花鸟应属于咏物范畴,因此,当真实的花鸟被置换为画中花鸟后,咏物诗的写作模式随之延伸到了题花鸟画诗中。以题水仙画诗和咏水仙诗为例。水仙是一种较为后起的花鸟画题材,南宋赵孟坚为首位画水仙名家,绘有《白描水仙图卷》《水墨双钩水仙长卷》等,因此对水仙

---

① (唐)王维撰,(清)赵殿成笺注:《王右丞集笺注》卷七,上海:上海古籍出版社 1984 年版,第 122—123 页。

画之题咏，大多亦在赵孟坚之后。而咏水仙诗，则相对早一些，以黄庭坚最为有名。黄山谷性好水仙，在《山谷集》中共有六首咏水仙诗，且多为佳作，奠定了水仙题咏的范式，也影响到了题水仙画诗的写作。

首先，从用典方式看，题水仙画诗常会选择与咏水仙诗相同的典故，这不仅是文化传统的影响，也是诗学传统的影响。试看黄庭坚《王充道送水仙花五十枝欣然会心为之作咏》：

> 凌波仙子生尘袜，水上轻盈步微月。是谁招此断肠魂，种作寒花寄愁绝。含香体素欲倾城，山矾是弟梅是兄。坐对真成被花恼，出门一笑大江横。①

诗中借用了洛神的典故，将水仙花拟人化，想象成曹植笔下凌波仙子的香魂幻化，因此具有了倾城之貌，含香之态。古时之水仙有多重寓意，或以湘妃为水仙，或以冯夷为水仙，或以屈原为水仙。黄庭坚之诗则选择了洛神，或因其轻盈步月之态和含愁断肠之伤，更适合用来比拟花之清绝。黄庭坚咏水仙之诗对后来的题画诗人影响颇大，宋光宗《题刁光胤画册十首》之《雪景水仙图》便写道"试看山谷老人诗"，方回《水仙花画》也写道"缺绘水仙陪鲁直"，山谷水仙的影响可见一斑。因此，在题水仙图诗中，诗人所用最多的典故也是洛神。如赵孟坚"步袜无尘淡净妆，翩翩翠袖恼诗肠"（无题，据《宋画全集》第6卷第6册收赵孟坚《水仙图》录），翠屏道人"翠带悬珰重，凌波步步轻"（《题赵子固水仙图》），陈深"翩翩凌波

---

① （宋）黄庭坚撰，（宋）任渊等注，刘尚荣点校：《黄庭坚诗集注》卷十五，北京：中华书局2003年版，第546页。

仙,静挹君子德"(《题钱舜举写生五首·水仙兰》)等。曹植《洛神赋》中写道"体迅飞凫,飘忽若神。凌波微步,罗袜生尘"①,从此"凌波"便成为洛神代称,在水仙题咏之中也渐渐成为水仙代称。洛神成为咏水仙图最常用的典故,不仅有洛神本身的清幽愁绝的影响,也有山谷诗的影响。

其次,从比兴方面来看,托物言志为咏物诗最重要的抒情特质,袁枚在《随园诗话》中写道:"咏物诗贵有寄托,咏物诗无寄托,便是儿童猜谜。"② 这种咏物而寓意寄托的要求也渗透到了题花鸟画诗之中,单纯描述画中花鸟便类似于儿童猜谜,诗似谜面,画为谜底,而依画言志方是好诗。咏水仙图需寄托"香肌不受缁尘污"(张榘《题赵子固水仙图》)的高洁,咏画兰需寄寓"纯是君子,绝无小人"(郑思肖《自题墨兰》)的志气,有所寄托,方能是好诗,这是咏物诗传统在题花鸟画诗中的渗透,也是题画诗作者在面对后起的各种花鸟画内容时从诗歌传统中寻求的应对方式。

3.题人物画诗与咏史诗

人物画有时是以写真的方式呈现,如《杜甫画像》《老子画像》等,有时也会以故实图的方式呈现,表达以人物为主的历史情境,如以陶渊明为主的《归去来图》,以唐玄宗为主的《明皇夜游图》等。由于同样是展现历史人物,因此,对人物画的题咏,多会从咏史诗传统中寻求借鉴,试以王安石《明妃曲》和陈宓《和徐绍奕昭君图》为例:

---

① (三国魏)曹植著,赵幼文校注:《曹植集校注》卷二,第345页。
② (清)袁枚著,王英志批注:《随园诗话》卷二,南京:凤凰出版社2009年版,第35页。

明妃曲二首

其　一

明妃初出汉宫时，泪湿春风鬓脚垂。低徊顾影无颜色，尚得君王不自持。归来却怪丹青手，入眼平生未曾有。意态由来画不成，当时枉杀毛延寿。一去心知更不归，可怜着尽汉宫衣。寄声欲问塞南事，只有年年鸿雁飞。家人万里传消息，好在毡城莫相忆。君不见，咫尺长门闭阿娇，人生失意无南北。

其　二

明妃初嫁与胡儿，毡车百两皆胡姬。含情欲说独无处，传与琵琶心自知。黄金扞拨春风手，弹看飞鸿劝胡酒。汉宫侍女暗垂泪，沙上行人却回首。汉恩自浅胡自深，人生乐在相知心。可怜青冢已芜没，尚有哀弦留至今。①

和徐绍奕昭君图

汉家无计饵单于，掖庭为出千金姝。秀色妍姿玉不如，天子一见先嗟吁。三千粉黛尔殊绝，谋身独拙何蠢愚。梨花带雨辞殿隅，遗恨画工犹可诛。世人重色多歉歔，不思婉娈同戈殳。君王蚤识应耽娱，皇天为遣投穷庐。乃知汉计自不疏，画工忧国非奸谀。君不见后世佳人号太真，坐令九鼎污胡尘。当时早解挥妖丽，长作开元一圣君。②

首先，从故事的叙述方式看，作为故实图的人物画，有时会以长卷

① （宋）王安石著，（宋）李壁笺注，高克勤点校：《王荆文公诗笺注》卷六，上海：上海古籍出版社 2010 年版，第 141—143 页。
② 北京大学古文献研究所：《全宋诗》卷二八五二，第 54 册，第 34006 页。

的方式完整地表达一个故事,如北宋乔仲常的《赤壁赋图》便完整
展现了苏轼《后赤壁赋》中的场景,从苏轼与客步自雪堂,过黄泥
坂,到有酒无鱼,归而谋诸妇,复游于赤壁之下,从舍舟登岸,到江
流有声、断岸千尺,从一鹤飞鸣过我,到梦二道士,完整展现了苏轼
夜游赤壁的故事。然而大部分的人物故实图,则常常展现的只是
一个故事的某个断面,如王庭珪《题罗畤老家明妃辞汉图》,题目后
注:李伯时作,明妃丰容靓饰,欲去不忍之状 ①。所展现的便是昭君
辞汉的瞬间,这也是历代图绘昭君时最喜欢选择的瞬间,或因其欲
去不忍之态既富有对过去的回顾伤怀,又预示了未来的前路茫茫,
符合莱辛所说的"最富于孕育性的那一顷刻"②。陈宓题咏之昭君
图,从主体内容判断,很可能图绘的也是这个片段。然而诗歌却不
仅局限于此时此刻欲去不忍的描绘,而是完整交代了汉廷对单于
无计,故献出深处掖庭的昭君的过程,同时补充了画工故意误画的
背景,以及此时天子的嗟吁为难。诗人运用想象的方式几乎将整
个故事都补充完整。绘画是一种空间的表现形式,一幅图只能表
现一个具体的瞬间。而此时诗歌则运用了其时间表达的优势,将
一个瞬间延展出前因后果,形成一个时间段,完整再现了历史的过
程。这个运用想象重建历史场景的过程与王安石《明妃曲》其一
的前半部分极其相似,同样展现出昭君的欲去不忍、汉皇的嗟吁为
难,以及画工的主导影响。题画诗作者抛开画面对时间的限制,而
运用了诗歌传统中擅长的时间叙述的手段,将故事变得丰满,强化
了其故事性。

---

① 北京大学古文献研究所:《全宋诗》卷一四五三,第 25 册,第 16734 页。
② 〔德〕莱辛:《拉奥孔》,朱光潜译,北京:人民文学出版社 1984 年版,第
　 83 页。

其次，从故事的意义表达来看，咏史诗常见的书写方式，是在叙事之后，寓以褒贬，以史为鉴，题人物画诗同样谋求在咏画中人事后加以寓意。那么，面对常见的史事如何推陈出新，是诗人需要考虑的。宋诗咏史好翻案，以王安石《明妃曲》最为典型，其一以"意态由来画不成"为理由为毛延寿辩白，而其二更言"汉恩自浅胡自深"，令人震惊。王安石的翻案立意在陈宓题咏昭君图中得到延续，陈宓不为昭君鸣不平，而认为"世人重色多歌欷，不思婉娈同戈殳。君王蚤识应耽娱，皇天为遣投穹庐"，昭君不被赏识不是委屈之事，而是天佑汉廷，甚至进一步为毛延寿翻案，提出"乃知汉计自不疏，画工忧国非奸谀"，认为毛延寿将昭君画丑是出于忧国之心，避免美人受宠，红颜倾国，并举出杨贵妃之例，说明毛延寿此举之忠义。这种立意方式一方面是受王安石的影响，另一方面是受宋代咏史诗翻案传统的影响，咏史诗的写作传统为题人物画诗提供了借鉴模式。然而，翻案需有一定的准则，适当的思考可见作者之用心，而过度的标新立异则过犹不及，这一点无论是在咏史诗中还是在题人物画诗中皆是同样的。

通过以上比较，可见题画诗在应对不同的绘画题材和内容时，常会从固有的诗歌传统中找寻写作典范，将其描写方式和抒情模式借鉴到题画诗的写作中，诗歌以其强大的写作传统完成了对绘画的迎逆，不管面对何种题材，诗歌皆在托物言志或是借景抒情的转译中完成了对其"言志""缘情"等文体本色的维系。

宋代是"尊体"与"破体"问题最为突出的时代，而绘画的参与无疑让这些问题变得更为复杂。文体的发展变化不仅会受到文学本身因素的影响，还会受到其他艺术形式（如绘画）的促动。绘画的参与不仅使得不同的文体在题咏绘画时出现了作者和题材等方面的偏好，更使得文体自身的发展受到影响，或似题跋一般在题画的过程中走向文体的繁荣,或似词一般在与绘画碰撞时向婉约本色回归,或似诗一般由于自身强大的范式传统而反过来包容绘画。那么,若将目光聚焦到题画文学发展史上,在这诸多的题画文体中,哪种最能呈现南宋题画文学的意义呢?

第三节　"一代有一代之文学"

王国维在《宋元戏曲史》中曾提出:"凡一代有一代之文学:楚之骚,汉之赋,六代之骈语,唐之诗,宋之词,元之曲,皆所谓一代之文学,而后世莫能继焉者也。"[①] 将词作为宋代文体代表的提法古已有之,如胡应麟《少室山房集》所言:"若夫汉之史,晋之书,唐之诗,宋之词,元之曲,则皆代专其至,运会所钟。无论后人踵作,不过绪余。"[②] 又如焦循《易余籥录》所谈:"夫一代有一代之所胜,舍其所胜,以就其所不胜,皆寄人篱下者耳。余尝欲自楚骚以下,至明八股,撰为一集。汉则专取其赋,魏、晋、六朝至隋则专录其五言诗,唐则专录其律诗,宋专录其词,元专录其曲,明专录其八股,一代还其一代之所胜。"[③] 学界关于"一代有一代之文学"提法的合理性和局限性,以及词是否能作为宋代文学的代表皆有过诸多讨论,此处不赘述。本节想探讨的是,就题画文学而言,词在此期是否还具有典范性,在南宋最具代表性的诗、词、赞、题跋四种文体中,哪种文体更适合作为南宋"一代之文学"。

---

① 王国维:《宋元戏曲史》,上海:上海古籍出版社 1998 年版,第 1 页。
② (明)胡应麟:《少室山房集》卷九十八,《景印文渊阁四库全书》第 1290
　　册,上海:上海古籍出版社 2003 年版,第 715 页。
③ (清)焦循:《易余籥录》卷十五,《丛书集成续编》91 册子部,上海:上海书
　　店出版社 1994 年版,第 463 页。

探讨这个问题，首先需要关注的是，在题画文学领域中，词作为宋代"一代之文学"的合理性是否依旧成立。"从词体的发展历程看，词发轫于中晚唐，兴于五代；至宋则盛极一时，达到巅峰状态；元、明之词已是'下山路'，乏善可陈；清词再度振起，是为词学中兴的时代。清词固然不错，但和宋词相较，创造性和开拓力终究差了一截，'已落第二义矣'（借用严羽论诗之语）。循此，则宋词确是整个词史上最有原创性、最有生命活力的时代文体。"①那么，词在宋代这种"盛极一时"的状态在题画文学领域是否同样存在呢？从绝对数量上看，题画词虽肇兴于北宋，然而整个北宋创作的题画词数量仅11首，相比于南宋的113首来说远远不及。从这个角度上看，南宋时期的题画词确实具有开创意义。然而，若从相对数量来看，南宋题画词又远远不及题画诗。做一个大致的推算，《全宋诗》共72册，约27万首，其中南宋部分约从第22册开始，南宋诗约近20万首，其中题画诗3041题4045首，折算下来将近每50首便有一首是题画诗。而《全宋词》共5册，约2万首，其中南宋部分约从第2册中间开始，南宋词约1.4万首，其中题画词113首，折算下来约120多首词中才有一首是题画词。由此可推断南宋时期题画词的创作比例并不如题画诗。再看作者构成，如前所述，虽然南宋许多著名的文人皆参与过题画词的创作，但大部分人写词数量并不多，南宋题画词呈现出向吴文英、周密、张炎等少数晚宋作家集中的倾向，与整个宋词相比，题画词的作者构成表现出明显的单调性。最重要的是，南宋题画词的题材和风格较为单一，所咏对象大部分是以墨梅为代表的花卉或美人，风格则几乎都是婉约闲

①　谷曙光：《贯通与驾驭：宋代文体学述论》，北京：人民文学出版社2016年版，第80页。

雅。经过绘画的过滤之后,题画词出现了向相对单一审美趋近的表现,其开拓性与宋词整体相比明显不足。题画词发展的高峰是在明清,随着文人画的发展,彼时题画词无论是参与人数、写作数量还是艺术风格较之南宋皆更为多元,大量画家如沈周、文徵明,文人如朱彝尊、纳兰性德等皆加入到题画词的创作中,极大促进了题画词的发展。同时,"赞同宋词为一代文学之所胜的,一般都是曲论家。在传统的文学观念中,诗、文自是正统,词已差了一等,小说、戏曲等俗文学样式更是难登大雅之堂。为了抬高元曲的地位,将其置于主流文学之列,于是就把唐诗、宋词、元曲作为一个序列并提,实则暗含给元曲争地位的意思。"[1] 曲作为一种文体在文学史上有重要存在价值,然而在题画文学领域中,题画曲的存在感极弱,并不足以成为抬高题画词的理由。因此,南宋题画词的意义更多是在于肇兴,而并未达到巅峰,宋词作为"一代之文学"的合理性在题画词上并不能原样移植。

那么,除去词以外,其他题画文体中哪种最能突显南宋题画文学的意义呢?

首先可以将赞体排除。虽然在题画文学发展的早期,画赞承担了非常重要的角色,在秦汉至魏晋可以算是题画文学最重要的文体。然而,自唐代题画诗兴起后,画赞在题画文学中的地位逐渐被题画诗取代,甚至出现了赞体本身向诗体靠近的趋势。南宋时期虽然仍有画赞一千多篇,然而其使用者主要是僧侣,而题咏对象则大部分是人物画像,呈现出非常单调的面貌。可以说,画赞发展到此时,在题画诗和题跋的冲击之下,渐有日薄西山之感。从题画文学发展的历史来看,以赞体作为典范的时代应是魏晋,而此期则

---

[1] 谷曙光:《贯通与驾驭:宋代文体学述论》,第78—79页。

不再适合作为文体担当。

其次来看题跋。如前所述,题跋在目录学上的独立出现在宋代,从北宋到南宋,题跋创作渐多,尤其到南宋时期,不少作者的文集中都有了包含大量画跋在内的题跋的单列,题跋开始在文体学上有了独立的位置及名字。从这个意义上看,画跋在此期确实具有重要的创生意义。同时,南宋时期的画跋创作不仅参与作家众多,而且题材广泛,风格突出。可以说,在南宋的题画文学中,题跋是在丰富性上惟一可以和诗歌抗衡的文体。更重要的是,在两宋之交①出现了一部重要的画跋著作,董逌的《广川画跋》,这部著作的出现,可以说是此期画跋自觉的重要证据。因此,无论是从创生性、丰富性还是从文体自觉的角度来说,题跋似乎都可以作为两宋题画文学的代表性文体。

然而,之所以用了"似乎",是因为相比于画跋而言,还有更适合的文体,那便是题画诗。第一,从作品数量看,南宋时期题画诗的数量较之前代有非常明显的增长,较之同时期的其他文体亦有明显优势。从作家组成看,无论是文士还是闺秀,无论是宫廷皇室还是方外僧侣,皆广泛参与到题画文学的创作中,形成了丰富的作家生态。从作品内容风格看,无论是山水、花鸟还是人物,无论是雅还是俗,无论是清刚劲健还是静逸明秀,皆有所体现。题画诗成为折射南宋诗歌整体风貌的一面镜子。第二,南宋时期出现了第一部题画诗总集《声画集》,以及第一批题画诗别集②。题画诗总集和别集在南宋的出现,在很大程度上说明了此期题画诗的自觉,这

---

① 当然,一般认为《广川画跋》作于北宋而非南宋,是由于此书多考证,在乱世中难有此从容心境。如俞剑华《中国古代画论类编》、谢巍《中国画学著作考录》便持此观点。

② 详见本书第七章。

是题画诗成为一种独立诗歌类型的重要标志。相比诞生于两宋之交的《广川画跋》而言，明确诞生于南宋的这些作品集更适合作为南宋题画文学的成就。尤其是《声画集》的出现，意味着题画诗开始进入整理总结的阶段。第三，从狭义的题画文学（即题于画面上的文字）生成的角度来看，题画文题写到画面上的现象早在马王堆汉墓出土的《帛书云气占图》上便已出现，发展到北宋之时，无论是骈文还是散文，无论是对画面的客观描述还是主观批评皆已成熟，南宋对此的推进并不多。题画词书写到画面上的情况在南宋虽是首见，但仅《玉楼春思图》上的《鱼游春水》词一首，未成规模。然而画上题诗的现象在南宋却较为突出，此期题诗数量剧增，诗画结合的规范亦逐渐形成。可以说，南宋时期是题画诗成为真正意义上"题画"诗的重要时期①。因此，虽然此期画跋的成就亦不凡，然而从更宏观的角度考察，此期题画诗的丰富性、自觉性及题诗上画的转折意义，使其更能表现出南宋题画文学在题画文学史上的地位。因此，南宋题画文学中"一代之文学"的地位由题画诗来担当或是最为适合。

以上对南宋题画文学中"一代之文学"的探讨，其目的一在于借此对南宋时期各种文体的特点做一综合梳理总结，二是为了探讨题画文学文体格局的生成。南宋时期的题画文学改变了之前以画赞为核心的文体形势，形成的以题画诗和画跋，尤其是题画诗为核心，其他多种文体并行发展的文体局面，奠定了后世题画文学创作的基本文体格局。由此，南宋成为题画文学文体转型的重要时期②。

① 详见本书第五章。
② 当然，这个转型的起始时间要从北宋开始算，在强化南宋完成意义的同时也不能忽略了北宋的基础。

小 结

题画文学发展到南宋，其文体构成也日渐复杂，诗、词、赋、赞、记、序、题跋等十多种文体中皆出现了题画题材。此期最突出的文体是诗、词及以赞、题跋为代表的文，南宋题画文学由此形成了题画诗、题画词、画赞和画跋争胜，且画跋和题画诗，尤其是题画诗日渐成为最重要的题画文体的格局。

不同的文体自有其独特的文体特质，每种文体与绘画这种异质元素发生碰撞后，所产生的反应也有所差异。就赞体而言，绘画在维系赞体发展的同时，也推进其作者向僧侣聚集，题材向人物画集中。从词体来看，与绘画结合后，题画词出现了作者进一步向文人收缩，题材以花鸟和女性为主，风格向清空婉约倾斜的趋势。相比之下，题跋和诗歌则无论是作家、题材还是风格对绘画都具有更强的包容性，呈现出多元的美学效果。其中题跋文体在发展过程中受绘画的促动更多，诗歌则因其更强的自觉性和语图合体意义而成为此期题画文学的文体担当。

从本章的探讨中可以发现，宋代在题画文学文体发展史中具有重要意义。赞体在唐前是最常用的题画文体，唐代以后题画诗逐渐开始发展，而宋代以后题跋则被加入到题画文学文体中。虽然大量文体皆可承担题画功能，然而诗歌和题跋是最具包容性的，二者也由此成为宋代以后中国题画文学使用最为广泛的文体。可以说，诗歌和题跋，尤其是诗歌核心地位的确立，意味着题画文学在文体上走向成熟。明清之后，词、赋、赞等各种文体在题画领域中虽然仍在继续发展，然而诗歌和题跋的核心地位却不曾被动摇，并发展出大量的总集和别集，如明代郁逢庆编《郁氏书画题跋记》、明代文徵明编《文待诏题跋》、清代恽格编《南田画跋》、清代陈邦彦编《康熙御定历代题画诗》等。宋代由此成为中国题画文学文体转型与走向成熟的关键时期。

第五章　语图合体：狭义题画文学的生成

论及题画文学，绘画必然是不可忽视的重要场域。前面几章探讨题画文学时，采用的都是其广义概念，即一切与绘画有关的文学书写。本章将把目光聚焦到狭义的题画文学概念上，即题于画面的文字。从某种角度而言，只有题写于画面[①]上，才是严格意义上的"题画"文学，或者说，题画文学从画外到画上的转移，使文学与图像的关系变得更加紧密，从而让题画文学这个概念也更加纯粹。因此，本章将对题画文学成为"题画"文学的历程进行详细的探讨，探寻文字与图像是如何一步步走向合体的，这种合体对题画文学的发展产生了什么影响。更重要的是，南宋在这个合体过程中有何特别的意义。

第一节　语图合体的历程及狭义题画文学概念的生成

谈到中国绘画的特征，常离不开诗书画一体，在画面上题写诗

---

① 为更好地探讨语图关系，本章所探讨的"画面"，仅指绘制图像的空间，不包括引首、隔水、拖尾等位置。

文词彰显出画家和鉴赏者高雅清绝的品位,也促生出中国绘画独特的审美意蕴。然而,文图并置的成熟并非一蹴而就,文字与绘画的结合经历了相当漫长的磨合过程,题写文字由短变长,内容由简及繁,艺术性逐渐增强,文体也日益丰富。不同文体与绘画结合的时间有所差异,南宋时期,无论是文、诗还是词皆完成了与绘画的合体,然而所呈现出的效果又各有不同,以下将对这些文体与绘画的结合历程分而论之。

一、文画合体的持续发展

最早题写于画面上的文体是文,包括韵文和散文。马王堆汉墓《帛书云气占图》上有"蜀云""韩云""卫云"等词语,同时也出现了简短的文段,如"不出四日,兵车至,客不胜","小邦有兵,得方者胜"[①]等,皆是观云气之占验判语,属于对画面内容的注释说明。虽然字数不多,但已构成了基本的文段,是现今可见的图文结合较早的例子。而汉代壁画,如武梁祠中的《谗言三至慈母投杼》上,也出现了在画像旁边辅以解释图画内容的榜题。这些文字就形式而言,或是一段短文,或只是一个名词,就内容而言,几乎都是对图像内容的注释和说明。此期文字之于图像,可以归于注解说明性质。

魏晋时期,画上的题跋逐渐增多,主要表现为两种形式。一是诗意图之作品原文。诗意图是以文学作品为绘制内容的图像,所绘内容不仅包括诗,还包括其他一切文学作品。顾恺之的很多画上都题有文段,如《洛神赋图》在每一段故事周围题写曹植《洛神赋》的对应原文,《女史箴图》在各个故事旁题有张华《女史箴》相

---

① 中国美术全集编辑委员会:《中国美术全集》(绘画编一:原始社会至南北朝),第 62—63 页。

关文段,虽然现今可见关于顾恺之的作品大多为唐宋摹本,但基本还原了顾恺之图绘时图文结合的样貌。这种在诗意图上注释作品原文的模式后世一直有所沿用,到北宋乔仲常画《赤壁赋图》时,仍旧是在图上依次书写苏轼《后赤壁赋》对应原文。魏晋时期第二种常见的画上题文是对人物的榜题说明。如萧绎《职贡图卷》(图4),描绘了波斯国、百济国等十二个国家使者朝贡之形象,每一使者旁都有一段介绍该国情况的文字。这些题有文段的图画大部分是以长卷的形式存在,图上文字的存在除了客观复述和阐释画作内容外,另一个重要的作用是分隔画面,将原有的故事情节分隔开,方便观者阅读。

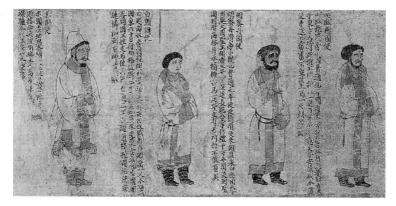

图4　萧绎《职贡图卷》(部分)

唐代的画上题文基本延续了魏晋时期的模式,如《五星二十八宿神形图卷》,便在每个星宿旁注解该星宿的背景。然而,此期的画上文字,也开始出现另一种形式,即落款。钱杜《松壶画记》中提道:"画之款识,唐人只小字藏树根石罅。"[1] 遗憾的是,在现存的

———————

[1] 周积寅:《中国画论辑要》,南京:江苏美术出版社1985年版,第599页。

唐代绘画中,并无实物可证。可以说,到北宋之前,虽已有画上题文的现象存在,但所题内容较少主观情感和艺术表达,难以体现出题画者本人的理念,从批评的角度而言价值并不高。

北宋时,画上题文出现了质的飞跃。首先,题画形式进一步丰富,在唐代未见实物的落款在北宋之后大量出现。赵希鹄《洞天清禄》记载:"郭熙画于角有小熙字印;赵大年、永年,则有大年某年笔记、永年某年笔记;萧照以姓名作石鼓文书;崔顺之书姓名于叶下,易元吉书于石间。"① 现存北宋绘画中有大量实例可证,如宋徽宗赵佶在很多画上都留下了"天下一人"的花押。对画作所有权的重视是画家自我意识发展的结果。此期伴随着署名同时产生的画上文字还有画题和绘画时间,如李公麟《临韦偃牧放图》有篆书自题"臣李公麟奉敕摹韦偃牧放图",在交代绘画创作者的同时也点明了绘画题目,其他如梁师闵《芦汀密雪图》上之"芦汀密雪臣梁师闵画",石恪《二祖调心图》之"乾德改元八月八日西蜀石恪写二祖调心图",皆是类似的格式。其次,此期画上的题文开始由客观阐释向主观批评转向。推动这种转向的主要是两类身份的人,一是皇室,二是文人。前者以宋徽宗为典型,后者以米芾、米友仁父子为代表。究其原因,在画上题款,一方面需要精良的书法配合,另一方面需要题画者拥有较强的自我意识。徽宗对绘画拥有极高的热情,不仅建立画院提高画家地位,而且亲自参与绘画创作。帝王的身份使徽宗得以居高临下地题咏品评他人作品,如韩幹《牧马图册》上便有其瘦金体题文"韩幹真迹",而王齐翰《勘书图》上则留下了"勘书图王齐翰妙笔"的字样,皆是对画作真伪或是风格的品评。除皇室外,文人的参与也是画上题文的重要推动因素,北宋

---

① 周积寅:《中国画论辑要》,第591—592页。

士人画理论的提出促使绘画出现更多的诗意表达,绘画需表现画家的主观心绪和才情诗思。画家不是完全忠实地再现外物,而是需有主观的情感投射。在这种背景下,画家的自我意识得以彰显。如米芾在其《岷山图》上的自题：

> 芾,岷江还舟,至海应寺。国详老友过谈,舟间无事,且索其画,遂尔草笔为之,不在工拙论也。①

这段题跋位于画面上方,题字书法潇洒,与文人式的山水形成呼应。文字不仅交代了画作背景,而且说明了自己作画时的心境以及读者期待,是文人将主观情绪投射到绘画创作的典型表现。另外,张先《十咏图》(图5)上则有孙觉所题323字长序一篇,详细交代了绘画之由。这幅图上另有张维题诗十首,然而从绘画空间来看,其中最显眼的还是这篇长序,占据了画面下方较大的空间。这类长文一般情况下是放在画后的拖尾上,如此长度置于画面者不仅在北宋仅此一见,就算在明清亦非主流。

图5　张先《十咏图》

---

① "台北故宫博物院"编纂委员会:《故宫书画图录》,第1册,第285页。

画上题文发展至北宋，从内容性质上说，已完成了从单纯注释说明向绘画批评的转变，而从书画配合形式上讲，也已开始探索书法与绘画的协调方式，如米芾《岷山图》字与画皆洒脱，而《十咏图》虽然画上题文很长，但题字较小，而书写位置则在画中较为空旷处，在一定程度上缓和了由于字太多造成的局促。可以说，北宋时期的画上题文虽不及后世那么多，但已奠定了画上题跋的性质和规范。

南宋时期的画上题文延续了前代的模式，同时存在注解性和评论性两种情况。

就注解性的题画文而言，既有阐释画作故事的，如传为李唐的《晋文公复国图》上每段画间皆有相应的《左传》文字，又有落款式的，如郑思肖《兰图》上的"丙午正月十五日作此一卷"等，还有说明绘画内容的题目的，如杨皇后在马远《水图》上题写的洞庭风细、层波叠浪、寒塘清浅、长江万顷、黄河逆流、秋水回波等。就评论性的题画文而言，则如曾觌题扬补之《雪梅图》（图6）：

> 扬补之得墨梅三昧，山谷道人叹曰："如嫩寒清晓，行孤山篱落间，但欠香耳。"则笔端春色之妙，此言尽矣。海野老农。①

图6　扬补之《雪梅图》

---

① 浙江大学中国古代书画研究中心:《宋画全集》，第1卷第3册，第20页。

这段文字位于画作左下方，不仅从位置上填补了绘画的空间，使画作的稳定性进一步加强，而且在内容上也引经据典补出画外之思，可算是图文相得益彰的典型。又如米友仁在自画《云山墨戏图》上题写的"余墨戏气韵颇不凡，他日未易量也"①，充分显示出此期自我意识的蓬勃。此外，随着此期僧人对绘画创作和题咏的广泛参与，与僧人身份息息相关的画赞也开始较多地被题写到绘画上，很多以僧侣为图绘对象的画作上都可见画赞题写，共16篇。如传为梁楷所画的《布袋和尚图》画面上方便有大川和尚的赞文，李确《丰干布袋图》上则有径山偃溪广闻禅师的题赞，文人

图7 佚名《南山大师像》

楼钥则在《灵芝大师像》《南山大师像》（图7）上题写过赞语，如其中《灵芝律师赞》一首：

> 南山既远，教道中微。化身再来，是为灵芝。持律益严，护法甚劳。灵芝之风，南山相高。②

---

① 曾枣庄、刘琳主编：《全宋文》卷三〇八二，第143册，第182页。
② 曾枣庄、刘琳主编：《全宋文》卷五九七五，第265册，第117页。

律宗是佛教宗派之一,宋代虽然禅宗最为盛行,然而律宗也依然有所发展。灵芝律师即北宋僧人元照大师,因隐居于杭州灵芝寺,故又称灵芝律师。楼钥在赞后另有一篇序,说明了为此画题赞的背景:

> 佛法自天竺流入震旦久矣,而四海之外奉之尤谨。今有日本国僧俊芿,慕南山灵芝之法,航海求师,首画二师之像,求余为赞。芿公恪守律严,究观诸书,既得其说,欲归以淑诸人。余非学佛者,吾儒曲礼三千,散亡多矣。然见于日用者,如入公门而鞠躬,上东阶而右足,虽造次不可废也。《诗》曰:"我心匪石,不可转也。我心匪席,不可卷也。威仪棣棣,不可选也。"此非律之说乎? 归矣,使律之一宗盛行于东海之东,于以补教化之所不及。其为利益,岂有穷哉! ①

序中说明了之所以写这两篇赞,是因为日本国有僧人慕南山灵芝之法,画了二位律师的画像,想要回日本传播。楼钥认为让律宗在海外传播是好事,于是答应在画上题写画赞。这篇序反映出当时画赞较多出现在画面上的一个重要原因,即佛教传播的需要。而佛教僧侣的参与,也成为语图合体的重要促进因素。但由于此序较长,并未题写到画面上,画上仅在人物上方题写了赞文的主体部分,一是由于空间有限,二则说明此期对于题画文与图像配合有了进一步的规范。

　　总体而言,画上题文滥觞于汉代,到北宋时无论是题画性质还是书画配合规范皆获得质的飞跃,奠定了注解性和评论性并存、书法与图像相协的画上题文格局。南宋时期的画上题文在此基础上继续发展,尤其在画赞与图像的结合上最为突出,为元明之后画上

---

① 曾枣庄、刘琳主编:《全宋文》卷五九七五,第 265 册,第 117—118 页。

题跋的进一步繁荣奠定了基础。

二、诗画合体的规范建构

画上题诗较之画上题文而言要稍晚一些，其时间或可推至唐代。唐代是题画诗兴起的重要时期，李白、杜甫、白居易等诗人皆有题画诗传世。然而，他们的作品皆未题写于画面，因此算不得狭义的题画诗。那么，唐代是否有画上题诗的现象呢？米芾《画史》中的一段文字，或说明了唐代画上题诗存在的可能：

> 钱藻，字醇老，收张璪松一株，下有流水涧松，上有八分诗一首，断句云：近溪幽湿处，全藉墨烟浓。又有璪答诗，在大夫孙载家。[①]

张璪在画史上以画松著名，朱景玄曾记录其画松时的状态是"手握双管，一时齐下，一为生枝，一为枯枝。气傲烟霞，势凌风雨。槎枒之形，鳞皴之状，随意纵横，应手间出。生枝则润含春泽；枯枝则惨同秋色"[②]。钱藻得到的这幅画同样是以松为对象，画面下方有流水涧松，而上方则有八分诗一首。八分书属于隶书，八分诗应指用隶书题写的诗。值得注意的是，这首"近溪幽湿处，全藉墨烟浓"是谁人所写。唐末五代僧人大愚曾写过一首《乞荆浩画》：

> 六幅故牢健，知君恣笔踪。不求千涧水，止要两株松。树下留盘石，天边纵远峰。近岩幽湿处，惟藉墨烟浓。[③]

---

① 沈子丞：《历代论画名著汇编》，北京：文物出版社1982年版，第105页。
② （唐）朱景玄著，吴企明校注：《唐朝名画录校注》，第51—52页。
③ 中华书局编辑部点校：《全唐诗》（增订本）卷八二五，第9381页。

此诗尾联与张璪画上的两句极为相似,仅改换二字。然而,大愚与荆浩皆是九世纪末之人,而张璪生活的年代在八世纪后期,那么,这两句诗到底是张璪画上先有,然后被大愚移植到自己诗中的,还是大愚先写,后人修改后补题到张璪画上的,便不得而知了。米芾《画史》中说"又有璪答诗",似乎张璪回应过这两句诗,由此可判定这两句诗产生的时间应与张璪同时。然而遗憾的是,《全唐诗》中并无张璪的作品,而这幅松图也没能留存,同时,亦无更多的著录表明此前的诗画合体情况。因此,画上题诗是否确定能推到中唐便因此存疑了。

相比于唐代画上题诗的存疑,五代时期此现象存在的可能性相对更大,在后世的绘画著录中,不止一条材料涉及到五代的画上题诗。如《云烟过眼录》所载:

> 周文矩画韩熙载夜宴图,纸本长七八尺,前有苏国老题字,内有题"不如归去来,江南有人忆"两句十字,又苏题识神采如生,真文矩笔也。①

"内有"二字,基本可以说明此两句十字的题诗是在画面上。《云烟过眼录》所说的这十个字出自韩熙载《感怀诗二章》其一,然而遗憾的是,现今所见之《韩熙载夜宴图》并非周文矩所绘,而是其同时代的顾闳中所画,画面未见题诗。《诗话总龟》亦曾提及过《韩熙载夜宴图》上的题诗:

> 《南唐书》云:韩熙载自江南奉使中原,为《感怀诗》题于

---

① (宋)周密:《云烟过眼录》,卢辅圣主编《中国书画全书》第二册,第145页。

馆壁云："仆本江北人，今作江南客。再去江北游，举目无相识。秋风吹我寒，秋月为谁白。不如归去来，江南有人忆。"苕溪渔隐曰："余家有韩熙载《家宴图》，图中题此诗后四句，尝以问相识间，云是古乐府。今观此书，方知其误也。"①

胡仔所见之《家宴图》很可能就是《韩熙载夜宴图》，然而从此段话看，画上题诗为"秋风吹我寒，秋月为谁白。不如归去来，江南有人忆"四句，而非周密所言两句，惜画未存，无法判定二画是否为同一幅，亦无法确定题诗之诗句数量。惟一能确定的是，至少有一个版本的《韩熙载夜宴图》上是确有题诗的。除此画外，《云烟过眼录》同时还记载过五代可能出现的其他诗画合体，如：

荆浩画渔乐图二，各书渔父辞数首，柳体。②

遗憾的是，与《韩熙载夜宴图》一样，现今可见的藏于美国大都会博物馆的荆浩《渔乐图》上同样没有题诗。因此，这便造成了宋前诗画合体有著录而无图可证的实际。然而，从文献著录的情况来看，至晚到晚唐五代，应该已经出现了诗画合体的现象。

有图可证的诗画合体要晚至北宋后期。据可见宋画统计，北宋共出现画上题诗 18 首，包括张先《十咏图》上题写的十首张维的诗，宋徽宗于本人画作《芙蓉锦鸡图》《腊梅山禽图》③ 等上的题诗五首，蔡京在徽宗画作《文会图》和《听琴图》上的题诗两首，以及徽宗画

---

① （宋）阮阅编，周本淳校点：《诗话总龟》后集卷二十一，北京：人民文学出版社 1987 年版，第 129 页。
② （宋）周密：《云烟过眼录》，卢辅圣主编《中国书画全书》第二册，第 145 页。
③ 这几幅图是否为徽宗本人所画尚有争议，而诗为其本人所题无异议。

院待诏胡舜臣在自画《送郝玄明使秦书画图》上的题诗一首①。总体
数量虽不算多,但却意味着有图可证的画上题诗时代的来临,诗歌
与图像由此开始走向内容互文而形式共生的语图合体状态。以徽
宗题《腊梅山禽图》(图8)为例:

> 山禽矜逸态,梅粉弄轻柔。已有丹青约,千秋指白头。

图8　赵佶《腊梅山禽图》

从构图来看,画面的主体为
一株腊梅及两只白头翁,腊
梅的枝干自右下方起,延伸
至左上方,于是,在画面的
左下角便留下了一块空间,
徽宗的诗作便题写于此处,
瘦金体的题诗由此成为画
面构图的一部分,与画面主
体景物之间形成一定的张
力。从题诗内容来看,“山
禽矜逸态,梅粉弄轻柔”是
对画面的描述,同时突出
了禽之“逸”与梅之“柔”,
用文字强调了绘画的美学
偏向,而后两句则是托物言
志,借白头翁之“白头”喻

---

① 王连起认为,根据避讳、书画风格及自题自画在当时还未出现等诸多因素,
　判定此画及题诗为明代之后伪造,可备一说。王连起:《传胡舜臣、蔡京〈送
　郝玄明使秦〉书画合璧卷辨伪》,《文物》2015 年第 8 期。

指自己对丹青的爱好与矢志不渝,同时或许也借之表达希望臣下也能保持这种坚守。可以说,虽然这幅画是较早的诗画合体的实物,但已体现出较高的水准,为南宋之后画上题诗的盛行奠定了基础。

南宋时期,诗画合体的实例有显著增加,据可见宋画统计,南宋共出现了画面题诗45首12句,而参与题画的作者亦多达19人①,相比于画上题文之于北宋的小幅推进而言,南宋的画上题诗可以说在北宋的基础上有了相当大的进步。下面以《宋画全集》为基础,广泛搜集《故宫书画图录》等宋画著录书籍,将可见宋画上的南宋题诗进行整理,以诗作者生年排序,列表于下:

表9　南宋画上题诗统计

诗歌作者	诗歌内容	画作者	画作
宋高宗	天末归帆何处宿,钓船独在蓼花傍。	佚名	天末归帆图
	秋江烟暝泊孤舟	佚名	秋江烟暝图
曾觌	笔端造化出天巧,写出江南雪压枝。 谁道春归无觅处,横斜全似越溪时。	扬补之	雪梅图
吴皇后	秋风融日满东篱,万叠轻红簇翠枝。 若使芳姿同众色,无人知是小春时。	佚名	胆瓶秋卉图
杨万里	景运光昌仰圣恩,万年嘉瑞护灵根。 微臣恭祝尧天寿,培植山河一统樽。	宋人	万年青轴
杨皇后	浑如冷蝶宿花房,拥抱檀心忆旧香。 开到寒梢尤可爱,此般必是汉宫妆。	马麟	层叠冰绡图
	线捻依依绿,金垂袅袅黄。	佚名	垂杨飞絮图

---

① 虽然各类绘画著录书目上所谈到的绘画题跋数量远远不止于此,然而,很多绘画著录书目并未详细说明诗歌是题写在画面还是隔水、拖尾或团扇背面等其他位置,故而此处仅以经眼宋画作为统计对象。

续表

诗歌作者	诗歌内容	画作者	画作
	朝回中使传宣命,父子同班侍宴荣。 酒捧倪觞祈景福,乐闻汉殿动欢声。 宝瓶梅蕊千枝绽,玉栅华灯万盏明。 人道催诗须待雨,片云阁雨果诗成。①	马远	华灯侍宴图
	迎风呈巧媚,浥露逞红妍。	马远	倚云仙杏
	千年传得种,二月始敷华。	佚名	桃花
	题百花图13首4句	杨皇后②	百花图卷
宋宁宗	触袖野花多自舞,避人幽鸟不成啼。	马远	山径春行图
	疏枝潜缀粉,并翅不禁寒。	马麟	暮雪寒禽
	宿雨清畿甸,朝阳丽帝城。 丰年人乐业,垅上踏歌行。③	马远	踏歌图
	道成不怕丹梯峻,髓实常欺石榻寒。 不恋世间名与贵,长生自得一元丹。	马远	松寿图
钟唐杰	上人海东秀,才华众推优。学道慕中国,于焉一来游。武林忽相遇,针芥意颇投。儒道虽云异,诗酒喜共酬。况兹古名郡,佳丽罕与俦。湖山快吟览,胜迹恒追求。合并惜未久,又理东归舟。扬帆渡鲸浪,帖帖如安流。殷勤不忍别,缱绻难为留。临风极遐睇,目断扶桑陬。他时托芳字,还能寄余不。	佚名	送海东上人归国图

---

① 一说为宋宁宗题。

② 据徐邦达考证,此图并非杨皇后所作,而是南宋画院中人手笔,近马麟一路,而诗也非杨皇后题,书法与其其他题画风格不类。《全宋诗订补》认为是宋宁宗所作,此说未成定论,故表格姑且将此诗画放入此处。

③ 宋宁宗题马远《踏歌图》之诗为王安石《秋兴有感》,只将王诗末句"陇上踏歌声"改为"陇上踏歌行"。此类诗本身不是题画诗,书写于画面上之后就具有了题画诗的性质,故此处在统计南宋所创作的题画诗数量时不算在内,但是统计画面题诗数量及考察题画诗特点时将其纳入研究范畴。

诗歌作者	诗歌内容	画作者	画作
窦从周	榜人理行舻，日出江水平。扶桑渺何许，万里浮沧溟。上人国之彦，夙悟最上乘。慕此中华风，一锡事游行。名山与奥谷，足迹已遍经。日予处阛阓，幸矣识韩荆。论诗坐终日，问法天花零。相得臭味同，蔼蔼芝兰馨。岂比钱刀徒，市利纷以营。去去须臾间，何以展我情。江草色萋萋，江花亦冥冥。浮云聚复散，不能常合并。	佚名	送海东上人归国图
释若芬	过溪一笑意何疏，千载风流入画图。回首社贤无觅处，炉峰香冷水云孤。	释若芬	庐山图
	雨拖云脚敛长沙，隐隐残虹带晚霞。最好市楮官柳外，酒旗摇曳客思家。	释若芬	洞庭秋月图
	无边刹境入毫端，帆落秋江隐暮岚。残照未收渔火动，老翁闲自说江南。	释若芬	山市晴岚图
	四面平湖月满出，一阿螺髻镜中看。岳阳楼上听长笛，诉尽崎岖行路难。	释若芬	远浦归帆图
萝窗	意在五更初，幽幽潜五德。瞻顾候明时，东方有精色。	萝窗	竹鸡图
简翁居敬	眼上双眉入鬓横，有时独跨塞驴行。因吟一夜落花雨，直至如今字字芬。	牧溪（传）	杜子美图
赵孟坚	六月衡湘暑气蒸，幽香一喷冰人清。曾将移入浙西种，一岁才华一两茎。	赵孟坚	墨兰图
	步袜无尘淡净妆，翩翩翠袖恼诗肠。仙成只咽三清露，金玉肌肤骨节香。	赵孟坚	水仙图
宋理宗	橘香浦浦青黄出，维舟日暮柴荆侧。涌波好月如佳人，争夸似弄婵娟色。夜深河汉正无云，风高掠水白纷纷。五更何处吹画角，披衣起看低金盆。	夏圭	洞庭秋月图
	山含秋色近，燕渡夕阳迟。	马麟	夕阳山水图
贾似道	营丘李夫子，天下山水师。放笔写寒林，千金难易之。	李成	寒林图

续表

诗歌作者	诗歌内容	画作者	画作
黄宣	巨然秃阿师，清气喷满手。 触笔天籁生，寸楮敌璠玖。	巨然	寒林晚岫图
牟巘	红绵花底听春歌，我为东坡识绛罗。 一百余年前后事，诗思画笔等闲过。	钱选	画荔枝
钱选①	瞻彼南山岑，白云何翩翩。下有幽栖人，啸歌乐徂年。丛石映清泚，嘉木澹芳妍。日月无终极，陵谷从变迁。神襟轶寥廓，兴寄挥五弦。尘影一以绝，招隐奚足言。	钱选	浮玉山居图
	衡门植五柳，东篱采丛菊。长啸有余清，无奈酒不足。当世宜沈酗，作色召侮辱。乘兴赋归欤，千载一辞独。	钱选	归去来图
	唐室开元致太平，年年十月幸华清。当时马上多娇态，不相驱驰蜀道行。	钱选	杨妃上马图
	金烁石流汗如雨，削入冰盘气似秋。写向小窗醒醉目，东陵闲说故秦侯。	钱选	秋瓜图
	粉衣朱掌又能啼，落日东风得意时。我已无心对寒食，且须留汝伴清陂。	钱选	画鹅
	修竹林间爽致多，闲亭坦腹意如何。为书道德遗方士，留得风流一爱鹅。	钱选	羲之观鹅图
	袅袅瑶池白玉花，往来青鸟静无哗。幽人不饮闲携杖，但忆清香伴月华。	钱选	白莲图
	头白相看春又残，折花聊助一时欢。东君命驾归何速，犹有余情在牡丹。	钱选	花鸟图卷
	寂寞阑干泪满枝，洗妆犹带旧风姿。闭门夜雨空愁思，不似金波欲暗时。	钱选	梨花图
郑思肖	向来俯首问羲皇，汝是何人到此乡。未有画前开鼻孔，满天浮动古馨香。	郑思肖	墨兰图
陈深	芳草渺无寻处，梦隔湘江风雨。翁还肯作楚花，我亦为翁楚舞。	郑思肖	墨兰图

---

① 钱选一般认为是元人，然其生于 1239 年，此时距南宋灭亡尚有 40 年，因此此处统计南宋题画诗时仍将其算在内。

清代方薰曾提道："款题图画始自苏米，至元明而遂多。"① 然而，从表9中可以看到，从始自苏米到元明遂多，南宋其实是一个不可忽视的重要过渡。首先，就数量而言，南宋的画上题诗较之元明之后逐渐风行的逢画便题而言虽然不算多，但较之北宋却有了非常明显的提升。其次，从题画作者来看，不仅有北宋时期的皇室和朝臣，同时也有文人、画家，甚至僧侣，画上题诗逐渐成为一种社会性的活动。再次，题诗形式从单句到五七言绝句，再到七律和五古皆有，而题诗内容则涉及山水、花鸟、人物活动。同时，无论是托物言志（如赵孟坚题《水仙图》）还是借景抒情（如宋宁宗题《踏歌图》），无论是歌功颂德（如杨万里题《万年青图轴》）还是借古讽今（如钱选题《杨妃上马图》），无论是对组画的题咏（如释若芬《洞庭秋月图》《山市晴岚图》《远浦归帆图》皆是潇湘八景的组成部分）还是同题共赋（如钟唐杰、窦从周《送海东上人归国图》），在此时皆能找到对应作品，意味着题诗者开始对诗画结合的可能进行更多的尝试。可以说，最基本的题画诗写作模式在南宋时期皆已成型。笔者曾在《题诗上画的历程及特点——以南宋为中心》一文中，详细探讨了南宋诗画合体的特点及具体原因，包括从题院体画到题文人画，从题他人画到自题自画，从诗画抗衡到诗画协调，"南宋是题画诗题诗上画的滥觞期，也是规范的建立期。在这个时期，题院体画诗的主体地位逐渐被题文人画诗代替，此后画上题诗成为了文人画的传统。在这个时期，自题自画渐渐出现并在宋末元初开始普遍，推动了诗书画三绝的兴盛。在这个时期，题画诗题咏时诗与画之间的规范逐渐建立，对后世画上题诗之风大开有重要的先

---

① 沈子丞：《历代论画名著汇编》，第598页。

导意义。"① 因此,不同于画上题文的缓慢推进,南宋的画上题诗在整个语图合体的历史进程中都有着重要的意义。

三、词画合体的滥觞

由于词这种文体本身的晚出,词与绘画结合出现的时间要更晚,现今可见画上题词最早的实物为南宋佚名②《玉楼春思图》(图9)上的《鱼游春水》词:

图9　佚名《玉楼春思图》

秦楼东风里,燕子还来寻旧垒。余寒犹尚,斜日薄侵罗绮。嫩草初抽碧玉簪,细柳轻牵黄金蕊。莺迁上林,鱼游春水。

几曲阑干遍倚,又是一番新桃李。佳人应怪归期,梅妆泪洗。凤箫声喧沉孤雁,目断澄波无双鲤。云山万重,寸心千里。③

---

① 参拙文:《题诗上画的历程及特点——以南宋为中心》,《文化艺术研究》2017年第2期。

② 此图清初梁清标曾收入《唐宋元集绘册》,并鉴定为北宋王诜作品,然而据考察,《鱼游春水》一词在徽宗政和年间才被宫人抄入宫中填曲传唱,而此时王诜已去世,不可能据此词作画,且画作风格更类南宋画院,故后世大多认为是南宋佚名画家所画。

③ 浙江大学中国古代书画研究中心:《宋画全集》,第3卷第2册,第226页。

《玉楼春思图》为团扇作品，其风格为南宋院体画风，构图方式是典型的边角式构图，词作题写在画面左上角。这首词据传原为刻于绍兴古碑碑阴之上的佚名词作，后于北宋政和间为宫人所传唱，然而遗憾的是，古碑并未留存。现今《全唐诗》①和《全宋词》②皆收入此词，然而二书的版本与画上所题皆存在较多文字差异，现将三个版本列表比较如下：

表10 《鱼游春水》文本差异对比

《玉楼春思图》	《全唐诗》	《全宋词》
余寒犹尚	余寒犹峭	余寒微透
斜日	红日	红日
嫩草初抽碧玉簪	嫩草方抽碧玉茵	嫩笋才抽碧玉簪
细柳轻窣黄金蕊	媚柳轻窣黄金缕	细柳轻窣黄金蕊
莺迁上林	莺转上林	莺啭上林
几曲阑干	几曲阑干	屈曲阑干
佳人应怪归期	佳人应怪归迟	佳人应念归期
梅妆泪洗	梅妆泪洗	梅妆淡洗
凤箫声噎	凤箫声绝	凤箫声杳
目断澄波	望断清波	目断澄波

从表10可以看出，《玉楼春思图》上的题词有的部分与《全唐诗》本相同，有的部分与《全宋词》本相同，有的则三个版本都不同。从意思上看，三个版本各有所长，如"余寒"后所接内容，《全唐诗》之"余寒犹峭"与《全宋词》之"余寒微透"皆优于画上之"余寒犹尚"。而"嫩草初抽碧玉簪"一句，三个版本虽然都不同，但其中的"抽"字是共有的，而与"抽"搭配，则"碧玉簪"明显比"碧

① 中华书局编辑部点校：《全唐诗》（增订本）卷八九九，第10226—10227页。
② 唐圭璋：《全宋词》第五册，第3651—3652页。

玉茵"合适,故此处《全唐诗》本较劣。考察三个版本文献出处,首先,《全唐诗》并未交代详细来源,无法判断其版本的较早出处,颇为遗憾。其次,《全宋词》后有按语说明,"案类编草堂诗余卷二误以为阮逸女作。词综补遗卷二又误以此首为袁裯作。或以为唐人作,见唐词纪卷十一"[①],《类编草堂诗余》为南宋何士信所辑,与相传绍兴古碑碑阴之上所刻词作的时间较为接近。再次,《玉楼春思图》上的题词虽未交代具体来源,但若此画为南宋所绘,则词很可能也是南宋流传的版本之一,与《全宋词》所采之《类编草堂诗余》时间较近。因此,目前暂时无法判定《全宋词》和《玉楼春思图》本哪一个更早,哪一个更接近绍兴古碑之原作,但《玉楼春思图》上的题词至少提供了当时此词版本的一种可能。

那么,造成团扇《玉楼春思图》上词作文字差异的原因是什么呢? 大致有三,一是作品在当时本身便存在异文,《鱼游春水》在被宫人传唱的过程中,很可能出现随口改字的情况,导致不同版本的产生。二是题画者为了所题文字与画意更贴近,故意改之,这种情况在题画文学中非常常见,如宋理宗题马麟《夕阳山水图》时,将刘长卿《陪王明府泛舟》中的"鸟度夕阳迟"改为"燕渡夕阳迟"。三是题画者在题写时记忆出错。但不管是哪种原因,至少此词所题内容基本都做到与画面相得益彰,很好地呈现出了画中之思。

遗憾的是,南宋虽出现了第一首画上题词,然而也仅有这一首。当然,其比例与题画词本身在南宋题画文学中的比例基本一致。观照整个中国绘画史会发现,在画上题咏所使用的文体,词的比例一直较低,诗和文是主要的题写文体。南宋时这种诗词比例基本上能够反映出整个画上题咏的偏好。

---

① 唐圭璋:《全宋词》第五册,第 3652 页。

从以上对各种文体与绘画结合历程的讨论来看,南宋时的语图合体已呈现出较为成熟的面貌,无论是文还是诗词皆完成了从画外向画上的转移。也就是说,真正严格意义上的"题画"文学到南宋时已基本形成。

然而,在南宋阶段,语图合体中不同文体的重要性又有所差别。就画上题文而言,南宋画上题跋的数量较之北宋并未出现明显提升,同时,其语图规范在北宋时已基本定型,形成了注解性和批评性共生,同时开始向批评性倾斜的格局,南宋在此基础上虽有推进,整体来说却并不算特别突出,更多属于对北宋规范的延续。而画上题词虽是南宋首见,具有开山意义,然而却只有一例孤证,难以形成规模性论述。不同于文的缓步发展与词的孤证难辨,诗歌与图像的关系在南宋阶段却极为重要。"在这个时期,题画诗真正开始较多地题于画面,并经历了从发轫到成熟的转变;在这个时期,画面题诗的写作规范逐渐建立,并对后代画面题诗产生了重要影响"[1],从这个意义上来说,南宋是题画诗发展史上非常重要的一个阶段,经历了这个阶段的诸多发展和磨合,题画诗才成为真正意义上的"题画"诗,在此基础上中国画诗书画一体的美学特质也才有成立的可能。因此,下文将以诗歌为语图合体的讨论核心,探讨语图合体对题画文学发展的意义。

第二节　语图合体对题画文学发展的影响

语图合体对题画文学发展的影响,涉及到诗、文、词等不同的

---

[1] 参拙文:《题诗上画的历程及特点——以南宋为中心》,《文化艺术研究》2017年第2期。

文体,然而,就影响的深度和广度而言,最重要的却是诗歌。究其原因,首先,题写于画面上的文字由于受到画面空间的制约,一般来说长度有所限制,因此,凝练性较强的诗歌相比题跋来说要更加适合。其次,宋元之后,画上的题咏有时不仅是单一观者与画作的交流,也会出现同题共赋,题咏绘画成为一种交际。那么,在这种交际过程中,诗歌相比题跋来说,更适合作为礼尚往来或才情较量的媒介。再次,虽然词、曲等其他一些文体同样具有形制短小和相对凝练的特点,但从表达范围来看,诗歌对于作品内容呈现的维度一般来说要高于词、曲等韵文。因此,综合看来,诗歌是画上文字最适合的承载形式,也因此诗歌成为宋元之后语图合体时使用最多的文体。故而下面便以题画诗为例,探究语图合体对题画文学的影响。由于影响问题不仅停留于南宋,故而本节的探讨对象也会涉及南宋之后元明诸代的题画作品。

题画诗的本质属性是以绘画为题咏对象,这个属性决定了题画诗天生要受到绘画的一定限制。然而,在语图分体状态下,诗歌受到的限制仅仅是绘画题材这一层,而到了语图合体时,其限制就变为了两层,一层是绘画题材,另一层是绘画这一物质载体本身。因此,相较于语图合体而言,在分体阶段的题画诗拥有较高的独立性,无论在形式还是在风格、立意上皆相对较为自由,诗歌作者拥有对绘画较为完整的批评阐释权。可以说,题写于画外的诗歌与绘画之间是平等的对话关系。

然而,当语图合体后,诗画关系便产生了微妙的变化。"就存在与反映世界的方式而言,图像以具象的形式存在,对世界的反映是直接的、直观的,而文字则是以符号的方式存在,对世界的反映是间接的、抽象的……图像与文字的这一区别造成了图像的易接受性、拟真性和文字的难接受性、间离性"①，这使得当诗画并置到同一个空间后，诗歌由独立的时间存在转化为作为空间的图像的一部分，观者首先注意到的是图像，其次才是文字，于是，一幅画的美感在很大程度上是由绘画本身决定的，而诗歌只是画面的构图之一。从大量的明清画论中亦可以看出，语图合体后谈及画上题诗的文字，其关注点几乎都在于题画诗的位置而非内容。如沈颢谈道"一幅中有天然候款处，失之则伤局"②，又如方薰所言"一幅必有一款题处，题是其处则称，题非其处则不称。画故有由题而妙，亦有题而败者，此又画后之经营也"③。诗歌被认为是"画后之经营"，即画先诗后。题诗内容艺术价值高固然最好，若艺术性一般，只要题诗位置和书法不错，不妨碍画面构图亦无甚大碍。从这种思维导向可以看出，诗歌和绘画之间的关系此时已变为以画为主，诗为附庸，语图地位的变化使得绘画对题画诗具有了更大的制约。那么，绘画对画上的诗歌到底产生了哪些制约，而诗歌在面对这些制约时，又会如何寻求突破，同时，这种突破又对题画诗乃至中国绘画的美学效果产生了什么影响呢？

一、语图地位的改变与绘画对诗歌的制约

当绘画成为一种媒材时，其对诗歌的制约就不仅仅是内容，而是体现在更加多元的层面上。诗歌无论是形式，还是题材，甚至批评维度，皆可能受到绘画的制约。

---

① 赵炎秋：《异质与互渗——艺术视野下的文字与图像关系研究》，《文艺研究》2012 年第 1 期。
② 周积寅：《中国画论辑要》，第 597 页。
③ 周积寅：《中国画论辑要》，第 599 页。

（一）画面空间对题诗形式的规制

莱辛曾在《拉奥孔》中谈到，诗是时间的艺术，然而当诗歌题写到画面上，成为画面构图的一部分时，其性质部分地转化为了空间艺术。此时，诗歌的长度不再仅仅取决于诗歌内容，很大程度上要顾及绘画所预留的空间，即"不可侵画位"。

考察画面空间对题画诗形式的影响究竟有多大，最直观的方式便是对比题于画上与画外的题画诗之体裁。清代陈邦彦曾编写《康熙御定历代题画诗》，收集了清代以前近九千首题画作品，是题画诗研究的极好样本。笔者对该书所收题画诗主要体裁①进行了统计，得出以下表格：

表11　《康熙御定历代题画诗》中的诗歌体裁统计

体裁＼朝代	五绝	七绝	五律	七律	五古/五排	七古/七排
唐	8	48	27	16	31	33
宋	152	420	68	114	82	189
金元	366	2008	219	399	212	570
明	431	1633	229	458	187	760
共	957	4109	543	987	512	1552

从表11可以看出，无论哪一朝代，七言绝句皆是最常用于题画的诗歌体裁，其次则是七古、七排，再次五绝与七律基本持平，每个朝代相差不大，最后是五律和五古、五排。

《康熙御定历代题画诗》所收题画诗以广义为准，并未限定是否题写于画面。那么，若是将考察对象限定为题于画面，体裁的发展会有何不同？由于《康熙御定历代题画诗》中的诗歌所对应的

---

① 占比极少的四言、六言、骚体等未统计在内。

绘画大多已不存世,很难确定到底哪些是题写于画面,因此,笔者以赵苏娜所编《故宫博物院藏历代绘画题诗存》①作为统计样本,删除其中题于诗塘、拖尾等处之诗,将其所收集的自唐至明画面题诗主要体裁进行整理②,得出以下表格:

表12 《故宫博物院藏历代绘画题诗存》中的诗歌体裁统计③

体裁 朝代	五绝	七绝	五律	七律	五古/五排	七古/七排
唐	0	0	0	0	0	0
宋	2	12	2	8	0	0
元	8	27	0	11	2	2
明	62	140	19	21	8	9
共	72	179	21	40	10	11

对比表11和表12,可以很明显地看到画面对于题诗的规制。

首先,当题画诗题写到画面上后,七古、七排的比例明显出现了大幅下降,和五古、五排一起成为了使用频率最低的体裁。五七言古体和排律中大部分是长篇,也就是说,画面的空间对题诗的长度造成了限制。宋代以后,虽然很多画家在创作时会预留题诗空间,但是当诗歌书写到画面上后,就与绘画本身一起成为了视觉的对象。此时,无论题诗者的地位如何尊贵,所题诗的内容如何重要,都不得不考虑到与绘画合体后的整体效果。以南宋马麟的《夕

---

① 该书以故宫藏画的画上题诗作为统计对象,样本较具有代表性,可以通过故宫藏画这一隅来观照画上题诗的大致情形。赵苏娜:《故宫博物院藏历代绘画题诗存》,太原:山西教育出版社1998年版。

② 为了更好地与《康熙御定历代题画诗》对比,清代题画诗未放到此表格中。

③ 有极少量的诗歌无法找到对应绘画,故表格中的数字实际上没有达到该书收集的数量。但极少量的缺失不影响大致的规律。

阳山水图》为例,这幅图画面非常简单,一抹远山,数只飞燕。景物集中在画面下方,是南宋典型的"一角半边"式构图。然而,这种构图方式并非是后世所附会的为表达对南宋残山剩水的哀伤,而是马麟作为一个院画家需要给皇帝留下足够的题诗空间。画面上方有宋理宗所题"山含秋色近,燕渡夕阳迟",题写字数极少。这当然不仅仅是皇帝的言简意赅,画面限制应是重要原因。一是画面本身不大,纵51.3厘米,横26.6厘米,若题诗过长会显得很拥挤;二是画面为水墨淡设色,上方题诗若是字数太多,墨色便会显得太重,视觉上产生不协调的压迫感。这幅画已经由于题诗的墨色太重、字体太大而产生了这种感觉,若是再多题几句,恐怕压迫感会更重。因此,当语图合体后,诗歌的长度必然会在很大程度上受到画面的规制,从而导致长诗变少。清代以后,长篇诗歌稍微多了一些,应是诗画作者对于题诗规范进行的一些新尝试,然而从整体比例而言,长诗依旧远远低于短篇律绝。

其次,随着长篇的减少,绝句的优势开始突显出来。五绝的比例有所上升,而七绝的主体地位更是显得越发突出。虽然无论是否题写于画面,七绝皆是题画诗最主要的题咏体裁,然而,有了画面的限制后,这种优势更为明显了。究其原因,在于七绝的文体特点较适合题画者操作。七绝是诗中形制较为短小的一类,不拘对偶、用典,书写起来较为自由,虽然也有或含蓄或自然的要求,但总体来说短时间内容易写好。画上题诗当然有不少是画家自题,然而更多的情况是画者预留好位置找他人题写,此时题画者拿到绘画若需快速写好一首诗,则绝句相比于律诗和长篇古体排律就成了最易操作的文体,不需费时思考对仗,典故亦可不用,同时又不会过多挤占绘画空间。此外,七绝相比于五绝而言,每句多了两个字,意味着发挥余地较大,对凝练度的要求也相对较低,故而其受欢迎的程度也高于五绝。

　　因此，当题画诗题写到画面上后，由于绘画空间对诗歌的规制，使得长篇诗歌变少，而短篇七绝的优势越发明显，题画诗的形式自由在一定程度上受到了绘画的限制。

（二）画作风格对题诗题材的导向

　　题画诗是以绘画作为书写出发点的诗歌，因此，一般来说，某一题材题画诗的数量往往会受到该题材绘画数量的影响。通过对《康熙御定历代题画诗》中诗歌的主要题材[①]进行统计，大致可以看出这种规律。

表13　《康熙御定历代题画诗》中的诗歌题材统计

题材＼朝代	山水[②]	花鸟[③]	人物故事[④]
唐	58	24	32
宋	321	249	254
元	1336	1032	866
明	1514	1029	688

　　从表13来看，山水一直是题画诗最常见的题材，花鸟次之，人物故事最少。唐宋两代时三种题材的数量差别不算太大，而元明以后则呈现出山水、花鸟明显高于人物故事的状态。这与中国画的发展状况基本一致。从中国绘画发展的趋势来看，人物画在唐

---

① 表13和表14只统计了山水、花鸟等占比例较多的诗歌题材，宫室、杂题等所占比例极少的未做统计。

② 此处取广义的山水，包括《康熙御定历代题画诗》中的山水、天文、地理、名胜、闲适、行旅、渔樵等。

③ 包括花鸟、兰竹、花卉、禾麦蔬果、禽类、花鸟合景、草虫等。

④ 包括故实、古像、写真、羽猎、仕女、仙佛、神鬼、人事等。

前是主要的绘画类型,而山水画和花鸟画在唐代开始发展成熟,到宋代达到高峰,元明后持续发展,逐渐取代人物成为画坛主流。因此,就广义题画诗而言,题画诗题材与绘画题材之间基本呈现出线性的对应关系。

　　然而,当诗歌题写到画面上后,这种平衡就开始出现了微妙的变化。仍然以《故宫博物院藏历代绘画题诗存》中所收画面题诗为例:

表14　《故宫博物院藏历代绘画题诗存》中的诗歌题材统计

题材 朝代	山水	花鸟	人物故事
唐	0	0	0
宋	4	11	10
元	40	14	2
明	124	100	17

　　对表13和表14进行比较,可以看出是否题于画面对题画诗题材的影响。

　　首先,不同于广义的题画诗,画上题诗并非自始至终钟爱山水,在语图合体的最初阶段宋代,题山水画的数量远不如花鸟画,甚至不如人物画。究其原因,虽然山水画在宋代地位已经很高,然而此时画坛主流是院体画,文人画尚未占据显要位置。北宋的山水画大多是"大山堂堂"(郭思《林泉高致》)的构图方式,较少题诗空间。而题花鸟画诗数量多的原因除了得益于此期花鸟画的发展外,还源于帝后的题咏。帝后是宋代画上题诗极为重要的一个群体,皇家生活雍容华贵,精致的院体花鸟非常符合他们的审美,于是出现了徽宗题《腊梅山禽图》,宁宗皇后杨妹子题马远《层叠冰绡图》《倚云仙杏图》等诸多诗画结合的作品。

　　其次，题山水画诗的数量在元明以后，尤其是明清时期占据了绝对优势。虽然就整体题咏频率而言，无论是否题于画面，人物题咏的数量在元明之后都少于山水和花鸟，然而当视线聚焦到画上题诗时，会发现这种数量差距较广义题画诗而言要大得多。这与文人画的发展有关。元明之后，文人画逐渐成为画坛主流，绘画所要彰显的不再仅仅是色彩、线条和内容，而需要蕴涵更多的诗意。而在画面题诗便是彰显绘画诗意最直白的方式，"高情逸思，画之不足，题以发之。"① 此时，需要考虑的便是哪一类绘画最适合与诗歌合体，用于突显文人的才情心绪。在诸多的画科中，人物画的实用性相对比较突出，题咏也多教化意义，诗意色彩较淡，而花鸟和山水则较适合寄托文人情绪，或借景抒情，或托物言志。尤其是山水，其"不下堂筵，坐穷泉壑"（郭思《林泉高致》）的卧游功能使其成为士大夫寄托林泉之思的绝佳素材，且由于留白、一角半边等艺术手法和构图方式的运用，使得山水画常常有"天然候款处"。故而诗歌作者更倾向于选择山水画的画面作为题写对象。

　　因此，语图合体后，画上题诗和绘画的题材之间不再是简单的线性对应，题于画上的诗歌是被按照是否能够最大程度地彰显诗意的标准选择过的。文人画的导向成为影响画上题诗题材数量的重要因素。

　　（三）应酬模式对诗歌批评维度的挤压

　　画上题诗一般有两种情况，一种是画作者与题诗者为不同的人，另一种是画家自题自画。在这两种情况下，都可能存在应酬模式对题诗的影响。

---

① 周积寅：《中国画论辑要》，第 599 页。

在语图分体状况下，大部分时候诗人对绘画所拥有的是独立完整的批评权，可以按照惯例赞美画家画技，亦可反其道而行之，对画家画作加以评点。如苏轼《王维吴道子画》：

> 何处访吴画？普门与开元。开元有东塔，摩诘留手痕。吾观画品中，莫如二子尊。道子实雄放，浩如海波翻。当其下手风雨快，笔所未到气已吞。亭亭双林间，彩晕扶桑暾。中有至人谈寂灭，悟者悲涕迷者手自扪。蛮君鬼伯千万万，相排竞进头如鼋。摩诘本诗老，佩芷袭芳荪。今观此壁画，亦若其诗清且敦。祇园弟子尽鹤骨，心如死灰不复温。门前两丛竹，雪节贯霜根。交柯乱叶动无数，一一皆可寻其源。吴生虽妙绝，犹以画工论。摩诘得之于象外，有如仙翮谢笼樊。吾观二子皆神俊，又于维也敛衽无间言。①

这首诗是苏轼初至凤翔观王维和吴道子画后留下的评论，画作位于寺庙中，很可能是壁画，苏轼的题诗大概率不是题写于画上。诗歌前半段对王维和吴道子的画作内容进行了细致的描述，并对其画技给予了极高的赞美，前者"亦若其诗清且敦"，后者"笔所未到气已吞"。按理说，到这为止，这已经是一首合格的题画诗了，然而，在这之后，苏轼加了一个评价："吴生虽妙绝，犹以画工论。摩诘得之于象外，有如仙翮谢笼樊。吾观二子皆神俊，又于维也敛衽无间言。"虽然苏轼在其他很多诗文中给予了吴道子极高的评价，然而此处的"画工"之论，却让吴道子的画史地位

---

① （清）王文诰辑注，孔凡礼点校：《苏轼诗集》卷三，北京：中华书局1982年版，第109—110页。

受到了极大的冲击。可以说，苏轼在此处所做的是与画家之间的对话，而非一味吹捧。一幅画诞生之后，其阐释权就让渡于观者。这种诗人与画家之间的平等很大程度上得益于诗歌对画面的独立。

然而，当语图合体后，这种独立性便大打折扣。当题诗者受邀为画家题诗时，便产生了应酬情境，此时的诗歌是与绘画作为一个整体出现在观者面前，题诗者需要考虑到画家的主观意图，即诗歌需彰显的不仅是题诗者的个性思想，而且更需揭示画家的绘画目的。同时，在别人的画上题诗，一般不适合批评画家的画作画技，题画诗的作用很大程度上在于让绘画锦上添花，而非抒发己志。在这种情况下，诗歌的批评自由度便不可避免地会受到挤压。

那么，是否自题自画完全自由了呢？在某些情况下恐怕也未必。明代之后，随着商业的发展，绘画很多时候被用于交易，成为一种应酬。高居翰曾在《画家生涯：传统中国画家的生活与工作》中关注到画家为了维持生存而产生的画作应酬，如唐寅、沈周等皆面临过这个问题。那么，大量按照顾主要求定制的绘画所反映的是顾主的爱好而非画家的意志，顾主将绘画买回悬挂，会考虑到画面的立意是否符合闲雅规范。在这种情况下，画上所题诗歌一般便不太适合表达题诗者过于个性的内容，最好山水便是林泉之思，花鸟便是淡雅清绝。这使得题画诗更多地成为一种不痛不痒的装饰。刘继才在论及明代题画诗时曾提道："明代题画诗较之宋元题画诗，题材更为广泛，所反映的社会生活问题也更多……明代的题画诗从宫廷到边塞，从俗世到净土，从士子到黎民，从妇女到儿童，几乎所有的社会现象和自然现象都有所涉猎……在明代题画诗中除了有大量表现知识分子情操的作品外，还有相当数量诗作反映下层人民的生活,其中有农夫、渔父、织女等。"①然而遗憾的是,这种多样性在画上题诗中极少有反映,仅徐渭、唐寅等少数画家的部分画上题诗呈现出一些思考现实的深度和广度,如徐渭《题黄甲图》、唐寅《秋风纨扇图》等,大量画上题诗所呈现的画外之思仍旧是符合标准的士大夫的清空闲雅。这种情况在清代也差不多,只有少量画上题诗涉及家国兴亡、民生疾苦,而大量的仍是想象中的士大夫闲适生活。

总体而言,语图地位的改变使得题于画上的诗歌很大程度上成为绘画的附庸,在形式、题材乃至话语权和思想性上都受到了一定的制约。那么,面对着这种制约,画上题诗又是如何转化写作策略,发展出新的美学规范呢?

二、语图功能的分流与诗歌书写策略的调整

语图合体使得图像在一定程度上制约着诗歌的发展,这迫使诗歌不得不调整书写策略,寻求新的发展空间。而这种策略的出发点,便是"请循其本"(《庄子·秋水》),回到诗歌与绘画差异的原点,重新观照诗画特质,在明晰诗歌自身优势的前提下寻找发展可能。

(一)感官的多元探寻

按照莱辛的说法,绘画是一种空间艺术,这意味着图像作为视觉的延伸,在表达感官反应时会有一定的局限,偏重于视觉,而于听觉、嗅觉、味觉等其他感官层面会有凝滞感。如张岱论及诗画关系时谈道:"王摩诘《山路》诗:'蓝田白石出,玉川红叶稀',尚可入画;'山路原无雨,空翠湿人衣'则如何入画? 又《香积寺》诗:

---

① 刘继才:《中国题画诗发展史》,第331页。

'泉声咽危石,日色冷青松。'泉声、危石、日色、青松,皆可描摹,而'咽'字、'冷'字,则决难画出。"①虽然画家们曾尝试打破这种局限,如以马后跟随蝴蝶表达"踏花归去马蹄香"之"香",然而,这种转译仍然缺乏流畅,不同的观者不一定能解读出同样的效果。因此,图像在感官上存在局限,而这种局限恰恰是诗歌可以突破的空间。以元代张雨自题《仿郑虔林亭秋爽图轴》为例:

> 山势崔嵬路百盘,满空香雾湿衣寒。松风更有泉声合,抱得琴来不用弹。②

诗歌题写于画面右上角,诗中写到的山、路、松、泉皆为画中可见,属于对画面的描绘。然而,画面并未呈现出"香"这种嗅觉,也无"泉声"这样的听觉,更无"寒"这样的感知,这些都是诗歌对感官的延伸。又如王冕自题《墨梅》:

> 吾家洗研池头树,个个花开淡墨痕。不要人夸好颜色,只流清气满乾坤。③

画面上只有一枝墨梅自右侧斜出,此外别无他物。诗歌题写于墨梅正上方偏左处,前两句是对视觉的描绘,然而,实际上只有第二句"个个花开淡墨痕"写的是画中所见,就连首句之"池头树"这个视觉的意象都属于诗歌的想象。也就是说,诗歌所能补充的不仅

---

① （明）张岱著,云告点校:《琅嬛文集》卷三,长沙:岳麓书社2016年版,第115页。
② 赵苏娜:《故宫博物院藏历代绘画题诗存》,第37页。
③ 赵苏娜:《故宫博物院藏历代绘画题诗存》,第44页。

是视觉以外的感官,甚至视觉本身也属于其延展的范畴。在用两句建立起视觉情景后,第三句"不要人夸好颜色"直接以一种反向的叙述消解了前面呈现出来的视觉指涉,引导读者将注意力转移到视觉之外的"清气"上,"清气"既指嗅觉范畴的清香,又可延伸为不俗的气质。换言之,前半段建构视觉是为了后半段的解构,视觉之外的感官才是诗歌的重心。这种将静止的画面赋予各种感官的做法促使绘画由客观的实体开始向主观感情偏移,使得诗歌更加立体。

(二)时空的多维拓展

绘画作为一种空间艺术,所能表达的往往是某一个固定的时间点,而非前后相接的时间过程。虽然中国画中偶尔会存在"异时同构"的现象,即将两段时间放置到同一个画面空间中,但大部分绘画在处理时间问题时顶多是选择绘制"最富于孕育性的那一顷刻,使得前前后后都可以从这一顷刻中得到最清楚的理解"[1],这就为题画诗这种时间艺术的写作留下了较大的发挥空间。如沈周自题《雨意图》:

> 雨中作画借湿润,灯下写诗消夜长。明日开门春水阔,平湖归去自鸣榔。[2]

诗歌题于画面右上角,诗后有自注"丁未季冬三日,与德征夜坐,偶值兴至,写此以赠之"。绘画所呈现的是空濛的山居风景,下方茅屋中有两人相对。然而,从画面来看,并无法完全看出此雨意是夜雨,夜的时间性是依靠题诗呈现的。同时,画面所展现出的只是夜

---

① 〔德〕莱辛:《拉奥孔》,朱光潜译,第83页。
② 赵苏娜:《故宫博物院藏历代绘画题诗存》,第140页。

坐的一个瞬间,而"明日"这一异时状态则无法在一幅画中同时表现。诗歌却可打破这一时间局限,通过对明日雨后风景的描述,进一步想象到德征将顺着春水离开,表达出含蓄的不舍之情。这种双重时空的叙述让诗歌呈现出情感的厚度,也使得观者在反观绘画时更能体会屋内对坐两人的心理状态。

这种借助时间来处理情感的方式在对一些名为《话旧图》的题咏中使用最为频繁。《话旧图》的表现模式大部分与沈周《雨意图》类似,即画面所截取的瞬间都是在广阔的山水中有两人于一小屋中相对而坐,而对这类画作的题咏皆需突破这个时空的限制,借助时空的延展来呈现情感的唏嘘。如唐寅自题《西州话旧图》之"醉舞狂歌五十年,花中行乐月中眠"[1],宋旭《茅屋话旧图》之"为别虽云久,高情倍昔年"[2] 等。诗歌打破了单一的时空,呈现出时间的流动,这种时空的延展是诗歌较之绘画的天然优势,也成为诗歌突破绘画限制的良好契机,使诗歌更有层次性。

(三)抒情本色的回归

虽然谈及中国绘画时,总绕不开苏轼所说的"诗中有画,画中有诗"(《东坡题跋·书摩诘〈蓝田烟雨图〉》),看似诗歌和绘画在生成方式和抒情效果上都具有相似性,然而与诗歌相比,绘画的侧重点更多地还是在于赋形。"画写物外形"(晁补之《和苏翰林题李甲画雁二首》),空间表现是绘画天生的特质,它可以将目光所见直观地表现出来,不用借助想象。而诗虽然亦可以赋形,但与绘画相比,其特长更多还是在于"诗传画外意"(晁补之《和苏翰林题李甲画雁二首》),因此,回归到"诗言志"(《尚书·尧典》)

---

① 赵苏娜:《故宫博物院藏历代绘画题诗存》,第 179 页。
② 赵苏娜:《故宫博物院藏历代绘画题诗存》,第 259 页。

与"诗缘情"(陆机《文赋》)的传统,便成为诗歌突破绘画制约的重要方式。

　　在语图分体之时,读者阅读诗歌和观赏绘画很可能并不处于同一个时间点,或是先见到画,后来由于某种机缘又见到题咏此画的诗,或是先看到题画诗,后来才从他处得见原画。二者的观看时间常呈现分离状态,因此,为使读者对所题绘画了解更深,从而感同身受地体会诗中情绪,题画诗在书写时通常需要先详细描述画面内容,给读者留下一个直观的感受,然后再据画抒情。故而早期未题于画面上的诗,常可见大篇幅摹写画面的情形,如苏轼《韩幹马十四匹》:

　　　　二马并驱攒八蹄,二马宛颈鬃尾齐。一马任前双举后,一马却避长鸣嘶。老髯奚官骑且顾,前身作马通马语。后有八匹饮且行,微流赴吻若有声。前者既济出林鹤,后者欲涉鹤俯啄。最后一匹马中龙,不嘶不动尾摇风。韩生画马真是马,苏子作诗如见画。世无伯乐亦无韩,此诗此画谁当看? ①

诗歌的前六联实际上是以文字的形式带领读者观看绘画,通过分组写作将马的动作神情活灵活现地呈现出来,试图以这种近乎画笔的详细"摹形"来使读者产生"苏子作诗如见画"之感。而真正的"言志"实际上只有最后一联。换言之,读者只有在观看过诗歌对画面的详细描述之后,才能体会到画家构图的绝妙,并由此产生世无伯乐的落差和感伤。语图分体迫使题画诗需要在一定程度上替画赋形。

――――――――――

① (清)王文诰辑注,孔凡礼点校:《苏轼诗集》卷十五,第767—768页。

当语图合体后，观者在阅读诗歌时能够同时看到图像，诗歌帮助读者了解画作内容的需求开始减弱。并且，图画具有天生的比诗歌直观的赋形功能，当诗画并置时，读者对诗歌的期待便不再是摹形，而是诗中所蕴含的画外之思，此时，"作诗者徒言其景不若尽其情，此题品之津梁也"①，相比于"诗中有画，画中有诗"来说，"画之不足，题以发之"的要求或许会更明显。此时，以往大量的赋形常常被精简为一两联，只对画面作简单提及，而剩下的空间则用以发画外意。如同样是题咏画马，试比较元代赵麟对自画《相马图》的题咏与苏轼题韩幹马的不同：

> 紫骝矫拂晴川云，雄姿会拟能空群。要知画肉更画骨，幹也还数曹将军。今人漫说画唐马，秋原苜蓿西风射。世间若有真龙驹，应笑千金不当价。②

诗歌题写于画面右上角，由于诗与画并置于同一空间，因此并不需要如苏轼一样对所绘对象进行详细描述，首联点明所咏对象为具有雄姿之紫骝，颔联借杜甫对韩幹画马画肉不画骨的批评大致说明此画中之马有肉更有骨。从颈联起重心便由描述画面转移至画外之思，借龙驹之缺失抒发世无人才的感慨。《相马图》的画面内容非常简单，仅有一身着红袍的牧马官坐在一枯树上，俯首看着一匹低头吃草的马。画面并没有传达出世无良马之意，更没有人才缺失的表达。一般来说，"图像作为视觉对象只能再现'有'，而不

---

① 吴文治：《宋诗话全编》，南京：江苏古籍出版社1998年版，第2495页。
② 赵苏娜：《故宫博物院藏历代绘画题诗存》，第59—60页。

能再现'无'"①,那么,这种"无"恰恰是诗歌可以表现的内容,因此,诗歌从画中之马延伸至画外无马,进而到无人才的表达方式正是其对于绘画弱势功能的补充。从诗歌立意来看,与苏轼的落脚点无甚差别,但从诗歌的整体架构来看,却能发现从重赋形到重言志的转变,语图合体促使绘画在某种程度上将诗歌解放出来,使其进一步回归到抒情的本色之中。

需要注意的是,语图合体时诗歌摹形的减少,很容易走向极端,那就是完全将赋形功能让渡给图像,而几乎不直接谈及画面。这样做的后果,是题画诗对绘画的依赖性过强,一旦与绘画分离,便无法独立存在。金代王若虚曾数次谈及此问题:

> 近世士大夫有以《墨梅诗》传于时者,其一云:"高髻长眉满汉宫,君王图玉②按春风。龙沙万里王家女,不着黄金买画工。"其一云:"五换邻钟三唱鸡,云昏月淡正低迷。风帘不着栏杆角,瞥见伤春背面啼。"予尝诵之于人,而问其咏何物,莫有得其仿佛者,告以其题,犹惑也。尚不知为花,况知其为梅,又知其为画哉?自赋诗不必此诗之论兴,作者误认而过求之,其弊遂至于此。岂独二诗而已?③

王若虚将不着题的原因归结于苏轼"赋诗必此诗,定知非诗人"(《书鄢陵王主簿所画折枝二首》)的理论,其实诗歌对画面的依赖

---

① 赵宪章:《诗歌的图像修辞及其符号表征》,《中国社会科学》2016年第1期。

② 按:此本"玉"字,四库全书本作"画",当以"画"为是。

③ (金)王若虚著,胡传志、李定乾校注:《滹南遗老集校注》卷四十,沈阳:辽海出版社2006年版,第486页。

也是产生此不着题问题的重要原因。这段话中的两首诗，若是题于墨梅画上，则没有任何问题。画面完成了赋形的作用，读者观画便知其为墨梅，诗歌则专注于抒情，也不至于让读者不知所云。然而王若虚这段话却反映出另一个问题，那就是当题画诗过分地依赖于画面，而完全放弃了摹形部分时，也就失去了独立存在的意义，其抒情只能依附于绘画，一旦脱离了绘画，便不知所言何物。好在这个问题后来大部分的题画诗作者都意识到了，在写作时都会简单提及所咏对象，让读者不至于不知所云。这也在一定程度上保证了语图合体后题画诗的独立性。

综上，为了突破语图合体后绘画带来的制约，诗歌在艺术手段和抒情方式上皆进行了调整，进一步强化其作为时间艺术的优势，寻求突破空间。面对绘画对题材的限制，诗歌通过感官的充分调动及时空的多维延展，将有限的题材写到极致，呈现出对绘画更加立体的转译。而面对绘画对诗歌批评维度的挤压，诗歌则回归"缘情"传统，通过对赋形的部分让渡，使抒情更加纯粹而富有层次性。同时，当这些艺术手段和抒情方式受到画面空间的限制，诗歌必须在较短的形制中呈现这些特质时，含蓄蕴藉便成为画上题诗新的美学追求。这些调整使得语图合体后，题画诗越来越趋于自然空灵，绪密思清。

由于元明之后题画诗书于画面的情况越来越多，这种由画上题诗发展出来的美学特质逐渐地向画外题诗蔓延，成为中国题画诗新的美学规范。同时，题画诗这种蕴藉空灵的特质反过来也进一步促进了文人画的神韵性灵。从某种意义上看，在绘画的制约下，题写于画上的诗歌相比题于画外者做出了更多的退让，然而正是这种部分退让以及退让之后生成的新特质，让诗画的合体更为自然，从而使后期中国绘画诗书画一体的美学效果更加典雅圆融。

从诗歌这一种文体与绘画结合的表现中,其实可以管窥语图合体对其他文体的影响。首先,绘画的制约对所有文体几乎都存在,语图合体必然会导致绘画空间对文字长度的挤压,由此画上题写的诗歌多绝句,词多小令,而题跋则多百十字甚至十数字的短文。同时,绘画题材对题字内容的导向,应酬模式对文字批评空间的制约在各种文体中同样存在。其次,面对绘画的限制时,各种文体也都在寻求突破方式,在如何避免与绘画赋形特长相撞的问题上,诗、词等向听觉、嗅觉等视觉之外的空间开拓,向抒情本色回归,题跋则偏重表现画作与画家背景,表达画外之意。各种文体在与绘画合体的磨合中,皆出现了与语图分体时不同的表现,也都各自寻求到开拓方式,在看似退让中完成了文字与图像的进一步融合,共同促进了中国画诗书画一体美学特质的形成。

小　结

题画文学发展到南宋时,诗文词皆完成了与绘画的合体,至此,狭义的题画文学概念终于得以成立。

从历时角度看,不同文体与绘画合体的时间存在着差异,文画结合的时间最早,在北宋时已发展成熟;诗画结合稍晚,北宋初见雏形,成熟则要到南宋;词画结合的时间更晚,南宋首见一例,元明后方稍多。可以说,南宋是各种文体与绘画结合发展的交汇期,到此时为止,题画文学终于完成了从画外到画上的转移,成为了真正严格意义上的“题画”文学。在此后的元明清阶段中,这两条线虽然表面看起来依旧是并行发展,然而随着大量的文人和画家参与到语图合体的实践中,题于画上这个标准逐渐发展为题画文学的核心概念。由于南宋阶段诗画关系的特殊性,本章第二节的讨论集中在诗歌这种文体上,然而,从对诗歌的分析中其实可以管窥所有文体与绘画合体后的偏向。首先,不管是诗还是文或者词,当其书写到画面上,都或多或少会受到绘画的制约,无论是形式还是内容皆如此。其次,面对着这种制约,它们必然要采取一定的转化策略,以寻求突破,其共同策略是将赋形功能归还于绘画,发展自身的文体优势。就诗词而言,更多在于强化其作为时间艺术的特质,向缘情传统回归,而文则可借助其叙事优势延展画作背景,阐释创作缘由。

画上题跋与绘画之间从内容到空间上的共生性使得文字与图像之间呈现出更加明显的张力,从而让诗画一体成为考量后期中国绘画美学规范的重要因素。其影响之深远,乃至于发展到现当代绘画,尤其是文人画上是否必须存在题跋仍是美术界争论的焦点之一。当然,此处不打算参与到这个问题的探讨中,但反观语图合体的历程,应有助于对此问题进行更为立体的思考。

第六章　绘画批评：题画文学与
南宋画论史的建构

　　题画文学是一种以绘画为言说对象的文学形式，其观照范围往往不止于画面内容本身，而会辐射到画家背景、画作技法与审美，乃至绘画的传播与接受等，这意味着题画文学实际上具有绘画批评的意义。这种意义在南宋之前的题画文学中便已普遍存在，如杜甫论韩幹画马时所说的"幹惟画肉不画骨"（《丹青引赠曹将军霸》），又如苏轼评王维、吴道子画时所言之"吴生虽妙绝，犹以画工论。摩诘得之于象外，有如仙翮谢笼樊"（《王维吴道子画》）。题画文学中的绘画批评成为中国画论的重要组成部分，这种现象在南宋的题画文学里同样有明显的反映。学界对于宋代绘画的研究一般能同时关涉到北宋和南宋，然而对于画论的关注则往往重北宋轻南宋，如王世襄《中国画论研究》、葛路《中国画论史》等皆是重点谈论北宋，简单带过南宋，且所述内容也基本来源于画论专著，而甚少关注题画文学中的绘画批评。南宋画论由于夹杂在北宋和元代两座高峰之间，看起来无所创见而常常被忽视。事实上，南宋画论虽然大部分源于对前代的继承，然而也有其自身特点，尤其在题画文学中，颇有值得关注的论画内容。那么，南宋题画文学中透露出哪些画论，其论画方式有何特点，此期题画文学中的画论对于中国画论发展有何意义，这些将是本章所探讨的内容。

第一节　南宋题画文学中的画论呈现

宋代是中国绘画史上极其重要的时期，此期不仅诞生了大量优秀的绘画作品，形成中国绘画的高峰，亦出现了非常多的论画文字。这些文字，有的是以画论专著的形式呈现，而更多的则是以题画文学的形式，散见于诸家诗文中。就画论专著而言，南宋并没有北宋多，北宋时期出现了郭若虚《图画见闻志》、郭思《林泉高致》、韩拙《山水纯全集》、刘道醇《圣朝名画评》、黄休复《益州名画录》、米芾《画史》、传为释仲仁的《华光梅谱》、官方编纂的《宣和画谱》等大量以画论为核心的专书。南宋时期的论画专著则相对较少，较著名的有董逌《广川画跋》、邓椿《画继》、赵希鹄《洞天清录》中的《古画辨》、赵孟坚《梅竹谱》等，另有画目著录类如杨王休《宋中兴馆阁储藏图画》、陈骙《南宋馆阁录》、周密《云烟过眼录》《思陵书画记》等。南宋大量的论画文字其实是散落于题画诗文中，此期重要的作家如陆游、刘克庄、范成大、朱熹、吕本中、张元干、楼钥等，其题画文学中皆有论画内容存在，因此，题画文学成为探讨南宋画论的重要依据。以下将从创作和批评两个方面，探讨此期题画文学的画论呈现。

一、创作论

对绘画创作机制的探讨，往往会伴随着绘画发展的成熟而自然地产生。南宋时期，中国绘画在经历了漫长的发展后已形成了非常丰富的样貌。就题材而言，无论是人物还是山水，抑或花鸟，皆已具备了丰富的创作实践。就风格而言，无论是院体画还是士人画，也都建立起各自的标准，这两种绘画风格甚至在南宋形成了有趣的碰撞。绘画发展的成熟与丰富,使得批评者对于绘画创作机制的探讨兴趣也逐渐增加。南宋时期题画文学中关于绘画创作方式的讨论,大多看起来是在延续前代画论基础上的继续推进,然而其中也蕴含不少新见,对后世画论有所影响。

(一)心匠说

"匠"的本义是木工,《说文解字》云:"匠,木工也。从匚,从斤。斤所以作器也。"[①]后来引申为具有一定技术特长的人员,如《庄子·徐无鬼》中运斤成风的匠石。"匠"作为一种批评术语,本来是中性的含义,指构思经营,如《文心雕龙·宗经》提到的"义既埏乎性情,辞亦匠于文理"[②],又如杜甫《丹青引赠曹将军霸》中的"意匠惨淡经营中"[③]。然而,宋代以后,随着士人画观念逐渐成为中国绘画的重要理念,"匠"亦开始被赋予贬义色彩,尤其当"匠气"连用时,更成为重技巧雕琢、少灵动天真的指称,如"征故实,写色泽,广比譬,虽极镂绘之工,皆匠气也"[④],又如"若留枝盘如宝塔,扎枝曲如蚯蚓者,便成匠气矣"[⑤]。南宋题画文学中提到"匠"时,既有中性的含义,如"濡毫洗尽始轻拂,意匠经营极深夐"(楼钥《催老融墨戏》),又有贬义的表达,如"众工画山水,意匠劳雕镌"(李纲《次韵和虞公明察院赋所藏李成山水》),表现

---

① (汉)许慎撰,(宋)徐铉校定:《说文解字》,第 268 页。

② 周振甫:《文心雕龙今译》,第 26 页。

③ (唐)杜甫著,(清)仇兆鳌注:《杜诗详注》卷十三,北京:中华书局 1979 年版,第 1149 页。

④ (清)王夫之著,戴鸿森笺注:《姜斋诗话》卷二,上海:上海古籍出版社 2012 年版,第 157 页。

⑤ (清)沈复:《浮生六记》卷二,武汉:崇文书局 2020 年版,第 27 页。

出由中性向贬义的过渡痕迹。然而，此期当"匠"与"心"字连用时，却呈现出褒义的色彩。以"心匠"论画成为南宋题画文学中一个特别的表述。

"心匠"一词在唐代文学中便已出现，但彼时"心匠"一词大多用于描述在建筑领域的用心，如"丞相新家伊水头，智囊心匠日增修"（刘禹锡《和思黯忆南庄见示》），"创置嗟心匠，幽栖得地形"（顾非熊《题永福寺临淮亭》），"人有心匠，得物而后开"（白居易《白苹洲五亭记》）。用"心匠"论画始于白居易，其《画雕赞》提到画家画雕时"想入心匠，写从笔精"①，从此"心匠"一说开始由建筑领域向绘画领域迁移。然而，白居易以"心匠"言画时，其含义仅仅停留在构思的独特用心，并未对这一概念做系统阐释。北宋沈括在使用此概念时，同样是停留在构思独特上，其《梦溪笔谈》中谈道："相国寺旧画壁，乃高益之笔。有画众工奏乐一堵，最有意。人多病拥琵琶者误拨下弦，众管皆发'四'字。琵琶'四'字在上弦，此拨乃掩下弦，误也。予以谓非误也。盖管以发指为声，琵琶以拨过为声，此拨掩下弦，则声在上弦也。益之布置尚能如此，其心匠可知。"②用画作合于琵琶之音来说明画家画得用心。"心匠"这一概念在南宋题画文学中得到延续，并进一步创生出一套与绘画相关的完整理念。

首先，"心匠"的创作前提是胸次。

一方面，画者需胸中有丘壑，提前将所画内容勾勒于心。如李纲《再次前韵》③中所说："妙手不可遇，心匠良难传。于中营丘

---

① （唐）白居易著，朱金城笺校：《白居易集笺校》卷三十九，第 2630 页。
② （宋）沈括：《梦溪笔谈》卷十七，北京：中国书店 2019 年版，第 286 页。
③ 此处的前韵指《次韵和虞公明察院赋所藏李成山水》。

生,名若日月悬。胸次有衡霍,笔端合其天。坐令众画史,缩手嗟材绵。"①李纲认为,李成所画山水奇绝的重要原因是"胸次有衡霍",衡霍指衡山,即作画之前需对所画之物熟稔。这种观念在南宋题画文学中是非常普遍的认知,如姚勉《题墨梅风烟雪月水石兰竹八轴》所言"吾闻古来能画者,画马胸中有全马。君应满腹皆梅花,不尔安能笔潇洒"②,又如李纲评论文同墨竹时认为其"渭川万个在胸次,援毫戏扫如烟云"③,再如蔡士裕《题所藏赵清献公梅花图》所说"胸中若无一片冰雪心,焉能写此万古冰雪骨"④,无论是山水、花竹还是鸟兽,皆有同样的创作要求,此时的"丘壑"含义已溢出山丘沟壑本身,成为所有绘画对象的指称,而胸中丘壑亦成为所有绘画题材创作的前提。这种观念实际上是中国画论史上的共同认知,向远可以追溯到王羲之"意在笔先",王羲之在《题卫夫人笔阵图后》中谈道:"夫欲书者,先干研墨,凝神静思,预想字形大小、偃仰、平直、振动,令筋脉相连,意在笔前,然后作字。"⑤他认为,卫夫人书法之所以精妙,是因为预先想象好字形和动势。张彦远把这种观念由书法迁移到了绘画中,用以形容顾恺之的创作步骤:"顾恺之之迹,紧劲联绵,循环超忽,调格逸易,风趋电疾。意存笔先,画尽意在,所以全神气也。"⑥笔未动而意先行成为书画创作

① 北京大学古文献研究所:《全宋诗》卷一五五三,北京:北京大学出版社1996年版,第27册,第17638页。
② 北京大学古文献研究所:《全宋诗》卷三四〇五,北京:北京大学出版社1998年版,第64册,第40497页。
③ 北京大学古文献研究所:《全宋诗》卷一五六九,第27册,第17803页。
④ 北京大学古文献研究所:《全宋诗》卷三七二六,第71册,第44832页。
⑤ (宋)陈思编撰,崔尔平校注:《书苑菁华校注》卷一,上海:上海辞书出版社2013年版,第6页。
⑥ (唐)张彦远:《历代名画记》卷二,第26页。

的共同要求。胸中丘壑向近可以说是对苏轼"胸有成竹"的直接
继承。苏轼在《文与可画筼筜谷偃竹记》中提道："故画竹必先得
成竹于胸中。"①胸有成竹、意在笔先和胸中丘壑可以算是同一观点
的不同表述。

　　另一方面，从"胸中若无一片冰雪心，焉能写此万古冰雪骨"
（蔡士裕《题所藏赵清献公梅花图》）可以看出，胸次所要求的不
仅是画家对客观外物的预先观照，还有对画家主观情志的修行，
画家需胸怀超然，方可画出不俗之意，所谓"胸中自无俗子韵，落
笔乃有此气骨"（曾几《冯县丞墨花》），又如向子諲《题米元晖
横轴》所云"胸次山高水远，笔端云起风狂"②，此处的山高水远
不仅是自然本身的状态，而且是画家超然物外的精神状态。再
如楼钥《跋汪季路所藏书画》评价范宽所画雪景时谈到的"非其
天性甚宽，亦不能为此也"③，范宽的天性导致了其作品的独特。
画作的气格很大程度上取决于作者精神的超脱，有了这一层意
义后，由胸中丘壑所偏向的构思，即"匠"这一层含义，便与主观
情志"心"相结合，"心匠"也由此完成了观照外物与性情书写的
统一。

　　其次，"心匠"的具体操作方式是"以心运手"。夏倪在《题宗
室永年画犬图》中提到"乃知心匠本神授，以心运手不作难"④，白
玉蟾也提到"画到妙处手应心，心匠巧其机智深"⑤。在有胸次的前
提下，如何将其转化为画作，其方式即"以心运手"。这个观点可

———————————

① （宋）苏轼著，孔凡礼点校：《苏轼文集》卷十一，第365页。
② 北京大学古文献研究所：《全宋诗》卷一六四六，第29册，第18439页。
③ 曾枣庄、刘琳主编：《全宋文》卷五九六三，第264册，第323页。
④ 北京大学古文献研究所：《全宋诗》卷一三一八，第22册，第14966页。
⑤ 北京大学古文献研究所：《全宋诗》卷三一三七，第60册，第37567页。

以上溯至《庄子》,《庄子·天道》中借工匠轮扁之口说出"不徐不
疾,得之于手而应于心"①的道理。轮扁作为一个匠人,却懂得"应
心",从此,心手相应便成为"心"与"匠"结合的重要艺术创作途
径。这种观点在南宋题画文学中随处可见,如"龙眠得之心应手,
笔所到处心相随"(周紫芝《题李伯时画归去来图》),"胸中干叶
本天成,心手应时那可语"(李纲《再次韵》)。此处的"手"对应的
是操作媒介,而"心"则是操作前提和准的,二者结合方能促生出
不俗之作。

　　最后,"心匠"的最终效果是"合于天",如前述李纲《再次前
韵》中之"胸次有衡霍,笔端合其天"②。此处的"天"意为自然,即
艺术创作最终的目的是与自然相合,一如苏轼所言之"合于天造,
厌于人意"(《净因院画记》)。袁燮在《跋林郎中巨然画三轴》中,
完整论述了"心匠"从胸中丘壑发轫,通过以手运心,最终达到合
于天的过程:

　　　　仆尝论技之精者,与人心无不契合。庖丁之解牛,轮扁之
　　斫轮,痀瘘之承蜩,其实一也。今观此轩所藏巨然墨妙,凡三
　　轴,有无穷之趣,而无一点俗气,浑然天成,刻画不露,深有当
　　于人心,可谓精矣。是以君宝之。③

"技之精"即"匠"的要求,"人心"即胸次,此二者是艺术创作的前
提,只有"匠"与"心"的契合,心手相应,才能达到"浑然天成,刻

---

① (晋)郭象注,(唐)成玄英疏:《庄子注疏》卷五,北京:中华书局2011年
　　版,第266页。
② 北京大学古文献研究所:《全宋诗》卷一五五三,第27册,第17638页。
③ 曾枣庄、刘琳主编:《全宋文》卷六三七一,第281册,第154页。

画不露"。由此，"心匠"说完成了由略带贬义的匠气向技进乎道的转变，将前人零散的理念融合成一条完整创作途径。

（二）对"诗画一律"观的延续与反思

诗歌与绘画的互渗关系随着宋代的文化整合得到进一步的关注。从北宋开始，大批文人着眼于诗画两种艺术形式的交融，如欧阳修《盘车图》中的"古画画意不画形，梅诗咏物无隐情。忘形得意知者寡，不若见诗如见画"[①]，又如晁补之《和苏翰林题李甲画雁二首》所言"画写物外形，要物形不改。诗传画外意，贵有画中态"[②]。对诗画关系探讨最集中的是苏轼，他在评价王维诗画时点明"味摩诘之诗，诗中有画；观摩诘之画，画中有诗"（《东坡题跋·书摩诘〈蓝田烟雨图〉》），在评价李公麟时认为"古来画师非俗士，妙想实与诗人同。龙眠居士本诗人，能使龙池飞霹雳"（《次韵吴传正枯木歌》）。如果说这些观点还只是从侧面说明诗画关联，那么，他在《书鄢陵王主簿所画折枝二首》中所说的"诗画本一律"便是直接的宣示。此后，"诗画一律"成为画论史上的重要概念，对中国绘画的发展产生了深远的影响。

"诗画一律"说在南宋同样是重要的画论命题，由于题画文学作为一种以文学观照绘画的表达，直接涉及两种艺术形式的碰撞，因此，相比于非题画文学而言，"诗画一律"说在题画文学中表现得更为明显。首先，大量题画文学重复着见诗如见画的表述，进一步将诗歌和绘画导向"异体而同貌"[③]，如"一见公诗如见画"（夏倪《再次韵题归去来图》），"笔下丹青却似诗"（程俱《叶翰林令僧

①（宋）欧阳修著，洪本健校笺：《欧阳修诗文集校笺》卷六，上海：上海古籍出版社2009年版，第171页。

②北京大学古文献研究所：《全宋诗》卷一一二六，第19册，第12787页。

③钱锺书：《七缀集》，第5页。

作偃松于石林堂壁有诗余次韵》），"诗画古来真一族"（曾几《黄
嗣深尚书自临川省其兄嗣文户部于宜春用元明鲁直唱题李生墨竹
梅》），"见画与诗元自同"（陈长方《题赵坦之唐人所画二马》）。其
次，是对"有声画"与"无声诗"概念的强调。诗之所长在于声，画
之所善在于形，因此，借声与形的错位来形容诗画自北宋起便成为
时尚，以"形"论有张舜民"诗是无形画，画是有形诗"（《跋百之诗
画》），以"声"论则有黄庭坚"李侯有句不肯吐，淡墨写出无声诗"
（《次韵子瞻子由题憩寂图》），更有将"声"与"形"同置者，如苏
轼"少陵翰墨无形画，韩幹丹青不语诗"（《韩幹马》）。借"声"与
"形"的概念言诗画在南宋题画文学中得到进一步强化，如"古人作
语咏不得，我寓无声缣楮间"（米友仁《自题山水》），"龙眠会作无
声句，写得当时一段愁"（王庭珪《题罗畴老家明妃辞汉图》），"无
声诗与有声画，一夕异事传南州"（周密《题高房山夜山图为江浙
行省照磨李公略作》）。甚至南宋出现的中国第一本题画诗总集，
孙绍远所编之《声画集》，其书名也是对这些概念的借用。大量类
似论述的出现，使得诗与画的差异被逐渐消除，而共性则被一步步
强化。

　　然而，值得注意的是，南宋时期当大部分人都在强调"诗画一
律"的理论时，却也有一些人同时关注到了诗画的差异，开始对这
个理论进行反思。

　　首先，虽然苏轼说李公麟可以"画出阳关意外声"（《书林次中
所得李伯时归去来阳关二图后》），但此处所说之"意外声"更多偏
向于"意"，即《阳关图》所拟王维《送元二使安西》的诗外意，而非
阳关曲的音乐本身，"声"依旧是图画无法绘出的内容。释元肇在
《琴川图》中，便强调出图像的这一重局限：

> 胜处着幽亭，烟林四望平。高山千古意，流水七弦情。
> 偃室犹堪仰，虞风旧有名。丹青难下手，松竹自传声。①

诗歌强调，图画虽然能画出抚琴的动作，却难以同时绘出琴声，与绘画相比，松竹经风后所发出的声音，都与琴声的声音属性更为接近。声音依旧是诗画作为不同艺术形式的重要区别之一。

其次，画所不能绘者还有气味。蔡戡《题墨梅》谈道：

> 谁作横枝太逼真，枝头的皪眼俱明。也知笔力窥天巧，无奈清香画不成。②

画笔可以逼真地画成横斜的枝干与的皪的梅花，却无法将梅之清香画出。嗅觉成为除听觉之外绘画的又一重局限。虽然徽宗画院中曾有画工以马后蝴蝶表达"踏花归去马蹄香"，但这种表达气味的方式只是通过转译达到的，并非直观的表达。

最后，画家最难画就的或是人物的精神。这一点自东晋顾恺之起便有所体悟，顾恺之在吟咏嵇康"目送归鸿，手挥五弦"一句诗时，曾感慨若将其转译为绘画，则"手挥五弦易，目送归鸿难"③。"目送归鸿"之所以难，便在于其背后所涉及的人物精神。南宋题画文学对这一点深有所触，陆文圭认为杨贵妃的美"纵有丹青画不如"（《跋明皇贵妃并马图》），方回则表示欧阳修在醉翁亭的多重"乐"意无法以画言传，所谓"醉翁醉态尚难摹，翁心乐处如何

---

① 北京大学古文献研究所：《全宋诗》卷三〇九一，第59册，第36895页。
② 北京大学古文献研究所：《全宋诗》卷二五八八，北京：北京大学出版社1998年版，第48册，第30074页。
③（唐）房玄龄等：《晋书》卷九十二，第1604页。

画"(《醉翁亭图引为赵达夫作》)。同样,张守觉得自己"槁木而心
止水"的状态"岂丹青所能仿"(《画像自赞》),宋孝宗则认为要画
出佛门高僧的精神非常困难,"丹青虽工,岂传妙性"(《赐兴福惠
光大师若纳顶相赞》)。这些神情用语言描绘不算太难,但转译成
绘画便不易。虽然中国绘画关于如何画出人物精神早已有过丰富
的理论,如"颊上加三毛""眉后加三纹""众中阴察之"[①] 等,然而,
画家究竟能在多大程度上将这种理念实现,或是值得存疑的。若
连顾恺之这样一流的画家在处理这个问题时都会犯难,那么其他
画家就更不用说了。因此,形似与神似问题虽然对于画作鉴赏来
说是一个不难说清的标准,但对于画作创作来说,却存在相当的难
度,这种对精神把握的准确程度也成为文字和图像两种艺术形式
的差异。

　　以上观点分别从不同的角度探讨了绘画的局限以及画与诗的
距离,虽然对于这些局限也有人试图消弭,如楼钥便认为绘画可以
"画出琴外声"(《题孟东野听琴图因次其韵》),李纲则提出"虽云
香味不可画,悦目自足垂虚堂"(《画荔枝图》)。他们试图以抽象
的思维或转移视角的方式打破绘画的局限,以保持"诗画一律"的
合理性。然而,此期在这种理论强大的影响力下出现的对绘画局
限和"诗画一律"的反思却更显得难能可贵。

　　(三)学画如学禅

　　自达摩祖师东来,禅宗一花开五叶,至宋代时已成为影响中国
文化的重要因素。在南宋题画文学中,以禅论画成为言说绘画创
作方法的一种特别方式。以禅论画其实古已有之,早在魏晋南北
朝,便出现了禅与画的联系,"中国美术理论的奠基人顾恺之、宗

---

① (宋)苏轼著,孔凡礼点校:《苏轼文集》卷十二,第 401 页。

炳、王微等人就是从佛学中深受润泽，并发之于画论中。如著名的'含道映物'、'澄怀味象'、'迁想妙得'、'传神写照'、'以形写神'、'以形媚道'等，莫不与佛学的传播相关。"① 这个阶段可以算是以禅论画的基础阶段。魏晋之后，随着禅宗和绘画各自的进一步发展，二者之间的交集愈发变多，不仅出现大量实践层面的佛画、禅画，亦出现了理论上的延伸。南宋时期，以禅论画主要表现在两个方面。

首先，作画的前提是"三昧"。王庭珪在《题惠崇画秋江凫雁》提道：

> 老崇学画如学禅，中年悟入理或然。长江未落凫雁下，舒卷忽若无丹铅。定自维摩三昧里，半幅生绢开万里。不用并州快剪刀，断取铁围山下水。②

惠崇是北宋时期一位诗画皆善的僧人，苏轼曾题咏过其《春江晚景图》，留下了"竹外桃花三两枝，春江水暖鸭先知"的名句。由于惠崇是僧人身份，因此王庭珪在题其《秋江凫雁图》时，便借用了禅宗概念来进行摹写。诗歌提到"定自维摩三昧里，半幅生绢开万里"。"三昧"是一个重要的佛教概念，为梵语 samadhi 的音译。《成实论》云："今当论三昧。问曰：'三昧何等相？'答曰：'心住一处是三昧相。'"③ 三昧指摒弃杂念，凝神静气。王庭珪在这首诗中，借"三昧"概念说明在作画前画家应有的精神状态，即需摒除

---

① 耿鉴：《"以禅论画"基础研究》，《文艺研究》2000 年第 5 期。
② 北京大学古文献研究所：《全宋诗》卷一四五五，第 25 册，第 16748 页。
③ 陆玉林释译：《成实论》卷十二，北京：东方出版社 2019 年版，第 140 页。

一切杂念,使精神平静下来,这是于半幅生绢中得万里之势的重要前提。苏籀的《与可墨竹二十韵》中,同样提到了这个概念,"禅翁三昧力,老手一挥间"[①],点明文与可墨竹一挥而就的重要原因是做到了凝神静气,与禅之三昧相通。王庭珪这首诗除三昧外,还提到了另一个词汇"悟入"。"悟入"同样是一个佛教概念,语出《法华经·方便品》:"欲令众生悟佛知见故,出现于世,欲令众生入佛知见道故,出现于世。"[②]"悟入"是一个由觉知到证入的过程。王庭珪在使用"悟入"这个词时,主要偏向于表达领会的含义,也就是中年方才领会学画和学禅是一个道理。

其次,画家创作时除了凝神静气外,还有另一个要求,即"透脱"。赵文《罗稚川善画作此赠之》中,便探讨了这个问题:

> 吾观天地间,一一皆是画与诗。渝川有二罗,画得天地之英奇。大罗诗名撼湖海,小罗天机勃郁不得已而水墨之。摇毫造化已破碎,洒墨元气为淋漓。嗟余老眼得一见,以手扪摸心然疑。问君自古画有几,君今此画师者谁。君言我以眼为手,天地万物皆吾师。吾能得其意与理,貌取色相特其皮。画成正未知似否,人人有眼谁可欺。譬之禅宗要透脱,恋恋祖佛宁非痴。作诗点出未来眼,一扫徐熙与郭熙。[③]

诗歌提到画家作画时需如禅宗一般"透脱",禅宗所谓之"透脱"出自《古尊宿语录》:"王老师真体道者也,所言皆透脱,无毫发

① 北京大学古文献研究所:《全宋诗》卷一七六三,第 31 册,第 19626 页。
② 弘学:《妙法莲华经文句》卷一,成都:巴蜀书社 2012 年版,第 34 页。
③ 北京大学古文献研究所:《全宋诗》卷三六一一,第 68 册,第 43247 页。

知见解路。"①"透脱"指灵活不拘泥。赵文认为，绘画不必拘泥于某一个老师，而应灵活变通，以天地万物为师，如此所作之画才能不仅仅停留在外表的形色，而得天地之英奇，造化之真意。

以禅论画的高峰出现在明清，尤以董其昌最为突出，其以禅宗南北宗论山水画派别的观点更成为中国画论史上的重要命题。从这个意义上讲，南宋题画文学中的以禅论画对禅与画关系的进一步推进也为明清画禅结合做了重要的铺垫。

二、批评论

与创作论一样，南宋题画文学中的绘画批评既有对前代的延续，又有一定的推进，主要表现为以下几个特点。

（一）美的焦虑：对绘画道德性的强化

就中国古代绘画的功能而言，主要有道德性与审美性两种维度。其中，道德性出现的时间相对要更早，《左传》中一段关于青铜器图纹的功用说明，便是很好的例证：

> 昔夏之方有德也，远方图物，贡金九牧，铸鼎象物，百物而为之备，使民知神、奸。②

"使民知神、奸"成为早期图像最主要的功用，这也是绘画道德性的典型反映。自魏晋后，审美性逐渐成为绘画的重要价值，如宗炳《画山水序》所言："圣贤暎于绝代，万趣容其神思，余复何为哉？

---

① （宋）赜藏：《古尊宿语录》卷十二，上海：上海古籍出版社1991年版，第129页。
② 杨伯峻：《春秋左传注》（修订本），第669—670页。

畅神而已,神之所畅,熟有先焉。"①山水画之意义在于使人精神愉悦,这是其审美价值的体现。同时,王微《叙画》也提道:"望秋云,神飞扬;临春风,思浩荡。虽有金石之乐,珪璋之琛,岂能仿佛之哉!"②他认为,观山水画是一件极具审美价值的愉快之事,这种愉快甚至连音乐和美玉都无法比拟。

　　虽然自魏晋后,对绘画审美性的关注度越来越高,尤其是在山水画中,无论是宗炳的"卧游"③,还是谢赫的"六法"④,抑或逐渐演变的"四品"⑤,所关注的几乎都是绘画美学层面的意义。然而,审美性的发展并不意味着道德性的落潮,道德诉求始终伴随着绘画的发展而存在。

　　对绘画道德性的重视在南宋的题画文学中有非常明显的表现。此期观者在沉潜于绘画时,不时会出现对这种沉潜的顾虑。这种顾虑典型地表现在宋伯仁《梅花喜神谱》的创作中。该书作为一本梅花图谱,其写作的动因是对梅花的喜爱,"余有梅癖,辟圃以栽,筑亭以对,刊清臞集以咏……余于花放之时,满肝清霜,满肩寒月,不厌细徘徊于竹篱茅屋边,嗅蕊吹英,掖香嚼粉,谛玩梅花之

---

① 俞剑华:《中国历代画论大观第一编:先秦至五代画论》,南京:江苏凤凰美术出版社 2015 年版,第 45 页。

② 俞剑华:《中国历代画论大观第一编:先秦至五代画论》,第 48 页。

③ 宗炳《画山水序》提道:"老疾俱至,名山恐难遍睹,唯当澄怀观道,卧以游之。"

④ 谢赫《画品》提出绘画六法:"六法者何。一气韵生动是也,二骨法用笔是也,三应物象形是也,四随类赋彩是也,五经营位置是也,六传移模写是也。"

⑤ "四品"即绘画品评的标准,唐代朱景玄在神、妙、能品的基础上提出逸品,排序为神、妙、能、逸,宋代时郭若虚则将逸品提前,改为逸、神、妙、能。

低昂俯仰,分合卷舒"①,整段文字基本都侧重于梅花的美学意义。然而,作者在表达自己的梅癖之后,却担心这种爱好是玩物丧志,于是,便拟出一段自己与客之间的对话来进行辩白:

> 余欲与好梅之士共之,付刊诸梓,以闲工夫作闲事业,于世道何补?……
>
> 客有笑者曰:"是花也,藏白收香,黄传红绽,可以止三军渴,可以调金鼎羹。此书之作,岂不能动爱君忧国之士,出欲将,入欲相,垂绅正笏,措天下于泰山之安。今着意于雪后园林才半树,水边篱落忽横枝,止为冻吟之计,何其舍本而就末?"
>
> 余起而谢云:"谱尾有《商鼎催羹》,亦兹意也。"
>
> 客抵掌而喜曰:"如是则谱不徒作,未可谓闲工夫作闲事业,无补于世道,宜广其传……"②

"以闲工夫作闲事业"与其说是宋伯仁对自我的定位,不如说是对旁人想法的揣度,他担心别人认为他作梅谱是不务正业,因此先树立一个靶子,然后借"客"之口,说明他的行为并非闲工夫作闲事业,而是有补于世道,具有道德意义。此处的"客"是否真实存在并不重要,也许确有其人,也许只是作者本人的分立,"客"出现的目的只不过是为了提供一种自我辩白的对话语境。这段小心翼翼的辩白,透露出宋伯仁对于纯粹审美的焦虑,而道德意义则成为中和这种焦虑的重要方式。

这种绘画爱好与道德性之间的矛盾在唐代张彦远《历代名画

---

① (宋)宋伯仁:《梅花喜神谱》序,第1页。
② (宋)宋伯仁:《梅花喜神谱》序,第3页。

记》中也曾出现：

> 余自弱年，鸠集遗失，鉴玩装理，昼夜精勤，每获一卷，遇
> 一幅，必孜孜葺缀，竟日宝玩。可致者，必货弊衣，减粝食。妻
> 子僮仆，切切嗤笑。或曰："终日为无益之事，竟何补哉！"既
> 而叹曰："若复不为无益之事，则安能悦有涯之生？"是以爱好
> 愈笃，近于成癖。①

张彦远同样遭遇过对绘画爱好作为"无益之事"的质疑，然而张彦远的解决方式是大方承认其无益，甚至提出"若复不为无益之事，则安能悦有涯之生"的宣言，然后继续沉溺其中。虽然张彦远在《历代名画记》开篇也曾对绘画的道德意义进行过强调："夫画者，成教化，助人伦，穷神变，测幽微，与六籍同功，四时并运，发于天然，非由述作。"②然而，张彦远的这种强调与其说是为了强化绘画的道德性，不如说是试图借助人伦教化来提高绘画的地位。

北宋之后，随着儒学的进一步发展，个人爱好与道德之间的矛盾越来越明显，艾朗诺在《美的焦虑：北宋士大夫的审美思想与追求》中，提到欧阳修、苏轼、米芾等士大夫对自己的书画、石刻、花卉等爱好的焦虑。儒家对这些活动的成见使得北宋士大夫在追求美的过程中会遭遇很多难题，因此，他们必须开辟新的视野，敢于挣脱教条的束缚，勉力给出一个说法以自辩③。而他们自辩的方式，往往是将爱好与道德相结合，如欧阳修对于集古所作的辩护："乃

---

① （唐）张彦远：《历代名画记》卷二，第35—36页。
② （唐）张彦远：《历代名画记》卷一，第1页。
③ 参〔美〕艾朗诺：《美的焦虑：北宋士大夫的审美思想与追求》，杜斐然，刘鹏，潘玉涛译，上海：上海古籍出版社2013年版，第3页。

知余家所藏，非徒玩好而已，其益岂不博哉。"① 这种辩护与唐代张彦远的大胆承认相比，显得谨小慎微，而这种小心翼翼到南宋时随着理学的发展变得更加明显，于是才有了宋伯仁对"闲工夫作闲事业"的辩护。通过对绘画道德性的强调为自己的绘画爱好进行辩护的做法在南宋题画文学中并非仅此一例，同样的情形还体现在孙绍远《声画集序》中：

> 夫玩物丧志，先圣格言谁敢不知警？而假书画以销忧，昔尝有德于绍远，今虽不暇留意，未能与之绝也。②

孙绍远知道，他收集绘画的行为会被人目为玩物丧志，因此，他努力表示自己明白这个道理，并且说明现在的收集行为是"不暇留意"的结果，即并非专门花费大量时间精力去做，只是顺便而已。除此之外，又通过强调绘画的社会而非审美意义来缓解这种焦虑："画之益于人也多矣。居今之世而识古之人知古之事。"③绘画爱好者自北宋后至南宋越来越明显的这种焦虑和谨小慎微，以及由此导致的对绘画道德性的强调，是儒家思想的影响作用于绘画的一种典型反映。

（二）对形神观的再思考

形似和神似作为中国画论史上的一对重要概念，历来是画论研究的重点，然而，研究者的着眼点于朝代而言，多在于北宋及以前、元代及以后，于评论者而言则多在于苏轼、汤垕、倪瓒等大家，

---

① （宋）欧阳修：《集古录跋尾》卷五，（宋）欧阳修著，李逸安点校《欧阳修全集》，北京：中华书局 2001 年版，第 2194 页。

② （宋）孙绍远：《声画集序》，卢辅圣主编《中国书画全书》第二册，第 360 页。

③ （宋）孙绍远：《声画集序》，卢辅圣主编《中国书画全书》第二册，第 360 页。

南宋阶段则往往被直接跳过。事实上,就一个新观念的提出而言,南宋或许并无多少创见,然而,就阐释角度而言,南宋却可作为一个重要的承接阶段:苏轼的观念在南宋是如何被解读的,这种解读的倾向性对于元代以后形神观的发展有何导向,这些都是值得探讨的话题。

中国绘画早期阶段更加重视的是形似,如《韩非子》对鬼魅和犬马孰难的讨论,认为犬马之形人皆知故难画,鬼魅无形故易画,由此可知"形"在先秦是对绘画极其重要的要求,同时也可知欧阳修所谓"古画画意不画形"之说乃是一种主观想象。魏晋时,形神兼重成为绘画的重要标准。如顾恺之强调"以形写神",谢赫"六法"中则同时有"气韵生动"和"应物象形"。这种形神兼备观在唐代得到进一步发展,如张彦远所论之"夫象物必在于形似,形似须全其骨气"[①]。北宋是形神观变化的又一个重要时期,一方面,此期仍有对形似的强调,如晁补之"画写物外形,要物形不改"(《和苏翰林题李甲画雁二首》),又如黄庭坚"更能遇物写形似"(《观崇德墨竹歌》)。另一方面,对神似的侧重开始凸显,最典型的便是苏轼"论画以形似,见与儿童邻。赋诗必此诗,定非知诗人"(《书鄢陵王主簿所画折枝二首》),苏轼这个论点成为形神观的重要转折。然而,苏轼这句话到底是只重神不重形,还是形神并重,更重神似,却成为后世形神观分歧的开端,南宋题画文学中关于形神的探讨,也基本是以此为起点展开的。

南宋题画文学中的形神观,表现出两种取向。

第一种取向承认形似的意义,只不过神似重于形似。关于这种取向的表述又有两种细微的区别。一种较为中和,如黄文雷"画

---

① (唐)张彦远:《历代名画记》卷一,第16页。

图得龙眠,画形兼画意"(《题醉僧图》),史浩"到得形神俱妙,画师摸索不着"(《众请赞刘岊真士绘像》)。这些观点表现出对形似最大的宽容,可以算是最中和的形神观表述。另一种则对神似表现出更加明显的抬高,如陈长方在《题赵坦之唐人所画二马》中提到的"风鬃雾鬣何足云,电行山立更逼真。脱遗皮毛见骥德,妙处了非由写形"①,在肯定了所画之马"逼真"的前提下,更加强调其妙处在于形之外。又如赵汝绩《陈老画牛》所言"尤工画牛古绝比,不特形似真神全"②,形似重要,而能达到神似则更加妙绝。这种观点恐怕是最接近苏轼论点的。苏轼"论画以形似,见与儿童邻"的观点出自《书鄢陵王主簿所画折枝二首》,该诗的第二首实际上表现出非常明显的对形似的认同:

> 瘦竹如幽人,幽花如处女。低昂枝上雀,摇荡花间雨。双翎决将起,众叶纷自举。可怜采花蜂,清蜜寄两股。若人富天巧,春色入毫楮。悬知君能诗,寄声求妙语。③

树枝上的雀鸟抬起翅膀即将起飞,在这种状态下,被鸟的重量压下的树叶则呈现出恢复原状的态势,甚至连采花蜜蜂腿上沾的蜜也清晰可见。这是非常明显的对物之形的刻画。说明苏轼并非认为完全不需要形似,只是相比之下,神似更加重要。因此,南宋题画文学中这类肯定形似,而又更重神似的阐释或是更符合苏轼的观念。

---

① 北京大学古文献研究所:《全宋诗》卷一九八四,第 35 册,第 22248 页。
② 北京大学古文献研究所:《全宋诗》卷二八二一,第 54 册,第 33616—33617 页。
③ (清)王文诰辑注,孔凡礼点校:《苏轼诗集》卷二十九,第 1526 页。

然而,南宋时期更明显的阐释取向是第二种,即明显的否定形似。如方回《五湖空濛图》所言"烟雨空濛寄绢素,吾闻善画不画形。画山画水画烟雨,界画点缀分秤星。寓意托兴有所主,人品高绝名芳馨"①。方回认为,善于作画者是不画形的,界画这类以界笔直尺划线,对形强调过甚的绘画类型顶多只能作为点缀,而一幅画更重要的是"寓意托兴"以及画家的"人品高绝"。又如楼钥《跋王清叔画卷》之《横披山水》:

> 观此图当作烟雨半开,登高临远时想,苟求形似,便失妙意,要不可以画家三尺绳之。②

在楼钥看来,追求形似和追求神似之间似乎无法达到一个平衡,形似成为"妙意"的一种妨碍。又如曾丰《有售画于余令作杨柳黄鹂池塘萱草既成可观用随其题赋二绝句》其二:

> 一段池塘萱草奇,其形便画理便诗。到离形处画之妙,诗妙更无形可离。③

诗歌直接提出,画作要妙,关键在于"离形",即放弃对形似的追求才能更好地成就绘画。类似的观念在南宋题画文学中非常常见,如林希逸"画意不画形,形胜意不足"(《石鼎联句图》),汪藻"世间画史,取青媲白,求象似于毫发,岂复有林峦湖海真趣耶"(《跋郑

---

① 北京大学古文献研究所:《全宋诗》卷三五〇六,第 66 册,第 41845 页。
② 曾枣庄、刘琳主编:《全宋文》卷五九五二,第 264 册,第 165 页。
③ 北京大学古文献研究所:《全宋诗》卷二六〇九,第 48 册,第 30327 页。

天和临右丞樵舍秋晴图》)。这种对形似的过分否定是对苏轼画论
的过度诠释。然而,这种诠释方式却逐渐成为形神观的主流,乃至
王炎不得不奋力疾呼"虽然画意不画形,形意两全方笔老"(《清老
画双溪壁以诗谢之》)。王炎的这种强调,客观反映出南宋越来越
将苏轼的观念向否定形似解读的趋势。尽管苏轼本意并未否定形
似,而南宋也有不少人认同形似的意义,但从元代以后,这种消解
形似的观点越来越突出。如汤垕《画论》所言之"盖花卉之至清,
画者当以意写之,初不在形似耳"①,又如倪瓒《题墨君图》所说的
"余之竹聊以写胸中逸气耳,岂复较其似与非,叶之繁与疏,枝之斜
与直哉"②,以及《答张藻仲书》所言"逸笔草草,不求形似"③。虽然
从倪瓒所留下的画作来看,他并非完全不求形似,这种说法只不过
是以一种矫枉过正的姿态强调对神似的重视,但这种宣言所表现出
对神似的极端重视,某种意义上却也透露出对形似的进一步消解。

因此,南宋题画文学中的形神观,一方面在重神似的前提下努
力维护形似的意义,另一方面则出现了将苏轼形神观导向否定形
似的一面,而后者对元代以后形神观表述的影响更加深远。从这
个意义上讲,南宋题画文学中对苏轼形神观的阐释成为这个观念
由形神兼备向消解形似转变的重要推动。

(三)画味说

"味"本是一个感官用语,但早在先秦时便已具有了审美体验
的意义。《老子》中曾提到"为无为,事无事,味无味"④,"道之出

---

① 俞剑华:《中国历代画论大观第三编:元代画论》,南京:江苏凤凰美术出版
　社2017年版,第104页。
② 俞剑华:《中国历代画论大观第三编:元代画论》,第144页。
③ 俞剑华:《中国历代画论大观第三编:元代画论》,第144页。
④ 陈鼓应注译:《老子今注今译》,北京:商务印书馆2016年版,第298页。

口,淡乎其无味"①。"味"成为一种"道"的言说方式,"味无味"的第一个味是动词,意为体会,第二个味是名词,意为滋味,"味无味"即将恬淡无味当作是味,"无味"即"道"的本质。由此,"味"开始由一个纯粹的感官用语向审美用语迁移。

"味"作为一个美学术语进入绘画领域始于魏晋,宗炳在《画山水序》中提出了著名的"澄怀味像"理念:"圣人含道应物,贤者澄怀味像。"②"澄怀"即放空心胸,摒除杂念,"味像"即体悟审美对象,因此,"澄怀味像"便是以纯净的心胸去体悟审美对象,是一种主客体之间的观照方式。"味"在此处作为一个动词,完成了审美主体与客体之间的连接,宗炳此论也成为画论史上最早以"味"言画的案例。然而,值得注意的是,以"味"言画并未从此一跃成为论画的重要方式,"味"和画的关系在宗炳后的魏晋乃至整个唐代竟出现了相当长一段时间的空白。

据笔者对历代画论的统计,"味"与画再次联系要到五代,荆浩《山水节要》提道:"又古有云:丈山尺树,寸马豆人。远山无皴,远水无痕,远林无叶,远树无枝,远人无目,远阁无基,虽然定法,不可胶柱鼓瑟。要在量山察树,忖马度人,可谓不尽之法,学者宜熟味之。"③此处再次出现将"味"作为动词使用的现象。然而,荆浩《山水节要》的真伪为学界所怀疑,俞剑华便认为"此篇亦不见诸家著录,乃杂辑古代流传之画诀而成"④。因此,比较可靠的"味"与画的再次联系实际上要晚至北宋。刘道醇《圣朝名画评》谈道:"夫善观

---

① 陈鼓应注译:《老子今注今译》,第205页。
② 俞剑华:《中国历代画论大观第一编:先秦至五代画论》,第45页。
③ 俞剑华:《中国历代画论大观第一编:先秦至五代画论》,第189页。此书将"味"写为"昧",疑误。
④ 俞剑华:《中国历代画论大观第一编:先秦至五代画论》,第190页。

画者，必于短长工拙之间，执六要、凭六长，而又揣摩研味，要归三品。"[1] 这段论述中提到的观画需"研味"，终于接续上了断裂数百年的宗炳以"味"论画的传统。刘道醇所说的"味"与宗炳所言一致，都是作动词体悟使用，而北宋时期黄庭坚则将"味"进一步发展为名词，他在《题宗室大年永年画》中谈道："荒远闲暇，亦有自得意处，比之古人，但少豪壮及余味尔。"[2] 虽然《老子》"味无味"一说早已同时提及"味"的动词和名词属性，然而，"味"在画论中作名词使用实际上要晚至北宋。

虽然北宋终于接续上了宗炳以"味"论画的传统，然而除刘道醇和黄庭坚这两个例子以外，北宋时期的以"味"论画的案例并不多。真正开始较多地将"味"与画相结合要到南宋。余谦一在《跋朱松岩墨梅》中探讨墨梅特点时谈道：

> 花光逃禅，始寄之墨妙，则又化工所不能为者。光暗而味长，貌质而神泽。[3]

墨梅以墨色为之，虽非彩色绚烂，却因其光暗而更显"味长"。这种表述，可以说是对《老子》"味无味"的继承。

南宋以"味"论画时，主要将"味"当成名词使用，通常又在此基础上加以拓展，发展出"滋味""风味"等双音节的表述。如白玉蟾在《画中众仙歌》中评价韩幹画马时提道：

---

① 俞剑华：《中国历代画论大观第二编：宋代画论（一）（二）》，南京：江苏凤凰美术出版社 2016 年版，第 65 页。
② 俞剑华：《中国历代画论大观第二编：宋代画论（一）（二）》，第 242 页。
③ 曾枣庄、刘琳主编：《全宋文》卷八一〇，第 354 册，第 449 页。

韩干画马得滋味,霜蹄巧作追风势。可怜张口嘶无声,只惜风棱瘦骨成。①

《说文解字》在解释"味"时,便释曰:"滋味也。从口未声。"② 段玉裁《说文解字注》进一步解释:"滋,言多也。"③ 因此,滋味即多味。《管子·戒》中有"滋味动静,生之养也。好恶喜怒哀乐,生之变也"④,以滋味指味道。钟嵘《诗品序》中则将此概念移植到文学阐释中,提出了有名的"滋味说":"五言居文词之要,是众作之有滋味者也。"⑤ 此处白玉蟾以"滋味"言韩干所画之马,则是将钟嵘的"滋味说"进一步迁移到画论中,完成了从物理指涉到文论概念,再到画论概念的转移。

与"滋味"相比,南宋时对"风味"一词的使用频率要更高,如李昴英《题东坡竹》:

叶叶枝枝各标致,密密疏疏总风味。笔为化工壁为地,顷刻种成此君子。虽然月影水影写真似,安得千年尚生意。⑥

---

① 北京大学古文献研究所:《全宋诗》卷三一三九,第 60 册,第 37658 页。

② (汉)许慎撰,(宋)徐铉校定:《说文解字》,第 31 页。

③ (汉)许慎撰,(清)段玉裁注,许惟贤整理:《说文解字注》第二篇上,第 97 页。

④ 黎翔凤撰,梁运华整理:《管子校注》卷二十六,北京:中华书局 2004 年版,第 509 页。

⑤ (南朝梁)钟嵘著,曹旭集注:《诗品集注》(增订本),上海:上海古籍出版社 2011 年第 2 版,第 43 页。

⑥ 北京大学古文献研究所:《全宋诗》卷三二五六,北京:北京大学出版社 1998 年版,第 62 册,第 38840 页。

苏轼曾在壁上画竹，还留下了"平生好诗仍好画，书墙涴壁长遭骂"（《郭祥正家醉画竹石壁上郭作诗为谢且遗古铜剑》）的自嘲。李昂英此时以"风味"来评价东坡之竹，其意涵当然不仅仅是画得像，更多的是东坡画竹时的精神气质。此时，"风味"成为连接画者与画作之间的内在精神纽带，换言之，谈论一幅画的风味时往往与画家之品行气质相联系，"风味"成为一种出之于画家，入之于画作的精神呈现。又如王安中评价王维绘画时所言"笔墨粗可识，佳处疑非今。佳哉王摩诘，风味我所钦"（《王摩诘钓鱼图》）。释道璨评论澄古潭水仙画之"风味存乎中者不必浅，英华现于外者不必浮，此古潭之深意，盖先得我心之同然者"（《题澄古潭水仙》），皆是由人及画的表现。至此，"画味说"成为南宋接续自宗炳，又加以延伸拓展的一个特别的画论。

南宋后，以"味"论画的现象逐渐增加，如元代沈颢"米襄阳用王洽之泼墨，参以破墨、积墨、焦墨，故融厚有味"[1]，明代唐志契"趣味无尽"[2]，清代王原祁"意味索然，便为俗笔"[3]。南宋由此成为重新发掘宗炳"味"论，并将其推广为绘画批评方式的重要阶段。

（四）尚简淡

简淡作为一种画论表述，最早或始于唐末五代。荆浩《画山水图答大愚》中，曾用了"笔尖寒树瘦，墨淡野云轻"[4]来描述自己

---

[1] 俞剑华：《中国历代画论大观第四编：明代画论（一）》，南京：江苏凤凰美术出版社 2017 年版，第 42 页。

[2] 俞剑华：《中国历代画论大观第四编：明代画论（一）》，第 22 页。

[3] 俞剑华：《中国历代画论大观第七编：清代画论（二）》，南京：江苏凤凰美术出版社 2017 年版，第 21 页。

[4] 中华书局编辑部点校：《全唐诗》（增订本）卷七二七，第 8414 页。

的画作。几乎是同一个时期的董源和巨然在北宋米芾的《画史》中，也被以"平淡"描述，"董源平淡天真多，唐无此品"①，"巨然师董源……老来平淡趣高"②，说明"淡"作为一种美学风格，在唐末五代同时出现了创作和理论上的认同。简淡理论在北宋时随着文论对平淡美学的确立而获得了进一步的推进，在题画文学中出现了不少对淡墨简笔的描绘，如梅尧臣言山水之"山形雄且邃，笔画简而疏"（《正阳驿舍梦郑并州寄书开之即三山图也》），邹浩谈墨梅之"依约江南山谷里，淡烟疏雨见精神"（《仁老寄墨梅七首》），欧阳修论画之"萧条淡泊，此难画之意，画者得之，贤者未必识也"（《鉴画》）。然而，相比于北宋文论中关于"平淡"阐释的完善和丰富而言，北宋画论中的相关论述却不算突出，体现出画论之于文论相对滞后的现象。

南宋时期，简淡在题画文学中逐渐成为最重要的美学品评向度。具体表现为两点。第一点是将"瘦"扩展为一种普适性的审美追求。"瘦"在绘画中作为一种褒义形容，在北宋题画文学中基本限于描绘松竹石和马，如"谷口长松叶老瘦"（梅尧臣《观杨之美盘车图》），"瘦竹枯松写残月"（苏轼《次韵吴传正枯木歌》），又如"松寒风雨石骨瘦"（黄庭坚《次韵子瞻子由题憩寂图》），"檀溪跃过瘦的颅"（梅尧臣《同蔡君谟江邻几观宋中道书画》）。此期以"瘦"论物的例子虽多，但论述范围较集中。然而南宋时万物皆可瘦，且"瘦"成为一种与劲峻、骨奇、神清相联系的美学典范。除北宋已有的松竹石马外，形容山是"山棱瘦露骨"（楼钥《题范宽秋山小景》），形容树林是"叶脱林瘦"（牟巘《题毕良佐山水图》），描述牛

---

① 俞剑华：《中国历代画论大观第二编：宋代画论（一）（二）》，第173页。
② 俞剑华：《中国历代画论大观第二编：宋代画论（一）（二）》，第173页。

是"只写清溪瘦影明"（释居简《老融牛》），描述人则是"萧散风神
清瘦骨"（何梦桂《自题画像》）。此外，南宋用"瘦"字描绘最多的
当属梅花，如"故着轻煤写瘦枝""瘦质临风乱蕊繁"（张嵲《墨梅
四首》），"疏花将瘦影，闲卧一溪云"（项安世《题屏风墨梅二首》），
"梦里清江醉墨香，蕊寒枝瘦凛冰霜"（朱熹《墨梅》）。"瘦"往往意
味着瘦硬和清疏，瘦者往往与丰腴和富贵相对，呈现出疏离感和山
林气。王洋在《僧画梅赞》中直接点出了梅的美学标准：

> 瘦胜肥，狂胜痴。淡可久，色易衰。水边呈骨，月下横枝。①

瘦、狂、淡成为梅画的要求，而肥和色则是反面典型。这种要求里
除了说明"瘦"以外，还点出另一个重要的标准，即"淡"，而这种
"淡"是与色相对，这也恰好反映出简淡的第二点表现，即去色，以
墨代之。从以上所举关于梅的例子中会发现，其言说对象基本是
墨梅。墨画作为一种以黑白代替繁复颜色的绘画类型，通过对颜
色的消解最大程度地回归简古平淡。南宋题画文学中对墨的关注
是对北宋的继承，只不过与"瘦"一样，南宋将"墨"的范围由竹、梅
等进一步延伸到龙、鱼、葡萄、兰、水仙、菊、萱等更广阔的物象中，
形成万物皆可以墨绘墨言之状。与墨相配合时，画中之物本身也
呈现出更为简淡的效果，墨菊是"墨衣林下去，标致更凄清"（释文
珦《墨菊》），墨萱是"丹粉转成缟，风姿尚潇洒"（释文珦《墨萱》），
墨水仙则"淡无言兮含馨"（陈著《赋贾养晦所藏王庭吉迪束墨水
仙花》）。在墨的过滤下，所绘物象变得更加标致潇洒，简淡却更显
恒久。通过对瘦的强调，南宋形成了与唐代丰腴之美不同的美学

---

① 曾枣庄、刘琳主编：《全宋文》卷二八七六，第 177 册，第 196 页。

典范,并通过对墨的关注进一步化繁为简,从而传达出平淡简远的美学标准。

综上,南宋题画文学中的画论大部分是在前代,尤其是北宋的基础上进行延伸的,虽然后世探讨中国画论时,南宋往往因其继承多于创新而被北宋的光环所掩盖,然而,这种继承和继承基础上的推进未尝不具有言说价值。本节探讨南宋题画文学中的画论时,大多只关注此期提出了什么画论,这些画论在画论史上的地位如何。然而,若将着眼点放到这些理论是怎么提出的这个问题上,便会发现此期大部分画论的提出都存在一个共性,即以诗论为触发点。诗论对画论的迁移成为南宋题画文学中画论最重要的言说方式,由此也影响到了此期的画论内涵。

第二节　论画方式:诗论向画论的迁移

从上一节的论述可以看到,南宋题画文学中的画论来源主要有两类。第一类是在继承前代绘画理论基础上的开拓,如"心匠说"对张璪"外师造化,中得心源"的传承,又如诗画一律观和形神观对苏轼理论的延伸与反思。第二类则是对诗论的迁移。其中后一类表现出更强的创造力和独特性,更能体现出属于这个时期的画论特色。那么,南宋题画文学中诗论向画论的迁移有何表现,其影响又如何,这将是本节探讨的内容。

一、画论对诗论的继承

在第一节所谈到的南宋题画文学画论中,最具有独特性的是学画如学禅、画味说以及尚简淡。而这三点在很大程度上都存在对诗论的迁移。

　　首先，就学画如学禅而言，虽然自魏晋开始，禅与画便产生了联系，然而，就学画如学禅的观念和表述而言，却明显是对宋代诗论的借鉴。随着禅宗的发展及文士与禅僧的交往，诗与禅之间的关系在宋代越来越密切，出现了显著的以禅论诗的风气。最直白的表述即"学诗如学禅"，如韩驹"学诗当如初学禅，未悟且遍参诸方。一朝悟罢正法眼，信手拈出皆成章"[①]，吴可"学诗浑似学参禅，头上安头不足传"[②]。同时，"以禅论诗"也逐渐成为一种潮流，如严羽《沧浪诗话》所提出的"汉、魏、晋与盛唐之诗，则第一义也。大历以还之诗，则小乘禅也，已落第二义矣；晚唐之诗，则声闻、辟支果也。学汉、魏、晋与盛唐诗者，临济下也。学大历以还之诗者，曹洞下也"[③]。又如陆游借佛教"三昧"观念创造出"诗家三昧"说，而杨万里则借禅宗"透脱"说提出"学诗须透脱，信手自孤高"[④]。以禅论诗成为宋代文学批评的一种风尚。就禅宗的发展来看，魏晋时期尚处于起步阶段，无论是影响力还是与中国传统文化的互渗度来看皆不如宋代。因此，南宋时期学画如学禅的这种意识，与其说是对魏晋的继承，不如说是在远绍魏晋的基础上对宋代以禅论诗的迁移。王庭珪"老崇学画如学禅"的表述与韩驹"学诗当如初学禅"之间便存在高度的相似性。宋代的文化整合加剧了不同艺术之间的影响，禅与诗联系的密切、诗与画

① 北京大学古文献研究所：《全宋诗》卷一四三九，第 25 册，第 16588 页。

② 北京大学古文献研究所：《全宋诗》卷一一五四，北京：北京大学出版社 1995 年版，第 19 册，第 13025 页。

③ （宋）严羽撰，普慧、孙尚勇、杨遇青评注：《沧浪诗话》，北京：中华书局 2014 年版，第 12 页。

④ （宋）杨万里著，周汝昌选注：《杨万里选集》，上海：上海古籍出版社 1962 年版，第 42 页。

并列的盛行,为以禅喻诗的思维方式向以禅喻画迁移提供了更多的可能。

其次,就画味说而言,虽然在画论史上,自魏晋时期宗炳便提到"澄怀味像",然而以味论画的传统此后却断裂了数百年。那么,为何至宋代忽然又接续上了,其重要原因其实是"味"作为批评术语在诗论中一直未曾断裂。自《老子》提出"味无味"后,"味"逐渐从感官用语向审美用语迁移,然而,"味"作为审美用语进入文学的时间要早于绘画。早在宗炳之前,刘向《说苑》中便出现了以"味"论文的表现:"使人味食然后食者,其得味也多;使人味言然后闻言者,其得言也少。"① "味言"意味着品味对象由食物变成了言语,即进入到文学领域。魏晋时期,"味"作为一种批评术语在文学、音乐、绘画等领域皆有所显现,然而,被提及的频率却大有不同,画论中仅宗炳一例,而诗论中却大量存在。如前文提到的钟嵘《诗品序》以"滋味"论五言诗,又如《世说新语·文学》中所载:"《庄子·逍遥》篇,旧是难处,诸名贤所可钻味,而不能拔理于郭、向之外。支道林在白马寺中,将冯太常共语,因及《逍遥》。支卓然标新理于二家之表,立异义于众贤之外,皆是诸名贤寻味之所不得。后遂用支理。"② 以"味"对应《庄子》中的《逍遥游》一篇,其中"味"即体会、玩味。再如陆机《文赋》中有"或清虚以婉约,每除烦而去滥;阙大羹之遗味,同朱弦之清泛。虽一唱而三叹,固既雅而不艳"③。遗味成为评价作品优劣的标准。而在刘勰《文心雕龙》中,味更成为一种重要的文学批评术语,出现了"清典可味""味飘飘而轻举,情晔

---

① 程翔评注:《说苑》卷一,北京:商务印书馆2018年版,第41页。
② (南朝宋)刘义庆著,徐震堮校笺:《世说新语校笺》,第119—120页。
③ (晋)陆机著,张怀瑾译注:《文赋译注》,北京:北京出版社1984年版,第39页。

晔而更新""吟咏滋味,流于字句"等大量以味论文的现象。可以说,魏晋虽然是"味"进入批评领域的重要时期,然而此期诗论中的"味"无论是数量还是丰富程度皆远远超过画论。此后,"味"在诗论中继续发展,如晚唐司空图提出"味外之旨"①,认为"辨于味而后可以言诗"。又如苏轼评价韦应物时所提到的"寄至味于淡泊"②,由此发展"至味说"。至南宋,则有张戒对"意味"的追求③以及杨万里对"诗味"的强调④。因此,到南宋为止,以味论诗已极为成熟且普遍,南宋题画文学中对画味的重提,很大程度上其实是这种批评潮流向画论的渗透。南宋题画文学中所提到的"滋味""风味"等词汇实际上在诗论中已非常常见,在宋代文化整合的背景下,这种批评方式便自然地随着文人对绘画批评的参与而渗透到了画论中,由此完成了对宗炳"澄怀味像"批评传统的回应。

---

① 司空图在《与李生论诗书》中提出:"文之难而诗尤难,古今之喻多矣。愚以为辨于味而后可以言诗也。江岭之南,凡足资于适口者,若醯非不酸也,止于酸而已。若鹾非不咸也,止于咸而已。中华之人所以充饥而遽辍者,知其咸酸之外,醇美者有所乏耳。彼江岭之人,习之而不辨也宜哉。诗贯六义,则讽谕抑扬,淳蓄渊雅,皆在其中矣。然直致所得,以格自奇。前辈诸集,亦不专工于此,矧其下者耶？王右丞、韦苏州,澄澹精致,格在其中,岂妨于道学哉？贾阆仙诚有警句,然视其全篇,意思殊馁。大抵附于蹇涩,方可致才。亦为体之不备也,矧其下者哉？噫！近而不浮,远而不尽,然后可以言韵外之致耳……盖绝句之作,本于诣极。此外千变万状,不知所以神而自神也。岂容易哉？足下之诗,时辈固有难色。倘复以全美为上,即知味外之旨矣。"以上引文出自《全唐文》,中华书局1983年影印版。
② (宋)苏轼著,孔凡礼点校:《苏轼文集》卷六十七,第2124页。
③ 张戒《岁寒堂诗话》提道:"大抵句中若无意味,譬之山无烟云,春无草树,岂复可观。阮嗣宗诗,专以意胜；陶渊明诗,专以味胜；曹子建诗,专以韵胜；杜子美诗,专以气胜。然意思可学也,味亦可学也,若夫韵有高下,气有强弱,则不可强矣。此韩退之之文,曹子建、杜子美之诗,后世所以莫能及也。"
④ 杨万里《诚斋诗话》提道:"诗已尽而味方永,乃善之善也。"

　　再次,就尚简淡而言,平淡简远其实是宋代诗画共同的美学追求。虽然唐末五代时,"淡"的风格便已在绘画中受到关注,然而,平淡作为一种美学典范,却是在诗论中首先出现。宋前不乏以"淡"为特点的作家和作品,如"淡乎寡味"(钟嵘《诗品》)的玄言诗,"文体省净,殆无长语"(钟嵘《诗品》)的陶渊明,又如"淡到看不见诗"①的孟浩然。北宋时期,出现了大量关于平淡风格的论述,使其成为一种重要的诗学典范,如梅尧臣"作诗无古今,唯造平淡难"(《读邵不疑学士诗卷杜挺之忽来因出示之且伏高致辄书一时之语以奉呈》),苏轼"渐老渐熟,乃造平淡"(《与侄书》),黄庭坚"平淡而山高水深"(《与王观复书》)。再加上苏轼对陶渊明的推崇,使得"平淡"由早期的"淡乎寡味"逐渐发展成为"质而实绮,癯而实腴"(苏辙《子瞻和陶渊明诗集引》)的美学典范。当平淡美学在诗论中获得了确立之后,这种美学典范便随着苏轼"诗画本一律,天工与清新"的桥梁而由诗论迁移到画论中。"天工与清新"所追求的浑然天成与清新自然,不事雕琢却能呈现丰富内在即属于"淡"的精神范畴。而宋代,尤其是南宋时期绘画中对墨色的追求,实际上便是这种精神范畴的延续。

　　另外,除了以上三种比较典型的表现外,南宋题画文学中还存在着不少零星的诗论向画论迁移的例子。

　　第一,就创作前提而言,从"诗穷而后工"引出"画穷而后妙"。胡铨《予戏作水墨四纸张庆符有诗因用其韵》有云:

①　闻一多撰,傅璇琮导读:《唐诗杂论》,上海:上海古籍出版社1998年版,第31页。

姑熟先生方遣化，饥食馋涎餐饼画。信知诗必穷乃工，忍穷谁复如公者。崎岖我已羁江湖，偻肩如我世恐无。从来画亦穷乃妙，两穷相值真堪吁。平生笑坡夸四板，只爱丹青非道眼。岂如淡墨出天然，雪欲来时水云晚。先生一见辄倾倒，回观浊世秋毫小。不须更羡钓鱼翁，已自超然游汉表。①

"诗穷而后工"出自欧阳修《梅圣俞诗集序》，然而此理论可溯源至司马迁"发愤著书"说。司马迁在《报任安书》中列举了文王、孔子等一批遭遇困境而留下文名者，并总结道："此人皆意有所郁结，不得通其道，故述往事，思来者。乃如左丘明无目，孙子断足，终不可用，退论书策以舒其愤，思垂空文以自见。"② 这个理论到韩愈时又发展为"不平则鸣"，韩愈在《送孟东野序》中劝慰孟郊道："大凡物不得其平则鸣……人之于言也亦然：有不得已者而后言，其歌也有思，其哭也有怀。凡出乎口而为声者，其皆有弗平者乎！"③ 到欧阳修提出"诗穷而后工"时，这个理论逐渐成为诗论中的一种共识。胡铨在这首题画诗中，也强调了"信知诗必穷乃工"，并在此前提下提出了"画亦穷乃妙"的论断。至此，"穷而后工"便越出了诗论，成为艺术理论中描述艺术创作前提的共有理论。

第二，就创作状态而言，提出了"文章与画共一法，腕力要可回千钧"。陆游在《夜梦与数客观画有八幅龙湫图特奇客请予作诗其上书数十字而觉不复能记明旦乃追补之亦仿佛梦中意也》中提道：

---

① 北京大学古文献研究所：《全宋诗》卷一九三二，第 34 册，第 21577 页。
② （汉）班固：《汉书》卷六十二，北京：中华书局 1962 年版，第 2735 页。
③ （唐）韩愈撰，马其昶校注，马茂元整理：《韩昌黎文集校注》卷四，上海：上海古籍出版社 1986 年版，第 233 页。

高堂阅画娱嘉宾，巨幅小卷纵横陈。其间一图最杰作，命意落笔惊倒人。奇峰峭立插地轴，飞瀑崩泻垂天绅。寿藤老木幻荒怪，深潭危栈愁鬼神。忽然白昼起雷电，始觉异物蟠蟠沦。阴云四兴诛老魑，甘澍连夕苏疲民。岂惟陂泽苗尽立，已活亿万介与鳞。文章与画共一法，腕力要可回千钧。锱铢不到便悬隔，用意虽尽终苦辛。君看此图凡几笔，一一圆劲如秋筠。乃知世间有绝艺，天造草昧参经纶。吾言未竟且复止，剩发幽奥天公嗔。①

诗歌先对图画画面进行了详细的描述，让观者可以感受到该画奇崛荒怪的特质，接着陆游将文章的创作经验引入到绘画评价，认为"文章与画共一法"，其关键在于"腕力"，有了腕力便可使看似简单的线条有千钧之力，从而达到"落笔惊倒人"的效果。"文章与画共一法"这种借文言画的姿态是典型的诗人作为绘画批评者可能出现的论画表现。

第三，从观看方式来说，出现了对"以意逆志"的借用，如刘宰《观瀑布图》：

仰观山模糊，俯视山历历。见卑不见高，此恨通今昔。观者笑且言，画手非用力。安知画工心独苦，世上悠悠几人识。君看白练飞，杳不见来迹。疑从九霄中，直下恣喷激。六月天无风，大暑铄金石。此景独清凉，飞雪洒石壁。此岂银河翻，余派堕空碧。抑岂龙门决，洪波注八极。方知画者心，不止存目击。山上更有山，去天不盈尺。丹崖与翠巘，群仙所游息。

---

① （宋）陆游著，钱仲联校注：《剑南诗稿校注》卷十六，第1231页。

烟云不可到，日星在几席。甘露被草木，醴泉出岩隙。流落人间者，万派祇余沥。知画岂予能，因画重凄恻。圣贤言外意，未可纸上得。所以说诗者，要在以意逆。安得画外观山人，共向书中探端的。①

"以意逆志"出自《孟子》，《孟子·万章上》有云："说诗者，不以文害辞，不以辞害志；以意逆志，是为得之。"②孟子认为，不能因为文辞本身妨碍到对诗意的理解，需要"以己之意'迎受'诗人之志而加以'钩考'"③。在刘宰看来，这种阅读诗歌的方式可以推广到阅读绘画中。这幅瀑布图就画面本身来看，"见卑不见高"，似乎由于画面的空间限制，瀑布并不震撼人，非用力之作，但若观者只停留于此，那便是如解诗"以文害辞"一样，囿于画面本身了。因此，观者需要运用想象突破画面空间的限制，从画中瀑布的片段想象其来自九霄，从画中之山想象山外之山，甚至打通感官，由视觉之瀑布想象其能解暑热，如此方可知"画者心"。绘画由于其空间特质，画面必定会限制在一定的空间范围内，因此，刘宰对"以意逆志"诗论的迁移，便成为观者突破绘画空间限制的一种重要方式。

　　第四，从美学标准来看，出现以诗歌体裁比附绘画笔法的情形。郑刚中《画记》里在评价一幅疑为孙太古所画之渡水罗汉图时说道："用笔简易，铺次有伦，颇似善作五言绝诗者，篇小而意

---

① 北京大学古文献研究所：《全宋诗》卷二八〇九，第 53 册，第 33414—33415 页。

② 杨伯峻：《孟子译注》，北京：中华书局 2010 年版，第 199 页。

③ 朱自清：《诗言志辨》，上海：开明书店 1947 年版，第 77 页。

足。"①此处将用笔简易、铺次有伦风格的绘画与五言绝句相比，一定程度上是为了方便文人理解绘画。五言绝句是近体诗中篇幅最为短小者，但却因承载的字数少而更增加了铺次难度，其风格是"篇小而意足"，与绘画之用笔简易却意味丰富相近。这类零星的诗画比附在南宋题画文学中时有出现，所谓"丹青犹文也"（黄伯思《跋宗室爵竹画轴后》）。因此，诗论向画论的迁移成为南宋题画文学画论阐释最显著且重要的方式。

二、画论借鉴诗论的原因

诗论影响画论，这是历代画论阐释中都存在的现象，究其原因，首先在于文字与图像在某种认知上具有同源性和同理性，《文心雕龙·原道》谈道："人文之元，肇自太极，幽赞神明，《易》象惟先。庖牺画其始，仲尼翼其终。而《乾》《坤》两位，独制《文言》。言之文也，天地之心哉！若乃《河图》孕乎八卦，《洛书》韫乎九畴，玉版金镂之实，丹文绿牒之华，谁其尸之，亦神理而已。"②从庖牺之画到仲尼之书，皆本源于太极，文字与图像具有共同的源头。而无论是《河图》还是《洛书》，也都具有同样的神理，都符合自然规律。文与图之间的这种同源性与同理性使得借文论谈画具有了合理性。

其次，虽然在这种言说方式中文图是同源的，然而，同源并不意味着之后具有同等的发展。"艺术史提示我们，文学的发展演变，往往先于美术，而且常常影响美术。"③就理论而言，文论的成熟一般来说是先于画论的，尤其在早期。如谢赫六法之"气韵生动"

---

① 曾枣庄、刘琳主编：《全宋文》卷三九〇九，第 178 册，第 320 页。
② 周振甫：《文心雕龙今译》，第 11 页。
③ 葛路：《中国画论史》，北京：北京大学出版社 2009 年版，第 40 页。

对曹丕"文以气为主"（《典论·论文》）等概念的接纳，又如张璪"中得心源"对"诗者，志之所之也"（《毛诗序》）的继承。早期文论相对于画论的早熟使得二者在同源同理的前提下具有了文论向画论渗透的可行性。

再次，文论对画论的这种渗透随着宋代文化的整合而进一步加剧。文人对绘画关注的程度、文人与画家交流的密切性较之前代更为明显，这让文学与绘画的紧密度日益加强，文论与画论之间形成了更为有效的比较平台。

以上三个原因，学界大多已关注到①，故在此简要说明即可。此处想要重点探讨的是，在诗论向画论迁移这个论题中，相对于其他画论专著而言，题画文学论画的特殊性。就作者的身份属性而言，论画专著的作者往往造诣更偏向绘画，无论是南朝时期《古画品录》的作者谢赫，还是唐代《历代名画记》的作者张彦远，抑或是宋代《林泉高致》的实际观念呈现者郭熙，虽然他们同时也具有文士属性，然而，其文学创作的造诣往往远不如绘画。当然，并非所有论画专著的作者皆是如此，但这种概率确实相对较高。而题画文学的作者属性却大多相反。南宋时期虽然确实存在题画文学作家同时也是画家的情况，如米友仁、龚开、赵孟坚、郑思肖等，然而，大量题画文学作者身份的第一属性并非画家，而是文人或士人。虽说在宋代文化整合的背景中，同时通晓诗书画的综合性人才进一步增多，然而，诗书画皆擅长或晓其理的通才毕竟是少数，大部分人实际上只能做到知晓而非精通。甚至，题画文学作者中真正

---

① 如李一鸣：《继承与超越：论张彦远画论思想对文论书论的贯通》，《美术大观》2019 年第 9 期；张克锋：《魏晋南北朝文论与书画论的会通》，西北师范大学 2007 年博士论文；移星：《论中国古代题画诗中的文论思想》，新疆大学 2010 年硕士论文等。

懂画者的比例也是一个值得探讨的问题。葛邲《跋李公麟潇湘卧游图》中的这段表述很值得注意,此跋写道:

> 云谷师行脚卅年,几遍山河大地,心空及弟归,犹以不到潇湘为恨。每遇名笔,使之图写,间为好事取去,亦复不禁。此系最后所作,予素不识画,师求跋语,莫知所赞也。然师亦知夫掌上之妙喜,耳中之兜元,胸次之八九云梦者乎? 不出户庭,师已游潇湘矣。乾道辛卯中秋,可斋居士葛邲书。①

这段跋语提到自己"素不识画",被要求写跋语的时候"莫知所赞",于是只能借前代宗炳"卧游"的概念礼貌赞美对方"不出户庭","已游潇湘"。葛邲作为南宋官至右丞相的一位儒学家,是否识画未可知,这段话中的表述或许是自谦,但从他在南宋题画文学中仅留下这一段题画文字亦可推测他可能确实不太关注绘画。从这段题跋中能得到两个启发:第一,很多文人或许真的不懂画或不关注,他们写下题画文字的动机可能出自应酬,只不过,真正敢于直白地承认自己不识画的人并不多。第二,由于对画技并非真的精通,因此,大多题画文学在论画时只能围绕外围背景进行阐发,比如对画中故事现实意义的揭示、对画中山水花鸟的抒情言志等。一般来说,题画文学这种对画外之思的关注通常被认为是为补画之不足,然而,除去这种需求以外,题画作者对画技本身的不了解未尝不是促使其关注点向画外延伸的原因。当题画文学作者想要

---

① 曾枣庄、刘琳主编:《全宋文》卷五七九八,第258册,第99页。

将视角转回到绘画本身时，这种"不识画"的窘境①使其论画时通常会向两个方向发展，一种是像葛郯一样借助前人的观点进行阐发，这也是南宋时期题画文学中画论继承性很强的原因，大量关于"卧游""胸次""气韵""神似"等论调的重复，实际上就是这种窘境的表现；另一种则是充分运用自己作为一个文人的优势，借助文学中的理论来探讨绘画。相比于第一种的老调常谈而言，第二种论画方式反倒能体现出一定的独特性和创新性，如对"穷而后工""以意逆志"等理论的借用，这种借用的极端影响，甚至可以消解论者对其不识画的质疑，如邓椿便提出："其为人也多文，虽有不晓画者寡矣；其为人也无文，虽有晓画者寡矣。"②似乎是否擅画已不重要，而擅文才是"晓画"的重要前提。借文论谈画成功地使文人获得了绘画批评的话语权。因此，作者的身份属性成为题画文学中画论阐释喜好借鉴诗论的重要原因。

诗论向画论的迁移现象在南宋题画文学画论阐释中极为明显，这导致了南宋题画文学中的画论基本上属于文人的画论，无论是创作前提中的胸中有丘壑，还是最终效果的以手应天，抑或是鉴赏标准中的以味论画、平淡简远，皆体现出浓厚的文人色彩。然而，就绘画发展史而言，南宋绘画的主流实际上是院体画，即以宫廷为主导、风格精工细腻的绘画类型。于是，南宋题画文学所呈现出来的主要画论偏向便与南宋绘画的实际产生了错位，这成为南宋画坛一个有趣的现象。

---

① 当然，"不识画"的原因较多，从远因来看，庄子对"技"与"道"高下的评价使文人不愿在"技"层面多做留心，从近因而言，苏轼等论者对"士人画"观念的提出使得文人努力想与专注画技的职业画家拉开距离。

② 俞剑华：《中国历代画论大观第二编：宋代画论（一）（二）》，第154页。

第三节　文人对话语权的掌握与
文人画论的延续

　　从前两节的论述中可以看出,南宋题画文学常借诗论谈画,使其画论呈现出文人标准的审美偏向。然而,这种文人式的审美标准却与南宋画坛实际的主流画风之间存在错位。那么,这种错位是如何产生的,对于画史发展又有何意义?

　　从创作实际来看,南宋绘画其实存在着非常多元的风格,既有如扬补之墨梅、赵孟坚墨兰一般的文人风貌,又有如梁楷、法常减笔画那样的禅逸画风①。然而,南宋绘画创作的主流实际上是以刘松年、李唐、马远、夏圭等为主体的院体画。"南宋建都临安后,画院沿袭北宋旧制,画家都从北方流徙而来,如李唐、萧照、李安忠、张择端、马兴祖、苏汉臣、朱锐等。人才的集中,为南宋画院的发展提供了优越条件。画院带来的直接结果,是绘画艺术高度发达,同时在宫廷时尚的衡量法度之下,院体成为当时的主流。"②南宋多位帝后如宋高宗、宋宁宗、杨皇后等皆爱好绘画艺术,在帝后的主导与宫廷趣味的共同作用下,南宋画坛形成了非常有特点的以院体画为主的绘画生态。"'院体'作品为迎合帝王宫廷的需要,多以花鸟、山水、宫廷生活及宗教内容为题材,作画讲究法度,重视形神兼备,风格华丽细腻。"③这种讲究法度、华丽细腻的风格成为最能代表绘画史中南宋绘画面貌的姿态。

————————

① 当然,这类画风一般也被归入到文人风格。
② 陈野:《南宋绘画史》,第34—35页。
③ 孙淑芹:《院体画再论》,《美术大观》2010年第7期。

　　然而，从画论实际来看，针对院体画的理论却并未像创作一样盛行，占据南宋画坛主流的仍旧是文人画论[①]，南宋画坛形成了创作实际与画论之间的错位。导致这种错位的原因主要有三个。

　　首先，就绘画创作者而言，院体画的创作者主要是画院画家，相对于文人画家的综合性身份而言，画院画家的身份往往更偏向于单纯的画家，也就是说，他们大多专注于绘画，很少通过文字来传达其绘画理念。南宋著名的院体画家刘、李、马、夏诸人基本没有文学作品传世，这便造成了绘画品鉴话语权的旁落。而文人画家则不然，从北宋苏轼开始，到南宋赵孟坚、龚开，再到宋末元初的钱选，他们不仅参与绘画，而且更擅长通过文字传达绘画理念，他们控制了自己画作的优先阐释权，并且通过文字将其理念进一步传播出去，辐射出更强的影响力。因此，院体画家甚少参与文学创作是导致院体画画论不足的重要原因。

　　其次，就院体画的传播范围而言，多集中在宫廷，“宋末士大夫不识画者多，纵得赏鉴之名，亦甚苟且。盖物尽在天府，人间所存不多，动为豪势夺去。”[②]院体画画家本身便是为宫廷服务，一般的文人能见到其作品的机会并不多，这便导致了虽然院体画作品数量多，却由于流传范围的狭窄而损失了大量获得题咏品鉴的可能。对南宋题画文学中被题咏次数在10次以上的画家及被题咏次数进行整理，可得出以下表格：

---

① 虽然文人画是一个后起的概念，苏轼只提出“士人画”，然而其核心内涵具有很强的延续性，与本章所探讨的文人偏向的画论风格相同。因此，本章在称谓上便不再专门区分士人画和文人画，而统一以文人画和文人画论表述。
② 俞剑华：《中国历代画论大观第三编：元代画论》，第101页。

表15　南宋题画文学被题咏画家及其被题作品数量统计

李公麟148	米友仁51	钱选50	江贯道23	苏轼22
赵佶21	扬无咎21	时遁泽21	马远20	郑思肖17
董端明17	赵孟頫17	惠崇15	仲仁14	韩幹13
赵令穰13	王维12	萧照12	阎立本11	吴道子11
颜持约11	李成10	老融10	隆师10	刁光胤10
赵昌10	李仲宾10	赵孟坚10		

通过表15可以发现,大量被题咏的画家仍是文人风格。排名榜首的李公麟是北宋极负盛名的画家,与苏轼、苏辙、黄庭坚等诸多文士交往密切,苏轼曾对其有过"龙眠居士本诗人,能使龙池飞霹雳"(《次韵吴传正枯木歌》)的评价,而黄庭坚亦曾评论其《憩寂图》是"李侯有句不肯吐,淡墨写出无声诗"(《次韵子瞻子由题憩寂图二首》),可见其风格与文人之间的契合;排名第二的米友仁为米芾的长子,其"米点山水"对后世文人画产生了重要的影响;排名第三的钱选更是提出了文人画形成过程中的重要理念"士气":"赵文敏问画道于钱舜举,何以称士气。钱曰:'隶体尔。画史能辨之,即可无翼而飞,不尔便落邪道,愈工愈远。然又有关捩,要得无求于世,不以赞毁挠怀。'"[1] 其他如王维被认为是文人山水画的鼻祖,而苏轼则是"士人画"理念的创立者。文人风格的画家成为表格中最为显眼的存在。当然,表格中也有以院体画为主要创作对象的画家,包括宋徽宗赵佶、马远、萧照、刁光胤和赵昌,其中马远和萧照主要生活在南宋。从上榜人数和被题咏的次数而言,皆远不及文人画家,画作传播范围的狭窄成为院体画画论形成的阻力。

再次,从表15可以看到,院体画画家作品得到题咏的机会虽

---

[1] 俞剑华:《中国历代画论大观第三编:元代画论》,第179页。

然不如文人画家,但也并非完全没有,如马远便获得了20次题咏机会,而萧照也有12次。那么,为何在这些题咏中没能形成一定的院体画理论呢?事实上,南宋时期对院体画的题咏大多集中于宫廷帝后,如宋高宗对李唐的题咏,杨皇后对马远、马和之的题咏等,然而,帝后题画文学大多呈现出来的只是对画作的简单描述和含蓄的情感抒发,如宋高宗题阎次平小景之"绕池曳杖携双鹤,架水浇花课小奴"①,又如杨皇后题马远《倚云仙杏》之"迎风呈巧媚,浥露逞红妍"②,顶多能够印证画作华丽细腻的风格,却并未提炼出相应的画论。另外,帝后在题咏院体画时还很喜欢袭用文人的成句,如宋高宗以白居易《竹楼宿》题刘松年《竹楼说听图》,宋宁宗以王安石《秋兴有感》题马远《踏歌图》等。虽然院体画与文人画并非完全对立,二者异中有同,然而,这种大量借用文人诗句题咏院体画的做法还是使得院体画本身的创作特点被进一步淡化。同时,虽然帝后是南宋题画文学作家群体中非常特别的一类,但其人数与广大文人相比还是九牛一毛,因此其题画数量也远远赶不上一般文人。

综上,南宋时期院体画创作数量虽多,但由于传播范围有限,画家不参与题咏以及宫廷题咏者对题咏方式的偏好,使得此期院体画并未形成与之匹配的有影响力的画论。这种现象造成的结果便是南宋时期绘画批评话语权的旁落,文人成为南宋画论的主要发声者,而文人倾向的画论则成为南宋时期绘画批评的主流。

南宋画坛创作与画论的错位,使得后世对南宋的绘画创作接受与理论接受也出现了不同的偏向。

---

① 北京大学古文献研究所:《全宋诗》卷一九八二,第35册,第22230页。
② 何传馨:《文艺绍兴:南宋艺术与文化·书画卷》,第195页。

就绘画创作而言,"唐人尚巧,北宋尚法,南宋尚体,元人尚意"①,南宋以院体画为主流的绘画风格与北宋及之前的画风皆不一样,"从艺术表现看,元代抛弃了南宋的传统,而上追唐与北宋风格。"②南宋的院体画创作实际成为被元代抛弃的传统。

然而,就绘画理论而言,元明之后所大肆推崇的文人画论却不能说是跳过南宋直承苏轼。虽然学界探讨中国画论,尤其是文人画理论的发展过程时,通常是从苏轼"士人画"论开始,到钱选"士气"说,赵孟頫"古意"论,倪瓒"逸气"说,再到董其昌南北宗论,南宋因其未出现非常有名的画论而常常被忽视。然而,对南宋题画文学所蕴含的画论进行分析,会发现南宋画论其实是对以苏轼为代表的文人画论的继承,其对心匠、画味、学画如学禅等观念的强调不仅承续了文人绘画的评鉴传统,而且对后世的文人画论亦有影响。由此,南宋的画论实际上可以作为北宋到元代文人画论发展过程中的重要衔接,此期画论的存在,使得苏轼之后文人画论的传统未曾因为南宋院画对画坛的统治而断裂,从而推进了元代之后文人画论的进一步发扬。

另外,还有一个问题值得关注,南宋的院体画在后世受到了不同程度的贬低。如张泰阶《宝绘录》所言:"五代及宋,始设画院,于是性情之道微而精能之习胜矣……南宋画师无甚表表者,刘、李、马、夏,俱负重名,而李、马为最,但较之北宋,门庭自别,其风气使然欤。"③认为画院之作有精能而少性情,南宋诸家与北宋相比亦差之远矣。又如何良俊《四友斋画论》提到"若南宋马远、夏圭亦

---

① 俞剑华:《中国历代画论大观第三编:元代画论》,第 207 页。
② 葛路:《中国画论史》,第 133 页。
③ 俞剑华:《中国历代画论大观第四编:明代画论(一)》,第 204—205 页。

是高手,马人物最胜,其树石行笔遒劲。夏圭善用笔墨,是画家特出者,然只是院体"[1],并认为"元人之画,远出南宋诸人之上"[2]。无论南宋院体画家画得多好,其院体风格便是原罪。这种贬低随着南北宗论的盛行而越发突出,以禅宗之南北宗比附绘画始于明代沈颢,其《画尘》谈道:"禅与画俱有南北宗,分亦同时,气运复相敌也。南则王摩诘裁构淳秀,出韵幽澹,为文人开山。若荆、关、宏、璪、董、巨、二米、子久、叔明、松雪、梅叟、迂翁,以至明之沈、文,慧灯无尽。北则李思训风骨奇峭,挥扫躁硬,为行家建幢。若赵干、伯驹、伯骕、马远、夏珪以至戴文进、吴小仙、张平山辈日就狐禅,衣钵尘土。"[3] 在南北宗的划分中,南宗之文人画风高于北宗,而北宗中隶属于南宋的诸多画院名家则被视为不入流的野狐禅。南北宗论到董其昌时发展成熟,董其昌在陈述了南北各自的派别特点后,得出一个结论:"若马、夏及李唐、刘松年又是大李将军之派,非吾曹当学也。"[4] 院体画在后世受到了颇多负面批评。那么,这种对院体画的批评在南宋是否便已存在,文人对南宋画论话语权的控制又是否使院体画因此而受到贬损呢?

在南宋的画论专著里确实对院体画有过评价,邓椿在《画继》中多次关注到院体画风尚:"画院界作最工,专以新意相尚。尝见一轴,甚可爱玩。画一殿廊,金碧焜耀,朱门半开,一宫女露半身于户外,以箕贮果皮作弃掷状,如鸭脚、荔枝、胡桃、榧、栗、榛、芡之属,一一可辨,各不相因,笔墨精微,有如此者。"[5] 此段文字强调

---

① 俞剑华:《中国历代画论大观第四编:明代画论(一)》,第 60 页。
② 俞剑华:《中国历代画论大观第四编:明代画论(一)》,第 58 页。
③ 俞剑华:《中国历代画论大观第四编:明代画论(一)》,第 41 页。
④ 俞剑华:《中国历代画论大观第四编:明代画论(一)》,第 138 页。
⑤ (宋)邓椿:《画继》卷十,第 124 页。

了画院界画中笔墨精微的特点，当然，只是客观说明其特色，并未加以贬低，甚至有赞许之意。又"图画院四方召试者源源而来，多有不合而去者。盖一时所尚专以形似，苟有自得，不免放逸，则谓不合法度，或无师承，故所作止众工之事，不能高也"①。这段文字在谈到尚法度不能随意发挥时，对院体画有一定的批评。赵希鹄《洞天清录·古画辨》亦关注过院体画风格："何尊师不知何许人，周炤则熙宁画院祗应，所作猫犬，何则有士夫气，周则工人态度，然生动自然，二家皆有。"②这一段区分了士夫气和工人态度，但同时也承认了二者虽风格不同，却都生动自然，不算是特别明显地贬低院画。总体而言，南宋画论专著对院体画的关注并不算特别多，偶有批评，也多是在客观陈述的基础上略有微词，不似后世一般过分贬低。

除画论专著外，南宋题画文学中亦有不少对院体画的题咏，如前所述，对院体画的题咏大部分集中在宫廷作家中。院体画的创作本身便是在宫廷审美主导下产生的，因此，宫廷题咏者必然不会对其进行贬低。虽然宫廷题咏者并未对院体画提炼出相应的有建设性的理论，但他们至少表现出了明显的对院体画风格的认可，无论是"落红如海乱莺啼"（宋高宗《题马远画册五首》）还是"重重叠叠染缃黄"（杨皇后《题马远画梅四幅》），抑或"奇花名卉弄春柔"（宋高宗《题马麟亭台图卷》③），"宝瓶梅蕊千枝绽，玉栅华灯万盏明"（宋宁宗或杨皇后题马远《华灯侍宴图》）这种柔媚富丽的风格皆受到宫廷题咏者的褒扬。

---

① 俞剑华：《中国历代画论大观第三编：元代画论》，第 163 页。
② 俞剑华：《中国历代画论大观第三编：元代画论》，第 193 页。
③ 按：马麟生卒年不应在高宗时。

虽然对院体画的题咏大部分集中在宫廷，但宫廷之外其实也有少量的遗存，那么，宫廷以外的其他文人在题咏院体画家作品时，又是否会加以批评呢？考察南宋题画文学时会发现，并无这种偏向。如戴表元《萧照春江烟雨图》：

> 波痕如树树如烟，更是春阴小雨天。何处得鱼何处醉，笋皮蓬底解蓑眠。①

渔翁自《楚辞》《庄子》始，便成为中国艺术表达中的重要形象，其对世俗的疏离感和通透感使其成为文人追慕的对象。渔翁这种形象大多是属于宫廷之外文人话语中的，萧照虽然是画院待诏，但戴表元却未关注萧照的身份，而将着眼点放在画面所传达出的宫廷之外的江湖中，拓展其醉眠的洒脱之气。又如仇远《题五牧蒋氏所藏阎次平小景》：

> 绿芜红叶照秋明，白雁孤飞我独行。谁识草堂穷杜老，江南江北正关情。②

阎次平本为画院祗候，虽然此画中绿芜、红叶、白雁的形象色彩甚是鲜明，但作者却并未因其色彩丰富便将其作为批判对象，而是落脚于"独"的情感，甚至与晚年之杜甫相比，凸显其飘泊性，形成与宫廷的疏离。相比于本朝院体画，南宋文人见到前代院体画家作

---

① 北京大学古文献研究所：《全宋诗》卷三六四三，第 69 册，第 43716 页。
② 北京大学古文献研究所：《全宋诗》卷三六八三，北京：北京大学出版社1998 年版，第 70 册，第 44229 页。

品的可能性更大一些,因此也会出现对前代院体画的题咏。一般认为,画院始设于五代,西蜀、南唐皆有类似的机构。黄筌作为西蜀画院的重要画家,其画作也成为后世关注的对象。那么,以精细笔法描摹宫廷花鸟为主的"黄家富贵"在南宋文人笔下是被如何看待的呢?李石《黄筌画屏》便评价过这种风格:

> 阿筌千顷本胸中,学道分明画手同。笔削来追麟获后,丹青为洗马群空。①

首句借用了苏轼对文同画竹"渭滨千亩在胸中"(苏轼《篔筜谷》)的评价,认为黄筌作画之前同样是"胸有成竹"。"笔削来追麟获后"则运用了孔子修《春秋》的典故,相传孔子作《春秋》,"绝笔于获麟"(李白《古风》),《史记·孔子世家》记载:"至于为《春秋》,笔则笔,削则削,子夏之徒不能赞一辞。"②此处表达了黄筌作画之精妙可堪继孔子修《春秋》。"丹青为洗马群空"是对杜甫评价曹霸画马"诏谓将军拂绢素,意匠惨淡经营中。斯须九重真龙出,一洗万古凡马空"(杜甫《丹青引赠曹将军霸》)的借用,说明黄筌之画一出,其他画作皆失色。李石并未因黄筌是画院画家,且风格"富贵"便对其进行贬损,反而给予高度褒扬。同时,从其褒扬方式来看,无论是"胸有成竹"还是"惨淡经营",皆是文人提出的,且被后世文人画论广泛认可的绘画理论。也就是说,南宋所关注更多的是绘画作为一种艺术创作的共性,而非院体画

---

① 北京大学古文献研究所:《全宋诗》卷一九八八,第 35 册,第 22297 页。
② (汉)司马迁著,韩兆琦译注:《史记》卷十七,北京:中华书局 2010 年版,第 3835 页。

和士人画的绝对分野。南宋题画文学中并未对院体画进行批评，更未出现因画家身份是画院待诏等便一概批判的现象。题画者甚至常常借助文学传统中的意象和思维模式，将画作的阐释导向文人传统。

当然，南宋画论虽未对院体画进行明显的贬低，但亦有其批判的对象，即"俗工"。在南宋题画文学中，"俗工"的表现大致包括三类。

一是着色过多者，如王铚《墨君十咏》：

> 春花秋月不同时，高节偏于墨色宜。莫遣世间丹绿笔，等闲俗却岁寒枝。①

相比于丹青而言，墨色更为高雅，若以丹绿画梅则使梅俗。这种墨色高于丹青的观点在南宋题画文学中极其常见，如李纲题墨梅时便说其"脱略丹青尤拔俗"（《戏赋墨画梅花》），胡铨则将丹青与墨色作为区分士人的标准，认为"惟士人用笔无丹青气"（《跋李伯时画》）。

"俗工"的第二种表现是雕琢，如李纲《次韵和虞公明察院赋所藏李成山水》所说的"众工画山水，意匠劳雕镌。惟兹得简易，大巧初天全"。简易和雕琢成为雅俗的界限。

"俗工"的第三种表现是所画内容与史实不符。姚镛《题孔明抱膝长啸图》提道：

> 俗工图孔明抱膝长啸者，类多髯而巾九云，殊不知九云乃

---

① 北京大学古文献研究所：《全宋诗》卷一九○九，第34册，第21319页。

征南蛮后之巾也。按孔明事昭烈，相后主，凡二十六年，而阴
星之变乃五十四，则抱膝长啸，正年二十四五时。少年英概如
此，司马德操目之伏龙、凤雏，谅哉！　①

这段题跋认为诸葛亮是在二十四五岁的时候抱膝长啸，那时候不
应该装束征南蛮之后才出现的九云巾，因此，这是画家不晓历史而
出现的错误，属于"俗工"的行为。

从以上三个标准来看，是否着色、画作与历史是否吻合，皆非
士人画与院体画的区别，提倡士人画的钱选多着色花鸟，而隶属画
院风格的徽宗亦重画作的写实，只有雕琢和简易勉强可以作为院
画与士人画的区别。也就是说，南宋题画文学所批评的是某些具
体的现象，而非院体画本身。同时，他们也未曾针对身份进行批
判，不会因为某人是画院待诏便将其纳入贬损范围。

同时，当南宋题画文学中出现"画工"一词时，也未必将其与
较低级的"工匠"等同。苏轼在评价吴道子绘画时，曾提出"吴生
虽妙绝，犹以画工论"（《王维吴道子画》），"画工"成为一种工匠性
质的批评，而南宋却少有这种对应，他们提到"画工"时，常常便是
指画家，而未突显其"工"的性质。如"画工画意不画物，咫尺应须
千里长"（李纲《与叔易奕不胜赋着色山水诗一篇》），"画工妙手今
无几，可惜徐卿今老矣"（王洋《题徐明叔海舟笛图》），"画工神品
今代无，祁岳一脉传醉胡"（陈造《题胡处士猿獐图》），皆是将"画
工"与优秀画家等同，而未以此指工匠，更未以此指为皇家提供绘
画服务的画院画家。

因此，终整个南宋画论史而言，无论是画论专著，还是题画

---

① 曾枣庄、刘琳主编：《全宋文》卷七六八八，第334册，第64页。

文学中的画论，皆未将院体画整体作为一种批判对象，虽然偶有针对某一个特点的批评，但并未如后世一般激烈。南宋未曾因为文人主导画论话语权便对院体画进行总体打压，对院体画的批评是元代以后逐渐形成并加剧的。不过，虽然南宋画论中未曾明确批判院体画，但其所提倡的绘画理念却延续了以北宋苏轼为代表的文人画理论，使文人画观念完成了由北宋向元代的顺利过渡。

小　结

　　南宋题画文学中蕴含着丰富的绘画理论，是南宋画论的重要组成。以往的画论史研究，在南宋阶段多关注《画继》《云烟过眼录》等论画专著，对题画文学中的绘画批评则有所忽略。甚至整个南宋画论也由于夹杂在北宋和元代两座画论高峰之间，看起来无所创见而常被漠视。实际上，南宋以题画文学为代表的绘画批评自有其价值，值得给予足够的关注。

　　考察南宋题画文学中的绘画批评，就创作论而言，包括心匠说、对"诗画一律"观的延续与反思，以及学画如学禅；就批评论而言，则可提炼出对绘画道德性的强化、对形似与神似的再思考、画味说以及尚简淡。对这些理论的生成方式进行探究，会发现其大部分源于对诗论的迁移，这种迁移带来的结果是南宋题画文学中的画论大部分实际上是文人画论。南宋画论的这种偏向与南宋画坛以院体画为主流的创作实际之间产生了错位。这种错位使得后世对南宋的绘画创作接受与理论接受有所不同。就创作接受而言，元代抛弃了南宋传统直接上承北宋，然而从理论接受的角度看，却不能说跳过南宋。南宋画论实际上是北宋到元代文人画论发展过程中的重要衔接。南宋占据主流地位的院体画由于传播范围的限制,创作者对绘画批评的隐身以及宫廷题咏者的题画偏好,导致此期绘画批评的整体话语权形成了向文人的旁落。文人对南宋绘画批评话语权的掌握使得苏轼之后文人画论的传统未曾因为南宋院体画对画坛的统治而断裂,由此促生了元代之后文人画理论的进一步成熟。

第七章 题画文学编集与题画批评标准的建立

题画文学自先秦缓慢起步,经历了唐代和北宋的蓬勃,发展至南宋,在创作实践上已是炉火纯青。从文学发展的经验来看,丰富的创作实绩在某些因素的推动之下,往往下一步便会促生相应的文学批评。在题画文学的领域中,南宋恰好具备了这些推动因素,于是,题画文学由此从创作迈入到批评的阶段,其标志便是以《声画集》为代表的一批题画文学总集和别集的诞生。题画文学从此开始具有了独立存在的价值,并实现了题画理论的自觉。因此,本章将重点探讨南宋时期题画文学总集和别集的生成,以及在此基础上进一步形成的题画文学批评标准,力图以这样一种总结完成本书对题画文学研究的收束。

第一节 题画文学总集与别集的生成

南宋时期,在题画文学领域诞生了第一部题画文学总集《声画集》,同时也出现了第一批题画文学别集,意味着题画文学进入到整理总结的阶段,开启了题画文学批评的征程。那么,为何题画文学的编集会出现在南宋,这些总集和别集的编纂情况如何,其生成对题画文学的发展有何意义,这将是本节所要探讨的。

一、《声画集》:题画文学总集的诞生

成书于南宋孝宗淳熙丁未(1187)十月的《声画集》,是中国历史上第一部题画文学总集,题目取"有声画,无声诗"之义。该书收录了唐宋作家为画而作的诗歌共 608 题 825 首,其中唐代 47 题 49 首,宋代 561 题 776 首 ①。《声画集》的出现,是题画文学史上非常重要的一个断点。题画文学自先秦滥觞,至北宋已蔚为大观,大家辈出,名作屡现,那么,为何对题画文学的编集却到南宋才出现,这样一本题画总集的诞生,对题画文学的发展产生了什么样的影响呢?

(一)《声画集》作者及版本

关于此书的作者,现今已公认为孙绍远,然而历史上曾有误传,明代杨士奇编《文渊阁书目》时,曾记载为刘莘老声画集一部,二册。《明书》中亦记载为刘萃(应为莘之误)老声画集。对此清代钱曾曾辨析云:"卷初老子画像诗为刘莘老所作,后人写书目竟定为莘老集者,误也。"② 刘莘老即刘挚,为北宋元祐时人,而《声画集》中所收诗的下限在南宋孝宗时期,因此刘莘老说不可能成立。然而钱曾同时说:"声画集,八卷,不著编者名氏。"③ 对此,四库总目反驳道:"此本卷首,有淳熙丁未十月绍远《自序》,谓入广之明年,以所携前贤诗,及借之同官择其为画而作者,编为一集,名之曰《声画》,用'有声画、无声诗'之意也,则为绍远编集,确有明证,岂

---

① 此资料据傅怡静:《宋代题画诗集与画谱研究》,北京师范大学 2007 年博士论文,第 28 页。

② (清)钱曾著,管庭芬、章钰校证:《读书敏求记校正》,上海:上海古籍出版社 2007 年版,第 451 页。

③ (清)钱曾著,管庭芬、章钰校证:《读书敏求记校正》,第 451 页。

曾所藏本偶佚此序耶？"①四库总目这段话，也说明《声画集》在流传的过程中，曾经有一段时间，或有一个版本是无孙绍远自序的，因此引发其作者未知之疑。

孙绍远，字稽仲，号谷桥，吴中（今江苏苏州）人（据《吴中旧事》载其父孙价为吴中人推测），生卒年不详。孙绍远《宋史》无传，然而根据方志等文献的记载，约略可知其为官履历。孝宗淳熙七年（1180）知兴化军〔（弘治）《兴化府志》〕，淳熙十二年（1185）任提举福建常平茶盐公事〔《夷坚支志》、（弘治）《八闽通志》〕，淳熙十三年（1186）供职广南西路（《粤西金石略》），淳熙十四年（1187）年任湖北运判（《文忠集》），光宗绍熙间任福建转运司〔（弘治）《八闽通志》〕，宁宗嘉定间任广西提点刑狱〔（雍正）《广西通志》〕，而《直斋书录解题》又称其为朝散大夫，或是其后来所担任的最高官职。《声画集序》中言编纂《声画集》在"入广"之明年，"入广"当指孙绍远1186年供职广南西路，故编纂《声画集》的时间为1187年，与其序中所说淳熙丁未相符。除《声画集》外，孙绍远还撰写有《大衍方》和《谷桥愚稿》，朱熹《晦庵集》中保留了为后者所作之《孙稽仲文集序》，惜文集未存。

关于《声画集》的版本，此书编成后便有宋孝宗刊本，此本据傅增湘回忆，日本有一帙，已影印。"余己巳东游曾见于肆中，匆匆未遑记录"②，颇是遗憾。现今有日本文化十四年（1817）本两种，一是御学问所藏版，姬路藩河合道臣旧藏；另一种为常熟翁氏藏书，纸本钤印：翁斌孙印。不知其中是否有傅增湘所见据宋刊本影

---

① （清）永瑢等：《四库全书总目》，北京：中华书局1965年版，第1697页。
② （清）莫友芝撰，傅增湘订补：《藏园订补郘亭知见传本书目》，北京：中华书局2009年版，第1525页。

印之书。傅增湘在《藏园订补郘亭知见传本书目》中同时记录了他收藏的"明天一阁旧藏蓝格写本,十行二十字。'构'字注'太上御名',从孝宗时刊本录出"①。根据宋孝宗刊本录出的明抄本的存世多少弥补了一些日本影印本未能记录的遗憾。

关于《声画集》的其他版本,还有清顺治间写本,"九行十七字,钤顺治间曹溶及怡府明善堂印。卷八末缺诗八首,所缺与天一阁写本此二叶下半缺失处合,知即从天一阁旧藏写本出。海源阁佚出书"②。另有清康熙年间潜采堂本,上有朱彝尊印。清代影响最大的是曹寅所藏楝亭十二种本,康熙四十五年(1706)数次刻印之《声画集》皆本于楝亭本,推测此年频繁刻印此书之原因或是为康熙四十六年(1707)编选《康熙御定历代题画诗》作准备,现《中国书画全书》所收之《声画集》即以楝亭藏书本断句排印,然而此本舛误颇多,四库馆臣将《声画集》编入《文渊阁四库全书》时,据所收作者别集改正了其中的一些讹误③。傅增湘亦曾据天一阁藏书本改定四百三十七字。此外,乾隆三十一年(1766)亦有刻本。

(二)《声画集》成书背景

唐前共有题画作品三百余篇,唐代数量与之相似,至北宋上升至近两千。那么,为何第一部题画文学总集却未出现于北宋甚至更早,而是到南宋才出现,主要有以下几个因素。

1. 宋代的文化整合

经历了大唐帝国的衰落和五代战乱之后,宋人开始重新思考并构建其文化结构和思想基础,无论是思想上还是学术上都发生

---

① (清)莫友芝撰,傅增湘订补:《藏园订补郘亭知见传本书目》,第1525页。
② (清)莫友芝撰,傅增湘订补:《藏园订补郘亭知见传本书目》,第1525页。
③ 参(清)王太岳:《四库全书考证》,清武英殿聚珍版丛书本。

了迥异于唐代的变化,思想上儒、释、道三家趋于合流,并衍生出理学的思潮。学术上文学与经术相融,更趋于经世致用。而宋代的士人也多同时具有官僚、文士和学者的身份,为其文化各方面的整合提供了有利的条件。

这种文化整合的风气渗透到文学艺术之中。宋代尚文的特质和太祖制定的优待文官的制度,使文学创作相对自由,因此,北宋时无论是诗词、文章还是绘画创作皆呈现出繁荣的面貌。然而,"宋人生唐后,开辟真难为",蒋士铨在《辨诗》中的这句论断道出了宋人影响的焦虑。宋代士人面对着唐代文化的高峰,急需谋求新变,以建立自身在文化史上的地位,而新变的方式之一便是"破体",刘勰曾论通变曰"文辞气力,通变则久,此无方之数也"(《文心雕龙·通变》)。在这种背景下,文学内部各种文体之间出现了整合的趋势。诗、文、词相互渗透,打破不同文体之间的界限,取长补短。诗文方面,继承唐代韩愈而来的"以文为诗"继续发展,诗词方面,苏轼以诗歌和散文的写法入词,不仅突破了音乐对词的限制,并且将豪放庄重的情感纳入到婉约妩媚的词中。文学各种体裁之间通过相互渗透,达到了一种新的审美高度。

同时,文化整合的风气也由文学内部蔓衍到文学和艺术的关系,尤其是诗画关系上。宋代之前很少将诗画并立并强调其相通之处,陆机曾言"宣物莫大于言,存形莫善于画"(《石渠宝笈》卷二十),初次将言与画并列提出,然而却主要强调其区别。诗画的界限到宋代开始模糊,二者被同时提出的情况越来越多。郭熙提出"诗是无形画,画是有形诗"(《林泉高致》),从画家的角度将绘画地位提高,与诗并立。接着苏轼提出"味摩诘之诗,诗中有画;观摩诘之画,画中有诗"(《东坡题跋·书摩诘〈蓝田烟雨图〉》),从诗人的立场接受了绘画地位的提高。而再进一步,诗画之间的互渗最终达到了"诗画本一律,天工与清新"(《书鄢陵王主簿所画折枝二首》)。在宋代其他文人的言辞中也常能见到诗画并置的情况,如欧阳修"古画画意不画形,梅诗咏物无隐情"(《盘车图》),晁补之"画写物外形,要物形不改。诗传画外意,贵有画中态"(《和苏翰林题李甲画雁二首》),诗画互渗的观念在宋代已被普遍接受。

　　题画文学作为沟通文学与绘画的媒介,只有在这样的一种"诗画一律"观念被普遍认同的背景下才有被关注的可能。孙绍远在自序中提到"因诗而知画,因画以知诗"(《声画集序》),诗画能通过彼此来了解对方的前提亦是"诗中有画,画中有诗",只有承认了诗画之间的相通之处,才能因此以知彼,也才能意识到题画文学对于诗画整合的重要性,从而对其进行整理和研究。因此,宋代的文化整合为诗画沟通创造了非常重要的条件,这是题画总集得以出现的必要背景。

　　2. 宋代的文学总结风气

　　宋前繁荣的文学创作不仅留给宋人丰富的文学遗产,也留给其巨大的压力,如何突破前人是有宋一代整体的焦虑,而突破的前提则是对前代的了解和总结。因此,宋代诗话中每可见其对于前代文学的评价,最典型的便是集大成的观点。集大成之说始于孟子对孔子的总结,"孔子之谓集大成,集大成也者,金声而玉振之也"(《孟子·万章下》),后来此概念被移植到杜甫身上。唐代元稹提出"至于子美,盖所谓上薄风骚,下该沈宋,言夺苏李,气吞曹刘,掩颜谢之孤高,杂徐庾之流丽,尽得古今之体势,而兼人人之所独专矣"[1]。而真正用集大成来形容杜甫,还要到宋代苏轼,陈师道

---

[1] (唐)元稹著,周相录校注:《元稹集校注》卷五十六,上海:上海古籍出版社2011年版,第1361页。

《后山诗话》引苏轼语："子美之诗,退之之文,鲁公之书,皆集大成者也。"①苏轼不单用集大成来形容诗歌,同样用此词来总结其他艺术门类的情况,韩愈之于文章,颜真卿之于书法,甚至还有吴道子之于绘画。他不仅将总结的对象由杜甫单个人扩大到多位前贤,也将总结的风气由诗歌扩大到各种艺术形式上,这种推而广之的方式使得总结的风气成为整个宋代文化的特点之一。

宋人的文学总结不仅有理论的基础,亦展开了具体的实践。唐末五代百年的战争不仅使国土分崩离析,也使得文化典籍或遭兵火,或流落各地。宋初几位帝王皆重视文化重建,其中的一个重要措施便是对流落的典籍重新进行收集,整理出《太平广记》《太平御览》《文苑英华》和《册府元龟》四大类书,这不仅是文化史上的一大盛事,也拉开了宋代文学总结的序幕。除了官方的四大类书外,其他各种总集和别集的编纂也呈现出百花齐放的面貌,以杜甫为例,宋代即有"千家注杜",出现了如王洙本《杜工部集》,郭知达《新刊校定集注杜诗》,蔡梦弼《杜工部草堂诗笺》,黄希、黄鹤父子《黄氏补千家集注杜工部诗史》以及刘辰翁评点、高崇兰编集《集千家注批点杜工部诗集》等数种杜甫集,成为宋代别集编纂的一个典型。

在宋代文学总结风气的熏染下,题画文学亦步入了总结的阶段。文学的整理总结需要建立在前代已有丰富文学作品的基础上,题画文学亦然。就题画诗而言,唐前虽已有题画诗传世,然王士祯曾言:"六朝已来题画诗绝罕见,盛唐如李太白辈间一为之,拙劣不工,王季友一篇虽小有致,不能佳也。杜子美始创为画松、画马、画鹰、画山水诸大篇,搜奇抉奥,笔补造化,嗣是苏黄二公极妍

---

① (清)何文焕辑:《历代诗话》,第 304 页。

尽态,物无遁形。"① 按其说法,唐代题画诗尚属草创,除杜甫外,其他人作品质量并不高,而真正的发扬光大则要到宋代。宋代随着绘画地位的提高,对绘画题咏的深度和广度较之唐代亦大有增长,如果说唐代的题画诗是杜甫一人之天下,那么宋代则是百花齐放,不仅有王安石《杜甫画像》、苏轼《书鄢陵王主簿所画折枝二首》这样独立的名作,更有一批文人群体的唱和,如苏轼兄弟、黄庭坚等对《阳关图》、韩幹画马的反复题咏,他们将题画变为一种群体性的文人雅趣,深化了其文化意义,从而将题画诗的写作推向高峰。唐代的题画诗尚处于滥觞期,彼时尚不足以引起研究者的重视,而只经历了北宋的高峰之后,才会有南宋孙绍远的整理。在宋代文学总结的浪潮之中,《声画集》以其题材的独特性成为其中不可替代的一员。

3. 刻书业的发展

诗文集的总结编纂借助书籍刊刻可以得到更广泛的传播,宋代是刻书业发展的第一个高峰,南宋尤其,这一时期也是集部文学大为发展的时期,无论地方官刻、坊刻还是家刻皆颇为兴盛。"集部文学的刊刻始于五代时期,北宋初期却并未承接这一发展势头,反而受到了遏制。朝廷为防止泄露国家机密,长期推行限制政策,北宋后期党争又对政敌的文集采取严厉的禁毁措施,因此,北宋文集刊印难成规模,刊本面窄量小,少有善本问世。南渡以后,文集刊印举步不前的局面迅速改观,并后来居上,成为整个刻书产业中最有活力的部分。"② 此期编集的范围不仅包括前代名家,如《李太

---

① (清)王士禛著,张宗柟纂集,夏闳校点:《带经堂诗话》卷二十二,北京:人民文学出版社 1963 年版,第 649—650 页。
② 朱迎平:《宋代刻书产业与文学》,上海:上海古籍出版社 2008 年版,第 135 页。

白集》《韦苏州集》《孟东野集》,也包括时人自己的文集,如陆游自己参与校订的《剑南诗稿》《渭南文集》;不仅包括《唐文粹》这样的综合类总集,也包括《岁时杂咏》《重广草木虫鱼杂咏诗集》这样的专题性总集。刻集范围越来越大,类型也越来越细。

　　《声画集》的编纂便是在这样一种背景下展开,此书属于专题总集,是作者择其"为画而作者"(《声画集序》)编成,这种以某个专题为编纂汇总对象的总集唐代未见,是在宋代刻书产业发展所带动的文集分类越来越细的背景下产生的。孙绍远有着强烈的编集意识,他在《声画集序》中交代了编集的目的,"士大夫因诗而知画,因画以知诗,此集与有力焉",这种强烈的编集传播观念在诗文集刊刻普遍的背景下更容易产生。而几乎是在编成的同时,《声画集》便出现了孝宗刊本,可见刻书业的发展对此书的编纂具有推动意义。

　　4. 孙绍远个人条件

　　孙绍远编《声画集》首先得益于其对文学的爱好及修养。《声画集序》中提到,此书的编纂来源是"入广之明年,因以所携行前贤诗,及借之同官,择其为画而作者,编成一集"。《声画集》中收录的作者唐代共19人,宋代共85人,除去"借之同官"的作品外,恐怕自己随身携带的诗集也不少。供职广南西路时,仍携带如此众多的前贤诗集,可见其平日对诗文的喜好和用心。《宋史·艺文志》第一百六十一著录有孙绍远《谷桥愚稿》十卷,孙绍远曾将此集奉予朱熹求序,并说"予之用力于此深矣"①,可见其不但于阅读前贤用心,亦对作文用心。遗憾的是,此书明代之后便未有著录,

①(宋)朱熹撰,朱杰人、严佐之、刘永翔主编:《朱子全书》第24册《晦庵先生朱文公文集》卷七十六,第3679页。

今亦不存。《全宋诗》只录有孙绍远一首诗《题妙亭观》，未能见其题画诗传世，《全宋文》亦只有其四篇文章，其中一篇便是《声画集序》。虽然孙绍远流传至今的作品极少，然而朱熹为其文集《谷桥愚稿》所作《孙稽仲文集序》却保存下来了，其文才从中可知一二。序中提道：

> 骤而读之，初若艰深严苦，而不谐于俚耳；至其合处，则又从容闲暇，流畅发越，若律吕之相和，雌雄之相应。此其用力之浅深，世当有能识之者，不待予言而后信也。至于谈经之趣，足以见其文之所以为本；论事之章，足以见其学之所以为用，又皆明白磊落，间见层出于其间。①

朱熹的评价，是站在理学家立场上的，评论文章时侧重于"不为文字之空言，而必要于实用"(《孙稽仲文集序》)，对孙绍远的评价，亦主要揭示出其"不为空言，而必求有以发于物色事情之实"(《孙稽仲文集序》)，至于其文章之文学性则只简单一笔带过，颇为遗憾。

　　孙绍远选择编题画文学总集，不仅得益于其文学修养，更重要的是其广泛的兴趣爱好，尤其是对绘画的情有独钟。由朱熹序可知，孙绍远另有"兵要之书"，而陈振孙《直斋书录解题》又曾著录过其所著医书《大衍方》，这些书虽然今已不存，然由此能知其涉猎之广泛。绘画方面，画史于孙绍远并无著录，应是任凭兴趣偶一为之，然其所绘《墦间图》却得同时代多人题咏，现存楼钥《题孙谷桥

---

① (宋)朱熹撰，朱杰人、严佐之、刘永翔主编：《朱子全书》第24册《晦庵先生朱文公文集》卷七十六，第3680页。

墦间图》二首,释居简《竹岩赋孙谷桥墦间图人徒知献谀可罪竹岩取受谀者并按》一首,以及韩淲《题墦间图孙季仲丈创意为之殊可玩也》二首,《墦间图》取材于《孟子》"齐人有一妻一妾"故事,孙绍远前似无人以此题材入画。

孙绍远对绘画的情有独钟,不仅表现在自己能画,更表现在他试图提高绘画的地位,寻找一种让人们普遍认同绘画价值的途径,这是他编写《声画集》的重要动机。绘画在文人心中的地位到宋代时较之唐代有很大提高,从苏轼的宣传到徽宗的重视,都起到了很大的推进作用。然而,在理学思潮蔓衍的南宋士大夫心中,沉溺于绘画仍是一种玩物丧志的行为。孙绍远本人亦难完全抛开时代的影响,况且他与朱熹的交往或多或少也能说明其受理学的影响,然而由于对绘画的钟情,他试图在不违背自己立场的情况下为绘画寻求一个生存空间。其《声画集序》中曾为此辩驳,"夫玩物丧志,先圣格言谁敢不知警? 而假书画以销忧,昔尝有德于绍远,今虽不暇留意,未能与之绝也。"① 这与唐代张彦远"成教化,助人伦,穷神变,测幽微,与六籍同功,四时并运"② 的提法类似。孙绍远同样努力强调绘画的价值,虽然没有将绘画提高到六籍的位置,但却强调"画之益于人也多矣,居今之世,而识古之人,知古之事,生长人间,而睹碧落之真容,净土之慈相,市朝而见山林气象,晷刻而观四时变化,佳花异卉,无一日而不开,珍禽奇兽,不笼槛而常存。凡宇宙之内,苟有形者,皆能藏吾室中,世岂可废此哉"(《声画集序》)。他不仅从理论上肯定了绘画的重要性,更提出一种提高其价值的途径,那就是与诗歌相结合,使之由此获得更多文人的重视。他明

① (宋)孙绍远:《声画集序》,卢辅圣《中国书画全书》第二册,第360页。
② (唐)张彦远:《历代名画记》卷一,第1页。

确提出《声画集》的编纂目的是使"士大夫因诗而知画,因画以知诗"(《声画集序》)。这两句话看似是并列的,实际上强调的是绘画的作用,希望士大夫通过诗来了解画,而通过画也才能更好地了解诗。题画文学作为沟通图文的媒介,无疑是使绘画获得士大夫认同的最好途径,故而编一部汇集前贤佳作的题画文学总集,便是一件情理之中的事。

因此,《声画集》出现在南宋有其必然性,它的出现也使题画文学从南宋起翻开新的一页。

(三)《声画集》对题画文学发展的意义

《声画集》成书后,因其收集了颇多时人之诗,且多有名不见经传的小诗人,因此常被用来对其他诗集进行辑佚校勘,甚至苏轼诗集中都有三首诗是从《声画集》中辑出[①],《四库全书总目》著录《声画集》时,便主要谈及了其存诗的意义:

> 其所录如刘莘老、李廌、折中古、夏均父、徐师川、陈子高、王子思、刘叔赣、僧士珪、王履道、刘王孟、林子来、李商老、李元应、喻迪孺、李诚之、潘邠老、崔德符、蔡持正、王佐才、曾子开、陶商翁、崔正言、林子仁、吴元中、张子文、王承可、曹元象、僧善权、祖可、璧师、闻人武子、韩子华、蔡天启、程叔易、李成年、赵乂若、谢民师、李膺仲、倪巨济、华叔深、欧阳辟诸人,其集皆不传。且有不知其名字者,颇赖是书存其一二,则非惟有资于画,且有资于诗矣。[②]

---

① 参李栖:《题画诗散论》,台北:华正书局有限公司1993年版。

② (清)永瑢等撰:《四库全书总目》,第1697页。

关于《声画集》的校勘辑佚价值和文学史料价值,有西北师范大学杨旭东硕士论文《〈声画集〉与宋代题山水画诗》详细论述过,主要围绕《四库全书总目》所列举"赖是书存其一二"的诗人展开。而其画史价值,也有北京师范大学傅怡静博士论文《宋代题画诗集与画谱研究》具体谈过,主要涉及其补唐宋画家史料,再现旧画原貌,补充唐宋画迹著录存量等。为避免重复,对于此书的诗史价值和画史价值不再展开。《声画集》作为第一本题画文学总集,且存诗量如此之多,除了对于诗史和画史的意义之外,其最主要的意义还在于题画文学本身。因此,此处将重心放到《声画集》对于题画文学的意义上,主要探讨《声画集》的编纂对题画文学有何影响。

1.促进题画文学的独立

《声画集》对题画文学独立的促进意义,首先表现在它推进了"题画诗"名称的形成。"题画诗"这个名称产生的时间很晚,现今可见的"题画诗"称呼最早只能推到明代,然彼时此称呼已经普遍,其产生或会更早。今天在表述"题画诗"这个词时,其中"画"的词性是名词,即题写与绘画相关或直接题写在画上的诗。然而"题画"连用时,最早的"画"并非名词,而是动词。

唐代之前无"题画"连用的情况。唐代开始出现两字连用,如张九龄《题画山水障》、杜甫《戏题王宰画山水图歌》。"画"作为动词,后面通常接有一个宾语表示画的内容,完整的表达是"题某人画某物","某人"可省略。

"题画"之"画"在北宋时开始有动词名词化的趋势,如苏轼《题李景元画》、晁补之《题伯时画》,此处的"画"不再接宾语,而表示绘画本身。陈与义首次去除一切定语和宾语,将诗题拟为《题画》,这是"题画"一词名词化的重要一步。到了孙绍远编《声画集》时，便将这一类没有宾语的诗歌集中起来单独列为一门，名为"观画题画"，不仅确定了"题画"之"画"的名词特性，而且首次将"题画"作为单独的一个类别提出。《声画集》设置此门，本是一件尴尬之事。此书的编排体例是按照所题绘画内容，然而有些作品在题目上并未说明所题画之内容，无法进行确定编排，因此专设一类。这也是孙绍远编排不严谨之处，此类诗中大部分虽然题目未说明内容，然而阅读诗歌便能知道其所言为何，如陈与义《题许道宁画》：

　　　　满眼长江水，苍然何郡山。向来万里意，今在一窗间。众木俱含晚，孤云遂不还。此中有佳句，吟断不相关。①

从诗歌描述来看，许道宁所绘内容应为长江万里、众木孤云，是典型的山水画，应该归入"山水"一门中。孙绍远于此类诗作未加细斟，便泛泛设置"观画题画"一门归入，这是他编集的失误，然而也正是这个失误，使得"题画"这个概念被单独作为一个类别提出，从而向独立存在又迈进了一步。在此之后，使用题画作为标题的作品越来越多，如刘克庄、张孝祥、朱熹都有诗名《题画》，南宋这样一批诗歌的出现为"题画诗"名字的诞生起了推动作用，《声画集》是其中颇为有力的一环。

　　《声画集》促进题画文学独立的第二个表现，是使其成为独立的门类。如前所述，宋代兴起一股文学总结的风气，前代丰富的文学遗产急需整理总结，在这种背景下，出现了文集编集的潮流。然

---

① （宋）陈与义著，吴书荫、金德厚点校：《陈与义集》卷四，北京：中华书局1982年版，第55页。

而在这些整理的诗文集中,大部分都是全集类,而以特殊门类为对象编集的作品集并不多,只有《岁时杂咏》《重广草木虫鱼杂咏诗集》《西昆酬唱集》《坡门酬唱集》等。《声画集》便是为数不多的特殊门类中的一类,以"入画之诗"为编集对象,使此类作品成为宋代文学门类中特别的一类,提高了题画文学的地位,使其获得更多人的关注。《声画集》虽然并未宣称自己是题画作品集,只说择其"为画而作者",然而后人常将此书追认为第一本题画诗总集,如王士祯《带经堂诗话》载:"孙绍远稽仲纂古今人题画诗八卷为《声画集》。"① 后人对《声画集》的追认,也说明了此书促进题画文学成为独立门类的特殊意义。

2. 题画文学进入整理总结时代

在后人的追认中,《声画集》成为了第一本题画文学总集,此书收集了608题825首题画诗,并按照特别的编排方式将其整合起来,是对题画文学的第一次大规模整理。此书共分二十六门,包括古贤、故事、佛像、神仙、仙女、鬼神、人物、美人、蛮夷、赠写真者、风云雪月、州郡山川、四时、山水、林木、竹、梅、窠石、花卉、屋舍器用、屏扇、畜兽、翎毛、虫鱼、观画题画和画壁杂画。关于《声画集》的编排特点,研究者多有涉及,如傅怡静提到以画科门类划分诗歌、依绘画史线安排顺序,所选诗人用字不用名;杨旭东提到以绘画的源流和道德教化功能为参照等,此处为了避免重复,不再赘述。

但关于此书的编排和选择标准,此处有一点想要补充。研究者常分析《声画集》的选诗标准是唐宋并重,大家小家兼顾,这是将《声画集》作为一本经过孙绍远主观筛选的选集来考察的。然

---

① (清)王士祯著,张宗柟纂集,夏闳校点:《带经堂诗话》卷二十二,第649页。

而,笔者认为孙绍远编纂此书时,并没有经过严格的主观筛选,而是将手边所有数据汇编成集,只是对这些数据进行分门别类。理由有两点,首先,以其中所收李白和陈克的题画诗为例。《全唐诗》共收李白题画诗 6 首,而《声画集》则只收录了其中 2 首,包括《同族弟金城尉烛照山水壁画歌》和《当涂赵炎少府粉图山水歌》,只占三分之一。然而陈克的题画诗《声画集》却收录了 21 题 38 首 ①。若是唐宋并重,大家小家兼顾,为何作为大家的唐代诗仙李白只收录 2 首,而相比之下算是小家的宋代词人陈克却收入 38 首,严重忽视了大家的位置。虽然李白的题画诗相比杜甫略为逊色,然而与陈克诗相比却丝毫不弱。试比较《声画集》失收的李白《崔山人百丈崖瀑布图》与收入的陈克《题叶硕父画卷二首》、李白《求崔山人百丈崖瀑布图》:

> 百丈素崖裂,四山丹壁开。龙潭中喷射,昼夜生风雷。但见瀑泉落,如溅云汉来。闻君写真图,岛屿备萦回。石黛刷幽草,曾青泽古苔。幽缄倘相传,何必向天台? ②

李白以诗求画,先描述画面,而后表明欲求画以了卧游之心,写作结构虽是中规中矩,然而其述画之功力却是一流,"百丈素崖裂,四山丹壁开。龙潭中喷射,昼夜生风雷",开篇便单刀直入,将悬崖之高峻陡峭与瀑布之飞流之势刻画得动人心魄,承传了太白一向之奇崛豪逸。再看陈克之诗:

① 这个数量与《全宋诗》所收陈克题画诗数量相同。《全宋诗》收录陈克的题画诗所依据的是《两宋名贤小集》卷一三六《陈子高遗稿》,而据笔者考证,《陈子高遗稿》是据《声画集》所录。

② (唐)李白著,瞿蜕园、朱金城校注:《李白集校注》卷二十四,第 1427 页。

> 扁舟欲向山阴去，端为林泉作此行。不独卷中携栗里，还
> 于句里得渊明。

> 风烟幻出元晖画，林壑天然硕父诗。只似无心云出岫，轮
> 囷萧索更多姿。①

两首诗平铺直叙，虽然添加了想象和比喻，然而皆无甚新奇，语言
充满口语化倾向，颇为随意。李白与陈克之诗相比，高下立见，然
而《声画集》却宁愿录稍逊一筹的陈克而弃李白，不像是精心选择
之做法。其次，如果说孙绍远的选择是择其佳者录入，那么，除李
白和陈克的比较之外，尚可以王安石题画诗为例。《全宋诗》共收
王安石题画诗17首，《声画集》收11首。其中《观明州图》一首为
《声画集》未收：

> 明州城郭画中传，尚忆西亭一舣船。投老心情非复昔，当
> 时风月故依然。②

明州即今浙江宁波，王安石诗借画抒情，山水依旧，物是人非，时空
与人事的碰撞迸发出无限的张力和沧桑，虽曰观画，观的却是自己
一生的起伏。若以优劣为选录标准，则此诗应入《声画集》。反之，
《声画集》收录的同样是王安石的《题扇》一诗：

---

① 北京大学古文献研究所：《全宋诗》卷一四七九，第25册，第16896页。
② （宋）王安石著，（宋）李壁笺注，高克勤点校：《王荆文公诗笺注》卷四十四，
第1152页。

　　玉斧修成宝月团，月边仍有女乘鸾。青冥风露非人世，鬓
乱钗横特地寒。①

　　诗只是客观描述了团扇以及扇上之画面，并未有自身的感情抒发，
不算出彩，若以优劣论，远不如《观明州图》一诗，如果《声画集》
是择佳者而录之，则应该收录《观明州图》，而去掉《题扇》。因此，
孙绍远编纂《声画集》时，并不是根据唐宋并重、大家小家兼顾的
原则，而是将手边的资料汇集整理。正如《声画集序》所言，"入广
之明年，因以所携行前贤诗，及借之同官，择其为画而作者，编成一
集。"其数据源，便是随身所携带的诗集，以及向同官借的诗作，将
其中涉及到绘画的挑出来编集。因此，如陈克这样完整收录题画
诗的，应该便是身边携带了其诗集，而诗集不全的，有可能是随身
未携带其诗，而凭记忆记录，如李白的诗便有可能如此。还有一种
情况，是当时的诗人诗集可能并不如今天所见，其中有些诗可能还
未收入，或还未经过整理，孙绍远得到的只是部分，故而收入《声
画集》的便也就只是一部分。孙绍远将其入广所携所有前贤诗中
的涉及绘画的都抽出来，而并不是再进行选择增删。因此，与其
说《声画集》反映的是孙绍远的选诗思想，不如说它反映的是唐代
至南宋初题画诗的大致客观面貌。当然，我们也不能因为这种集
大于选的做法，便否认《声画集》在收录诗歌时所传达出的批评意
义。毕竟，假设孙绍远所录的部分作品是凭记忆收入，那么，记忆
哪些作品本身便蕴含着对其经典性的认同。作为第一本大规模的
题画文学总集，《声画集》使题画文学进入了整理总结的阶段，他

---

① （宋）王安石著，（宋）李壁笺注，高克勤点校：《王荆文公诗笺注》卷四十一，
　第1034页。

将唐代至南宋初五百年很大一部分题画诗收集起来，并进行分门别类，从而使读者第一次对题画诗的整体面貌有了宏观的了解，也为之后的题画文学研究提供了方便。甚至可以说，这种整理和相关题画诗写作规范的提出，使南宋时期的题画文学呈现出自觉的意义。

3. 强化了题画文学沟通诗画的意义

孙绍远在《声画集序》中说道："士大夫因诗而知画，因画以知诗，此集与有力焉。"如果说促进了题画文学的独立并使之进入整理总结的阶段是《声画集》所带来的客观影响，那么，强化题画文学沟通诗画的意义则是孙绍远编纂此书的主观目的。他希望题画文学能成为诗画之间的桥梁，士大夫能通过阅读题画作品以加深对诗画的了解。

（1）因诗而知画

通过阅读诗歌来了解绘画，孙绍远主要采取了两种方式，从宏观上看，他通过整部书的编纂体例反映出绘画的分类和发展。前人编集时，采用最多的两种编纂体例是按照时间顺序和按照诗歌体裁。然而孙绍远并没有采用这两种方式，而是别出心裁地引入绘画的分类方式，以诗歌所题写的绘画内容为主要划分标准来进行诗歌编排，阅读题画诗时便能认识到绘画的分类和发展。这种体例为清代陈邦彦编《康熙御定历代题画诗》所沿用。试比较《宣和画谱》《声画集》与《御定历代题画诗》之分类（见图10）。

此图以《宣和画谱》的排列顺序为基础，将《声画集》和《御定历代题画诗》本身的排列顺序打乱与之对应，可以看出三者之间的继承和延伸。《声画集》大致以《宣和画谱》的分类为主要脉络，并将其中的一些门类细化，读者根据其编排体例便能知悉绘画的分类情况。又按照绘画的实际发展，添加了一些《宣和画谱》所没有的门类。如"梅"一门,梅花画发展的第一个高潮在北宋末至南宋,从仲仁到扬补之,《宣和画谱》编纂的时代梅花画刚开始出现,还没有蔚然成风,因此并未专设一门,而到了《声画集》时,梅花画与题梅花画诗皆大为发展,从《声画集》所收此类诗来看,大部分

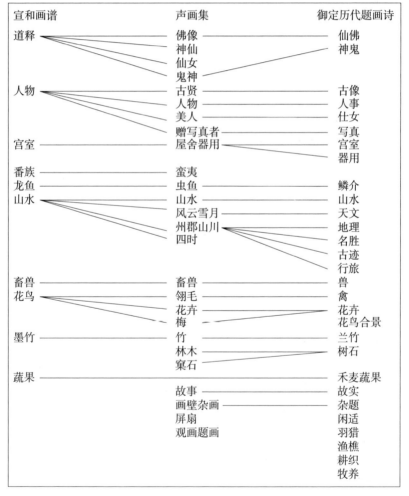

图10　《宣和画谱》《声画集》与《御定历代题画诗》分类对比

也都是南宋时写的。因此，从《声画集》对诗歌的分类不仅可以看出绘画的分类情况，亦可见出绘画的发展变化，这是"因诗以知画"的一种表现。后代《御定历代题画诗》继承了《声画集》这个特点，其编排相对于《声画集》更加细致，也更加合理，如专设"花鸟合景"一类来处理画中因花鸟并重而不能确定置于花卉还是禽类的情形，反映出明清花鸟画和题花鸟画诗的发展。

　　"因诗以知画"从微观上看，可以通过阅读诗歌，了解绘画的内容、作者情况，甚至"逆作者志"，有时画本无名，反而因题画诗得以为人所知。以杜甫《画鹰》为例：

　　　　素练风霜起，苍鹰画作殊。攫身思狡兔，侧目似愁胡。绦镟光堪摘，轩楹势可呼。何当击凡鸟，毛血洒平芜。①

诗中对鹰的描写宛如真鹰在前，动作矫健而紧张，眼神犀利而深沉，虽是绘画，然其"击凡鸟"之桀骜和快意却是呼之欲出。此画作者未知，然而却因为杜甫这首流传千古的题画诗而让这只卓然不凡的鹰也得以广为人知。通过杜甫的描写，能感受到唐代绘画逼真的画风和昂扬的气质。题画诗的写作模式，通常是先对画面进行描述，然后言志抒情，而描述的部分便常能透露出绘画本身的内容和特质，使很多亡佚的绘画作品得以用另外一种语言方式呈现出来，这也是"诗是有声画"的意义所在。

　　（2）因画以知诗

　　孙绍远在体例编排上，不仅依诗歌题咏内容分了二十六门大类，并且每一门中具体的诗歌排列，也是按照诗的题画内容。如

① （宋）孙绍远：《声画集》卷八，卢辅圣主编《中国书画全书》第二册，第409页。

畜兽一门中，便大致是以题写龙、虎、马、牛、羊、犬、鹿、猿、兔的顺序排列，从大到小罗列动物，并把描述同一幅画作的诗歌放置到一起，从而在面对同一绘画题材甚至同一幅画时，不同作者的诗作之间便产生了直观的比较，相当于同题共赋，同样的绘画，却能见出不同的诗风，从而可便捷地了解不同诗人的特点和优劣。如对《八骏图》的题咏，便同时收录了白居易、元稹以及杜荀鹤三人之诗。白居易《八骏图》：

> 穆王八骏天马驹，后人爱之写为图。背如龙兮颈如象，骨竦筋高脂肉壮。日行万里疾如飞，穆王独乘何所之？四荒八极踏欲遍，三十二蹄无歇时。属车轴折趁不及，黄屋草生弃若遗。瑶池西赴王母宴，七庙经年不亲荐。璧台南与盛姬游，明堂不复朝诸侯。白云黄竹歌声动，一人荒乐万人愁。周从后稷至文武，积德累功世勤苦。岂知才及四代孙，心轻王业如灰土。由来尤物不在大，能荡君心即为害。文帝却之不肯乘，千里马去汉道兴。穆王得之不为戒，八骏驹来周室坏。至今此物世称珍，不知房星之精下为怪。八骏图，君莫爱。①

元稹《八骏图》：

> 穆满志空阔，将行九州野。神驭四来归，天与八骏马。龙种无凡性，龙行无暂舍。朝辞扶桑底，暮宿昆仑下。鼻息吼春雷，蹄声裂寒瓦。尾掉沧波黑，汗染白云赭。华舟水修密，翠

---

① （宋）孙绍远：《声画集》卷八，卢辅圣主编《中国书画全书》第二册，第421页。

盖尚妍冶。御者腕不移，乘者床不假。车无轮扁斫，辔无王良把。虽有万骏来，谁是敢骑者。①

杜荀鹤《八骏图》：

　　丹臆传真未必真，那知筋骨与精神。只今市骏凭毛色，绿耳骅骝赚杀人。②

面对着同样的《八骏图》，三位诗人却有不同的描写和感悟，白居易和元稹都以宏大的手笔对穆王西游的故事展开联想，营造出广阔的背景氛围，然而最后白居易抒发的是玩物丧志的劝诫，而元稹则是壮志难酬、怀才不遇的感伤，杜荀鹤的感慨同于元稹，然而却缺少元白那样对绘画的壮丽描绘和联想，因此气象显得稍弱。《声画集》的这种排列方式，使得题画诗之间的对比更为简易明晰，从而也让"因画以知诗"更加便利可行。

　　孙绍远以其特殊的编排体例，为诗画之间的互动建立起可行的桥梁，使题画诗成为沟通诗画的重要媒介。阅读题画诗能同时清楚绘画的分类和发展，了解绘画的内容和思想，而通过分析对同题材绘画作品的题咏，也能见出不同诗作者的才情和气质，从而能更好地了解诗歌和诗人。

　　《声画集》作为第一本题画文学总集，出现在南宋有其必然性，宋代文化整合的背景和文学总结的风气是其产生的必要条件，而宋代刻书业的发展，尤其是南宋诗文集的刊刻，又推动了这本题画

---

① （宋）孙绍远：《声画集》卷八，卢辅圣主编《中国书画全书》第二册，第421页。
② （宋）孙绍远：《声画集》卷八，卢辅圣主编《中国书画全书》第二册，第421页。

总集的编纂。《声画集》的成书，标志着题画文学从南宋起成为独立的门类并进入整理总结的阶段，在题画文学史上具有划时代的意义。而孙绍远"因诗而知画，因画以知诗"的努力也强化了题画文学沟通诗画的意义，这个意义成为题画文学批评标准确立的重要基础。题画文学具有研究价值，不仅因为其本身的艺术特质，更因为它是文学和绘画这两种艺术形式之间的桥梁，通过题画文学的研究，可以探知不同艺术形式之间的异同，从而更深地感知中国文学与绘画独特的品质。

二、第一批题画文学别集的出现

第一本题画文学总集公认为南宋时期孙绍远所编的《声画集》，那么，第一本题画文学别集出现于何时呢？台湾学者李栖认为是明代李日华《竹懒画滕》[1]，而谷曙光、傅怡静则认为是收录于《两宋名贤小集》中的刘叔赣《题画集》。据谷曙光、傅怡静《中国古代第一部题画诗别集——〈题画集〉作者及成书考略》考证，收录于南宋陈思编纂的《两宋名贤小集》第八十四卷中的《题画集》，实际上是从《声画集》中辑录出的，其作者刘叔赣即北宋时期的刘攽。"虽然陈思粗心大意、缺乏严谨，但他毕竟第一次将刘叔赣的题画诗综合起来，并且起了一个颇有意味的名字——《题画集》，开启了中国古代题画诗别集编辑的先河。"[2]由此，第一部题画别集出现的时间则由明代向前推至了南宋。刘叔赣《题画集》确实是《两宋名贤小集》中一部以题画诗为收录对象的别集，然而，值得注意的是，这并不是惟一一部，对《两

---

① 参李栖：《两宋题画诗论》，第 322 页。
② 谷曙光、傅怡静：《中国古代第一部题画诗别集——〈题画集〉作者及成书考略》，《中国文化研究》2009 年夏之卷。

宋名贤小集》进行爬梳,会发现这种情况还有很多。以下按照《两宋名贤小集》的卷次排列顺序,对其中出现的题画别集进行详细探讨。

（一）夏倪《五桃轩集》

《两宋名贤小集》卷六八为夏倪《五桃轩集》,共收录夏倪诗作五首,全为题画诗。包括《题宗室永年画犬图》《跋聚蚁图》《和王子飞题李伯时画列子御风图》《次韵题归去来图》[①] 以及《次韵汉阳蔡守题阳关图》。这五首作品与《声画集》所收夏倪题画诗完全重合,基本可以断定是《两宋名贤小集》编者从《声画集》中辑出汇集而成,五桃轩之名也应是汇集时所取。

夏倪,字均父,蕲州（今湖北蕲春东北）人,北宋文臣夏竦之孙。徽宗宣和元年（1119）因事自府曹降为祁阳监酒,终知江州。夏倪文辞富瞻,为吕本中《江西诗社宗派图》成员,有《远游堂集》,今已亡佚。《全宋诗》收其诗作 19 首,其中 5 首便是辑自《两宋名贤小集》中的《五桃轩集》[②],其他零零星星的则分别辑自范仲淹《范文正公集》附《诸贤诗颂》、郭子章《豫章诗话》、朱衣《嘉靖汉阳县志》、影印《诗渊》等。可以说,《两宋名贤小集》中的《五桃轩集》成为现今保存夏倪作品最完整的集子,虽然其中只有五首诗,但也算得上是一本题画诗别集。

（二）刘叔赣《题画集》

《两宋名贤小集》卷八四为刘叔赣《题画集》,共收录刘叔赣诗作 18 题 21 首。刘叔赣即北宋史学家刘攽,刘攽字贡夫,常被称

---

① 此诗在《声画集》中名为《再次韵题归去来图》。

② 《全宋诗》误将《五桃轩集》写为《两宋名贤小集》卷八五,实际上应是卷六八。

为贡父、赣父、叔赣。《两宋名贤小集》卷六四另收录了刘攽《公非集》，应是将刘攽与刘叔赣误为两人。造成误解的原因当是《声画集》在标注作者时，一般习惯称字，《两宋名贤小集》在依《声画集》辑录时便误将刘叔赣当成是与刘攽不同的另一个人。同时，《两宋名贤小集》在刘叔赣下说明其为"神宗朝中书舍人"，而刘攽担任中书舍人的时间应是哲宗而非神宗朝，《两宋名贤小集》存在误判。

考察《题画集》所录诗歌，与《声画集》所收刘攽题画诗相比少了《和王平甫韩幹画马行》和《幽州图》这两首，据谷曙光、傅怡静分析，是因为《声画集》的体例通常只在第一首诗前标注作者名字，而这两首因为是跟在刘叔赣其他作品之后，未标注作者，故被遗漏。这种推测有一定道理，然而，并非所有未标注作者的诗作都被遗漏，如《和李公择题相国寺坏壁山水歌》《壁画古槎歌》《杨寺丞书画》这三首同样未标注作者的便未曾漏收。

由于陈思在《两宋名贤小集》中收录了一批专录题画诗的别集，因此，刘叔赣《题画集》作为第一部题画诗别集的定论不一定严谨，但确实可以算是第一批题画诗别集之一。在《两宋名贤小集》的诸多题画诗别集中，《题画集》的意义有两个。首先，这本别集收录的作家年代最早，其作者刘攽活动的时间约在北宋真宗至哲宗年间；其次，这是第一本以"题画"命名的别集，这对于"题画诗"名称的确立有更多的促动意义。

（三）陈克《陈子高遗稿》

《两宋名贤小集》卷一百三十六为陈克《陈子高遗稿》，共收陈克诗作19题37首诗，全为题画诗。这些诗作基本与《声画集》所收重复，应是从《声画集》中辑出。然而，其中《与叔易过石佛看宋大夫画山水》一首，《声画集》虽然也收录了，但却放在崔正言（即

崔鸥,字正言)名下。此诗全文如下:

> 霜落石林江气清,隔江犹见暮山横。个中只欠崔夫子,满帽秋风信马行。①

题山水画诗常见的写作模式之一是先题咏画中山水,然后表达希望自己能成为画中山水的组成,以获得与山水的契合,此诗的表述正是这种模式。因此,从诗中"个中只欠崔夫子"可知,诗歌的作者应姓崔,故作者应为崔鸥而非陈克。《两宋名贤小集》将此诗归于陈克名下的原因,应是这首诗在《声画集》中排列在陈克《题赵宜兴万里江山图》后,而《两宋名贤小集》在收录时或由于粗心大意,将作者看漏,依据《声画集》作者承前省略的体例,误当陈克的作品收入。

陈克字子高,号赤城居士,临海(今属浙江)人。绍兴中为敕令所删定官。《直斋书录解题》著录其有《天台集》十卷、外集四卷等,今已亡佚。《全宋诗》所收陈克作品主要来自《两宋名贤小集》中的《陈子高遗稿》,其他则零星辑自《苕溪渔隐丛话》《后村诗话》等集子。

(四)王当《拙斋别集》

《两宋名贤小集》卷一百三十七为王子思《拙斋别集》,共收录6首诗作,全为题画诗,分别是《德清宰俞居安自画渊明图》《表兄丁行之俾予作山水一轴》《江侯邀予作山水书以赠之》《何源秀才为予画山水图觅诗》《戏画古松真清斋前》以及《戏画松柏壁

---

① 此诗在《中国书画全书》所收楝亭藏书本《声画集》中无,此处收自《景印文渊阁四库全书》第 1349 册,《声画集》卷四,第 25 页。

间》。此卷作者信息注明为王失名,字子思,行履无考。实际上,王子思并非失名,也并非行履无考,乃是北宋人王当。此卷收录的这6首诗与《声画集》所收王子思的作品数目乃至顺序皆完全一致,由于《声画集》著录作者时一般是称字不称名,故《两宋名贤小集》据《声画集》将作者录为王子思,但又不知王子思为何人,故曰行履无考。

王当,字子思,眉州眉山人,《宋史》有传云:"幼好学,博览古今,所取惟王佐大略。尝谓三公论道经邦,燮理阴阳,填抚四方,亲附百姓,皆出于一道,其言之虽大,其行之甚易。尝举进士不中,退居田野,叹曰:'士之居世,苟不见其用,必见其言。'遂著《春秋列国名臣传》五十卷,人竞传之。元祐中,苏辙以贤良方正荐。廷对慷慨,不避权贵,策入四等。调龙游县尉。蔡京知成都,举为学官,当不就。其后京相,当遂不复仕。卒,年七十二。当于经学尤邃《易》与《春秋》,皆为之传,得圣人之旨居多。又有《经旨》二卷,《史论》十二卷,《兵书》十二篇。"①《全宋诗》录王当诗6首,正是这6首题画诗。因此,《拙斋别集》从《声画集》中录出的这几首作品,成为现今仅存的王当诗作,王当也因此成为只有题画诗存世的诗人。

(五)郑思肖《图诗》

《两宋名贤小集》卷三百七十一为郑思肖《图诗》,共收录120首诗作,全为题画诗。郑思肖原名之因,宋亡之后改名为思肖(因"肖"字为繁体"赵"字的组成),字忆翁,号所南。自称菊山后人、景定诗人、三外野人、三外老夫等。福州连江人。曾以太学上舍应博学宏词科,元兵南下时上太后幼主御敌之策,不被采纳,于是客

---

① (元)脱脱等:《宋史》卷四百三十二,第12848页。

居吴下,寄食城南报国寺以终。郑思肖是宋末著名的遗民画家、诗人,善画兰,尤其是无土之兰,有《心史》《郑所南先生文集》《所南翁一百二十图诗集》存世。《两宋名贤小集》卷三百七十一所录之《图诗》即《所南翁一百二十图诗集》。然而,《两宋名贤小集》在作者介绍部分注明郑思肖作品为《一百二十四图诗集》,而实际录入诗歌数量则是 120 首,应是标注有误。由于郑思肖生活年代在《声画集》的作者孙绍远之后,因此《声画集》中并无郑思肖作品,这也使得《图诗》成为《两宋名贤小集》所收题画诗别集中惟一与《声画集》无关的一部。

　　《图诗》所咏内容为自先秦至宋各个时期的名人,自《黄帝洞庭张乐图》始,至《无名氏巡檐数修竹图》终。其中既有对《巢父洗耳图》《许由弃瓢图》《夷齐西山图》《陶渊明对菊图》等图中隐士形象的题咏,又有对《周亚夫细柳营图》《李广射石虎图》《孔明出师表图》等图中名臣的歌颂,还有对《李太白砚靴图》《杜子美茅屋为秋风所破歌图》《柳子厚赋寒江钓雪图》《苏东坡前赤壁赋图》等图中文人雅士的倾慕,"其中大多是各个时期的忠臣义士,他们都一一成了诗人深深仰慕的偶像,使之获得了与蒙元政权抗争到底的精神力量。"①郑思肖在《所南翁一百二十图诗集》开篇有自序一篇,交代了这本特殊的题画诗集写作的方式,"或遇图而作,或遇事而作,而或者又欲俱图之。"②《图诗》之名,应是《两宋名贤小集》减省《所南翁一百二十图诗集》而成,虽然是一个简称,然而,这个简称中"图"与"诗"单独连接的做法却对题画诗这种同时涉及诗

---

① 方勇:《南宋诗人遗民群体研究》,北京:人民出版社 2000 年版,第 193 页。
② (宋)郑思肖:《所南翁一百二十图诗集》自序,北京:中华书局 1985 年版,第 1 页。

与画的诗歌类型的概念独立有推动意义。因此,在《两宋名贤小集》所录的这些题画诗别集中,郑思肖《图诗》与刘叔赣《题画集》的命名有异曲同工之妙,都对题画诗作为一种独立诗歌类型的形成具有一定的促动意义。

与前面四部主要辑自《声画集》的题画诗别集不同,此卷《图诗》是对郑思肖《所南翁一百二十图诗集》的完整转录。也就是说,前四部别集的作者在写作过程中并无主观专以题画诗编集的意愿,其题画诗别集是他人整理后无意中达到的效果。然而此处的《图诗》,或者说《所南翁一百二十图诗集》是郑思肖自己在写作过程中便有意编录,在120首诗前甚至还有其自序。从这个角度讲,《所南翁一百二十图诗集》作为第一本作者有意为之的题画诗别集的意义或许要更加突出。南宋时期还出现了另外两部与《所南翁一百二十图诗集》有些类似的作品集,一是宋伯仁所编之《梅花喜神谱》,二是楼璹的《耕织图》。然而,之所以未将这两本书当作题画诗别集来看待,是因为他们的形式皆是以诗配画,重心更偏向于绘画,图谱的意义大于题画诗别集。因此,此处未将其作为典型的题画诗别集来对待。

除了以上五本别集外,《两宋名贤小集》中还有部分别集是以题画诗为主要收录对象,然而却插入了个别非题画诗的。如卷七十七共收潘邠老6题11首诗,其中只有《江夏别鲁直送之宜州》一首不是题画诗,其他皆在《声画集》中有收录。又如卷一百一王安中《初寮小集》,共收诗作15题18首诗,只有《观僧舍山茶》一首非题画诗。这种情况,应该是《两宋名贤小集》在辑录该作者作品时,首先以《声画集》为主要辑录对象,同时又在其他地方发现个别诗作,故附之于后。

通过对以上《两宋名贤小集》中的题画诗别集的整理,可以发现除郑思肖《图诗》是辑自《所南翁一百二十图诗集》外,其他别集皆与孙绍远《声画集》有紧密联系。不仅所收诗歌数量与《声画集》差不多,甚至连排列顺序皆相似。如王子思《拙斋别集》,所收6首题画诗便与《声画集》排序完全一致。《声画集》的编排方式是以绘画题材为分类标准,这种分类方式与传统诗集常见的以作者编年、体裁,甚至诗歌题材为划分标准的编排方式皆不同,这些题画诗别集排序与《声画集》的高度相似说明《声画集》是《两宋名贤小集》辑录时的重要参考。然而,这些题画诗别集中并非所有诗歌的排列顺序皆与《声画集》一致,如夏倪《五桃轩集》,其5首作品在《声画集》中的所属卷数如下:

《题宗室永年画犬图》(《声画集》卷七)

《跋聚蚁图》(《声画集》卷八)

《和王子飞题李伯时画列子御风图》(《声画集》卷一)

《次韵题归去来图》(《声画集》卷一,作《再次韵题归去来图》)

《次韵汉阳蔡守题阳关图》(《声画集》卷一)

造成这种顺序差异的原因,推测很可能与《两宋名贤小集》编纂的粗心有关,即编者在初次检阅《声画集》时先录出一批诗作,后来再次检阅时发现还有遗漏,便将其附在后面。《两宋名贤小集》编者为南宋时期的陈思,其从孙陈世隆曾进行过补编。陈思为生活于理宗年间的藏书家及书商,曾与其父陈起开书肆陈宅经籍铺。除《两宋名贤小集》外,还曾编刊《宝刻丛编》《海棠谱》《书苑英华》《小字录》等书籍。陈思所刻之书虽有较大的文献价值,然而,作为书商刻书亦存在非常明显的谋利目的。因此,有时由于急功近利,在书籍的编纂过程中容易出现粗心大意或功利行为。甚至连《两宋名贤小集》之前的魏了翁序皆是为了增强宣传力度而移花接木自他书。因此，大部分与《声画集》顺序的轻微偏差皆有可能是由于辑录过程的不严谨。这种不严谨在前文对题画诗别集的探讨中多次有所反映，如将刘叔赣与刘攽误为两人，又如漏收部分《声画集》依体例省略作者的诗作，再如对崔鶠《与叔易过石佛看宋大夫画山水》一首的误收，等等。

对《两宋名贤小集》和《声画集》共同收录作品进行对校，会发现二者时常出现文字差异。造成文字差异的原因一方面可能是陈思粗心抄错，另一方面也有可能当时有其他版本。以刘叔赣《题画集》中《画鹤》一首为例：

> 夙抱烟霞性，三年故不飞。轩居宁假宠，野客会忘机。
> 燕雀那相笑，凫鹥直自肥。蓬莱千万里，正想玉为衣。①

刘攽的诗文集除《公非集》外，另有《彭城集》，而《画鹤》这一首在《题画集》《声画集》以及《彭城集》中皆有收录，然而，这首诗在三书中文字却各有不同，以下将列表进行比较②：

表16　刘攽《画鹤》异文比较

《题画集》	《声画集》	《彭城集》
夙抱烟霞性	置此怜神骏	置此怜神骏
轩居宁假宠	轩居宁假宠	轩车宁假宠

---

① （宋）陈思编，（元）陈世隆补：《两宋名贤小集》卷八十四，《景印文渊阁四库全书》第 1362 册，第 847 页。
② 《题画集》《声画集》《彭城集》皆以《景印文渊阁四库全书》为底本。

"轩居宁假宠"一句,《彭城集》作"轩车宁假宠"。此处用卫懿公好鹤之典,《左传·闵公二年》载:"卫懿公好鹤,鹤有乘轩者。"[①] 故此处应为"轩车",《声画集》或因"车"与"居"同音,故误为"轩居",而《题画集》则由于是据《声画集》所录,故沿用了其错误。如果说《题画集》的编辑是以《声画集》为基础,那么,按理说其文字应该与《声画集》一致,就算有异文,也应该是与《彭城集》不同才对。然而,"凤抱烟霞性"一句《题画集》并未与《声画集》一致,反而是《声画集》和《彭城集》一致,皆作"置此怜神骏"。文字差异如此之大,且意思上都通,不太可能是音近或形近致误,更可能是陈思编纂《题画集》时见到的是其他版本的《声画集》。如前所述,《声画集》成书后,孝宗时已有刊本,而之后各个时期更出现了不同的版本,很可能陈思见到的版本与《四库全书》本不同。当然,遗憾的是,此诗如今并未见另一个版本的《声画集》佐证,只能是推测。况且,《彭城集》在宋代时曾因刘攽对新法的反对而被禁毁,《四库全书》所据的版本也是明代的《永乐大典》。在从禁毁到复刊的过程中可能出现的文字差异就更加复杂了。因此,《两宋名贤小集》中出现的与《声画集》的文字差异,不能一概认为是陈思编纂粗糙所致,而有可能是当时所见版本的差异导致。

通过对《两宋名贤小集》中收录的题画诗别集进行梳理,可以看到南宋是题画诗别集出现的重要时期。不管是如夏倪《五桃轩集》、刘叔赣《题画集》、陈克《陈子高遗稿》、王当《拙斋别集》这类是由《两宋名贤小集》从孙绍远《声画集》中辑录而无意中形成的,还是如郑思肖《图诗》(《所南翁一百二十图诗集》)这样是自己有

---

① 杨伯峻:《春秋左传注》(修订本),第 265 页。

意为之，客观上都推动了题画诗别集的发展。这种编集为题画文学成为一种独立的文学类型提供了更多的支撑，也进一步促进了题画文学的自觉。

第二节　题画文学批评标准的建立

《声画集》的成书，标志着题画文学从南宋起成为了独立的门类。题画文学的独立，促使其批评标准的探讨成为必要。孙绍远在《声画集序》中曾提出过"因诗而知画，因画以知诗"，明确表示题画文学作为一种涉及绘画的文学类型，应该同时观照文学与绘画。这条标准成为题画文学批评的重要准则。那么，以此准则作为出发点，具体说来，究竟什么样的题画文学作品才算得上优秀，题画文学的批评标准又该如何确立？探讨这个问题，不仅是对《声画集》的延伸，也是对题画文学本体的挖掘和总结，更希求能通过此问题的探讨，对日后题画文学的创作提供更多可供借鉴的经验[①]。

一、着题之争：从陈与义《墨梅》公案谈起

曾敏行《独醒杂志》载：

花光仁老作墨花，陈去非与义题五绝句，其一云：含章檐下春风面，造化功成秋兔毫。意足不求颜色似，前身相马九方

---

① 由于本节是针对中国题画文学的标准进行探讨，因此，在涉及具体举例时，不局限于南宋，而会在侧重南宋的情况下将历代经典题画之作也一并纳入考察范围。

皋。徽庙见而喜之,召对擢用。①

陈与义为仲仁墨花所题之《墨梅》诗颇受宋徽宗赏识,竟因诗得以擢用。自此之后,《墨梅》一诗广为人知,仲仁之墨梅也更加为人所重。关于陈与义此诗的讨论历代不绝,《朱子语类》中也曾记载了朱熹的评价:

> "高宗最爱简斋'客子光阴诗卷里,杏花消息雨声中'。"又问坐间云:"简斋墨梅诗,何者最胜?"或以"皋"字韵一首对。先生曰:"不如'相逢京洛浑依旧,惟恨缁尘染素衣'。"②

陈与义《墨梅》共有五首,原名《和张规臣水墨梅五绝》,徽宗赏识的"意足不求颜色似,前身相马九方皋"为其中第四首,而朱熹偏爱的则是第三首,原诗如下:

> 粲粲江南万玉妃,别来几度见春归。相逢京洛浑依旧,惟恨缁尘染素衣。③

朱熹的赏识大概是因为其比喻之巧妙出新,以缁尘喻墨,而以素衣喻梅之本身,将墨梅写出一种人情世态。陈与义之《墨梅》经君王和名儒的盛赞之后,誉满天下。

---

① (宋)曾敏行著,朱杰人标校:《独醒杂志》卷四,上海:上海古籍出版社1986年版,第30页。
② (宋)黄士毅编,徐时仪、杨艳汇校:《朱子语类汇校》卷一百三十九,上海:上海古籍出版社2016年版,第3269页。
③ (宋)陈与义著,吴书荫、金德厚点校:《陈与义集》卷四,第56页。

　　然而,在受到盛誉的同时,也出现了批评的声音,如曾季狸《艇斋诗话》所评:"墨梅诗甚多,如陈去非'虽然变白能为黑,桃李依然是仆奴',其词盖几乎骂矣。惟闻人武子一诗云'瑶姬伫立缘何事,直到烟昏月坠时'形容得宛转,甚佳。"① 认为陈与义此诗尽是骂语,不符合温柔敦厚的诗教传统。这种批评只是见仁见智,无法撼动《墨梅》之地位。而真正引起注意的批评则来自于金人王若虚:

　　　　予尝病近世《墨梅》二诗以为过,及观《宋诗选》陈去非云:"粲粲江南万玉妃,别来几度见春归。相逢京洛浑依旧,只有缁尘染素衣。"曾元象云:"忆昔神游姑射山,梦中栩栩片时还。冰肤不许寻常见,故隐轻云薄雾间。"乃知此弊有自来矣。②

在这段文字之前,王若虚首先列举了两首当时流传的墨梅诗,认为从诗中根本看不出来是梅花,更不用说是画中之梅,然后进一步认为这种问题早在陈与义《墨梅》诗中便已存在。王若虚的批评,其焦点在于"着题"问题,具体到题画文学上,便是两个问题:一、题画作品需不需要在其中点明题咏的对象为绘画;二、题画时对所咏对象描述的度如何掌握。这两个问题,也成为题画文学写作和鉴赏的核心问题。那么,王若虚的批评是否有道理,题画文学在"着题"问题上到底该如何处理呢?

---

① (宋)曾季狸:《艇斋诗话》,《续修四库全书》集部1694,上海:上海古籍出版社2013年版,第492页。
② (金)王若虚著,胡传志、李定乾校注:《滹南遗老集校注》卷四十,第488页。

首先,题画作品是否需要说明所咏为画。题画文学的写作方式通常是在咏物、山水等传统文学题材的写作中加入绘画的说明,有时是开篇即点明所咏为画,如杜甫《戏题王宰画山水图歌》"十日画一水,五日画一石。能事不受相促迫,王宰始肯留真迹"①,先言绘画,之后再展开描绘联想。有时是先述内容,最后再说明是题画,如周密《题惠崇并禽图》,先描述雪尽江南,并禽相呼之景,最后点明"一片春声在画图"(《题惠崇并禽图》)。还有很多作品并不点明所题为画,只在题目中说明是题某某画,而正文则完全类似于咏物、咏山水,如苏轼《雍秀才画草虫八物》便只是咏物诗,单从诗歌内容来看完全无法得知是为题画而作,然而却无害其为优秀的题画诗。因此,题画作品提及绘画固然不错,若是题目中交代了,在正文中不提及也未尝不可,不必非囿于此。

其次,题画文学与所咏对象之间的距离如何掌握。未在文中明确点明所题之物的题画作品其实可以和儿童猜谜比拟,谜底为作品之题目,故在谜面中不能暴露。然而,既以儿童猜谜比之,那么,谜面的目的便在于导向谜底,若是谜面偏离太远,导致无法猜出谜底,那么这样的谜面就是失败的。也就是说,偏离所咏对象太远的题画文学不能算是好的题画作品。正如王若虚反感的近世士大夫的墨梅诗一样,从"高髻长眉满汉宫,君王图画按春风。龙沙万里王家女,不着黄金买画工"四句,根本无法得知是咏墨梅,更不用说此诗之比喻抒情也无甚可取。

王若虚认为,导致题画文学不着题的原因是苏轼"赋诗不必此诗"观点的影响。苏轼认为"论画以形似,见与儿童邻。赋诗必此诗,定知非诗人"(《书鄢陵王主簿所画折枝二首》),苏轼为文坛盟

———————————
① (唐)杜甫著,(清)仇兆鳌注:《杜诗详注》卷九,第754页。

主,其论影响甚大,世人或因此以为赋诗不能胶着于所赋之物,因此导致题画诗也游离于所题物外。笔者进一步认为,题画作品与所咏内容的疏离很有可能是受了白战体的影响。苏轼有"白战不许持寸铁"(《聚星堂雪》)之句,白战指不用兵器的搏斗,白战体又称禁体,指咏物诗中不出现所咏之物的名称及特点,典型的代表便是欧阳修《雪》诗,该诗自注云:"时在颍州作。玉、月、梨、梅、练、絮、白、舞、鹅、鹤、银等事,皆请勿用。"① 白战体之兴,固有逞才之意,然同时亦是宋诗寻求通变的一种方式。欧阳修的要求,直将与雪相关的形容比拟之词皆去掉,作诗时要么谋求新的形容意象,要么只能从侧面形容,对作者要求很高。这种去掉与所咏之物直接相关的元素而纯从侧面题咏的方式或为题画文学所借鉴,王若虚所举近世士大夫的墨梅诗便是侧面描写,而陈与义"只有缁尘染素衣"亦是离题颇远的新奇比喻,颇得白战体之风。然而,白战体更像是一种文字游戏,对诗歌的书写有矫枉过正的效果,因此白战体好诗并不多,而题画文学若以此为学习对象,便容易误入歧途,犯不着题之错,难出佳作。王若虚在解释苏轼"赋诗必此诗,定知非诗人"时,特别强调了时人的误解:

　　夫所贵于画者,为其似耳。画而不似,则如勿画。命题而赋诗,不必此诗,果为何语! 然则坡之论非欤? 曰:论妙在形似之外,而非遗其形似,不窘于题,而要不失其题,如是而已耳。②

_____

① (宋)欧阳修著,洪本健校笺:《欧阳修诗文集校笺》卷四,第1363页。
② (金)王若虚著,胡传志、李定乾校注:《滹南遗老集校注》卷三十九,第455页。

"不窘于题,而要不失其题"正是此论核心所在,不仅是作诗之标准,也可以作为题画文学之写作标准。其关键之处在于文学观照绘画的程度,题画之作不需黏着于所咏之物,甚至在正文中亦可不直接点出所咏之画内容,但是却不能偏离太远,乃至无从解读,至少通过题画作品要能知道绘画描绘了什么,然而又不仅限于知道描绘了什么,而应在此之外又有所延伸,好的题画文学当在着与不着之间。如苏轼《惠崇春江晚景二首》其一:

> 竹外桃花三两枝,春江水暖鸭先知。蒌蒿满地芦芽短,正是河豚欲上时。①

惠崇擅长画小景图,图中装不下太多内容,此画所绘恐怕只有竹外桃花,野鸭一二,或会有芦芽,然而绝不会有河豚。苏轼简单提及了画中之物,然而没有胶着于画面景物的形容,而是联想到此时该是食用河豚之季,宕开一笔。既着春江晚景之题,又不黏着于桃花野鸭,逸趣横生,颇得小景之雅致。

陈与义之《墨梅》引发了关于题画文学着题与否的公案,王若虚"不窘于题,而要不失其题"为此公案下了一个恰当的评断,而苏轼的题画之作又为着与不着之间做一注脚,成为题画文学写作的参照。

二、窥入其中与出乎其外:从咏韩幹画马谈起

题画文学与其他文学形式最大的不同,便在于不仅要面向文学读者,同时亦需观照绘画本身。绘画不仅是文学的抒情媒介,亦

---

① (清)王文诰辑注,孔凡礼点校:《苏轼诗集》卷二十六,第1401页。

需文学发其妙处。因此，好的题画文学需窥入画中，同时也要出乎画外。

首先，就窥入画中而言，作家最好能懂画，能在诗文中评画之优劣，论画之技艺，引领读者看画的视角。虽说诗画一律，然而很多题画之人并不真正懂画，文人对画家和诗人的要求亦有不同。如晁说之所言："能画而不能诗，乃可以为病，岂有能诗而必能画耶？"① 晁说之认为，画家不能不会作诗，而诗人却可以不能画。这种要求的错位也使得题画诗人有时对画技画意并不真正了解，而只能浮光掠影言其大概，使题画之作难以真正深入画中，得画精髓。好的题画作品，需有知画之功力，方能发画之妙。典型的例子便是对韩幹画马的讨论。杜甫在《丹青引赠曹将军霸》中最先抛出关于韩幹画技的评价，韩幹在此处被作为曹霸的衬托："弟子韩幹早入室，亦能画马穷殊相。幹惟画肉不画骨，忍使骅骝气凋丧。"② 杜甫的评论引起后世的诸多争论，多有为韩幹辩护者，苏辙首先写下《韩幹三马》为其辩论：

> 老马侧立鬃尾垂，御者高拱持青丝。心知后马有争意，两耳微起如立锥。中马直视翘右足，眼光未动心先驰。仆夫旋作奔佚想，右手正控黄金羁。雄姿骏发最后马，回身奋鬣真权奇。圉人顿辔屹山立，未听决骤争雄雌。物生先后亦偶尔，有心何者能忘之？画师韩幹岂知道？画马不独画马皮。画出三马腹中事，似欲讥世人莫知。伯时一见笑不语，告我韩幹非画师。③

---

① （宋）阮阅编，周本淳校点：《诗话总龟》卷八，第89页。
② （唐）杜甫著，（清）仇兆鳌注：《杜诗详注》卷十三，第1150页。
③ （宋）苏辙著，曾枣庄、马德富校点：《栾城集》卷十五，上海：上海古籍出版社1987年版，第363—364页。

苏辙诗单刀直入，直接描述画面内容，从老马到御者，从后马到中马，从仆夫到最后马，再到圉人，作者窥入画中，从容不迫地刻画着画中之态，而跟随诗人的叙述，读者也仿佛亲见图画，在诗人诗笔的带领下，得以从容地欣赏画作。除此之外，最重要的是，苏辙是懂画之人，通过对画的观察，他认为杜甫所说的韩幹"画肉不画骨"并非如此，此画之马不仅有马皮，更存腹中事。末句所言之"画师"，指的应是低级的画工，李伯时作为北宋著名的画家，自然是懂画之人，末句通过李伯时的口，为韩幹翻案，认为韩幹不是普通的画工，而是能形神兼备的优秀画家。这便从画面本身上升到了对画技画艺的探讨，不是空论其形，浮光掠影，而是窥其神韵，发画之妙，将韩幹画马之精髓展现给读者，引导读者的观看与思考。除苏辙外，苏轼等人亦在题画诗中为韩幹辩护，如苏轼所说"厩马多肉尻脽圆，肉中画骨夸尤难"（《书韩幹牧马图》），刘颁也说"少陵作诗讥画肉，惋惜骅骝气凋缩。未知良工尝苦心，空使时人争贱目"（《和王平甫韩幹画马行》）。

　　姑且不论各家所评谁更有理，单说在题画文学中对画技画艺加以品评，便深化了绘画的内涵。题画诗引领读者在读诗观画之时，不再只注意到画的是什么，而会品味所画功力究竟如何，甚至进一步思考不同时代品评标准的差异。题画文学的窥入其中使得画作之妙得以呈现，所谓"画手能状，而诗人能言之"（蔡绦《西清诗话》）。这类能进入到画中的题画作品不易落入流俗，易出佳作，如苏轼"论画以形似，见与儿童邻"（《书鄢陵王主簿所画折枝二首》），欧阳修"古画画意不画形，梅诗咏物无隐情。忘形得意知者寡，不若见诗如见画"（《盘车图》）之类诗画观的寄托，使得这些题画作品都成为了流传千古的佳作。前所述陈与义之《墨梅》，为徽宗所赏，徽宗认为其为好诗的原因恐怕也是因为其中"意足不求颜色似，前身相马九方皋"一句，颇得赏画之妙，并非因为此诗之比喻方式。

其次，就出乎画外而言，题画文学需补画之所难言，发画之所未能，所谓"诗传画外意"（晁补之《和苏翰林题李甲画雁二首》）。莱辛曾言："绘画用空间中的形体和颜色而诗却用在时间中发出的声音。"[1] 诗画各有所长，也各有限制，绘画长于摹形，而于嗅觉、听觉和时间表达等方面较受限制。"画之不足，题以发之"（方薰《山静居画论》），题画文学需以其所长，补画之未尽。苏辙《韩干三马》便发挥了诗歌的"补画"作用，"心知后马有争意，两耳微起如立锥。中马直视翘右足，眼光未动心先驰"，画面上只表现了后马"两耳微起"，中马"翘右足"，诗人根据画面便推测其内心是后马"有争意"而中马"眼光未动心先驰"，甚至认为此画"似欲讥世人莫知"。此诗没有将题咏限制在对画面的摹拟上，而是出乎画外，表达了画所未能明确展示的内心活动，从而使平面的绘画立体化。其他例子如王安石《杜甫画像》，诗歌不着力于画中杜甫的长相描绘，而着力于杜甫之颠簸生平和浩荡诗才，这些都是画所未能表达的，只能借诗言之。又如周密题潇湘八景之《平沙落雁》一首中，有"风翻斜阵下沧茫，一笛渔歌又惊起"（《潇湘八景》）句，画中只能见渔舟，而不能闻渔歌，此为诗人想象，却与画境极为相融，使画意越发空灵萧瑟。

因此，好的题画作品需能窥入画中，有识画之眼光，论画之功力，能以诗人之见识引导读者观看，从而发画之妙，使画能因诗增价。同时，亦需出乎画外，以文学所长补充绘画受限之处，从而将平面的绘画立体化。这两个要求都是题画文学作为沟通文学

① 〔德〕莱辛：《拉奥孔》，朱光潜译，第 91 页。

与绘画特殊媒介的要求所在,不仅需面向读者,亦需对绘画有所助益。

三、有我与无我

王国维在《人间词话》中提出词有"有我之境"与"无我之境","有我之境,以我观物,故物皆着我之色彩。无我之境,以物观物,故不知何者为我,何者为物。"[①] 笔者借用王国维的概念,将题画文学亦分为"无我"与"有我",但概念与王国维所界定有所区别。此处之"无我"指题画作品感情的主要观照对象是绘画本身,或着眼于画家,或用心于画之内容,而少有自己的感情投射或是现实关怀;"有我"则是对画抒情,由画及我,咏画时融入了自身的感情投射。

"无我"之作专注于绘画本身,常显得漫不经心,如魏了翁《题米南宫云山挂幅》:

> 漠漠云林小小山,谁家茅屋隐松间。石桥雨过天台远,采药仙人去未还。[②]

诗歌如实描述了画中景致,云林、小山、茅屋、石桥,有仙隐之意,倒也颇符合米芾画境,并且诗末还想象出采药仙人,增加了画之意趣。然而此诗的问题在于过于着题,诗中无我,诗人与画隔着一层。这样的题咏虽也算是中规中矩,却略有敷衍之感,缺乏本人的主体情感投射。随着绘画的发展,爱画之风渐广,能画之人渐多,

---

① 王国维:《人间词话》,第 1 页。
② 北京大学古文献研究所:《全宋诗》卷二九一七,第 56 册,第 35013 页。

而请人题画之气亦渐长,在此背景下,题画作品便容易敷衍了事,仅仅根据画面内容简单叙述,而不是有感而发。这种现象极端表现在画赞之中。如前面章节所言,南宋时,写真颇为流行,而真赞也随之蔓衍,通常是某人画像一幅求人题赞,这种题赞多是应酬行为,无甚感情,题赞者也常只是大体言像主之事,敷衍了事。

"有我"之题画文学大体有两类,一是作品由画及我,观画而有自身的感情投射。如胡铨《和张庆符题余作清江引图》:

> 痛饮从来别有肠,酒酣落笔扫沧浪。如今却怕风波恶,莫画清江画醉乡。何人半醉眼花昏,画出江南烟雨村。满世庚尘遮不得,聊将醉墨洗乾坤。①

从题目可以看出,此诗所题咏的《清江引图》乃是胡铨自画,然而经历了别人题咏自己再和这一个过程之后,观画有了更复杂的感触。胡铨性情刚直,与李纲、赵鼎、李光合称"南宋四名臣"。曾经的胡铨痛饮酒,绘清江,胸中充溢着豪迈之气,在金兵南侵时,曾写下《上高宗封事》乞斩秦桧,坚决抗金,群臣为之振奋,甚至金人闻之亦惊呼"南朝有人"(《鹤林玉露·斩桧书》)。然而胡铨却遭到秦桧打击,小人弹劾,乃至一贬再贬。在这种背景之下,胡铨再观《清江引图》,很自然地便将自己的遭际融入诗中,当年慷慨激昂,如今却怕风波恶,在这样一个"满世庚尘遮不得"的环境中,感叹不该再画清江,而应该换成画醉乡,在醉中逃避这满目庚尘。"庚尘"典出《世说新语》,《世说新语·轻诋》载:"庾公权重,足倾王公。庾在石头,王在冶城坐,大风扬尘,王以扇拂尘曰:'元规尘污

---

① 北京大学古文献研究所:《全宋诗》卷一九三二,第 34 册,第 21576 页。

人。'"① 胡铨以王导对庾亮权重的讽刺来表达自己对秦桧的痛恨,诗人浓重的失望和无奈在观画时深深地投射到题画诗中,使诗歌染上了"我"之色彩,这种"有我"的状态使得诗歌独一无二。

第二种"有我"虽然不是针对自身的抒情,却是面向现实,不仅仅是书斋之作,而有现实关怀。如王柏《题长江图三绝》:

> 一目长江万里长,几多兴废要商量。时人莫作画图看,说着源头正可伤。

> 鱼腹江边八阵图,嶙峋于此岂良谟。后来浪道长蛇势,用势还须烈丈夫。

> 瓜步洲前水最深,几人恃此纵荒淫。谁云天意分南北,自是人无混一心。②

王柏生活的年代为南宋中晚期,经历了中兴之后的南宋人多有偏安之心,恢复之志渐弱。王柏此诗并没有将长江简单当作普通的山水来题咏,而是侧重于其作为地理分隔以及战略要地的重要意义,"谁云天意分南北,自是人无混一心",他由地理的分隔联想到人心的分隔,对于偏安的心态痛心疾首。诗中"有我",而不只是有书斋想象。"有我"之题画较之"无我"者更容易动人,读诗不但可见画作之妙,亦可知作者心性。这类文学作品与画作合之亦可,分离后也能够单独存在。

---

① (南朝宋)刘义庆著,徐震堮校笺:《世说新语校笺》,第443页。
② 北京大学古文献研究所:《全宋诗》卷三一六八,第六〇册,第38039页。

　　综上，由于题画文学同时观照文学与绘画的特殊性，其评判标准亦较为特别。首先，从总体来看，题画作品对所咏绘画当是若即若离，在着与不着之间。其次，从表现技巧来看，题画之作的观照主体之一为绘画，故需将绘画纳入题咏范畴，能窥入其中发画之妙，亦能出乎其外补画之所未能。再次，从抒情方式来看，题画文学其本质仍然为文学，诗言志，故需面对自我，抒内心之性情，怀天下之担当。如果说着题问题是优秀题画文学必不可少的一个评判标准，那么，发画之妙与抒我之情二者若能皆善则好，若无法兼得，则存一亦可称为佳作。

小　结

　　以《声画集》为代表的一批题画文学总集和别集出现在南宋有其必然性。这些作品集的诞生，在题画文学发展史上具有划时代的意义。题画文学从此成为独立的门类，并开启了对其自身写作标准的探讨，这在极大程度上意味着题画文学的自觉。孙绍远在《声画集序》中提出了"因诗而知画，因画以知诗"的标准，并在具体作品的排序中体现出题画文学同时观照文学与绘画的意义，从而推动了题画文学批评标准的建构。本章是本书主体部分的最后一章，借由《声画集》的自觉意义来探讨题画文学的批评标准，不仅是南宋题画文学本身的意义呈现，同时也拟为新时期的题画文学写作提供借鉴，以求题画文学能接续上古典的高峰，在当代拾起断裂的线头，重焕光彩。

结论：题画文学的自觉

西晋傅咸曾在《玉赋》中对和氏璧形容道："当其潜光荆野，抱璞未理，众视之以为石。"①南宋题画文学之境遇正如潜光荆野之美玉，长期以来埋没在北宋乃至唐代的光辉之下，因其相对逊色的艺术价值而被视为石，因而造成了南宋题画文学研究的稀少。虽然将之比和氏璧略过，然而剖石取玉的过程却正如发掘南宋题画文学价值的过程，力求在石之外表下还原出其玉质的本色。实际上，南宋在很大程度上可以算是题画文学的自觉时代。

首先，南宋的题画文学发展并未因前代高峰的影响便停滞不前，反而在题材、作家和文体上皆有所开拓，创作出数量远超于前代的题画作品。从题材上看，此期产生了颇多根植于南宋社会历史文化背景之下的独特主题，如地域、风俗和诗意图的相关题咏。这些题材在与南宋的文化基因发生碰撞后，成为反观南宋士人心态、雅俗互动及图文关系的重要媒介。从作家群体上看，不同于传统以士大夫精英阶层为核心的书写方式，此期题画文学除泛称的士大夫外，还出现了宫廷作家、僧侣、理学家等具有特殊身份的作者群体，其题画文学创作在彰显身份特质的同时也使南宋的题画文学呈现出更为丰富的层次特征。从文体上看，无论是题画文、题

---

① （晋）傅咸：《傅中丞集》，光绪十八年善化章经济堂重刊本，第8页。

画诗还是题画词,在此期皆发展成熟。不同文体在与绘画的博弈中,逐渐形成了以题画诗和题跋,尤其是题画诗为核心,其他文体并行发展的面貌,奠定了此后中国题画文学的文体格局。由此,南宋题画文学在题画文学内部的变革中完成了对前代影响所带来的焦虑的回应。

其次,此期出现了第一本题画诗总集孙绍远《声画集》,以及以刘叔赣《题画集》、郑思肖《图诗》等为代表的第一批题画诗别集。大量的题画文学汇编实绩表明南宋时已开始了对题画文学有意识的分类整理,这种工作既需要丰厚的创作作为选材基础,又需要较为成熟的评鉴眼光作为依凭。对题画文学有意识的编集和分类,以及在编纂中蕴含的批评标准,成为题画文学自觉的重要标志。在此之前,题画文学分散于各家别集之中,不成系统,而在此之后,题画文学成为一个单独的门类,有了独特的分类体系及"因诗而知画,因画以知诗"(孙绍远《声画集序》)的创作理论,由此开始具有独立存在的价值。这种独立的存在意义以及所形成的独特写作传统促进了南宋之后题画文学的进一步繁荣。

再次,南宋是狭义题画文学概念生成的重要时期。早期的题画文学大多独立于画外,而南宋时,题画诗、题画文及题画词等多种文体皆实现了从画外到画上的蔓延,并逐渐建立起一定的题画规范。题画文学由此实现了从语图分体到语图合体的转变,成为了真正意义上的"题画"文学。在此后的元明清时期,题于画上和画外这两条线表面看起来虽然依旧是并行发展,然而随着大量的文人和画家参与到语图合体的实践中,题于画上这个标准逐渐发展成为题画文学的核心概念,并以"画、书、文"三位一体的定型模式,促动了中国绘画审美范式的转向。

因此,南宋在题画文学史上的意义,并非仅仅是北宋和元代之间不起眼的过渡，种种实践充分表明南宋是题画文学自觉过程中的重要阶段。

　　文学与图像的相关研究近年来逐渐成为"显学"。二十一世纪初，杨义提出了"重绘中国文学地图"，实际上就是建立一种大文学观，将传统纯文学史所忽视的少数民族文学、俗文学、图志等都纳入文学研究的范畴。而衣若芬则致力于"文图学"的建构与推广，为古典文学与图像关系的相关研究提供了更为有力的"正名"。中国自古便有左图右史的传统，文学的生成本身便与图像有错综复杂的关系。因此，当我们回溯中国文学时，图像不应该与文学割裂开，而应该将其还原到本身应有的地位上，使其成为解读文学的一把钥匙。很长一段时间以来，对文图关系的研究多集中在诗画的比较、诗画一律的反复咀嚼上，对于图像资源可以说颇为浪费。事实上，图像对于文学的价值，除了艺术层面之外，在文献层面、史料层面、文化层面或是其他更多的层面上都具有重要的意义。本书对南宋题画文学的研究，目的不仅仅是想展现南宋题画文学的面貌和价值，也希望以题画文学这样一种文图结合最典型的形式为切入点，呈现文学与图像深层次互动的更多可能。

附录：南宋题画文学文献整理

南宋题画文学作品数量繁多，若将其正文全部呈现出来，将是数十万字的内容，就算仅列标题，都会占据极大篇幅，易显得头重脚轻。因此，本部分不打算——列出南宋题画文学的作品，而是就文献整理过程中的具体问题进行详细探讨。

一、据宋画补遗勘误《全宋诗》及《全宋诗订补》①

《全宋诗》的编纂为学界一大盛事，为研究者提供了很大方便，然而由于其卷帙浩大，编纂时虽殚精竭力，却也难免有所疏失，故其补遗勘误工作从其成书后就未停止过。2005年由陈新主编的《全宋诗订补》问世，对《全宋诗》存在的一些问题进行了校订，同时补充了大量《全宋诗》未收作品。二书在编纂时，曾根据《中国美术全集》《赵氏铁网珊瑚》等书收录了很多散佚于别集之外的题画诗，然而由于中国绘画流失严重，仍有颇多遗珠未能编入。浙江大学和浙江省文物局费时数年，自2008年起陆续编辑出版了印刷精美的《宋画全集》，收录了大量宋画。然而遗憾的是，《宋画全集》至今仍未出版完，因此还有很多绘画作品此书未收。故此处所据之宋画，以《宋画全集》为主，同时还参考各大博物馆绘画馆藏图

---

① 考虑到据宋画辑佚勘误文学作品的重要意义，本部分内容不仅包括南宋诗，也将北宋部分一并列入、整理。

录，如"台北故宫博物院"所出之《故宫书画图录》等，尽可能多地搜集宋画作品，通过对画作上题诗的考察，对《全宋诗》及《全宋诗订补》进行补遗和勘误。

（一）据宋画补遗《全宋诗》《全宋诗订补》

据笔者所见存世宋画中的题画诗考察，有24位作者共34首诗3句为《全宋诗》及《全宋诗订补》漏收，其中有9位作者为《全宋诗》未收。现将漏收诗录于下，其中《全宋诗》已收作者不做说明，未收者略考其小传。

1.《全宋诗》及《全宋诗订补》有其人无此诗者（按照作者出生年排序）

蔡京（1047—1126）二首

其　一

送君不折都门柳，送君不设阳关酒。惟取西陵松树枝，与尔相看岁寒友。①

按：据《宋画全集》收胡舜臣《送郝玄明使秦书画图》补，诗后落款"蔡京"②。

其　二

明时不与有唐同，八表人归大道中。可笑当年十八士，经

---

① 浙江大学中国古代书画研究中心：《宋画全集》，第7卷第2册，第40页。
② 此诗之真伪存疑。王连起《传胡舜臣、蔡京〈送郝玄明使秦〉书画合璧卷辨伪》认为，根据避讳、书画风格及自题自画在当时还未出现等诸多因素，判定此画及题诗为明代之后伪造，可备一说。

纶谁是出群雄。①

按：据《故宫书画图录》收宋徽宗《文会图》补，画上有宋徽宗自题诗，此诗为蔡京和徽宗诗，故诗前题有"臣京谨依韵和进"。

宋徽宗（1082—1135）一首

皎皎通身白，头头任运行。饥餐香细草，渴饮古溪清。所止离封畛，随缘适性情。迢迢平等路，安稳步无生。②

按：据《故宫书画图录》收宋徽宗《犊牛图》补，此为徽宗自题诗。

宋高宗（1107—1187）二首

其　一

致君初不愧虞唐，白首归来住洛阳。入社莫疑频笑语，同朝各自抱行藏。长年诗酒开三径，永日琴书共一床。进退得时真有道，可怜谁复继余光。③

其　二

履道清欢冠有唐，衣冠耆艾会嵩阳。功成勇退身俱健，心纵荣归舍所藏。樽酒□陪齐皓首，林泉偃息列胡床。当年盛事传今古，遗像丹青德逾光。赐从乂④

---

① "台北故宫博物院"编纂委员会：《故宫书画图录》，第1册，第297页。
② "台北故宫博物院"编纂委员会：《故宫书画图录》，第1册，第303页。
③ 浙江大学中国古代书画研究中心：《宋画全集》，第1卷第6册，第198页。
④ 浙江大学中国古代书画研究中心：《宋画全集》，第1卷第6册，第198—200页。

按：此二诗据《宋画全集》收佚名《会昌九老图》补，《石渠宝笈》卷一录。

吴皇后（1115—1197）一首

秋风融日满东篱，万叠轻红簇翠枝。若使芳姿同众色，无人知是小春时。①

按：据《宋画全集》收佚名《胆瓶秋卉图》补，书法类高宗体，徐邦达《古书画伪讹考辨》中推测为高宗吴皇后书。

杨万里（1127—1206）一首

景运光昌仰圣恩，万年嘉瑞护灵根。微臣恭祝尧天寿，培植山河一统樽。②

按：据《故宫书画图录》收宋人画《万年青轴》补，诗后落款"杨万里谨书"。

京镗（1138—1200）一首

圆明大士摆尘缘，结社祈生极乐天。更写三家和会意，胸襟需属李龙眠。③

按：据《宋画全集》收张激《白莲社图》补，诗后落款"京镗仲远"。

---

① 浙江大学中国古代书画研究中心：《宋画全集》，第 1 卷第 8 册，第 55 页。
② "台北故宫博物院"编纂委员会：《故宫书画图录》，第 3 册，第 229 页。
③ 浙江大学中国古代书画研究中心：《宋画全集》，第 3 卷第 1 册，第 93 页。

《秘殿珠林续编》卷二录。

杨皇后（1162—1232）五首二句

其　一

江楼帘幕卷清寒，触地飞飞不自安。酒力醒时风力劲，一声冰柱响雕栏。[1]

其　二

江天画角起征鸿，惨淡阴云不定风。十二玉栏何处是，参差多在暮寒中。[2]

其　三

乘兴须知聊复尔，偶因兴夜亦悠哉。从今雪月交光夜，为问故人来不来。[3]

按：以上三诗据《宋画全集》收佚名《雪景四段》补，四段雪景共题有四首诗，然其中第三段"江面澄清雪未融，扁舟演漾水无踪。蒿师不用匆匆去，遍看庐山群玉峰"为苏辙《舟中风雪五绝》其五，杨皇后抄录于画，故不录。其三第三句出自杨公远《借吴直轩韵别黄仲宣》，其他出处无考，疑为杨皇后自作。

---

[1] 浙江大学中国古代书画研究中心：《宋画全集》，第2卷第2册，第33页。

[2] 浙江大学中国古代书画研究中心：《宋画全集》，第2卷第2册，第36—37页。

[3] 浙江大学中国古代书画研究中心：《宋画全集》，第2卷第2册，第37页。

其　四

　　长春殿前长春花，万岁千秋开如霞。连理一枝秉受异，东君进入吾皇家。①

按:据《文艺绍兴》收杨皇后《书长春花诗》补。

其　五

　　朝回中使传宣命，父子同班侍宴荣。酒捧倪觞祈景福，乐闻汉殿动欢声。宝瓶梅蕊千枝绽，玉栅华灯万盏明。人道催诗须待雨，片云阁雨果诗成。②

按:据《故宫书画图录》收马远《华灯侍宴图》补。此诗一说为宁宗题。

句　一

迎风呈巧媚，浥露逞红妍。③

按:据《文艺绍兴》收马远《倚云仙杏》补，钤"坤卦"印，"杨姓翰墨"，从印及书法知为杨皇后题。

---

① 何传馨:《文艺绍兴:南宋艺术与文化·书画卷》，第116页。
② "台北故宫博物院"编纂委员会:《故宫书画图录》，第2册，第163页。
③ 何传馨:《文艺绍兴:南宋艺术与文化·书画卷》，第195页。

句　二

千年传得种,二月始敷华。①

按:据《文艺绍兴》收杨皇后《题宋人桃花》补,钤"坤卦"印,"杨姓翰墨",从印及书法知为杨皇后题。

宋宁宗(1168—1224)一句

疏枝潜缀粉,并翅不禁寒。②

按:据《文艺绍兴》收马麟《暮雪寒禽》补,《吴其贞书画记》定为无名氏题,《南宋院画录》亦从《吴其贞书画记》说,"马麟《雪崖寒禽图》,绢画一页,有无名氏题曰:'踈枝潜缀粉,并翅不禁寒。'"③然而《文艺绍兴》从笔迹认定为宁宗晚年书法。

释若芬(生卒年不详)四首
其　一

过溪一笑意何疏,千载风流入画图。回首社贤无觅处,炉峰香冷水云孤。④

按:据《宋画全集》收玉涧《庐山图》补,诗后落款"玉涧",为释若芬自题诗。

---

① 何传馨:《文艺绍兴:南宋艺术与文化·书画卷》,第 210 页。
② 何传馨:《文艺绍兴:南宋艺术与文化·书画卷》,第 218 页。
③(清)厉鹗:《南宋院画录》卷八,杭州:浙江人民美术出版社 2016 年版,第 204 页。
④ 浙江大学中国古代书画研究中心:《宋画全集》,第 7 卷第 1 册,第 227 页。

其　二

雨拖云脚敛长沙，隐隐残虹带晚霞。最好市楮官柳外，酒旗摇曳客思家。山市晴峦 [1]

按：据《宋画全集》收玉涧《山市晴岚图》补，为释若芬自题诗。

其　三

无边刹境入毫端，帆落秋江隐暮岚。残照未收渔火动，老翁闲自说江南。远浦归帆 [2]

按：据《宋画全集》收玉涧《远浦归帆图》补，为释若芬自题诗。

其　四

四面平湖月满出，一阿螺髻镜中看。岳阳楼上听长笛，诉尽崎岖行路难。

按：据日本文化厅藏玉涧《洞庭秋月图》补，为释若芬自题诗。

赵孟坚（1200—？）一首

步袜无尘淡净妆，翩翩翠袖恼诗肠。仙成只咽三清露，金玉肌肤骨节香。 [3]

---

[1] 浙江大学中国古代书画研究中心：《宋画全集》，第7卷第3册，第62页。
[2] 浙江大学中国古代书画研究中心：《宋画全集》，第7卷第3册，第83页。
[3] 浙江大学中国古代书画研究中心：《宋画全集》，第6卷第6册，第46页。

按：据《宋画全集》收赵孟坚《水仙图》补，诗后落款"彝斋"，赵孟坚号"彝斋"，此为赵孟坚自题诗。

宋理宗（1205—1264）一首

冒雨冲风两牧儿。笠蓑低缩绿杨枝。深宫玉食何从得。稼穑艰难岂不知。[1]

按：据《故宫书画图录》收李迪《风雨归牧》补，诗后落款"缉熙殿书"，并钤玺一，御前之印，应为理宗书。

贾似道（1213—1275）一首

营丘李夫子，天下山水师。放笔写寒林，千金难易之。[2]

按：据《故宫书画图录》收李成《寒林图》补，诗后落款"秋壑"，贾似道号"秋壑"。

牟巘（1227—1311）一首

红绵花底听春歌，我为东坡识绛罗。一百余年前后事，诗思画笔等闲过。[3]

按：据《故宫书画图录》收钱选《画荔枝》补，诗后落款"陵阳牟献之题"。牟巘字"献之"。

---

[1] "台北故宫博物院"编纂委员会：《故宫书画图录》，第 2 册，第 55 页。
[2] "台北故宫博物院"编纂委员会：《故宫书画图录》，第 1 册，第 155 页。
[3] "台北故宫博物院"编纂委员会：《故宫书画图录》，第 2 册，第 245 页。

钱选（1239—1299）二首

其 一

金烁石流汗如雨，削入冰盘气似秋。写向小窗醒醉目，东陵闲说故秦侯。①

按：据《故宫书画图录》收钱选《秋瓜图》补，诗后落款"舜举"，钱选字"舜举"，此为钱选自题诗。

其 二

粉衣朱掌又能啼，落日东风得意时。我已无心对寒食，且须留汝伴清陂。②

按：据《故宫书画图录》收钱选《画鹅》补，诗后落款"吴兴钱选舜举"，为钱选自题诗。

陈深（1260—1344）一首

芳草渺无寻处，梦隔湘江风雨。翁还肯作楚花，我亦为翁楚舞。③

按：据《宋画全集》收郑思肖《兰图》补，诗后落款"深"。

---

① "台北故宫博物院"编纂委员会：《故宫书画图录》，第 2 册，第 251 页。
② "台北故宫博物院"编纂委员会：《故宫书画图录》，第 2 册，第 268 页。
③ 浙江大学中国古代书画研究中心：《宋画全集》，第 7 卷第 2 册，第 94 页。

2.《全宋诗》及《全宋诗订补》未收作者

赵师清(生卒年不详)一首

虎溪一段古风烟,移内骚人笔下传。谁道雁门青白眼,输他麈尾一丝禅。[①]

按:据《宋画全集》收张激《白莲社图》补,诗后落款"赵不湎师清",《秘殿珠林续编》录。《秘殿珠林续编》所收此诗后注有"赵不湎,宋史宗室世系表汉王元佐五世孙,官武经郎"[②]。

孙昌(生卒年不详)一首

曩时同社已生天,珍重龙眠作画传。闻说池莲尚无恙,当仁谁继远公缘。[③]

按:据《宋画全集》收张激《白莲社图》补,诗后落款"觉非子孙昌",《秘殿珠林续编》录。张激《白莲社图》题诗中此诗前两首作者京镗、赵师清与后一首作者王玭皆为南宋人,故推断孙昌生活年代亦为南宋。

王玭(生卒年不详)一首

四海如沸鼎,诸公如覆盂。胡为陶谢辈,不与雷远俱。下视逐鹿者,僭窃交相图。石有三生契,竹岂一日无。我昔由九

---

① 浙江大学中国古代书画研究中心:《宋画全集》,第3卷第1册,第93页。
② (清)王杰:《秘殿珠林续编》,清内府抄本。
③ 浙江大学中国古代书画研究中心:《宋画全集》,第3卷第1册,第93页。

江，因而过康庐。陈迹已扫地，白莲宁复余。山中欲诛茆，竟为饥所驱。①

按：据《宋画全集》收张激《白莲社图》补，诗后落款"北山王玭"，《秘殿珠林续编》录。王玭，临川人，绍兴十五年（1145）进士（据《宋诗纪事补遗》卷四十二）。

吕篆（生卒年不详）一首

渊明蜕尘外，趣与宗雷殊。独饮远公酒，醉梦惊篮舆。岂不念清静，忧国犹区区。修静时一笑，气已凌清都。康乐既心杂，空有莲叶敷。惟余十八公，乐与泉石俱。维时门龙蛇，铁马力驰驱。那知香火社，中有山泽臞。巀巀匡庐山，胜绝天下无。纵使生白莲，未必贤匡庐。我老世味薄，欲卜衡茅居。一酌虎溪水，尚想斯人徒。②

按：据《宋画全集》收张激《白莲社图》补，诗后落款"檇李吕篆"，《秘殿珠林续编》录。吕篆，秀州华亭（今嘉兴）人，绍兴三十年（1160）庚辰梁克家榜（据同治《苏州府志》卷五十九）。

刘扬庭（生卒年不详）一首

莲社观心处，难穷亦易窥。庐山无限隔，何用苦招挥。③

---

① 浙江大学中国古代书画研究中心：《宋画全集》，第 3 卷第 1 册，第 93—94 页。
② 浙江大学中国古代书画研究中心：《宋画全集》，第 3 卷第 1 册，第 94 页。
③ 浙江大学中国古代书画研究中心：《宋画全集》，第 3 卷第 1 册，第 95 页。

按：据《宋画全集》收张激《白莲社图》补，诗后落款"金华刘扬庭"，《秘殿珠林续编》录。刘扬庭，金华人，乾道四年（1168）三月左宣教郎（据咸淳《重修毗陵志》卷十秩官）。

胡舜臣（生卒年不详）一首

丛桂方招隐，君犹赋远游。青枫初试绛，白露正宜秋。玉叠浮云暮，秦关王气收。离情付图画，怅我一登楼。①

按：据《宋画全集》收胡舜臣《送郝玄明使秦书画图》补②。诗后落款"宣和九年四月二日元明大参有使秦之命作此纪别，胡舜臣"，此诗为胡舜臣自题诗。胡舜臣，徽宗宣和时画院待诏。

萝窗（生卒年不详）一首

意在五更初，幽幽潜五德。瞻顾候明时，东方有精色。③

按：据《宋画全集》收萝窗《竹鸡图》补，诗后落款"萝窗"，并有"萝窗"印一方，为萝窗自题诗。萝窗，宋末禅僧。

简翁居敬（生卒年不详）一首

眼上双眉入鬓横，有时独跨蹇驴行。因吟一夜落花雨，直至如今字字芗。④

---

① 浙江大学中国古代书画研究中心：《宋画全集》，第7卷第2册，第41页。
② 如前所述，此画疑伪。
③ 浙江大学中国古代书画研究中心：《宋画全集》，第7卷第1册，第81页。
④ 浙江大学中国古代书画研究中心：《宋画全集》，第7卷第1册，第233页。

按：据《宋画全集》收牧溪（传）《杜子美图》补，诗后落款"山阴简翁居敬题"。简翁居敬，宋末禅僧。

黄宣（1219—?　）一首

巨然秃阿师，清气喷满手。触笔天籁生，寸楮敌璃玖。①

按：据《故宫书画图录》收巨然《寒林晚岫图》补，诗后落款"黄宣"，《岳雪楼书画录》卷一录。黄宣，字仲宣，南宋藏书家。

（二）据宋画勘误《全宋诗》《全宋诗订补》

1. 重出

向来俯首问羲皇，汝是何人到此乡。未有画前开鼻孔，满天浮动古馨香。②

按：《全宋诗》在郑思肖及其父郑起之诗中重出，其中卷三一八九收郑起诗，题为《题画兰》，题目下注"丙午正月十五日作"，据《知不足斋丛书·菊山清隽集·补遗》录。而卷三六二七收郑思肖诗，题为《墨兰图》，据《中国美术全集·两宋绘画下》录。

《宋画全集》所收郑思肖《兰图》画面右侧题有此诗，诗后落款"所南翁"，郑思肖号"所南"。画面左边题"丙午正月十五日作此一卷"。郑起（1199—1262）与郑思肖（1241—1318）所生活的丙午年共两个，分别是1246年和1306年。图画所绘为无土之兰，应绘于1276年宋亡前后，彼时郑起已卒，不可能题诗，故此丙午应该

---

① "台北故宫博物院"编纂委员会：《故宫书画图录》，第1册，第97页。
② 浙江大学中国古代书画研究中心：《宋画全集》，第7卷第2册，第94页。

是 1306 年。那么是否有可能郑起于 1246 年写下此诗,而 1306 年郑思肖画《兰图》时将其题到画上呢? 在六十年后的同一日绘画并题下先父之诗,可能性并不大,若有此可能,在画后也应该有专门的说明,故这种巧合几乎不存在。那么,《全宋诗》之误又是从何而来,考其所注出处《知不足斋丛书·菊山清隽集·补遗》,在四部丛刊续编《三山郑菊山先生清隽集附所南诗》后有补遗一首诗,所补应是所南之诗,而非郑起诗,《全宋诗》编者误认为郑起之作而收入。

2. 误字

（1）《全宋诗》卷一三一七收米友仁《诗一首》：

> 山气最佳处,卷舒晴晦云。心潜帝乡者,愿作乘彼君。①

按：末句"乘彼"二字颇费解,除《珊瑚网》外,明代孙凤《孙氏书画钞》、张丑《清河书画舫》、赵琦美《赵氏铁网珊瑚》以及清代吴升《大观录》亦皆作"乘彼"。而明代郁逢庆《书画题跋记》和清代卞永玉《式古堂书画汇考》却出现了另一种版本"桑波",清代张照《石渠宝笈》甚至出现了第三种版本"神波"。那么,末句究竟应该是什么?

《宋画全集》第 2 卷第 1 册收米友仁《潇湘图》,画后拖尾上有米友仁自题此诗。从书法的角度来看,"乘"与"桑"较为相似,但不至于误认,故第一个字应是"乘"而非"桑"。"彼"和"波"从写作方式来看,这种写法确实是两可,然而从语句通顺的角度来看,应作"波"更适宜。"乘波君"与"帝乡者"相对,表达一种超然世

---

① 北京大学古文献研究所：《全宋诗》卷一三一七,第 22 册,第 14958 页。

外的生活态度。此二字连用为古诗常见，如"浮鱼乘波听"（曹丕《善哉行》），"棹举若乘波"（骆宾王《畴昔篇》）。《石渠宝笈》应是认为"乘彼"和"桑波"都不通，又未曾见到原画，故自行改为"神波"。因此此诗末句应调整为"愿作乘波君"。

（2）《全宋诗》卷二三三六收尤袤《题米元晖潇湘图二首》其二：

> 淡淡晴山横雾，茫茫远水平沙。安得绿蓑青笠，往来泛宅浮家。①

按：《宋画全集》收米友仁《潇湘图》画后有尤袤此诗，首句题为"淡淡晓山横雾"②。而除《赵氏铁网珊瑚》外，其他文献，包括《宋诗纪事》《孙氏书画钞》《珊瑚网》等全都为"晓山"而非"晴山"，故首句应为"淡淡晓山横雾"，《全宋诗》注明此诗辑自《赵氏铁网珊瑚》，因之致误。

（3）《全宋诗》卷三六八四收仇远《题李成寒鸦图》：

> 老树枯苔雪乍晴，饥乌飞集噤无声。蒹葭沙上花开早，且让春风与燕莺。③

按：《宋画全集》收佚名《寒鸦图》（《宋画全集》对作者是否是李成

---

① 北京大学古文献研究所：《全宋诗》卷二三三六，北京：北京大学出版社1998年版，第43册，第26862页。
② 浙江大学中国古代书画研究中心：《宋画全集》，第2卷第1册，第123页。
③ 北京大学古文献研究所：《全宋诗》卷三六八四，第70册，第44254页。

存疑,故标为佚名)后有仇远此诗,首句写作"老树枯苕雪乍晴"①。然而,从《山村遗稿》《孙氏书画钞》,一直到《清河书画舫》、陈邦彦编《历代题画诗》,所有文献著录皆为"苔"而非"苕"。"苔"和"苕"二字形近易误,且两个字放到诗中都能读通,因此历代诸家皆未对该字有所怀疑,未查考原画便传抄录入,以致讹误。

（4）《全宋诗》卷三四六五收龚开《题中山出游图》:

> 髯君家本住中山,驾言出游安所适。谓为小猎无鹰犬,以为意行有家室。阿妹韶容见靓妆,五色胭脂最宜黑。道逢驿舍须少憩,古屋无人供酒食。赤帻乌衫固可烹,美人清血终难得。不如归饮中山酿,一醉三年万缘息。却愁有物觑高明,八姨豪买他人宅。待得君醒为扫除,马嵬金驮去无迹。②

按:《宋画全集》收龚开《中山出游图》,画后有龚开自题此诗,有两处与《全宋诗》不同。

其一:第九句"赤帻乌衫固可烹",画上题作"赤帻乌衫固可享"③。《赵氏铁网珊瑚》与《宋诗纪事》都写作"烹",然而诗中此处并无烹饪之意,而应是享受、享用之意。《清河书画舫》和《式古堂书画汇考》皆为"赤帻乌衫固可嘉",应是觉得"烹"字不通,又未见原画,故改为"嘉"。因此,此句当为"赤帻乌衫固可享",为形近致误。

其二:倒数第二句"待得君醒为扫除",画面上前两个字,尤其是第二个字看不清,因此庞莱臣《虚斋名画录》卷二原封录为

---

① 浙江大学中国古代书画研究中心:《宋画全集》,第 3 卷第 1 册,第 171 页。
② 北京大学古文献研究所:《全宋诗》卷三四六五,第 66 册,第 41277—41278 页。
③ 浙江大学中国古代书画研究中心:《宋画全集》,第 6 卷第 6 册,第 60 页。

"□□君醒为扫除"，《式古堂书画汇考》卷四十五画十五为"待（原阙）君醒为扫除"，《清河书画舫》卷十上为"待得君醒为扫除"，《赵氏铁网珊瑚》则想当然改为"待君酒醒为扫除"，与画面出入太大，应为未见画面臆想之举。《全宋诗》此诗未注明出处，为避免误导，作"□□君醒为扫除"或更好。

（5）《全宋诗》卷三六八四收仇远《题赵子固水墨双钩水仙卷》：

> 冰薄沙昏短草枯，采香人远隔湘湖。谁留夜月群仙佩，绝胜秋风九畹图。白粲铜盘倾沆瀣，清明宝玦破珊瑚。却怜不得同兰蕙，一识清醒楚大夫。①

按：《宋画全集》收赵孟坚《水仙图》上有仇远题此诗，其中颈联第二句写作"青明宝玦碎珊瑚"②，与《全宋诗》有两字不同，《全宋诗》未注明此诗录自何处。

其一："清明"，包括《山村遗稿》《珊瑚网》《石渠宝笈》在内的所有能见文献皆无一处作"清"，而都作"青"，从诗句来看亦是"青明"更顺。

其二："破珊瑚"，《山村遗稿》卷二作"破珊湖"，此书为清抄本，后人据手迹所录，很容易产生传抄错误，故将"瑚"误为"湖"。除《山村遗稿》外，其他文献包括《江村销夏录》《元诗选》《历代题画诗》和《石渠宝笈》都作"碎珊瑚"，与图画同。有意思的是，《珊瑚网》作"映珊瑚"，或是觉得"破"字太俗而自己妄改。故据图画校订，此句应为"青明宝玦碎珊瑚"。

---

① 北京大学古文献研究所：《全宋诗》卷三六八四，第70册，第44249页。
② 浙江大学中国古代书画研究中心：《宋画全集》，第6卷第4册，第182页。

3. 作者误

《全宋诗》卷一七〇收吕谔《题阎立本北斋较书图》：

> 由余入秦毁诗书，意在兵强黔首愚。弊极煨烬几无余，高齐风俗元自殊。岂料乃喜知卷舒，况复是正丛冠裾。公言所贬固不虚，我独谓其胜由余。①

按：《宋画全集》收佚名《北齐校书图》，画后有此诗，作者为谢谔，诗后落款"淳熙十六年八月十日临江谢谔书"②。《全宋诗》录自《宋诗拾遗》，《宋诗拾遗》卷五作吕谔，并注明"字□□，嘉兴人，天禧初进士"，当是以讹传讹。并且此画题识在谢谔此诗之前，还有范成大、韩元吉等人跋，按照绘画装裱程序来看，除非错装，否则时间往后的应该列在后面，吕谔为北宋人，不可能出现在后面。因此，此诗作者当为谢谔。

4. 题目误

《全宋诗》卷二五七九收袁说友《题米元晖太湖图卷》：

> 水际天低岸远，山腰雾卷云铺。拟唤松江小艇，归来好趁莼鲈。③

另《全宋诗》卷二五九一收钱闻诗《题米元晖万里长江图卷》：

---

① 北京大学古文献研究所：《全宋诗》卷一七〇，第 3 册，第 1927 页。
② 浙江大学中国古代书画研究中心：《宋画全集》，第 6 卷第 1 册，第 12—13 页。且此诗所题画作应为《北齐校书图》，《全宋诗》据《宋诗拾遗》将"齐"误为"斋"，"校"误为"较"。
③ 北京大学古文献研究所：《全宋诗》卷二五七九，第 48 册，第 29970 页。

太湖水入霅溪寒,叠嶂连山几万般,此景古今无尽藏,总归懒拙一毫端。①

按：然而,此二诗皆为《宋画全集》第 2 卷第 1 册收米友仁《潇湘图》后题诗,因此,这两首诗题目都应该是题潇湘图而非太湖图或者万里长江图。由于画长江流域山水画风景的相似性,作者误认图画内容的可能性非常大,第一首诗在袁说友《东塘集》中已经名为《题米元晖太湖图卷》,很可能是诗歌作者无心之误。而第二首诗《全宋诗》注明录自明赵琦美《赵氏铁网珊瑚》卷一一,然而查考《赵氏铁网珊瑚》,却发现此诗是出自"潇湘图"下,故应是《全宋诗》编者之误。

二、据宋画补遗勘误《全宋文》

《全宋文》是迄今为止收录两宋文章最全的断代总集,其中录有相当多的题画文。然而,由于中国绘画作品流失较为严重,有些画上的题跋在编纂时未能录入。笔者依据《宋画全集》《故宫书画图录》等所收录宋画,对画上文字进行了详细的探查,以此对《全宋文》进行补遗与勘误 ②。

（一）据宋画补遗《全宋文》

据宋画上文字考察,有 15 位作者共 20 篇题画文为《全宋文》漏收,其中 7 位作者为《全宋文》未收。现将漏收文字详录于下,未收作者略考其人。

---

① 北京大学古文献研究所：《全宋诗》卷二五九一,第 48 册,第 30122 页。
② 此部分同样不限于南宋,也包括北宋文在内。

1.《全宋文》有其人无其文者

何执中（1044—1118）一篇

　　翰墨淋漓，写决云霓。金星作眼，玉雪为衣。何当解索，万里高飞。恭承宠命，谨作赞词。①

按：此赞据《故宫书画图录》收宋徽宗《花鸟轴》补，诗后落款"大学士臣何执中拜书"。

米芾（1051—1107）一篇

　　芾，岷江还舟，至海应寺。国详老友过谈，舟间无事，且索其画，遂尔草笔为之，不在工拙论也。②

按：据《故宫书画图录》所收米芾《岷山图》补。文字题于画面上方，为米芾自题自画。《珊瑚网》卷二十八、《石渠宝笈》卷三十八皆有著录。

贺铸（1052—1125）一篇

　　《西岳降灵图》，唐李将军画于岳祠壁间，良僖李公得其本，甚珍之，后为襄阳魏道辅所有。崇宁甲申，予官于淮泗，道辅携以见假。然绢多腐败，人物皆隐约间，似不可得而传者。友人李龙眠一见，深叹奇绝，为予写之，仍间以云气，比旧本诚

---

① "台北故宫博物院"编纂委员会：《故宫书画图录》，第1册，第29页。
② "台北故宫博物院"编纂委员会：《故宫书画图录》，第1册，第285页。

出蓝也。崇宁乙酉孟夏三月，鉴湖老人贺方回记。①

按：据《宋画全集》所收李公麟《西岳降灵图》补。文字题于卷尾，后有"鉴湖老人"朱文方印。贺铸字方回，自号庆湖遗老，庆湖即鉴湖。关于此跋之真伪，学界尚存争议②，未成定论，姑存于此。

赵令畤（1064—1134）一篇

庐山东林十八公，皆求脱秽土，愿生安乐国者也。社主惠远法师，结惠持、惠永、道生、道昺、昙洗、昙顺、道敬、惠叡、昙常、佛驮耶舍跋罗陁、宗炳、周续之、张野、雷次宗、刘遗民。遗民名程，字仲思，楚元王之后。皆得往生国中，其法观经言之详矣。道士陆修静过远公，公为破戒而送过虎溪者，谢灵运必发而去社中复来者。世之人以势利倾夺，无一念安乐于己，以是考之，孰谓夫得耳。仆老矣，自捐废来十余年，世味日浅，每以观经及净土决疑二者，入心染神，期尽此报身必生彼国白友中，以龙暝李伯时作白莲舍图。□□□披小轴因书，大都冀与胜友共膺升济也。政和丙申二月十七日，赵令畤德麟书。③

按：据《宋画全集》所收张激《白莲社图》补。文字题于卷尾。赵令畤初字景貺，苏轼为之改字德麟。《秘殿珠林续编》卷二亦有著录。

---

① 浙江大学中国古代书画研究中心：《宋画全集》，第1卷第1册，第187页。
② 谢稚柳和单国强以其为伪，参杨仁恺：《中国书画鉴定学稿》，沈阳：辽海出版社2000年版，第420页；单国强：《古书画史论集续编》，杭州：浙江大学出版社2013年版，第248—249页。
③ 浙江大学中国古代书画研究中心：《宋画全集》，第3卷第1册，第92页。

宋高宗（1107—1187）一篇

　　天锡瑞木，得自嶔岑。枝蟠数万，干不倍寻。怒腾龙势，静奏琴音。凌寒郁茂，当暑阴森。封以腴壤，迻以碧浔。越千万年，以慰我心。[①]

按：据《故宫书画图录》所收米芾《春山瑞松》补。画赞位于诗塘位置，赞后有"太上皇帝之宝""御书之宝"二玺。此赞在《玉海》卷一百九十七及《石渠宝笈》卷四十中皆有著录。然《石渠宝笈》中，"天锡"作"天均"。据周必大《玉堂杂记》载："尝见御制《盘松赞》墨本，云：'天锡瑞木，得自嶔岑。枝蟠数万，干不倍寻。怒腾云势，静奏琴音。凌寒郁茂，当暑阴森。封以腴壤，迻以碧浔。越千万年，以慰我心。'"[②]究竟应该是"天锡"还是"天均"。首先，从画面题赞的字形来看，起笔有略微先自右向左，然后再向右的笔势，而"均"的起笔是直接自左向右的，故从书法来看，与行草的"锡"更相似。其次，从字义来看，若作"锡"，则"锡"通"赐"，即"天赐瑞木"，词意通顺。若作"均"，虽然"天均"一词在《庄子·齐物论》中便已出现："是以圣人和之以是非而休乎天钧，是之谓两行。"[③]然而"天均"意为"自然均平之理"（成玄英《庄子注疏》），与"怒腾龙势"的瑞木之间略有相悖。故"天赐"更为通顺。另外，《玉堂杂记》作者周必大、《玉海》作者王应麟与高宗同为南宋人，而《石渠宝笈》则成书于清代，故《玉堂杂记》和《玉海》的记载符合原文的可能性更大。综合来说，此赞首句应为

① "台北故宫博物院"编纂委员会：《故宫书画图录》，第1册，第282页。
② （宋）周必大：《淳熙玉堂杂记》卷上，北京：中华书局1991年版，第18页。
③ （晋）郭象注，（唐）成玄英疏：《庄子注疏》卷二，第40页。

"天锡瑞木"。

曾觌（1109—1180）一篇

扬补之得墨梅三昧，山谷道人叹曰：如嫩寒清晓，行孤山篱落间，但欠香耳。则笔端春色之妙，此言尽矣。海野老农。①

按：据《宋画全集》所收扬无咎《雪梅图》补，文字题于画面左下方。画后落款"海野老农"为曾觌号。

释道冲（1169—1250）二篇

其　一

入山太枯瘦，雪上带霜寒。冷眼得一星，何再出人间。②

按：据《宋画全集》所收佚名《释迦出山图》补，诗后落款"淳祐甲辰八月二日，太白名山道冲赞"，有"痴绝"印，"痴绝"为道冲字。

其　二

钵之于海，巨细不同。龙神其化，何所不容。亦如三人不起于座，日应四天下供，莫测其踪，彼二人瞠若于后，议其□□，现通童子，指呼而□□，盖亦有主于胸中。③

按：据《宋画全集》所收牧溪（传）《罗汉图》补。

① 浙江大学中国古代书画研究中心：《宋画全集》，第1卷第3册，第20页。
② 浙江大学中国古代书画研究中心：《宋画全集》，第6卷第2册，第217页。
③ 浙江大学中国古代书画研究中心：《宋画全集》，第7卷第2册，第147页。

释师范（1177—1249）二篇

其 一

大宋国，日本国。天无垠，地无极。一句定千差，有谁分曲直。惊起南山白额虫，浩浩清风生羽翼。①

按：据《宋画全集》收佚名《无准师范像》补，诗后有"日本久能尔长老写予幻质请赞，嘉熙戊戌中夏住大宋径山山无准老僧（画押）"，钤"无准"朱文方印，为师范顶相自赞。

其 二

雨来山暗，认驴作马。②

按：据《宋画全集》收佚名《骑驴图》补，题句后落款"径山僧师范书"。

2.《全宋文》未收作者

张激（生卒年不详）一篇

余尝画其图而未得此记，大观三年正旦，赣川阳行先居士自国录告假归玉岩旧隐，见过庐陵，云道由匡山得记以归，借余传之，伯时德素皆诸舅也。行先游从之旧，喜得之以证图画云。投子张激书。③

---

① 浙江大学中国古代书画研究中心：《宋画全集》，第7卷第3册，第185页。
② 浙江大学中国古代书画研究中心：《宋画全集》，第6卷第4册，第167页。
③ 浙江大学中国古代书画研究中心：《宋画全集》，第3卷第1册，第92页。

按：据《宋画全集》所收张激《白莲社图》补，文字题于卷后。《秘殿珠林续编》卷二亦有著录。此图之作者是否为张激尚有争议，然画后此跋无争议。张激字投子，号投子同叟，生卒年不详，约为徽宗时人，工人物、山水及佛道。

李德素（生卒年不详）一篇

白莲社图，熙宁中龙眠李公麟伯时居山时所作也。即云松泉石遂为道场，不以屋室碍所见也。挈经乘马以入者，谢康乐灵运也。篮舆而出随以酒者，陶渊明也。捉手相遇而笑谈者，社主法师惠远与简寂先生陆修静也。坐石而相对者，罽宾佛驮那舍尊者与佛驮跋罗尊者也。设师子金像而赞佛事者，雁门周续之道祖与法师昙常法师道昺也。围坐于石台而翻经者，彭城刘遗民仲思、南阳张望秀硕、西林释觉寂大师惠永，与法师惠持、惠睿也。观流瀑而浣足者，南阳张野莱民也。踞胡床而凭几者，东林普济大师竺道生也。坐兽皮而执白羽者，豫章雷次宗仲伦也。展法具而趺坐者，法师昙诜与法师道敬也。策杖而行于山径间者，法师昙顺与南阳宗炳少文也。盖刘仲思、雷仲伦、周道祖、宗少文、张莱民、张秀硕皆慕远师德名而投社者也。若释惠永道生耶舍跋陁罗尊者惠睿，皆与远师道法相契者也。惠持则远师之眷弟也，昙顺、昙常、道昺、道敬、昙诜皆远师之弟子也。是为十八贤。至于陆修静，则远师与之游，送必过虎溪者也。陶渊明则远公为置酒邀之而不肯入社者也。谢灵运则尝种池莲愿入社，而远公止之者也。右三人外有驱蛇行者，执经俗士，与童行佛奴，凡十七人皆附于图。自远公而下十八贤，陈舜俞令举为庐山记，人自有传，龙眠李綮德素为书其略。①

按：据《宋画全集》所收张激《白莲社图》补，文字题于卷后。《秘殿珠林续编》卷二亦有著录。李德素生平不详，黄庭坚有《送李德素归舒城》《秘书省冬夜宿直寄怀李德素》诗，知其约为黄庭坚同时人。

范惇（生卒年不详）一篇

　　向来大道，岂多歧心。法端从像，法非达士。不生人我，相故能和，会与同归。洛阳范惇厚之题。绍兴己卯八月既望，后二年，再得张、赵二公跋尾书于后。②

按：据《宋画全集》所收张激《白莲社图》补，文字题于卷后。《秘殿珠林续编》卷二亦有著录，然将"向"误作"西"，"岂"误作"几"。范惇生卒年不详，据画跋知其字厚之，洛阳人，约为高宗时人。

韩浒懋（生卒年不详）一篇

　　顷在京师，时方允迪尝示仆以和人求米元晖画楚山清晓图诗，恨未见其画也。今观元晖此纸，自云夜雨初霁，晓烟既泮，其状类此，岂其所谓潇湘千变万化，久落人间，亦楚山图中之一也。会稽韩浒懋遵书。③

―――――――――――

① 浙江大学中国古代书画研究中心：《宋画全集》，第 3 卷第 1 册，第 93 页。
② 浙江大学中国古代书画研究中心：《宋画全集》，第 3 卷第 1 册，第 93 页。
③ 浙江大学中国古代书画研究中心：《宋画全集》，第 2 卷第 1 册，第 118 页。

按：据《宋画全集》所收米友仁《潇湘图》补，文字题于卷后。《珊瑚网》卷四、《大观录》卷十四、《石渠宝笈》卷四十二及《续书画题跋记》卷二皆有著录。韩浒懋生卒年不详，据画跋知其为会稽人，约为高宗时人。

释广闻（1189—1263）二篇

其　一

担子全肩荷负，目前归路无差，心知应无所住，知柴落在谁家。①

按：据《宋画全集》收直翁《六祖挟担图》补，诗后落款"住冷泉黄闻赞"，"广"与"黄"通。据《全宋诗》作者小传，释广闻"号偃溪，俗姓林，侯官（今福建福州）人……为南岳下十八世，浙翁琰法嗣"②。

其　二

全机劈面来，贱目而贵耳。便是水云间，便道无余事。③

按：据《宋画全集》第6卷第4册收直翁（传）《药山李翱问道图》补，诗后落款"住冷泉□□"。

---

① 浙江大学中国古代书画研究中心：《宋画全集》，第7卷第3册，第131页。
② 北京大学古文献研究所：《全宋诗》卷三〇九九，第59册，第36993页。
③ 浙江大学中国古代书画研究中心：《宋画全集》，第6卷第4册，第171页。

杨皇后（1162—1232）三篇

其 一

大地山河自然，毕竟是同是别。若了万法唯心，休论风花雪月。①

按：据《宋画全集》收马远《清凉法眼禅师图》补，诗后有杨皇后印。

其 二

南山深藏鼊鼻，出草长喷毒气。拟议总须丧身，唯有韶阳不畏。②

按：据《宋画全集》收马远《云门大师图》补，诗后有杨皇后印。

其 三

携藤拨草瞻风，未免登山涉水。不知触处皆渠，一见低头自喜。③

按：据《宋画全集》收马远（传）《洞山渡水图》补，画幅右下角有印"辛未坤宁秘玩"，知杨皇后于嘉定四年（1211）鉴藏此画。

简翁居敬（生卒年不详）一篇

大开笑口，以手扪胸。全无些伎俩，争可在天宫。哑，罪过。我阎浮着，你侬。居敬赞。④

---

① 浙江大学中国古代书画研究中心：《宋画全集》，第7卷第3册，第135页。
② 浙江大学中国古代书画研究中心：《宋画全集》，第7卷第3册，第137页。
③ 浙江大学中国古代书画研究中心：《宋画全集》，第7卷第1册，第45页。
④ 浙江大学中国古代书画研究中心：《宋画全集》，第7卷第1册，第185页。

按：据《宋画全集》收牧溪（传）《半身布袋图》补，落款"居敬"。简翁居敬，宋末禅僧。

（二）据宋画勘误《全宋文》

据宋画考察，《全宋文》存在讹、脱、衍、倒等问题共 7 处，现详考于下：

1. 讹

（1）《宋画全集》所收李成《茂林远岫图》卷后有向若冰题跋：

> 曾祖母东平夫人，实中国文靖公之孙，枢使惠穆公之女也。右李营丘成所作《茂林远岫图》，即祖母事先曾祖金紫时奁具中小曲屏。大父少卿靖康间南渡，与赵昌、徐熙花携以来，今皆保藏，敬书所自，以诏后世。嘉定乙卯岁冬至日，古汴向水若冰因再装池，以示友人姚子晦、徐元海、夏齐卿、朱仲几、刘宋儒。①

按：《全宋文》无此作者名，然收有一作者名向水若（该作者下亦未收此文），《全宋文》在该作者简介下说明："向水若，字冰甫，号松林居士，其先开封（今河南开封）人，宁宗时在世。"② 该作者下收三篇文章，分别是《题文潞公札》《题定武兰亭帖》和《题蔡端明诗稿》，落款皆为向水若冰甫。然《茂林远岫图》钤有"向水印"，又黄庭坚《松风阁诗帖》后有"松林道人向水敬跋"，知该作者并非姓向名水若，字冰甫，而是姓向名水，字若冰，甫为性别或年龄的指涉。故《全宋文》所载作者姓名及简介有误，此文亦应补入《全宋文》该作

---

① 浙江大学中国古代书画研究中心：《宋画全集》，第 3 卷第 1 册，第 36 页。
② 曾枣庄、刘琳主编：《全宋文》卷六六八二，第 293 册，第 344 页。

者名下。

（2）《全宋文》第190册收有谢伋《题米友仁潇湘长卷》：

> 达功下第后，便有放浪山水之意，元晖作招隐之图，仆以
> 为此公未宜置丘壑中也。（《珊瑚网·画录》卷四）①

按：《宋画全集》所收米友仁《潇湘图》卷后有谢伋题跋，其中"元晖"应作"米元晖"，"为"应作"谓"②。《全宋文》据《珊瑚网》致误。

（3）《全宋文》第213册收洪适《跋米元晖画二》：

> 予尝客毗陵，一苇太湖旧矣。去之六年，风朝月夕，则思
> 怒涛裂山，澄漪见云，梦寐间时一往焉。观此恍然，所谓逃空
> 谷而喜闻足音者。绍兴十七年三月廿二日鄱阳洪适书（《盘洲
> 文集》卷六二。又见《续书画题跋记》卷二，《珊瑚网》卷四）③

按：《宋画全集》所收米友仁《潇湘图》卷后有洪适题跋，其中"则"应作"每"④。考《全宋文》所引文献，《珊瑚网》与《续书画题跋记》中皆作"每"，无误。《全宋文》当是据《盘洲文集》致误。

（4）《全宋文》第225册收尤袤《跋米元晖潇湘图卷》：

> 蔡天启作《米襄阳墓志》，言元符初，进其子所画《万里长
> 江图》。时元晖年尚少，其小笔已知名当世矣。方此老亡恙

① 曾枣庄、刘琳主编：《全宋文》卷四一九八，第190册，第335页。
② 浙江大学中国古代书画研究中心：《宋画全集》，第2卷第1册，第119页。
③ 曾枣庄、刘琳主编：《全宋文》卷四七三九，第213册，第314页。
④ 浙江大学中国古代书画研究中心：《宋画全集》，第2卷第1册，第120页。

时，诸公贵人求索者日填门，不胜厌苦。往往多令门下士仿作，而亲识元晖二字于后。尝自言："遇合作处，浑然天成，荐为之不复相似。"此卷寂寥简短，不过数笔，而浅深浓淡，姿态横生，使人应接不暇，盖是其得意笔。自其云亡，画益难得，短题识皆一时名胜之士，终日把玩，不能去手也。淳熙辛丑二月中休，梁溪尤袤题。(《梁溪遗稿》文钞补编。又见《续书画题跋记》卷二，《珊瑚网》卷四)①

按：《宋画全集》所收米友仁《潇湘图》卷后有尤袤题跋，其中"往往多令门下士仿作"之"仿"应作"效"②，"仿"之异体字为"倣"，"效"之异体字为"俲"，"倣"与"俲"当是形近致误。考《全宋文》所引文献，《续书画题跋记》亦作"俲"，无误，而《珊瑚网》则误为"仿"，《梁溪遗稿》进行补编时很有可能是沿用了《珊瑚网》的错误，《全宋文》据此致误。

2. 脱

《全宋文》第 143 册收曾纡《陈闳十八学士春宴图跋》：

《唐文学馆十八学士春宴图》，相传为陈闳笔。闳，会稽人，开元中仕至永府长史。人物之妙，几与阎右相争衡。余前在王厚伯处见唐人所画《莲社十八贤》像，风流位置，正绝相似，其为唐名笔无疑。林泉绂冕，各自不同。观此，亦足以想见一时风尚也。空青老人曾纡题。(《真迹日录》卷二)③

---

① 曾枣庄、刘琳主编：《全宋文》卷五〇〇〇，第 225 册，第 226 页。
② 浙江大学中国古代书画研究中心：《宋画全集》，第 2 卷第 1 册，第 120 页。
③ 曾枣庄、刘琳主编：《全宋文》卷三〇八四，第 143 册，第 210 页。

按:《宋画全集》收佚名《春宴图》,卷后有空青老人曾纡跋,其中"其为唐名笔无疑"应作"其为唐人名笔无疑"[①],脱一"人"字。考《全宋文》所引文献,《真迹日录》未脱"人"字,当是《全宋文》编纂时所脱。

　　3. 衍

　　《全宋文》第 109 册收蔡京《题宋徽宗雪江归棹图》:

　　　　臣伏观御制《雪江归棹图》,水远无波,天长一色。群山皎洁,行客萧条。鼓棹中流,片帆天际。雪江归棹之意尽矣。天地四时之气不同,万物生于天地间。随气所运,炎凉晦明。生息荣枯,飞走蠢动。变化无方,莫之能穷。皇帝陛下以丹青妙笔,备四时之景色,究万物之情态于四图之内,盖神智与造化等也。大观庚寅季春朔日,太师楚国公致仕臣京谨识。(《珊瑚网·画录》卷二七。又见《书画题跋记》卷八,《古今图书集成》皇极典卷二三九,《渤海藏真帖》卷四)[②]

按:《宋画全集》所收赵佶《雪江归棹图》卷后有蔡京题跋,"雪江归棹图"应作"雪江归棹"[③],《全宋文》衍一"图"字。考《全宋文》所引文献,《珊瑚网》《书画题跋记》《古今图书集成》和《渤海藏真帖》皆无"图"字,当是《全宋文》编纂时所衍。

　　4. 倒

　　《全宋文》第 198 册收林仰《题米友仁潇湘长卷》:

---

① 浙江大学中国古代书画研究中心:《宋画全集》,第 1 卷第 6 册,第 83 页。
② 曾枣庄、刘琳主编:《全宋文》卷二三六三,第 109 册,第 163 页。
③ 浙江大学中国古代书画研究中心:《宋画全集》,第 1 卷第 2 册,第 76 页。

此轴纸墨俱不甚精，而造微入妙乃尔，使得妙墨佳楮，固当益奇，善御者九折羊肠，亦中鸾和之音，端非虚语。绍兴丙子春仲三山林仰书（《续书画题跋记》卷二。又见《珊瑚网》卷四）。①

按：《宋画全集》所收米友仁《潇湘图》卷后有林仰跋，"九折羊肠"应作"羊肠九折"②，《全宋文》颠倒了词序。考《全宋文》所引文献，《续书画题跋记》与《珊瑚网》皆作"羊肠九折"，无误。《全宋文》或是抄录时无意中颠倒了词序。

总体而言，以上画跋虽有部分真伪存疑，然大部分可信，所补遗及勘误的文字不乏贺铸、尤袤、米芾、蔡京等名家，对《全宋文》和美术史皆有一定的补阙意义。

据绘画考订文学作品，其优点在于拓宽了文献来源，充分挖掘了图像作为一种史料的文献价值，然而，其缺点亦非常明显。首先，绘画在流传过程中，可能会存在作伪现象，因此，画作是否可靠便成为了重要的前提，而画作鉴定本身又是极其复杂的工作，需要专业的美术考古素养，这为画面文字的可靠度判定带来了一定的挑战。其次，画上的题字其创作权不一定属于题字者本人，有可能是题字者将他人的作品题写到画面上，如南宋皇室便存在大量的此类做法。因此，画上的作品是否便是题字者所创作，需要加以辨别。再次，就算画上作品确为题字者本人创作，但该作者有可能在不同的场景中自行修改过自己的作品，不一定题到画面上的文字便是惟一的版本。这些问题使得据绘画考订诗文具有相当的风

---

① 曾枣庄、刘琳主编：《全宋文》卷四三七八，第 198 册，第 139 页。
② 浙江大学中国古代书画研究中心：《宋画全集》，第 2 卷第 1 册，第 121 页。

险,然而,有风险并不意味着没有价值。第一,真伪问题是所有史料都可能存在的,不管是图像资料,还是文字资料,需要做的是甄别使用,而非完全否定。第二,图像中的文字不一定具有惟一正确性,但至少是一种可能性,甚至在文字资料缺失的情况下可能成为惟一的依据。因此,以图证史、据图考订文学作品仍然具有重要的意义。

三、《全宋诗》《全宋诗订补》中的南宋题画诗重出误收考辨

在《全宋诗》及《全宋诗订补》中,收集了大量的南宋题画诗,然而,其中存在部分重出及误收情况,现详列于下。

(一)重出

同一诗作,却在不同的作者名下重出,此种情况涉及到南宋题画诗的共有7例:

1.《题惠崇画四首》

其　一

东风回,江上渚。何处来,双白鹭。灼灼岸间桃,依希兰杜苗。一衔湍濑鳞,一下青林梢,潇湘绿水春迢迢。自注:春

其　二

老柳无嘉色,红蕖羞脉脉。宛在水中洲,双鹅羽苍白。何须玩引颈,颠倒写经墨。惟应一临流,当暑袗绤绤。自注:夏

其　三

一雁孤风辞临渚,两雁将飞未成举,三雁群行依宿莽。芦花已倒江上风,云间分飞那可同。自注:秋

其　四

天高霭霭云昏,江阔霏霏雪繁。渚下鸭方远泛,枝间雀不

闻喧。鄙夫此志相依,生涯稊稗同微。欲具沙边短艇,波涛岁晚人稀。自注:冬

按:此诗于王安中(1076—1134)(24/16013)和晁补之(1053—1110)(19/12801)名下重出,《全宋诗》所收王安中此诗辑自《声画集》,查《声画集》发现,此诗为"四时"第一首,未标明作者,按《声画集》体例,凡是连着几首为同一作者,则只在第一首后标明作者,因此若依此例,此诗之前一首诗的作者为王安中,故此诗作者亦默认为王安中。然而此诗见于晁补之《鸡肋集》,却未见于王安中《初寮集》。故推测有可能是《声画集》漏写了作者,以至于《全宋诗》编者因此误以为是对前诗作者的沿用。故此诗当为晁补之所作。

2.《题李白画像》

　　玉堂学士今刘向,禁直岧峣九天上。不须对此融心神,会植青藜夜相访。

按:《全宋诗》在韩驹(1080—1135)(25/16648)名下以《题李白画像》为名收录此诗,实际上,此诗是韩驹另一首诗作《题王内翰家李伯时画太一姑射图二首》(25/16590)其一的末四句。《题李白画像》辑自《古今事文类聚》新集卷二九,《事文类聚》在收录原文时,或会断章取之,导致误以为是另一单行诗篇,故此诗当删除。

3.《题芦雁屏》

　　征鸿坐何事,天遣南北飞。萧然如旅人,无情自相依。孤苇吹欲折,秋风不胜威。冥冥一孤骞,空费弋者机。寒声

落烟渚,相应不我违。嗟我识此情,袖手空叹欷。安知丹青师,落笔乃庶几。画形孰不工,画意识者稀。他时因吾句,购此千金挥。

按:此诗于朱松(1097—1143)(33/20704)和洪迈(1123—1202)(38/23993)名下重出。朱松诗辑自《韦斋集》卷二,洪迈诗辑自《两宋名贤小集·野处类稿》卷下。清丁丙《善本书室藏书志》卷三十载:"四库著录之《野处类稿》二卷,近钱大昕细核,与朱韦斋诗无少异,疑为书贾伪托。"[1] 清陆心源《仪顾堂集》亦载:"余偶读《朱韦斋集》,乃知此书之所出,卷上各诗见《韦斋集》卷一,卷下各诗见《韦斋集》卷二,题目皆同。"[2] 可知如今流传之洪迈《野处类稿》,乃据朱松《韦斋集》伪托,故此诗当为朱松所作。

　　4.《题墨花》

元功初剪刻,妙处极玄玄。醉墨谁家笔,于今合自然。

按:此诗于史尧弼(1118—1157)(43/26915)和史浩(1106—1194)(35/22196)名下重出。《全宋诗》在此二人此诗后皆注辑自《永乐大典》卷五八四〇,然查《永乐大典》发现,此诗之上注明"史莲峰先生家集",史尧弼之诗集正是《莲峰集》,因此此处之史莲峰当指史尧弼,此诗为史尧弼所作。

---

① (清)丁丙著,曹海花点校:《善本书室藏书志》卷三十,杭州:浙江古籍出版社 2016 年版,第 1234 页。
② (清)陆心源著,王增清点校:《仪顾堂集》卷十八,杭州:浙江古籍出版社 2015 年版,第 357 页。

5.《次韵秦会之题墨梅二首》

　　南枝春色弄微温，记得清香扑酒尊。今日相逢隔烟雾，扬州残梦足销魂。

　　长爱孤标似君子，不禁横竹巧挤排。短幅离离乃遗像，至今寒蝶误飞来。

按：此诗于张于文（30/19218）和李若水（1093—1127）（31/20118）名下重出。《全宋诗》题为《次友人韵题墨梅》，并在李若水此诗后说明辑自《永乐大典》卷二八一二，"《永乐大典》卷二八一二题作《次韵秦会之题墨梅二首》，原存一首，第二首据《永乐大典》补。"①关于李若水《忠愍集》的情况，据四库馆臣言，《忠愍集》"原集不传，兹就《永乐大典》中所散见者，掇拾编次，厘为三卷"②。查《永乐大典》，在墨梅部分之《李忠愍公集》下，确实有这两首诗，然而，查李若水《忠愍集》，只有第一首，名为《次友人韵题墨梅》，并未见第二首诗，不知因何遗漏。似乎这种不对应让作者归属于李若水显得不够可靠。那么，归属于张于文又是否更加可靠呢？

　　《全宋诗》说张于文名不详，《全宋诗订补》对此有所校订："此人前五诗已收入卷 1981 张子文名下，后二首《次韵题秦会之题墨梅二首》，亦见卷 1806 李若水《次友人韵题墨梅》。作张子文是。"③明言张于文当是张子文。《全宋诗》在张于文此诗后说明辑自元陈世隆《宋诗拾遗》卷二一。《次韵秦会之题墨梅二首》在《宋

---

① 北京大学古文献研究所：《全宋诗》卷一八〇六，第 31 册，第 20118 页。
② （宋）李若水：《忠愍集》，《景印文渊阁四库全书》第 1124 册，第 658 页。
③ 陈新等：《全宋诗订补》，郑州：大象出版社 2005 年版，第 365 页。

诗拾遗》中同时收录于张□字于文（卷二一）和张□字子文（卷九）中，可知确是同一人，由于形近误为两人。然而，《宋诗拾遗》被怀疑为清人伪造①，因此，此诗出于张子文的可信度亦降低。那么，若《宋诗拾遗》真是伪造，此书伪造这两首诗的来源是什么呢？据笔者推测，很有可能是《声画集》。《声画集》著录此诗作者为张子文，从《声画集》之前对《题惠崇画四首》作者的漏写来看，这首诗很有可能也存在漏写作者的情况。此诗之前的两首诗，作者皆为张子文，故而有可能在漏写作者的情况下将此作品误认为也是张子文所作，而《宋诗拾遗》在伪造时则沿用了这个错误。因此，虽然两位作者皆存在一定的可疑度，但从文献著录的体例、可靠度来判定，李若水的可信度比张子文略高。

6.《题画兰》

　　向来俯首问羲皇，汝是何人到此乡。未有画前开鼻孔，满天浮动古馨香。

按：此诗于郑起（1199—1262）（61/38261）和郑思肖（1241—1318）（69/43450）名下重出，前文已据画辨析为郑思肖所作，此处不再重复。

7.《一字至七字观周曾秋塘图有作》

　　秋，秋。
　　潇洒，清幽。
　　人静处，水边头。

---

① 参王媛：《陈世隆〈宋诗拾遗〉辨伪》，《文学遗产》2014 年第 2 期。

波纹细细，风色飔飔。

鸥鹭情相狎，凫鹥乐自由。

疏苇败荷池沼，白苹红蓼汀洲。

几竿渔钓去已尽，一段晚云寒不收。

按：此诗于龚开（66/41278）和王沂孙（68/42823）名下重出，龚开诗辑自《宋遗民录》卷一〇，然而查《宋遗民录》并未找到此诗，反而在《四朝诗》卷七十八杂体二中看到此诗归于龚开名下。《全宋诗》在王沂孙诗后注此诗辑自《珊瑚网》，查《珊瑚网》卷二十七名画题跋三发现此诗后有落款"琅琊圣与"，另《书画题跋记》《大观录》等书画著录书目亦落款"琅琊圣与"。王沂孙是会稽人，"琅琊"为王氏郡望，"圣与"为王沂孙字，此处误为龚开之由或因龚开字"圣予"，一作"圣与"，字同致误。故此诗当是王沂孙所作。

（二）误收

在《全宋诗》收录的诗歌中，有些作品并非该作者所写，被《全宋诗》误收，这种情况在题画诗中尤多。由于题画诗的创作者和题写者并不一定一致，很多情况下在画上题诗者并非诗歌创作者本人，题诗者只是将别人的作品题写到画上，而《全宋诗》则误将题字者当成了诗作者收入。这造成了误收现象在题画诗中频出，这种情况涉及南宋题画诗共 36 例。

1. 许及之《题边鲁生花木翎毛四首》鲁生往金陵招谕死节，故诗意及之

绿垂朱雀柳，双燕不胜春。泥落空梁语，之人竟杀身。

南国枇杷熟，卑枝结子多。一双拖白练，飞堕绿林阿。

　　　　小树生荆棘,棠梨结子幽。白头双野鸟,相对菊花愁。

　　　　梦断江南信,空怜铁石肠。缘么何处去,二鸟独悲伤。①

按:边鲁,字鲁生,生卒年不详,然可知其为元代人。据《元诗纪事》
载:"北庭人,以南台宣使奉台命西谕,不屈死。"②《图绘宝鉴》卷五
元代部分载其"善墨戏花鸟"。许及之生年不详,卒于 1209 年,知
其生活在南宋中期,远在边鲁生之前,故此诗不可能是许及之作。

　　2. 楼钥《郭熙秋山平远用东坡韵》

　　　　槐花忙过举子闲,旧游忆在夷门山。玉堂会见郭熙画,拂
　　　　拭缣素尘埃间。楚天极目江天远,枫林渡头秋思晚。烟中
　　　　一叶认扁舟,雨外数峰横翠巘。谁安客宦谕三霜,雪梦泽连襄汉
　　　　阳。平生独不见写本,惯饮山绿餐湖光。老来思归真日月,梦
　　　　想林泉对华发。丹青安得此一流,画我横筇水中石。③

按:此诗辑自陈邦彦《历代题画诗》卷二一,阮堂明在《〈全宋诗〉
误收金元明诗考》④ 中考证此诗为元代刘迎之诗,依据一是元好问
《中州集》卷三,宋陈思编、元陈世隆补《两宋名贤小集》,明李蓘

---

① 北京大学古文献研究所:《全宋诗》卷二四五五,北京:北京大学出版社
　　1998 年版,第 46 册,第 28401 页。
② 陈衍辑撰,李梦生校点:《元诗纪事》卷二十四,上海:上海古籍出版社 1987
　　年版,第 576 页。
③ 北京大学古文献研究所:《全宋诗》卷二五四九,北京:北京大学出版社
　　1998 年版,第 47 册,第 29561 页。
④ 阮堂明:《〈全宋诗〉误收金元明诗考》,《苏州科技学院学报》2010 年第
　　1 期。

《宋艺圃集》，明曹学佺《石仓历代诗选》《御选金诗》《御订全金诗订补中州集》等皆作刘迎。二是刘迎有《梁忠信平远山水》诗："忆昔西游大梁苑，玉堂门闭花阴晚。壁间曾见郭熙画，江南秋山小平远。别来南北今十年，尘埃极目不见山。"所述正是此诗之内容。而楼钥生平并无为官淮安的经历。此说应可成立，故此诗应为元代之刘迎而非楼钥所作。

3. 苏泂《老杜浣花溪图引》

　　拾遗流落锦官城，故人作尹眼为青。碧鸡坊西结茅屋，百花潭水濯冠缨。故衣未补新衣绽，空蟠胸中书万卷。探奇欲度羲皇前，论诗未觉国风远。干戈峥嵘暗宇县，杜陵韦曲无难犬。老妻稚子具眼前，弟妹飘零不相见。此公乐易真可人，园翁溪友肯卜邻。邻家有酒邀皆去，得意鱼鸟来相亲。浣花酒船散车骑，野墙无主好桃李。宗文守家宗武扶，落日蹇驴驮醉起。愿闻解鞍脱兜鍪，老儒不用千户侯。中原未得平安报，醉里眉攒万国愁。生绡铺墙粉墨落，平生忠义今寂寞。儿呼不苏驴失脚，又恐新来有新作。常使诗人拜画图，煎胶续弦千古无。①

按：此诗本为黄庭坚所作。《全宋诗》辑自苏泂《泠然斋诗集》卷二，查《泠然斋诗集》，确有此诗，然而诗中却加了大量的注释，翻阅苏泂其他诗歌，并没有这种大量自注的习惯，推测此诗有可能是苏泂注释黄庭坚诗，误入本人诗集中。

———————

① 北京大学古文献研究所：《全宋诗》卷二八四四，第 54 册，第 33883—33884 页。

4. 释子温《题葡萄图》

明月清风宗炳社，夕阳秋色庾公楼。修心未到无心地，万种千般逐水流。①

按：此诗本为唐代贯休《山居诗》。释子温善画葡萄，此画应是其本人所画，而将贯休之诗题于画上，故被误认为释子温诗。考察诗歌内容，与葡萄并无关系，更像是以他人诗释画意。

5. 宋高宗《题李唐画赐王都提举并赐长寿酒》

恩沾长寿酒，归遗同心人。满酌共君醉，一杯千万春。②

按：此诗为权德舆《敕赐长寿酒因口号以赠》，宋高宗题写于画上，被误认为高宗所作。

6. 宋高宗《题马麟画》

南望青山满禁闱，晓陪鸳鹭正差池。共爱朝来何处雪，蓬莱宫里拂松枝。③

按：此诗为韦应物《雪夜下朝，呈省中一绝》，宋高宗题写于画上，被误认为高宗所作。

---

① 北京大学古文献研究所：《全宋诗》卷三五八三，第 68 册，第 42822 页。
② 北京大学古文献研究所：《全宋诗》卷一九八二，第 35 册，第 22217 页。
③ 北京大学古文献研究所：《全宋诗》卷一九八二，第 35 册，第 22217 页。

7. 宋高宗《题马远画册五首》其二

　　闲来洞口访刘君，缓步轻抬玉线裙。细白桃花掷流水，更无言语倚彤云。①

按：此诗为曹唐《小游仙诗》之二十六，曹唐原诗"闲"作"偷"，"白"作"擘"。此诗在宋光宗名下重出，名为《题张萱游行士女图》（50/31080）。马远为光宗、宁宗间待招，故此诗应非高宗题写，光宗题写的可能性较大。

8. 宋高宗《题画册花草四首》其一

　　香蜜裁葩分外工，疏枝几点缀雏蜂。娇黄染就宫妆样，香暖尤宜爱日烘。蜡梅②

按：此为杨巽斋《蜡梅》诗，宋高宗题写于画上，被误认为高宗所作。

9. 宋高宗《题马远画册五首》其三

　　高山流水意无穷，三尺云弦膝上桐。默默此时谁会得，坐凭江阁看飞鸿。③

按：此诗为王安石《次韵和张仲通见寄三绝句》其一，王安石原诗"云弦"作"空弦"，宋高宗题写于画上，题写时改动了个别字，被误

① 北京大学古文献研究所：《全宋诗》卷一九八二，第35册，第22217页。
② 北京大学古文献研究所：《全宋诗》卷一九八二，第35册，第22218页。
③ 北京大学古文献研究所：《全宋诗》卷一九八二，第35册，第22218页。

认为高宗所作。

　　10.宋高宗《题马远画册五首》其四

　　　　月午山空桂花落,华阳道士云衣薄。石坛香散步虚声,杉
云清泠滴栖鹤。①

按:此诗为陆龟蒙《洞宫夕》(一作《华阳观》),宋高宗题写于画上,
被误认为高宗所作。

　　11.宋高宗《题马远画册五首》其四

　　　　不祷自安缘寿骨,人间难得自清名。浅斟仙酒红生颊,永
保长生道自成。②

按:此诗为部分改写苏轼《和致仕张郎中春昼》,苏轼原诗为"不
祷自安缘寿骨,深藏难没是诗名。浅斟杯酒红生颊,细琢歌词稳称
声"。高宗在原作基础上有一定的创作成分,然而沿用大于改动。

　　12.宋高宗《题马麟画册》

　　　　已过谷雨十六日,犹见牡丹开浅红。曾不争先及开早,能
陪芍药倒薰风。③

按:此诗为梅尧臣《四月三日张十遗牡丹二朵》,梅尧臣原诗"及开

---

① 北京大学古文献研究所:《全宋诗》卷一九八二,第 35 册,第 22218 页。
② 北京大学古文献研究所:《全宋诗》卷一九八二,第 35 册,第 22218 页。
③ 北京大学古文献研究所:《全宋诗》卷一九八二,第 35 册,第 22218—
　　22219 页。

早"作"及春早","倒"作"到"。此诗又见于宋光宗《题徐崇嗣没骨牡丹图》(35/22219)，马麟为光宗、宁宗时画院待诏，不可能得高宗题咏。《式古堂书画汇考》卷三十三画三著录为"宋光宗对题团扇绢本"，故此诗应是光宗将梅尧臣之诗题于画上，非高宗题马麟画。

13. 宋高宗《题阎次平小景》

　　西来白水满南池，走马池边日暮时。桥底荷花无限思，清香乞与路人知。①

按：此诗为苏辙《河上莫归过南湖二绝》其一，苏辙原诗"暮"作"落"，宋高宗题写于画上，题写时改动了个别字，被误认为高宗所作。

14. 宋高宗《题唐郑虔山居说听图》

　　言者不知知者默，此语吾闻于老君。若道老君是知者，缘何自著五千文。②

按：此诗为白居易《读老子》，宋高宗题写于画上，被误认为高宗所作。

15. 宋高宗《题赵干北窗高卧图》

　　林间无事可装怀，昼睡功劳酒一杯。残梦不能全省记，半随风雨过东街。③

---

① 北京大学古文献研究所：《全宋诗》卷一九八二，第 35 册，第 22219 页。
② 北京大学古文献研究所：《全宋诗》卷一九八二，第 35 册，第 22220 页。
③ 北京大学古文献研究所：《全宋诗》卷一九八二，第 35 册，第 22220 页。

按：此诗为邵雍《偶得吟·林间无事可装怀》，宋高宗题写于画上，被误认为高宗所作。

16. 宋高宗《题刘松年竹楼说听图》赐林恕

　　　小书楼下千竿竹，深火炉前一盏灯。此处与谁相伴宿，烧丹道士坐禅僧。[①]

按：此诗为白居易《竹楼宿》，宋高宗题写于画上，被误认为高宗所作。

17. 宋高宗《题刘松年画团扇二首》其一

　　　南山晴翠入波光，一派溪声绕路长。最爱早春沙岸暖，东风轻浪拍鸳鸯。[②]

按：此诗为张耒《洛岸春行二首》其二，张耒原诗"沙岸暖"作"沙岸里"，"东风"作"暖风"，宋高宗题写于画上，题写时改动了个别字，被误认为高宗所作。

18. 宋高宗《题刘松年画团扇二首》其二

　　　荷叶如钱三月时，幅巾藜杖一追随。尔来胜事知多少，惟有风标公子知。[③]

按：此诗为邹浩《湖上杂咏》其一，宋高宗题写于画上，被误认为高

---

① 北京大学古文献研究所：《全宋诗》卷一九八二，第 35 册，第 22220 页。
② 北京大学古文献研究所：《全宋诗》卷一九八二，第 35 册，第 22220 页。
③ 北京大学古文献研究所：《全宋诗》卷一九八二，第 35 册，第 22220 页。

宗所作。

19. 宋高宗《题黄筌芙蓉图》

照水枝枝蜀锦囊，年年泽国为谁芳。朱颜自得西风意，不管千林一夜霜。①

按：此诗为舒亶《和刘珵西湖十洲·芙蓉洲》，舒亶原诗"千林一夜"作"清秋昨夜"，宋高宗题写于画上，题写时改动了个别字，被误认为高宗所作。

20. 宋孝宗《题周文矩合乐士女图》

今夜调琴忽有情，欲弹惆怅忆崔卿。何人解爱中徽上，秋思头边八九声。②

按：此诗为白居易《夜调琴忆崔少卿》，宋孝宗题写于画上，题写时改动了个别字，被误认为孝宗所作。

21. 宋光宗《题陆瑾渔家风景图》

翠岚迎步兴何长，笑领渔翁入醉乡。日暮渚田微雨后，鹭鹚闲暇稻花凉。③

按：此诗为郑谷《野步》，郑谷原诗"凉"作"香"，宋光宗题写于画上，题写时改动了个别字，被误认为光宗所作。

① 北京大学古文献研究所：《全宋诗》卷一九八二，第 35 册，第 22220 页。
② 北京大学古文献研究所：《全宋诗》卷二三三七，第 43 册，第 26869 页。
③ 北京大学古文献研究所：《全宋诗》卷二六五三，第 50 册，第 31080 页。

22. 宋光宗《题徐崇嗣没骨牡丹图》

> 已过谷雨十六日，犹见牡丹斗浅红。曾不争先及开早，能
> 陪芍药到薰风。①

按：此诗为梅尧臣《四月三日张十遗牡丹二朵》，梅尧臣原诗"斗"
作"开"，"开"作"春"。此诗于高宗名下重出，前已判定非高宗题，
而是光宗将梅尧臣之诗题于画上，被误认为是光宗之诗。

23. 宋光宗《题张萱游行士女图》

> 闲来洞口访刘君，缓步轻抬玉线裙。细白桃花掷流水，更
> 无言语倚彤云。②

按：此诗为曹唐《小游仙诗》之二十六，曹唐诗"闲"作"偷"，"白"
作"擘"。此诗于高宗名下重出，前已判定非高宗题，应是光宗题写
曹唐作品，被误认为光宗所作。

24. 宋光宗《句》

> 晴野花侵路，春陂水上桥。③

按：此句出自姚合《游春十二首》，宋光宗题写于画上，被误认为光
宗所作。

---

① 北京大学古文献研究所：《全宋诗》卷二六五三，第 50 册，第 31080 页。
② 北京大学古文献研究所：《全宋诗》卷二六五三，第 50 册，第 31080 页。
③ 北京大学古文献研究所：《全宋诗》卷二六五三，第 50 册，第 31081 页。

25. 宋光宗《句》

　　绮霞初结处，珠露未晞时。①

按：此句出自钱惟演《槿花》，宋光宗题写于画上，被误认为光宗所作。
　　26. 宋宁宗《题马远踏歌图》赐王都提举

　　　宿雨清畿甸，朝阳丽帝城。丰年人乐业，垄上踏歌行。②

按：此诗为王安石《秋兴有感》，王安石原诗"行"作"声"，宋宁宗
题写于画上，题写时改动了个别字，被误认为宁宗所作。
　　27. 宋宁宗《中殿生成诗题杨婕妤百花图》之《桃实荷花》丁巳

　　　莲开花十丈，桃熟岁三千。③

按：此句出自杨炎正《寿宫使余丞相》，宋宁宗题写于画上，被误认
为宁宗所作，一说为杨皇后题。
　　28. 宋宁宗《中殿生成诗题杨婕妤百花图》之《海水》戊午

　　　垂祥纷可录，俾寿浩无涯。④

按：此句出自韩愈《奉和杜相公太清宫纪事陈诚上李相公十六韵》，

---

① 北京大学古文献研究所：《全宋诗》卷二六五三，第 50 册，第 31081 页。
② 北京大学古文献研究所：《全宋诗》卷二八三五，第 54 册，第 33759 页。
③ 陈新等：《全宋诗订补》，第 505 页。
④ 陈新等：《全宋诗订补》，第 505 页。

宋宁宗题写于画上，被误认为宁宗所作，一说为杨皇后题。

29. 宋理宗《题夏圭夜潮风景图》赐赵佑

定知玉兔十分圆，已作霜风九月寒。寄语重门休上钥，夜潮留向月中看。①

按：此诗为苏轼《八月十五日看潮五绝》其一，宋理宗题写于画上，被误认为理宗所作。

30. 宋理宗《句》

芳蕊饶呈瑞，寒光助照人。②

按：此句出自韩愈《春雪间早梅》，宋理宗题写于画上，被误认为理宗所作。

31. 杨皇后《题朱锐雪景诗》

雪吹醉面不知寒，信脚千山与万山。天瓮琼街三十里，更飞柳絮与君看。③

按：此诗为杨万里《十二月二十七日大雪中过吉水小盘渡西归三首》其三，杨皇后题写于画上，被误认为杨皇后所作。

---

① 北京大学古文献研究所：《全宋诗》卷三二九二，北京：北京大学出版社 1998 年版，第 62 册，第 39244 页。
② 北京大学古文献研究所：《全宋诗》卷三二九二，第 62 册，第 39245 页。
③ 北京大学古文献研究所：《全宋诗》卷二七七九，第 53 册，第 32892 页。

32. 杨皇后《题菊花册》

莫惜朝衣准酒钱,渊明身即此花仙。重阳满满杯中泛,一缕黄金是一年。①

按：此诗为关士容《寿客》,关士容原诗"准"作"换","身即"作"邂逅",杨皇后题写于画上,题写时改动了个别字,被误认为杨皇后所作。

33. 杨娃《题马和之画四小景》其一

人道中秋明月好,欲邀同赏意如何。华阳洞里秋坛上,今夜清光此处多。②

按：此诗为白居易《华阳观中八月十五日夜招友玩月》,白居易原诗"中秋"为"秋中",杨娃即杨皇后,《全宋诗》误为两人。杨皇后题写于画上,题写时改动了个别字,被误认为杨皇后所作。

34. 杨娃《题马和之画四小景》其二

石楠叶落小池清,独下平桥弄扇行。倚日绿云无觅处,不如归去两三声。③

按：此诗为贺铸《游庄严寺园》,贺铸原诗"倚"作"蔽","云"作"阴"。

---

① 北京大学古文献研究所：《全宋诗》卷二七七九,第 53 册,第 32892—32893 页。
② 北京大学古文献研究所：《全宋诗》卷二七七九,第 53 册,第 32893 页。
③ 北京大学古文献研究所：《全宋诗》卷二七七九,第 53 册,第 32893 页。

杨皇后题写于画上,题写时改动了个别字,被误认为杨皇后所作。

35.杨娃《题马和之画四小景》其三

清献先生无一钱,故应琴鹤是家传。谁知默鼓无弦曲,时向珠宫舞幻仙。①

按:此诗为苏轼《题李伯时画赵景仁琴鹤图二首》其一。杨皇后题写于画上,被误认为杨皇后所作。

36.杨娃《题马和之画四小景》其四

雨洗东坡月色清,市人行尽野人行。莫嫌荦确坡头路,自爱铿然曳枝声。②

按:此诗为苏轼《东坡》,苏轼原诗"曳枝声"作"曳杖声"。杨皇后题写于画上,题写时改动了个别字,被误认为杨皇后所作。

四、《全宋诗》《全宋诗订补》与《全宋文》所收南宋画赞重复篇目整理

由于对赞体归属认知的差异③,《全宋诗》《全宋诗订补》与《全宋文》都收录了大量的画赞,其中南宋部分有98题116篇为重复收录。其中62题作品文本一致,36题作品存在文本差异。以下整理出重复收录的画赞,并标注详细的页码(册/页)。文字无差异者仅录题目,有差异者加以说明。

---

① 北京大学古文献研究所:《全宋诗》卷二七七九,第53册,第32893页。
② 北京大学古文献研究所:《全宋诗》卷二七七九,第53册,第32894页。
③ 详见本书第四章。

（一）《全宋诗》《全宋诗订补》与《全宋文》文本一致的作品

1. 王庭珪《洪觉范画赞》（《全宋诗》25/16872，《全宋文》158/272）

2. 王庭珪《李伯时画像赞》（《全宋诗》25/16872，《全宋文》158/272）

3. 王庭珪《杲和尚画赞》（《全宋诗》25/16872—16873，《全宋文》158/273）

4. 王庭珪《鉴达观画像赞》（《全宋诗》25/16873，《全宋文》158/273—274）

5. 王庭珪《路正卿画像赞》（《全宋诗》25/16873，《全宋文》158/274）

6. 王庭珪《王修华画像赞》（《全宋诗》25/16873，《全宋文》158/274）

7. 王庭珪《刘大虚喜神赞》（《全宋诗》25/16873，《全宋文》158/275）

8. 李纲《洪崖先生画赞》（《全宋诗》27/17822，《全宋文》172/223）

9. 李纲《梁溪真赞》（《全宋诗》27/17824，《全宋文》172/226—227）

10. 李纲《龙眠居士画十六大阿罗汉赞》（《全宋诗》27/17828—17830，《全宋文》172/234—237）

11. 李纲《保宁禅师真赞》（《全宋诗》27/17830，《全宋文》172/237）

12. 李纲《王摩诘画渡水罗汉赞》（《全宋诗》27/17830—17831，《全宋文》172/237）

13. 李纲《雪峰了禅师真赞》（《全宋诗》27/17831，《全宋文》172/238）

14. 李纲《颜鲁公画像赞》(《全宋诗》27/17831,《全宋文》172/239)

15. 李纲《故赠谏议大夫了斋陈公真赞》(《全宋诗》27/17831,《全宋文》172/239)

16. 李纲《佛日杲禅师真赞》(《全宋诗》27/17832,《全宋文》172/240)

17. 林之奇《承天潜师画赞》(《全宋诗》35/22971,《全宋文》208/88)

18. 林之奇《西禅此庵净老真赞》(《全宋诗》35/22971,《全宋文》208/88)

19. 林之奇《延福可老真赞》(《全宋诗》35/22971,《全宋文》208/89)

20. 林之奇《观音画赞》(《全宋诗》35/22971,《全宋文》208/89—90)

21. 陆游《崔伯易画像赞》(《全宋诗》38/25733,《全宋文》223/162)

22. 陆游《东坡像赞》(《全宋诗》38/25733,《全宋文》223/162)

23. 陆游《涂毒策禅师真赞二首》(《全宋诗》38/25734,《全宋文》223/164)

24. 陆游《佛照禅师真赞》(《全宋诗》38/25734,《全宋文》223/164)

25. 陆游《中岩圜老像赞》(《全宋诗》38/25735,《全宋文》223/165)

26. 陆游《芊庵宗慧禅师真赞》(《全宋诗》38/25735,《全宋文》223/165)

27. 周必大《东坡像李伯时作曾无疑藏之命予赞之》(《全宋

诗》43/26800,《全宋文》232/170）

28.周必大《宗室公衡真赞》（《全宋诗》43/26800,《全宋文》232/171）

29.周必大《赵山甫使君为所部七十老叟记颜索赞》（《全宋诗》43/26800,《全宋文》232/172）

30.周必大《友人曾无疑示予真索赞》（《全宋诗》43/26800,《全宋文》232/172）

31.周必大《庆元丁巳予与伯威欧阳兄德源葛兄三讲丙午齐年会德源之子玢绘三寿图求赞月日皆丙午也》（《全宋诗》43/26801,《全宋文》232/173）

32.周必大《游元龄登仕写予真求赞》（《全宋诗》43/26802,《全宋文》232/176）

33.周必大《门客郑安世写寿星求赞》（《全宋诗》43/26802,《全宋文》232/177）

34.周必大《赵倅彦璨写予真求赞》（《全宋诗》43/26802,《全宋文》232/177）

35.周必大《予平生愿学忠恕既以自勉亦告于人王牒正则闻而悦之归作唯斋九万里风斯下矣写衰容命之赞》（《全宋诗》43/26804,《全宋文》232/182）

36.周必大《本觉长老祖宏为老兄弟写真求赞次七兄韵》（《全宋诗》43/26804—26805,《全宋文》232/183）

37.周必大《觉报长老道谌写予兄弟真求赞次七兄韵》（《全宋诗》43/26805,《全宋文》232/185）

38.周必大《予年十四五侍子中兄读书赣州寿量寺久之寺为寇燔其后子中出守一新之今小儿纶又将佐郡他日当访旧游因主僧慈济写真题赞》（《全宋诗》43/26806,《全宋文》232/186）

39. 周必大《僧智印写乘成平园仰山三人真求赞》(《全宋诗》43/26806,《全宋文》232/188)

40. 周必大《天庆知观萧惟清写予真求赞》(《全宋诗》43/26807,《全宋文》232/189)

41. 周必大《使臣宋千龄写平园老叟真于松竹之间从以鹿鹤龟求赞》(《全宋诗》43/26807,《全宋文》232/190)

42. 周必大《使臣俞允迪赴萍实税官写平园老叟真求赞》(《全宋诗》43/26807—26808,《全宋文》232/191)

43. 周必大《直省官李端义求平园真赞》(《全宋诗》43/26808,《全宋文》232/192)

44. 陈炳《宗忠简公画像赞》(《全宋诗》47/29131,《全宋文》258/387—388)

45. 陈宓《赞梅溪王先生像》(《全宋诗》54/34115,《全宋文》305/233)

46. 陈宓《赞文公朱先生像》(《全宋诗》54/34116,《全宋文》305/233)

47. 陈宓《赞勉斋黄先生像》(《全宋诗》54/34116,《全宋文》305/233)

48. 张侃《苏李松石图赞》(《全宋诗》59/37163,《全宋文》304/177)

49. 白玉蟾《倪梅窗喜神赞》(《全宋诗》60/37636,《全宋文》296/278)

50. 白玉蟾《种桃斋写神赞》(《全宋诗》60/37636,《全宋文》296/282)

51. 白玉蟾《戏作墨竹二本赠鹤林因为之赞》(《全宋诗》60/37637,《全宋文》296/283)

52. 白玉蟾《隶轩真赞》(《全宋诗》60/37672,《全宋文》296/279)

53. 白玉蟾《郭信叔喜神赞》(《全宋诗》60/37672,《全宋文》296/280)

54. 白玉蟾《薛直岁喜神赞》(《全宋诗》60/37672,《全宋文》296/280—281)

55. 释大观《大慧宏智二禅师揖让图赞》(《全宋诗》62/38956,《全宋文》343/372)

56. 释普济《金刚经书大士像赞》(《全宋诗》56/35162,《全宋文》317/7)

57. 释普济《五祖送六祖渡江图赞》(《全宋诗》56/35163,《全宋文》317/10)

58. 释普济《觉如周居士圆相赞》(《全宋诗》56/35165,《全宋文》317/14)

59. 陈著《吴景年真赞》(《全宋诗》64/40317,《全宋文》351/125)

60. 朱熹《明道先生画像赞》(《全宋诗订补》第433页,《全宋文》252/176)

61. 朱熹《伊川先生画像赞》(《全宋诗订补》第433页,《全宋文》252/177)

62. 朱熹《康节先生画像赞》(《全宋诗订补》第433页,《全宋文》252/177)

（二）《全宋诗》《全宋诗订补》与《全宋文》存在文本差异的作品

1. 刘一止《姜山静疑院铁罄老师通公真赞》(《全宋诗》25/16723,《全宋文》152/238)

按:《全宋诗》"姜""了无上乘。律彼后生,约束如绳""法何所依""姜山嵯峨",《全宋文》作"江""了无止乘。律被役生,约束如纯""法无所依""江山嵯峨"。《全宋诗》辑自清拥晚堂《苕溪集》,《全宋文》辑自文渊阁四库全书本《苕溪集》,故可能存在一定文字差异。

2. 刘一止《自作真赞》(《全宋诗》25/16723,《全宋文》152/238)

按:《全宋诗》"岩",《全宋文》作"微"。异文产生原因同上。

3. 李纲《富郑公画像赞》(《全宋诗》27/17827,《全宋文》172/232)

按:赞前的序中,《全宋诗》作"彼主感悟",《全宋文》作"虏主感悟"。李纲作品《全宋诗》与《全宋文》皆以影印文渊阁四库全书本《梁溪集》为底本,一般情况下文字无差异。然《全宋文》同时说明:"底本以时忌改'虏'为'敌'、'夷狄'为'北人'、'犬羊'为'虎狼'这类,今据道光本径改,一律不出校。"① 此处之"彼"与"虏"的差异,当源于此。

4. 林之奇《泗州画赞》(《全宋诗》35/22971—22972,《全宋文》208/90)

按:《全宋诗》"我今绘此应感象"一句,《全宋文》作"我今绩此应感象"。林之奇作品《全宋诗》与《全宋文》皆以影印文渊阁四库全书本《拙斋文集》为底本,故基本无文字差别,惟此一处异文。查阅《四库全书·拙斋文集》,此处为"绩",《全宋文》正确。

5. 周必大《刘氏兄弟写予真求赞时年七十》(《全宋诗》43/26800—26801,《全宋文》232/172)

按:《全宋诗》"视汝形,省汝身",《全宋文》作"视尔形,省尔身"。《全宋诗》以清黄丕烈校跋并抄补明抄《周益文忠公集》(藏国家图书馆)为底本,《全宋文》以清道光二十八年(1848)欧阳棨瀛塘别墅刊、咸丰元年(1851)续刊之《庐陵周益国文忠集》为底

---

① 曾枣庄、刘琳主编:《全宋文》卷三六八一,第169册,第2页。

本，故可能存在一定文字差异。

6. 周必大《聂倅周臣写真求赞》（《全宋诗》43/26801,《全宋文》232/175）

按：《全宋诗》"归来高阁"，《全宋文》作"归束高阁"；《全宋诗》"却校形容知似不"，《全宋文》作"却教形容知似不"。异文产生原因同上。

7. 周必大《高沙曾良臣筑思堂以念亲傍辟书阁肖杨诚斋及予像求赞》（《全宋诗》43/26802,《全宋文》232/176）

按：《全宋诗》题目中"思堂"，《全宋文》作"思永堂"。异文产生原因同上。

8. 周必大《予乾道中尝除延平守闽宪皆当赴而改晚得富沙趋行甚峻亦不果赴今郡人吴岷写真求赞因以遗之》（《全宋诗》43/26803,《全宋文》232/178）

按：《全宋诗》题目中"吴岷"，《全宋文》作"吴氏"。异文产生原因同上。

9. 周必大《张孜仲寅写予真倚松而立戏赞》（《全宋诗》43/26803,《全宋文》232/179）

按：《全宋诗》题目中"戏赞"，《全宋文》作"戏题"。异文产生原因同上。

10. 周必大《郑准广文赴官九江携予真索赞》（《全宋诗》43/26803,《全宋文》232/180）

按：《全宋诗》"员外容添此老不"，《全宋文》作"员外能添此老不"。异文产生原因同上。

11. 周必大《徐教授泾写予真求赞》（《全宋诗》43/26804,《全宋文》232/180）

按：《全宋诗》"亦岂"，《全宋文》作"岂是"。异文产生原因同上。

12. 周必大《能仁监寺智超为予写真求赞》(《全宋诗》43/26805，《全宋文》232/183)

按:《全宋诗》题目中"智超",《全宋文》作"志超"。正文部分《全宋诗》"前生坐下一高僧,失脚中元自怨辰""悔现",《全宋文》作"前生座下一高僧,失脚中原自恣辰""会见"。异文产生原因同上。

13. 周必大《赣州丰乐长老惠宣写予真戏赞时年七十三》(《全宋诗》43/26805,《全宋文》232/184)

按:《全宋诗》题目中"七十三",《全宋文》作"七十三岁"。异文产生原因同上。

14. 周必大《予久欲游仰山而未暇行者智印写真索赞》(《全宋诗》43/26805,《全宋文》232/184)

按:《全宋诗》题目中"索赞",《全宋文》作"求赞"。异文产生原因同上。

15. 周必大《安福县岳兴院希琦求予真赞》(《全宋诗》43/26805,《全宋文》232/184)

按:《全宋诗》题目中"岳兴院希琦",《全宋文》作"岳兴院僧希琦"。正文部分《全宋诗》"僧坊",《全宋文》作"僧房"。异文产生原因同上。

16. 周必大《隆兴癸未夏余年三十八自披垣奉祠归道游麻姑山今又三十八年而知观李惟宾缘化修造至庐陵写予真求赞》(《全宋诗》43/26806,《全宋文》232/186)

按:《全宋诗》题目中"余年""归道""今又",《全宋文》作"予年""归""又"。正文部分《全宋诗》"采",《全宋文》作"綵"。异文产生原因同上。

17. 周必大《福寿院僧净皋写予及子中兄真求赞次子中韵》

（《全宋诗》43/26806,《全宋文》232/187 ）

　　按：《全宋诗》题目中"皋",《全宋文》作"高"。正文部分《全宋诗》"晚形",《全宋文》作"脱形"。异文产生原因同上。

　　18.周必大《堵聰智庄僧德永写余真求赞辛酉十一月》（《全宋诗》43/26806,《全宋文》232/187 ）

　　按：《全宋诗》题目中"堵聰智庄""余",《全宋文》作"堵陂知庄""予"。正文部分《全宋诗》"以""吃",《全宋文》作"已""喫"。异文产生原因同上。

　　19.周必大《祥符长老智华写余真求赞》（《全宋诗》43/26806,《全宋文》232/188 ）

　　按：《全宋诗》题目中"余",《全宋文》作"予"。异文产生原因同上。

　　20.周必大《法华院僧祖月写余真戏赞》（《全宋诗》43/26806,《全宋文》232/188 ）

　　按：《全宋诗》题目中"余",《全宋文》作"予"。异文产生原因同上。

　　21.周必大《庐陵道士罗尚逸能医眼善弈自湘中归写予真求赞复游湘中》（《全宋诗》43/26807,《全宋文》232/189 ）

　　按：正文部分《全宋诗》"仇",《全宋文》作"虬"。异文产生原因同上。

　　22.周必大《清源知藏僧法源写真求赞》（《全宋诗》43/26807,《全宋文》232/189—190 ）

　　按：《全宋诗》题目中"清源知藏",《全宋文》作"青远知藏"。正文部分《全宋诗》"髡",《全宋文》作"秃"。异文产生原因同上。

　　23.周必大《金牛长老德铠写平园真求赞》（《全宋诗》43/26807,

《全宋文》232/190）

按：正文部分《全宋诗》"于我何有，色见音求"，《全宋文》作"何有于我，免见因求"。异文产生原因同上。

24. 周必大《使臣周允写平园老叟真千松竹龟鹤间戏赞》（《全宋诗》43/26807，《全宋文》232/190）

按：《全宋诗》题目中"千"，《全宋文》作"于"。异文产生原因同上。

25. 周必大《予刻文苑英华千卷颇费心力使臣王思恭书写校正用功甚勤因传予神戏为作赞》（《全宋诗》43/26808，《全宋文》232/191）

按：正文部分《全宋诗》"海运"，《全宋文》作"运海"。异文产生原因同上。

26. 周必大《使臣李汝发写平园真求赞》（《全宋诗》43/26808，《全宋文》232/192）

按：正文部分《全宋诗》"畏""免形似乎六郎"，《全宋文》作"憎""免形似于六郎"。异文产生原因同上。

27. 白玉蟾《朱文公像赞》（《全宋诗》60/37635—37636，《全宋文》296/277）

按：此赞《全宋诗》名《朱文公像赞》，《全宋文》名《赞文公遗像》。白玉蟾作品，《全宋诗》以明正统臞仙重编《海琼玉蟾先生文集》六卷、续集二卷为底本，《全宋文》则据《琼琯白真人集》《琼琯白先生集》等辑录，二者文本多有不同。

28. 白玉蟾《许紫冲求真容赞》（《全宋诗》60/37636，《全宋文》296/281）

按：正文部分《全宋诗》"此意谁能委"，《全宋文》作"此意谁能悉"。异文产生原因同上。

29. 白玉蟾《周伯神喜神赞》（《全宋诗》60/37636，《全宋文》296/279）

按：正文部分《全宋诗》"白须无掌笑呵呵"，《全宋文》作"咄白须无掌笑呵呵"。异文产生原因同上。

30. 白玉蟾《醉作观音像仍为书赞三首》（《全宋诗》60/37636—37637，《全宋文》296/282）

按：正文部分《全宋诗》"比丘尼""顶戴弥陀呈丑拙"，《全宋文》作"比邱尼""顶载弥陀呈丑拙"。异文产生原因同上。

31. 白玉蟾《潘龙游喜神赞》（《全宋诗》60/37672，《全宋文》296/280）

按：正文部分《全宋诗》"半班顿露与人看"，《全宋文》作"半斑顿露与人看"。异文产生原因同上。

32. 陈著《汪日宾真赞》（《全宋诗》64/40318，《全宋文》351/126）

按：正文部分《全宋诗》"其将进于为少游、王彦方之徒与"，《全宋文》作"其将进于为少游、王彦方之徒"。《全宋诗》以清光绪四明陈氏据樊氏家藏抄本校刻《本堂先生文集》为底本，《全宋文》以文渊阁四库全书本为底本，故文字可能存在差异。

33. 刘辰翁《文文山画像赞》（《全宋诗》67/42494，《全宋文》357/251）

按：此赞《全宋诗》与《全宋文》差异较大。

《全宋诗》文本如下：

> 闲居忽忽，万古咄咄。天风惨然，如动生发。何如寻约，亦念束刍。岂其英爽，犹累形躯。同时之人，能不额泚。昔忌其生，今妒其死。

《全宋文》文本如下：

> 闲居忽忽，万古咄咄。天风惨然，如动生发。何如寻约，
> 亦念续刍。岂其英爽，犹累形躯。同时之人，能不颡泚。昔忌
> 其生，今妒其死。焉有如此，而在人下；焉有如此，而获令终。
> 其像不下钦若，其量不及魏公，所以为世之重者，为宋五忠。
> 呜乎！此庐陵之风。

《全宋诗》和《全宋文》皆以影印文渊阁四库全书本《须溪集》
为底本。首先，《全宋诗》中"亦念束刍"，在《四库全书》中作"亦
念续刍"，《全宋文》正确。其次，"焉有如此"之后的部分在《四库
全书》中亦有，当是《全宋诗》漏写。

34. 朱熹《濂溪先生画像赞》（《全宋诗订补》第 433 页,《全宋
文》252/176）

按：正文部分《全宋诗订补》"淹""□孰我人"，《全宋文》作
"堙""孰开我人"。《全宋诗订补》辑自《永乐大典》卷一八二二二，
《全宋文》则以嘉靖十一年（1532）张大轮、胡岳刻本为底本。故文
字可能有异。

35. 朱熹《涑水先生画像赞》（《全宋诗订补》第 433 页,《全宋
文》252/177）

按：《全宋诗订补》"道像""渊"，《全宋文》作"遗象""肃"。
异文产生原因同上。

36. 朱熹《横渠先生画像赞》（《全宋诗订补》第 433 页,《全宋
文》252/177）

按：《全宋诗订补》"勇撤邻毗""示顽之训"，《全宋文》作"勇
撤皋比""订顽之训"。异文产生原因同上。

参考文献

一、古籍

（汉）班固：《汉书》，北京：中华书局 1962 年版。

（汉）司马迁著，韩兆琦译注：《史记》，北京：中华书局 2010 年版。

（汉）王逸撰，黄灵庚点校：《楚辞章句》，上海：上海古籍出版社 2017 年版。

（汉）许慎撰，（宋）徐铉校定：《说文解字》，北京：中华书局 1963 年版。

（汉）许慎撰，（清）段玉裁注，许惟贤整理：《说文解字注》，南京：凤凰出版社 2007 年版。

（汉）郑玄注，（唐）贾公彦疏，彭林整理：《周礼注疏》，上海：上海古籍出版社 2010 年版。

（三国魏）曹植著，赵幼文校注：《曹植集校注》，北京：中华书局 2018 年版。

（晋）傅咸：《傅中丞集》，光绪十八年善化章经济堂重刊本。

（晋）郭象注，（唐）成玄英疏：《庄子注疏》，北京：中华书局 2011 年版。

（晋）陆机著，张怀瑾译注：《文赋译注》，北京：北京出版社 1984 年版。

（南朝宋）范晔：《后汉书》，北京：中华书局 2007 年版。

（南朝宋）刘义庆著，徐震堮校笺：《世说新语校笺》，北京：中华书局 1984 年版。

（南朝梁）萧统编，（唐）李善注：《文选》，上海：上海古籍出版社 1986 年版。

（南朝梁）钟嵘著，曹旭集注：《诗品集注》（增订本），上海：上海古籍出版社 2011 年第 2 版。

（北周）庾信撰，（清）倪璠注，许逸民校点：《庾子山集注》，北京：中华书局 1980 年版。

（唐）白居易著，朱金城笺校：《白居易集校笺》，上海：上海古籍出版社 1988 年版。

（唐）杜甫著，（清）仇兆鳌注：《杜诗详注》，北京：中华书局 1979 年版。

（唐）房玄龄等：《晋书》，北京：中华书局 2000 年版。

（唐）韩愈撰，马其昶校注，马茂元整理：《韩昌黎文集校注》，上海：上海古籍出版社 1986 年版。

（唐）李白著，瞿蜕园、朱金城校注：《李白集校注》，上海：上海古籍出版社 1980 年版。

（唐）道世：《法苑珠林》，上海：上海古籍出版社 1991 年版。

（唐）王维撰，（清）赵殿成笺注：《王右丞集笺注》，上海：上海古籍出版社 1984 年版。

（唐）元稹著，周相录校注：《元稹集校注》，上海：上海古籍出版社 2011 年版。

（唐）张彦远：《历代名画记》，杭州：浙江人民美术出版社 2011 年版。

（唐）朱景玄著，吴企明校注：《唐朝名画录校注》，合肥：黄山书社

2016 年版。

（宋）陈善：《扪虱新话》，上海：上海书店 1990 年版。

（宋）陈思编，（元）陈世隆补：《两宋名贤小集》，《景印文渊阁四库
全书》第 1362 册，上海：上海古籍出版社 2003 年版。

（宋）陈与义著，吴书荫、金德厚点校：《陈与义集》，北京：中华书局
1982 年版。

（宋）程大昌著，黄永年点校：《雍录》，北京：中华书局 2002 年版。

（宋）程颢、（宋）程颐著，潘富恩导读：《二程遗书》，上海：上海古籍
出版社 2000 年版。

（宋）邓椿：《画继》，北京：人民美术出版社 1964 年版。

（宋）范成大等著，刘向培整理校点：《范村梅谱：外十二种》，上海：
上海书店出版社 2017 年版。

（宋）郭若虚著，俞剑华注释：《图画见闻志》，上海：上海人民美术出
版社 1964 年版。

（宋）郭思编，杨伯编著：《林泉高致》，北京：中华书局 2010 年版。

（宋）贺铸著，王梦隐、张家顺校注：《庆湖遗老诗集校注》，开封：河
南大学出版社 2008 年版。

（宋）洪迈撰，何卓点校：《夷坚志》，北京：中华书局 1981 年版。

（宋）黄庭坚撰，（宋）任渊等注，刘尚荣点校：《黄庭坚诗集注》，北
京：中华书局 2003 年版。

（宋）李清照著，徐培均笺注：《李清照集笺注》，上海：上海古籍出版
社 2002 年版。

（宋）李心传：《建炎以来系年要录》，北京：中华书局 1988 年版。

（宋）李心传撰，徐规点校：《建炎以来朝野杂记》，北京：中华书局
2000 年版。

（宋）刘克庄撰，王蓉贵、向以鲜校点，刁忠民审订：《后村先生大全

集》,成都:四川大学出版社 2008 年版。

(宋)陆九渊著,钟哲点校:《陆九渊集》,北京:中华书局 1980 年版。

(宋)陆游著,钱仲联校注:《剑南诗稿校注》,上海:上海古籍出版社
　　1985 年版。

(宋)陆游著,夏承焘、吴熊和笺注,陶然订补:《放翁词编年笺注》,
　　上海:上海古籍出版社 2017 年版。

(宋)吕本中著,沈晖点校:《东莱诗词集》,合肥:黄山书社 2014
　　年版。

(宋)梅尧臣著,朱东润编年校注:《梅尧臣集编年校注》,上海:上海
　　古籍出版社 1980 年版。

(宋)孟元老撰,伊永文笺注:《东京梦华录笺注》,北京:中华书局
　　2007 年第 2 版。

(宋)欧阳修、(宋)释惠洪著,黄进德批注:《六一诗话　冷斋夜话》,
　　南京:凤凰出版社 2009 年版。

(宋)欧阳修著,李逸安点校:《欧阳修全集》,北京:中华书局 2001
　　年版。

(宋)普济著,苏渊雷点校:《五灯会元》,北京:中华书局 1984 年版。

(宋)阮阅编,周本淳校点:《诗话总龟》,北京:人民文学出版社
　　1987 年版。

(宋)邵雍著,郭彧整理:《伊川击壤集》,北京:中华书局 2013 年版。

(宋)沈括:《梦溪笔谈》,北京:中国书店 2019 年版。

(宋)释道元著,妙音·文雄点校:《景德传灯录》,成都:成都古籍书
　　店 2000 年版。

(宋)宋伯仁:《梅花喜神谱》,阮元辑《宛委别藏》,南京:江苏古籍
　　出版社 1988 年版。

(宋)苏轼著,孔凡礼点校:《苏轼文集》,北京:中华书局 1986 年版。

（宋）苏辙著，曾枣庄、马德富校点：《栾城集》，上海：上海古籍出版
　　社 1987 年版。

（宋）王安石著，（宋）李壁笺注，高克勤点校：《王荆文公诗笺注》，上
　　海：上海古籍出版社 2010 年版。

（宋）王应麟：《玉海》，扬州：广陵书社 2003 年版。

（宋）无名氏编著，曹济平等校点：《宣和遗事》，南京：江苏古籍出版
　　社 1993 年版。

（宋）吴自牧：《梦粱录》，上海：古典文学出版社 1956 年版。

（宋）辛弃疾著，邓广铭笺注：《稼轩词编年笺注》，上海：上海古籍出
　　版社 2018 年版。

（宋）严羽撰，普慧、孙尚勇、杨遇青评注：《沧浪诗话》，北京：中华书
　　局 2014 年版。

（宋）杨万里撰，辛更儒笺校：《杨万里集笺校》，北京：中华书局
　　2007 年版。

（宋）曾敏行著，朱杰人标校：《独醒杂志》，上海：上海古籍出版社
　　1986 年版。

（宋）张炎著，夏承焘校注：《词源注》；（宋）沈义父著，蔡嵩云笺释：
　　《乐府指迷笺释》，北京：人民文学出版社 1981 年版。

（宋）郑思肖：《所南翁一百二十图诗集》，北京：中华书局 1985
　　年版。

（宋）郑思肖：《心史》，四川大学古籍整理研究所：《宋集珍本丛刊》，
　　北京：线装书局 2004 年版。

（宋）周必大：《淳熙玉堂杂记》，北京：中华书局 1991 年版。

（宋）周密著，李小龙、赵锐评注：《武林旧事》，北京：中华书局 2007
　　年版。

（宋）周密撰，张茂鹏点校：《齐东野语》，北京：中华书局 1983 年版。

（宋）周密撰，王根林校点：《癸辛杂识》，上海：上海古籍出版社
　　2012 年版。

（宋）朱淑真撰，张璋、黄畲校注：《朱淑真集》，上海：上海古籍出版
　　社 1986 年版。

（宋）朱熹：《四书章句集注》，北京：中华书局 2011 年版。

（宋）朱熹注，赵长征点校：《诗集传》，北京：中华书局 2011 年版。

（宋）朱熹撰，朱杰人、严佐之、刘永翔主编：《朱子全书》，上海：上海
　　古籍出版社，合肥：安徽教育出版社 2010 年版。

（金）王若虚著，胡传志、李定乾校注：《滹南遗老集校注》，沈阳：辽
　　海出版社 2006 年版。

（元）脱脱等：《宋史》，北京：中华书局 1985 年版。

（元）夏文彦：《图绘宝鉴》，上海：商务印书馆 1930 年版。

（明）毛晋撰，潘景郑校订：《汲古阁书跋》，上海：上海古典文学出版
　　社 1958 年版。

（明）吴讷著，于北山校点：《文章辨体序说》；（明）徐师曾著，罗根
　　泽校点：《文体明辨序说》，北京：人民文学出版社 1962 年版。

（明）吴讷著，凌郁之疏证：《文章辨体序题疏证》，北京：人民文学出
　　版社 2016 年版。

（明）杨慎著，聂淑珍导读：《词品》，上海：上海古籍出版社 2009
　　年版。

（明）张岱著，云告点校：《琅嬛文集》，长沙：岳麓书社 2016 年版。

（清）陈邦彦：《历代题画诗》，北京：北京古籍出版社 1996 年版。

（清）董诰等：《全唐文》，北京：中华书局 1983 年版。

（清）何文焕辑：《历代诗话》，北京：中华书局 2004 年第 2 版。

（清）何焯：《义门读书记》，上海：上海古籍出版社 1992 年版。

（清）厉鹗：《南宋院画录》，杭州：浙江人民美术出版社 2016 年版。

（清）刘熙载：《艺概》，上海：上海古籍出版社 1978 年版。

（清）莫友芝撰，傅增湘订补：《藏园订补郘亭知见传本书目》，北京：中华书局 2009 年版。

（清）庞元济：《虚斋名画录》，清光绪己酉年乌程庞氏刻本。

（清）钱曾著，管庭芬、章钰校证：《读书敏求记校正》，上海：上海古籍出版社 2007 年版。

（清）阮元：《阮刻尚书注疏》，杭州：浙江大学出版社 2014 年版。

（清）沈德潜：《说诗晬语》，南京：凤凰出版社 2010 年版。

（清）沈复：《浮生六记》，武汉：崇文书局 2020 年版。

（清）孙岳颁，（清）王原祁等：《佩文斋书画谱》，杭州：浙江人民美术出版社 2014 年版。

（清）王夫之著，戴鸿森笺注：《姜斋诗话》，上海：上海古籍出版社 2012 年版。

（清）王士禛著，张宗柟纂集，夏闳校点：《带经堂诗话》，北京：人民文学出版社 1963 年版。

（清）王太岳：《四库全书考证》，清武英殿聚珍版丛书本。

（清）王文诰辑注，孔凡礼点校：《苏轼诗集》，北京：中华书局 1982 年版。

（清）王先慎撰，钟哲点校：《韩非子集解》，北京：中华书局 1998 年版。

（清）严可均：《全上古三代秦汉三国六朝文》，北京：中华书局 1958 年版。

（清）永瑢等：《四库全书总目》，北京：中华书局 1965 年版。

（清）袁枚著，王英志批注：《随园诗话》，南京：凤凰出版社 2009 年版。

（清）张宗橚：《词林纪事》，北京：中华书局 1960 年版。

二、现代研究著作类

专著

北京大学古文献研究所:《全宋诗》,北京:北京大学出版社 1998
　年版。

陈新等:《全宋诗订补》,郑州:大象出版社 2005 年版。

陈野:《南宋绘画史》,上海:上海古籍出版社 2008 年版。

程俊英:《诗经译注》,上海:上海古籍出版社 1985 年版。

程千帆:《程千帆全集》,石家庄:河北教育出版社 2000 年版。

邓乔彬:《有声画与无声诗》,上海:上海社会科学院出版社 1993
　年版。

方勇:《南宋诗人遗民群体研究》,北京:人民出版社 2000 年版。

葛路:《中国画论史》,北京:北京大学出版社 2009 年版。

葛兆光:《宅兹中国:重建有关"中国"的历史论述》,北京:中华书
　局 2011 年版。

谷曙光:《贯通与驾驭:宋代文体学述论》,北京:人民文学出版社
　2016 年版。

"台北故宫博物院"编纂委员会:《故宫书画图录》,台北:"台北故宫
　博物院" 1991 年版。

韩刚:《北宋翰林图画院制度渊源考》,石家庄:河北教育出版社
　2007 年版。

何传馨:《文艺绍兴:南宋艺术与文化·书画卷》,台北:"台北故宫
　博物院" 2010 年版。

李春青:《宋学与宋代文学观念》,北京:北京师范大学出版社 2001
　年版。

李栖:《题画诗散论》,台北:华正书局有限公司 1993 年版。

李栖:《两宋题画诗论》,台北:台湾学生书局1994年版。

刘继才:《中国题画诗发展史》,沈阳:辽宁人民出版社2010年版。

卢辅圣主编:《中国书画全书》,上海:上海书画出版社1993年版。

逯钦立:《陶渊明集》,北京:中华书局1979年版。

逯钦立:《先秦汉魏晋南北朝诗》,北京:中华书局1988年版。

罗宗强:《玄学与魏晋士人心态》,杭州:浙江人民出版社1991年版。

莫砺锋:《朱熹文学研究》,南京:南京大学出版社2000年版。

钱锺书:《七缀集》,北京:生活·读书·新知三联书店2002年版。

钱锺书:《谈艺录》,北京:生活·读书·新知三联书店2008年第2版。

任竞泽:《宋代文体学研究论稿》,北京:商务印书馆2011年版。

单国强:《古书画史论集续编》,杭州:浙江大学出版社2013年版。

沈松勤:《南宋文人与党争》,北京:人民出版社2005年版。

沈子丞:《历代论画名著汇编》,北京:文物出版社1982年版。

石明庆:《理学文化与南宋诗学》,北京:中国社会科学出版社2006年版。

施蛰存:《词籍序跋萃编》,北京:中国社会科学出版社1994年版。

唐圭璋:《全宋词》,北京:中华书局1965年版。

王伯敏:《中国绘画史》,北京:人民美术出版社1982年版。

王国维:《人间词话》,上海:上海古籍出版社1998年版。

王国维:《宋元戏曲史》,上海:上海古籍出版社1998年版。

王群栗点校:《宣和画谱》,杭州:浙江人民美术出版社2012年版。

王水照:《宋代文学通论》,郑州:河南大学出版社1997年版。

王水照、熊海英:《南宋文学史》,北京:人民出版社2009年版。

王振德、李天麻：《历代钟馗画研究》，天津：天津人民美术出版社
　　1985 年版。

闻一多撰，傅璇琮导读：《唐诗杂论》，上海：上海古籍出版社 1998
　　年版。

吴文治：《宋诗话全编》，南京：江苏古籍出版社 1998 年版。

徐邦达：《古书画伪讹考辨》，南京：江苏古籍出版社 1984 年版。

徐复观：《中国艺术精神》，北京：商务印书馆 2010 年版。

徐习文：《理学影响下的宋代绘画观念》，南京：东南大学出版社
　　2010 年版。

杨海明：《唐宋词史》，天津：天津古籍出版社 1998 年版。

杨仁恺：《中国书画鉴定学稿》，沈阳：辽海出版社 2000 年版。

衣若芬：《苏轼题画文学研究》，台北：文津出版社 1999 年版。

衣若芬：《赤壁漫游与西园雅集：苏轼研究论集》，北京：线装书局
　　2001 年版。

衣若芬：《观看·叙述·审美：唐宋题画文学论集》，台北：台湾中国
　　文哲研究所 2004 年版。

衣若芬：《云影天光：潇湘山水之画意与诗情》，台北：里仁书局
　　2013 年版。

衣若芬：《春光秋波：看见文图学》，南京：南京大学出版社 2020
　　年版。

俞剑华：《中国历代画论大观》，南京：江苏凤凰美术出版社 2017
　　年版。

曾枣庄、刘琳主编：《全宋文》，上海：上海辞书出版社，合肥：安徽教
　　育出版社 2006 年版。

张高评：《宋诗之传承与开拓：以翻案诗、禽言诗、诗中有画为例》，
　　台北：文史哲出版社 1990 年版。

张海鸥等：《宋代文章学与文体形态研究》，广州：中山大学出版社
　　2018 年版。

张宏生：《宋诗：融通与开拓》，上海：上海古籍出版社 2001 年版。

张智华：《南宋的诗文选本研究：南宋人所编诗文选本与诗文批
　　评》，北京：北京师范大学出版社 2002 年版。

赵苏娜：《故宫博物院藏历代绘画题诗存》，太原：山西教育出版社
　　1998 年版。

浙江大学中国古代书画研究中心：《宋画全集》，杭州：浙江大学出
　　版社 2008 年版。

郑振铎：《中国俗文学史》，上海：上海书店 1984 年版。

中国古代书画鉴定组：《中国古代书画图目》，北京：文物出版社
　　1986 年版。

中国美术全集编辑委员会：《中国美术全集》，台北：锦绣出版社
　　1993 年版。

中华书局编辑部点校：《全唐诗》（增订本），北京：中华书局 1999
　　年版。

钟巧灵：《宋代题山水画诗研究》，北京：中国社会科学出版社 2008
　　年版。

周积寅：《中国画论辑要》，南京：江苏美术出版社 1985 年版。

周裕锴：《宋代诗学通论》，上海：上海古籍出版社 2007 年版。

周裕锴：《文字禅与宋代诗学》，上海：复旦大学出版社 2017 年版。

周裕锴：《中国禅宗与诗歌》，上海：复旦大学出版社 2019 年版。

周裕锴：《禅宗语言》，上海：复旦大学出版社 2019 年版。

周振甫：《文心雕龙今译》，北京：中华书局 1986 年版。

朱迎平：《宋代刻书产业与文学》，上海：上海古籍出版社 2008 年版。

朱自清：《诗言志辨》，上海：开明书店 1947 年版。

〔德〕莱辛:《拉奥孔》,朱光潜译,北京:人民文学出版社 1984
　年版。

〔法〕丹纳:《艺术哲学》,傅雷译,合肥:安徽文艺出版社 1991
　年版。

〔法〕福柯:《权力的眼睛》,严锋译,上海:上海人民出版社 1997
　年版。

〔美〕艾朗诺:《美的焦虑:北宋士大夫的审美思想与追求》,杜斐然、
　刘鹏、潘玉涛译,上海:上海古籍出版社 2013 年版。

〔美〕包弼德:《斯文:唐宋思想的转型》,刘宁译,南京:江苏人民出
　版社 2001 年版。

〔美〕毕嘉珍:《墨梅》,陆敏珍译,南京:江苏人民出版社 2012
　年版。

〔美〕高居翰:《诗之旅:中国与日本的诗意绘画》,洪再新等译,北
　京:生活·读书·新知三联书店 2012 年版。

〔美〕哈罗德·布鲁姆:《影响的焦虑》,徐文博译,北京:生活·读
　书·新知三联书店 1989 年版。

〔美〕姜斐德:《宋代诗画中的政治隐情》,北京:中华书局 2009
　年版。

〔美〕刘子健:《中国转向内在——两宋之际的文化转向》,赵冬梅
　译,南京:江苏人民出版社 2012 年版。

〔美〕孟久丽:《道德镜鉴——中国叙述性图画与儒家意识形态》,何
　前译,北京:生活·读书·新知三联书店 2014 年版。

〔美〕彭慧萍:《虚拟的殿堂:南宋画院之省舍职制与后世想象》,北
　京:北京大学出版社 2018 年版。

〔美〕余英时:《士与中国文化》,上海:上海人民出版社 2003 年版。

〔日〕铃木大拙:《禅与日本文化》,钱爱琴、张志芳译,南京:译林出版社 2017 年版。

〔日〕浅见洋二:《距离与想象:中国诗学的唐宋转型》,金程宇、〔日〕冈田千穗译,上海:上海古籍出版社 2013 年版。

期刊及硕博士论文

陈琳琳:《赏玩与抒怀:吴文英、周密、张炎题画词论析》,《文艺评论》2016 年第 5 期。

冯国栋:《涉佛文体与佛教仪式——以像赞与疏文为例》,《浙江学刊》2014 年第 3 期。

高华平:《赞体的演变及其所受佛经影响探讨》,《文史哲》2008 年第 4 期。

耿鉴:《"以禅论画"基础研究》,《文艺研究》2000 年第 5 期。

顾平:《"皇家赞助"与南宋"院体"山水画风之成因》,《文艺研究》2003 年第 4 期。

谷曙光、傅怡静:《中国古代第一部题画诗别集——〈题画集〉作者及成书考略》,《中国文化研究》2009 年夏之卷。

郭学信:《宋代俗文化发展探源》,《西北师大学报》(社会科学版)2005 年第 3 期。

贺文荣:《唐代题画诗对题画诗体例的开创之功》,《西南交通大学学报》(社会科学版)2006 年第 3 期。

胡莹:《谈文字与图像结合进程中宫廷艺术的作用——以南宋宁宗皇后杨妹子的题画诗为例》,《南京艺术学院学报》(美术与设计版)2009 年第 1 期。

胡莹:《画意与诗情——马麟与南宋宫廷赞助人的诗画合作》,《美苑》2010 年第 3 期。

黄国声：《古代题跋概论》，《中山大学学报》1980 年第 4 期。

李旭婷：《题诗上画的历程及特点——以南宋为中心》，《文化艺术研究》2017 年第 2 期。

李旭婷：《唐宋士人心态内转的脉络——以南宋自题写真诗为视角》，《重庆师范大学学报》（哲学社会科学版）2017 年第 4 期。

李一鸣：《继承与超越——论张彦远画论思想对文论书论的贯通》，《美术大观》2019 年第 9 期。

刘思宇：《多重标签下的理学家诗歌研究》，《福建论坛》（人文社会科学版）2018 年第 5 期。

罗时进：《宋代图像传播对唐代诗人与作品的经典化形塑》，《文学遗产》2018 年第 6 期。

苗贵松：《唐前题画文学文献叙录》，《华中师范大学学报》（人文社会科学版）2013 年第 4 期。

潘晟：《南宋州郡志：地方官、士人、缙绅的政治与文化舞台》，《史学史研究》2009 年第 4 期。

邵宇：《试析宋代风俗画产生发展的原因》，《南昌大学学报》（人文社会科学版）2004 年第 4 期。

孙淑芹：《院体画再论》，《美术大观》2010 年第 7 期。

谭辉煌：《论风雅词人题画词的文化意蕴和艺术手法——以张炎、周密和王沂孙为中心》，《湖北社会科学》2009 年第 8 期。

王连起：《传胡舜臣、蔡京〈送郝玄明使秦〉书画合璧卷辨伪》，《文物》2015 年第 8 期。

王蒙：《王沂孙题画词探析》，《江苏第二师范学院学报》2000 年第 5 期。

王培友：《两宋"理学诗"辨析》，《文学评论》2011 年第 5 期。

王媛：《陈世隆〈宋诗拾遗〉辨伪》，《文学遗产》2014 年第 2 期。

吴承学,沙红兵：《中国古代文体学学科论纲》,《文学遗产》2005 年第 1 期。

徐邦达：《南宋帝后题画书考辨》,《文物》1981 年第 6 期。

杨万里：《追寻"学者"滋味：张栻题画诗的审美旨趣》,《中国韵文学刊》2014 年第 1 期。

腰蓝,刘志伟：《宋宁宗杨皇后考轶——兼论南宋宫廷人文生态》,《东南学术》2014 年第 3 期。

衣若芬：《题画文学研究概述》,《中国文哲研究通讯》2000 年第 10 卷第 1 期。

衣若芬：《宋代题"诗意图"诗析论——以题"归去来图"、"憩寂图"、"阳关图"为例》,《中国文哲研究集刊》2003 年第 16 期。

赵宪章：《诗歌的图像修辞及其符号表征》,《中国社会科学》2016 年第 1 期。

赵炎秋：《异质与互渗——艺术视野下的文字与图像关系研究》,《文艺研究》2012 年第 1 期。

周锡馥：《论"画赞"即题画诗——兼谈〈先秦汉魏晋南北朝诗〉与〈全唐诗〉的增补》,《文学遗产》2000 年第 3 期。

朱迎平：《宋代题跋文的勃兴及其文化意蕴》,《文学遗产》2000 年第 4 期。

〔日〕青木正儿：《题画文学及其发展》,魏仲佑译,《中国文化月刊》1980 年第 9 期。

傅怡静：《宋代题画诗集与画谱研究》,北京师范大学 2007 年博士论文。

贺小敏：《南宋诗学与书画艺术的融合研究》,南开大学 2013 年博士论文。

王双阳：《古代西湖山水图研究》,中国美术学院 2009 年博士论文。

杨光影:《南宋宫廷艺术中的文学与图像关系研究——以诗画关系为探讨中心》,东南大学 2017 年博士论文。

张东华:《格致与花鸟画——以南宋宋伯仁〈梅花喜神谱〉为例》,中国美术学院 2012 年博士论文。

张克锋:《魏晋南北朝文论与书画论的会通》,西北师范大学 2007年博士论文。

方蔚:《宋代僧人词研究》,华中科技大学 2004 年硕士论文。

胡俊杰:《楼璹〈耕织图〉流传考述》,南京师范大学 2011 年硕士论文。

刘佩伟:《宋代题画文研究》,四川大学 2005 年硕士论文。

鹿芸薇:《宋代书论"俗"义之辨析》,河北大学 2008 年硕士论文。

吴文治:《宋代题画词论说》,河北大学 2005 年硕士论文。

移星:《论中国古代题画诗中的文论思想》,新疆大学 2010 年硕士论文。

卓旻贤:《陆游题画诗研究》,台湾东华大学 2013 年硕士论文。